｜光明社科文库｜

文学经典意识与
明代诗学

闫霞◎著

光明日报出版社

图书在版编目（CIP）数据

文学经典意识与明代诗学 ／ 闫霞著 . -- 北京：光
明日报出版社，2019. 10

ISBN 978 - 7 - 5194 - 5523 - 1

Ⅰ. ①文… Ⅱ. ①闫… Ⅲ. ①诗学—研究—中国—明
代 Ⅳ. ①I207. 2

中国版本图书馆 CIP 数据核字（2019）第 195403 号

文学经典意识与明代诗学

WENXUE JINGDIAN YISHI YU MINGDAI SHIXUE

著　　者：闫　霞	
特约编辑：张　山	责任编辑：郭思齐
责任校对：赵鸣鸣	封面设计：中联学林
责任印制：曹　诤	

出版发行：光明日报出版社

地　　址：北京市西城区永安路 106 号，100050

电　　话：010-63131930（邮购）

传　　真：010 - 67078227，67078255

网　　址：http：//book. gmw. cn

E - mail：guosiqi@ gmw. cn

法律顾问：北京德恒律师事务所龚柳方律师

印　　刷：三河市华东印刷有限公司

装　　订：三河市华东印刷有限公司

本书如有破损、缺页、装订错误，请与本社联系调换，电话：010-67019571

开　　本：170mm×240mm			
字　　数：318 千字		印　　张：19. 5	
版　　次：2020 年 1 月第 1 版		印　　次：2020 年 1 月第 1 次印刷	
书　　号：ISBN 978 - 7 - 5194 - 5523 - 1			

定　　价：95. 00 元

目 录
CONTENTS

绪　论

一

　　"诗学"是本书的一个关键词，因此，首先要对这个概念进行界定。

　　在西方，"诗学"概念的使用始自古希腊的亚里士多德，他著《诗学》一书，研究对象涵括了当时出现的所有文类，包括史诗、抒情诗、悲剧、喜剧等。亚里士多德以"摹仿说"为核心理念的文艺理论体系成为后来西方文学理论发展的基础，在现代西方语境中，"诗学"与"文学理论"含义相通。

　　在中国，"诗学"之名最早大概出现于汉代，《汉书》第七十五卷《翼奉传》中有云："诗之为学，性情而已"，此后唐人郑谷曾在《中年》诗中云："衰迟自喜添诗学，更把前题改数联"，其所云"诗学"指作诗的技巧与艺术素养。以"诗学"命名的诗话类著作有元代范梈的《诗学禁脔》、明代周叙的《诗学梯航》、清代顾龙振的《诗学指南》等，此"诗学"都是指诗歌的创作技法，与唐代那些"诗法""诗格"类论作类似。

　　对于中国古代的"诗学"而言，广义"诗学"的含义相当于现在所说的"文学理论与批评"，对象所涉包括诗、散文、辞、赋等文类。而狭义的"诗学"，仅指关于"诗"的研究。一些学者认为："在我们自己的传统里，惯常的作法是将'诗学'限制在与诗歌这一特定文类有关的范围之内，不包含散文、小说、戏剧等文类的研究，因而'诗学'便成了'文艺学'或'文学学'的下属分支学科，而与'文论'（专指散文理论）、'小说学'、'戏剧学'相并列。"① 将"诗学"限定于仅跟"诗"有关的领域。持这种狭义的"诗学"观的学者还有不少，但在具体研究中，往往允许逾越"诗歌"范畴，将散文的研究也纳入其中。

也有人将中国本土语境中的"诗学"与西方"诗学"含义等同，泛指"文学理论"，以黄药眠、童庆炳先生为代表。他们在其主编的《中西比较诗学体系》一书的"绪论"中说："'诗学'并非仅仅指有关狭义的'诗'的学问，而是广义的包括诗、小说、散文等各种文学的学问或理论的通称。诗学实际上就是文学理论，简称文论。"这种说法遭到余虹的强烈反对，他说："在现代汉语语境中，泛泛而谈的'文论'之为'文学理论'的简称似乎还勉强说得过去，将中国古代'文论'看作中国古代'文学理论'的简称，或将中国古代'文论'名之曰'诗学'则纯属臆断。"② 强调了"诗学"一词的西语背景与内涵，指出将中国语境中的古代"文论"称之为"诗学"的逻辑错误。

尽管余虹强调了中国古代文论与西方诗学的不可通约性，但学界确实有一种"比较文学"视野中的"中国诗学"概念。蒋寅先生说："'中国诗学'，核心在一个'学'字，这个'学'不仅包括历来人们对诗歌本身及其创作方法的认识，还应包括古今人对诗歌史的认识及对认识过程的反思。这样，我理解的中国诗学，就正如我与张伯伟主编的同名论丛一样，应该包含五个方面的内容：（1）诗学文献学，（2）诗歌原理，（3）诗歌史，（4）诗学史，（5）中外诗学比较。"③ 这种比较视野中的"中国诗学"，研究的内容更加丰富，更加强调中国文学（主要是诗歌）的诗性特质，即相对于西方文学以摹仿叙事为主要特质而言的"抒情性"，突出中国文学的诗性思维、民族特色，目的在于阐扬中国诗学的现代价值。

在中国现代语境中，不管是狭义的"诗学"，还是比较视野中的"中国诗学"，研究的文类主要都是"诗歌"，当前许多冠之以"诗学"的论著大多如此。这些论著主要以"诗"这一文类及相关的理论与批评为研究对象，但是有

---

①　陈伯海，蒋哲伦. 中国诗学史［M］. 厦门：鹭江出版社，2002：1.

②　余虹. 中国文论与西方诗学［M］. 北京：生活·读书·新知三联书店，1999：1.

③　蒋寅. 中国诗学的思路与实践［M］. 桂林：广西师范大学出版社，2001：2.

时也会涉及其他文类。

本书中所涉及的"明代诗学"，也主要指"与'诗'有关的领域"，指明人关于诗歌的研究，包括明人关于诗歌的各种理论及批评，还包括围绕着诗产生的各种文学活动，比如论争。但由于本书所研究的"明代诗学"属于中国古典诗学范畴，正如陆耀东主编的《中国诗学丛书》"总序"所言："中国古代诗学特别是先秦乃至魏晋，往往是将诗与文（而且是广义的'文'，含历史、哲学、文学等）混合在一起谈论，故我们在解读古代诗学时，又不能不逾越狭义诗学的范畴"，也就是说研究中国古典诗学，有时也会不可避免地涉及到其他文类。因为中国古代最主要的文学种类是诗歌与文艺散文，最主要的创作也是这两种文学样式的创作，常常"诗"与"文"对举，因此，本书所说的"明代诗学"也会涉及到明人关于"散文"这一文类的理论研究、批评与论争。

二

入清以来，学者们普遍对明代的文学创作评价不高，对明代诗学的成就评价亦不高。大家对明代文坛及明代诗学的总体印象是：明人多是"空疏不学"之徒，文坛纷争不断，乱糟糟一团，各种诗文主张都只是争夺文权的由头而已，没有太大的学术价值。由明入清的钱谦益讥讽竟陵派主张的"幽情单绪"为鬼趣，甚至认为竟陵派的一些诗歌主张对明代之亡要负不可推卸的责任。现代关于中国批评史研究的著作中，最早陈钟凡先生的《中国文学批评史》对明代诗学没有作总体评价，只有简单的描述，之后郭绍虞先生的《中国文学批评史》对明代诗学的评价有贬有褒，但他很准确地点出了明代诗学的特质："明代学风是偏于文艺的，文艺理论又能比较偏于纯艺术。"研究偏于纯艺术，意味着诗的文学性与创作主体的诗性精神的研究是明代诗学的重点，而明人对诗之文学性与主体诗性精神的研究又是立足于大量诗歌文本基础之上的，这是明代诗学与以往诗学不一样的地方。当然，在魏晋南北朝时期，人们对诗歌的文学性也有认识与研究，如陆机认识到诗之"缘情""绮靡"的特性，沈约及谢朓等人对诗歌声律有深入的认识与研究，但他们对诗歌的这种认识与研究是"文学观念"上的探索，是"文的自觉"的表现，因为"文学性"是区分文学与非文学的一个重要尺度。

在认识到"情""丽"乃诗歌的本质规定性后，沈约对诗之"文学性"进行了更深入的思考，这种思考，带来的是诗歌观念的完全自觉，于是中国古典诗学发展的第一个阶段基本结束。唐以降，关于诗歌创作技法的研究成为诗学的中心，这种情况在南宋开始改变，至明代发生根本转变。这是因为唐宋以来的诗人创作了大量诗歌，积淀下大量优秀作品，明人在寻找创作上可以宗法的典范时，诗自身的特质及诗歌文本的文学性、诗中含蕴的主体的诗性精神、优秀的诗歌艺术创造及经验就成为他们重要的研究对象。由此，七子派形成了"格调理论"，竟陵派形成了"真精神说"，公安派形成了"性灵说"。每一个诗学宗派都创立了核心理论范畴，并形成了理论与批评实践相结合的诗歌研究思路，发展出了了独具特色的"明代诗学"。

三

郭绍虞先生将中国古代文学批评（实际是文学理论与批评）的发展划分成三个阶段：

中国文学批评的发展大致可以分成三个时期：一是文学观念演进期，一是文学观念复古期，又一是文学批评完成期。从周秦到南北朝是文学观念演进期；从隋唐到北宋，是文学观念复古期。这两个时期造成中国文学批评分途发展的现象。前一时期的批评风气偏于文，重在从形式上去认识文学；后一时期的批评风气又偏于质，重在从内容上去认识文学。因此，这两个时期的批评理论，可以说是跟着它对于文学的认识而改变它的主张的。至于以后，从南宋一直到清代，才以文学批评本身的理论为中心，而文学观念只成为文学批评中的问题之一，我们假使就中国封建时代的文学批评来讲，那么在这个时期，可以说是这种文学批评的完成期。在这时期中，也有八百多年，因此再把它分成三个小时期：南宋、金、元为第一期，是批评家正想建立其思想体系的时期；明代为第二期，是批评理论各主一

说极端偏向的时期；清代为第三期，是批评理论折衷调和综合集成的
*时期。*①

郭绍虞把明代诗学置于中国古典诗学发展的第三个阶段——完成时期的第二期，明确标示出了明代诗学在中国诗学发展史中的坐标位置，也揭示出了其在诗学发展史中的地位与独特价值：即明人论诗虽然各主一说，极端偏向，但却能比较偏于纯艺术。因为论诗偏于纯艺术，明人开始真正立足于诗歌文本研究"诗"自身的学问，诗的文学性、抒情性、主体精神及其美学意义成为研究与批评的主要方面。

在《古典艺术精神的形成》一文中，高小康先生已经敏锐地看到，在中国古典诗学发展历史中，一直存在着认为文学经典具有某种普泛价值的观念，他将这种观念表述为"文学典范意识"，并将其与西方古典诗学中的"古典主义"相提并论，找出二者之间的可通约性：即二者都推崇典范与法则。而"正是这种对典范、法则的推崇为文学艺术经验的积淀和理性化发展奠定了基础。后代的人们关于艺术理想的普遍性和优秀作品价值的永恒性信念就是古典主义观念的产物"。② 他认为陆机的《文赋》试图确立写作的典范，钟嵘试图确立批评的规范，宋人都以唐代的某些作家或某一流派的作品来指导创作，而明清时人则对经典作品的感受能力越来越强，并将经典作品作为文学创作的典范来学习。他还认为，"到了明清时期，文学经典在文学活动中的意义比过去更为突出，对经典作品创作规律和作品特征的研究也发展到更深入的程度"。③ 这些研究对本书关于"文学经典意识"及明代诗学特质的认识有着深刻启示。陈文新先生也注意到了明代诗学中存在着"文学经典意识"，他说：

> 与宋人推崇理性有别，明代主流诗学关注的则是有关诗歌创作的经验。经验规则取代理性规则，其表征是对前人艺术实践的信任，就七子派而论，

---

① 郭绍虞. 中国文学批评史［M］. 上海：上海古籍出版社，1979：2—3.
② 高小康. 古典艺术精神的自觉［M］//敏泽. 中国文学思想史下册. 长沙：湖南教育出版社，2004：289.
③ 高小康. 古典艺术精神的自觉［M］//敏泽. 中国文学思想史下册. 长沙：湖南教育出版社，2004：299.

他们信任的是汉魏（古诗）和盛唐（律诗）的艺术实践。前七子盟主李梦阳相信，汉魏和盛唐的艺术实践完美地遵循了某种艺术法则，尽管其作者也许未能明确地意识到；后人如果想揭示或制定规则，就必须具体地考察汉魏古诗和盛唐律诗，从中发现秩序并遵循这种秩序，企图任意行事或另起炉灶是不成的。他在《答周子书》中指出："文必有法式，然后中谐音度。如方圆之于规矩，古人用之，非自作之，实天生之也。今人法式古人，非法式古人也，实物之自则也。"（《李空同全集》卷六十一）他的意思是：法是客观存在着的事物的内在规律，任何一种艺术，都有其不可违背的"法"即规律；这种规律完美地体现在"第一义"的典范作品中，因此，在创作中必须严格地仿效前人的经典之作。①

　　明人之所以强调仿效前人的经典之作，是因为他们认为经典作品一方面体现了"诗"之自身法则，另一方面又隐含有创作出优秀作品的经验规则，这些经验规则不是羚羊挂角，无迹可寻的东西，而是实实在在的，可以从具体文本中归纳出来的，因而可以供学习者借鉴师法。正是在这种认识基础上，明代诗学转向诗歌作品的内在情感、作品含蕴的主体诗性精神及外在形式规律的美学意义的研究。这种研究的目的，一方面是要确立符合各宗派审美理想的优秀经典，表达一种诗歌理想；另一方面，是为了确立经典的可师法性，并从经典作品中抽绎出它们成功的经验规则，用以指导学习者进行创作。在这种"文学经典意识"之下，明人展开了对于"诗"及诗歌作品的研究，在感受、体验、分析文本的基础上，发展出有自己特色的诗学，比如七子派发展出"格调理论"，竟陵派发展出"真精神说"。而在批评实践中，明代人锻炼出深刻的感性体验能力与逻辑言说的思维，他们有着完善的思路、明确的诗学观念、内涵明确的诗学范畴，这些都是明代诗学之所以不同于以往诗学的关键因素。而在理论发展与批评实践中，明人的"文学经典意识"也不断深化与成熟。

---

①　陈文新. 中国文学流派意识的发生和发展［M］. 武汉：武汉大学出版社，2007：94.

四

　　放眼明代文坛，明代诗学活动给人的直观印象是：初期较为沉闷，前中期开始活跃，中晚期纷乱嘈杂，热闹异常。先是"前七子"揭竿起义，反对台阁体，标举宗秦汉之文、汉魏盛唐之诗，声势浩浩荡荡；接着批评"前七子"的声音也不断冒出，唐宋派自立门户，标举宗唐宋之文；然后"后七子"登上文坛，为"前七子"的诗学主张翻案，与唐宋派论争；之后公安派又以更加激烈的姿态反对七子派，大有"楚人一呼，应者无数"之势；然竟陵派又跳出来反戈一击，亦别出手眼。郭绍虞先生关于明人的诗学论争有一段很精辟的描述与评价：

　　　　明代，学风是偏于文艺的，文艺理论又比较偏于纯艺术的，所以"空疏不学"又成为明代文人的通病。由于空疏不学，于是人无定见，容易为时风众势所左右。任何领袖主持文坛都足以号召群众，做他的羽翼；到后来，风会迁移，于是攻谪交加，又往往集中攻击这一两个领袖，造成此起彼仆的局面。这种流派互争的风气既已形成，于是即在同时也各立门庭，出主入奴，互相攻击，造成空前的热闹。所以一部明代文学批评史也就成为文人分门立户，标榜攻击的历史。这样，徒然增加了文坛的纠纷，然而文学批评中偏胜的理论、极端的主张，却因此而盛极一时。①

　　明人好争，好辩。在明代文坛，以论辩、批评为主要方式的论争成为非常普遍的诗学行为，众声喧哗，热闹异常，历史上没有任何一个别的时代对"诗"产生如此之多的争议与辩论，也没有哪个时代的文人把"诗"的问题拿出来如此放大，成为大部分文人生活的重心，甚至全部。明人的诗学论争，有宗派之间的论争及宗派内部之争，也有与今人与古人之争，也有个人之间的论争，儒家所要求的"言忠信，行笃敬"的谦谦君子风范已被明代文人尤其是中晚期的

---

　　① 郭绍虞．中国文学批评史［M］．上海：上海古籍出版社，1979：5.

明代文人所摒弃。他们论辩、论争、批评他人，希望甚至要求他人接受自己的观点。尽管明代文坛纷争的局面为清人极端反感，对之痛加批评、否定，但郭绍虞先生却对它给予了肯定的评价：

> 由于这种不顾一切的大胆精神，所以才会造成文学批评偏胜的风气。他们宁愿以偏胜之故，而罅漏百出，受人指谪，然而一段精光，不可偏废者也在此。他们要求别出手眼，他们不要骑两头马。他们精神的表现为狂，为怪，为极端，然而别一方面为卓异，为英特。①

　　明代文坛虽然宗派纷争不断，学术习气霸道，学术心胸有时不免狭窄，但这对于促进明代诗学的发展未尝不是好事。而贯穿着明人论争的主导观念便是"文学经典意识"，在论争中，明人的"文学经典意识"也得到了明晰与深化。

　　本书采用历时研究与共时研究相结合、历史逻辑与共时的文化语境相结合的方法，力求能在历史逻辑与共时文化层面深度揭示明代诗学的特征及在中国古典诗学史发展中的地位，同时也揭示出"文学经典意识"与明代诗学发展的相互促进关系。本书主要从两条线索对明代诗学进行研究，第一条是诗学发展逻辑线索，研究中国古典诗学发展至明为何发生了转向，明代诗学在"文学经典意识"之下如何展开与发展，及在诗学发展过程中明人"文学经典意识"如何发展成熟的；第二条是论争辩难线索，考察明代诗学在论争中深入发展及明人的"文学经典意识"的明晰与深化。所以，本书中"明代诗学"与"文学经典意识"的发展是互为因果，密不可分的，这也造就了明代诗学在中国古典诗学中的地位与独特样态。

---

① 郭绍虞. 中国文学批评史［M］. 上海：上海古籍出版社，1979：6.

第一章

明代诗学面临转向

　　郭绍虞先生将中国古代文学理论与批评的发展划分为三个时期："一是文学观念演进时期，一是文学观念复古期，又一是文学批评完成期。从周秦到南北朝是文学观念演进期；从隋唐到北宋，是文学观念复古期。……从南宋一直到清代，才以文学批评本身的理论为中心，而文学观念只成为文学批评中的问题之一。"他将南宋、金、元、明、清划归于中国古典诗学发展的第三个时期，认为这个时期是"以文学批评本身的理论为中心"，这是很有见地的。事实上，这个时期的论诗者由经学家、个体作家向文学批评家转变，他们从阅读、体验作品出发，对诗（兼及文艺散文）的形式层面包括由情感、文辞、美学风格等要素综合形成的诗歌"格调"问题进行研究，同时还对凝结在作品中的创作主体的诗性精神给予了深度关注，并在批评实践中发展出了相关的诗文理论。

　　这个时期，推崇文学经典的艺术精神逐渐形成，批评家或者读者不再在文学观念上作过多纠缠，也不必在创作实践中苦苦摸索创作规律，他们面前已经有了"众体俱备"、成就卓越的优秀作品，为他们提供了充分的借鉴对象。通过阅读、体验、分析这些作品，明人建构起富有特色的诗文理论。当然，这不是一蹴而就的。南宋、金、元还只是这种新的诗学样态形成的准备期，还不能跳出旧有的窠臼，还明而未融，而明代则是形成发展期，清代是中国古典诗学折衷与集大成的时期。这表明，明代是中国古典诗学新样态发展的最关键时期。与南宋以来诗学只是有转向倾向相比，明代诗学明确地发生了转向，由原来以文学观念、创作理论为核心转向以文学文本的研究、批评为核心。在此基础上，明人发展出了富于创新性的诗文理论，从而将中国古典诗学带入一个新的发展途径。明代诗学之所以能够取得这样的成就，在于明人形成了自觉的艺术精神，同时又面临着创作困境，从而表现出明确的"文学经典意识"。明人的"文学经典意识"决定了明代诗学的发展方向，而在明代诗学发展的过程中，明人的"文学经典意识"又不断地深化与成熟。

第一节　文人文化共同体的形成与艺术精神的自觉

从诗学自身发展的逻辑来看，诗学转向自南宋已现端倪，而在明代才真正发生。诗学在明代明确发生转向，不仅是诗学自身发展逻辑的结果，更与明代较以往更为特殊的政治、经济、文化及文人文学活动的实际状态有着密切的关系，这是明代诗学形成与发展的社会土壤。事实上，以往时代的文人虽在儒家文化体系中形成了共同的文化品格，而在文学与艺术的理论研究与批评上则基本处于个体状态；而且，除了生产力上的差异外，从汉到南宋，一千多年的政治、文化格局基本上没有本质变化，因此，这些时期内的社会土壤固然会对诗学发展产生影响，但诗学自身发展的逻辑才是最重要的。而在明代，情况发生了变化，对于诗学而言，社会土壤的影响与诗学发展逻辑具有同等的重要性，它们共同作用，促成了明代诗学的转向。

明代诗学社会土壤的特殊性，在于明代形成了高度集权的政治、似是而非的复古文化及商品经济的发达萌发出新的生产关系，这些对明代文人的精神生活与社会身份的定位产生了重大影响。这种影响表现在：明代文人在文学艺术领域形成了一个文化共同体，艺术精神空前自觉，"文学经典意识"日益突出。这又影响了明代诗学的发展样态。

一、文化身份由缺失到回归

元朝末年，由于政治腐坏，农民起义此起彼伏。公元1352年春，栖身于于觉寺的朱元璋前往濠州投奔郭子兴，开始了漫长而艰险的戎马生涯。他1367年称吴王，1368年初建立明王朝，建元洪武，史称明太祖。朱元璋是一位非常有抱负的帝王，他终生学习不辍，在征战的过程中，每到一处，就大力招揽儒士为他讲解经史。经过十几年的勤奋学习，朱元璋从粗通文墨到能小群儒，终于登儒学之堂室。他也深知读书人在治国中的重要性，极力网罗。开国之初执意识形态牛耳的主要是两浙儒士,他们承认元朝统治者的正统地位,质疑明朝的合法性,不愿为之效力,求隐求去成一时风气。儒士的不合作与正统性的困境使得明太祖大为恼火,为此,他一方面大肆宣传天命论,为自己政权的合法性寻找根据,又大兴文字狱,迫使文人三缄其口;另一方面,兼任全民乃至儒士的精神导师,极力打压士气。

打压士气首先是黜落文人儒士"道之传人"的资格。文人儒士立足于世的根本是其"道之传人"的文化身份,此文化身份是他们保持人格独立、构建社会文化甚至为帝王师的资本,此文化身份一旦被黜落,他们将沦落为帝权的附庸。明太祖正是这么做的。他认为,既然自己对儒学已经登堂入室,那么真理的掌握者就不只是这些文人儒士了。从前文人儒士是他的老师,他要从他们那里转学圣人之道,而通过勤奋学习,如今他不但能够中积群言,比较是非,而且能够越过后儒和先儒的繁辞疏注,直承圣经贤传的真旨。在实践中,明太祖确实能够圣心独运,取得了制礼的极大成功,就连那些持道自重的儒士也不得不服。反观那些文人儒士,则迂腐之至,常常不得圣心。所以明太祖认为文人儒士不过是圣经贤传的学习者,在学习的过程中又充满了各种迷误,因而他们根本不能以"道的传人"自居,更不配为帝王师。明太祖又通过企图取消全国各地通祀孔子的惯例夺去孟子孔庙配享的地位,搞《孟子节文》等一系列事件打击士气,并且在精神上对文人儒士进行侮辱,肉体上进行摧残。《国榷》载:洪武三年五月,李文忠攻克应昌,捷报传至南京,百官拜贺,明太祖却下谕,命凡曾仕过元者勿贺,这对那些曾经仕元的刘基等人是莫大的精神侮辱。明太祖还对官员动辄庭杖,使其尊严扫地。

所以,在君师兼任又皇权集于一身的朱元璋的心目中,文人儒士的文化身份不堪一击,他们的职能应重新予以定位。明初之时,行政不畅,新王朝亟待建立起有效的行政系统管理地方,因为在任何一个专制政权中,专制君主都需要大批官吏来进行自上而下有效的统治和管理,需要官吏们不折不扣地执行政令,并能运用自身所具有的文化知识、行政经验和管理才能出色地履行职责。在中国古代官僚体制中,历来存在着官和吏两个系统,在太祖眼里,吏因读书太少而道德素质低劣,常常舞奸弄法,但作为官府中处理实际事务的人员,他们又是不可缺少的,没有他们,行政系统就运转不起来;文人儒士虽然书本知识丰富,道德修养较好,但很多人办事能力低下。在明太祖的眼里,吏是害民的代名词，所以他就想把文人儒士转化为"文吏"，使之能领会他的教化思想，无所偏差地贯彻他的意图，以提高行政效率为首要任务，做他集权政治上的一颗螺丝钉。为培养文人儒士的吏治才能，朱元璋亲自编写《到任须知》这样的手册，"几乎囊括了各级地方官员所应负责办理或应了解清楚的所有事项"①，指导官员进行地方管理。这样，"在治教之责兼尽，君师之职兼任的帝王面前，儒士与君主的关系就仅存君臣关系的一维了"。② 同时，明太祖打着"天命论"的大旗，将君臣之间的伦理关系做了极端强调，要求臣下要为君所用，为君尽力尽忠。说到底，明太祖这样做的目的就是要黜落文人儒士的文化身份，迫使他们放弃对现实政治进行理性思考和价值评判的习惯，摒弃对现实秩序的怀疑意识与批判精神，成为帝王统治的行政工具。文化身份被黜落的文人儒士，全部被纳入到集权政治机器的系统中，无可逃避，并时常处于文字狱的恐怖之中，时常面对与遭遇法外施刑的血腥暴力。在这种生存环境中，他们全部精力除了用在按照旨意谨慎办事上，哪里还谈得上文艺的创造与批评呢？

　　太祖朱元璋推行的文字狱与法外施刑的血腥暴力，对文人儒士造成的是精神与肉体上的摧残。成祖朱棣的手段则更为高明，他一方面采取文化专制主义，另一方面以名禄利诱的方式来使其文化专制主义得以实现。朱棣不但学太祖搞《孟子节文》那一套，做到经书一色化，"还要做到经书的传注及解释一色化；他明白，天下读书人的思想更周旋在这些纷杂不一的传注解释中"③，这势必会常常出现一些思想异端，"倘使由皇室将它们统一框定，那么天下人的学术与思想不也就尽由皇室操纵了吗？"④ 永乐十二年，朱棣下谕，在胡广主持下，第二年编成《五经四书大全》和《性理大全》，永乐十五年由朝廷颁布。两集《大全》"确定宋儒的经论注疏为惟一通行的正确解释，从此科举考试的经义内容已尽行废弃古代注疏，改而独尊墨守宋儒经说"。⑤ 天下读书人的思想遭到钳制。

①　高寿仙. 定鼎秦淮河［M］. 北京：华夏出版社，2000：151—152.
②　罗冬阳. 明太祖礼法之治研究［M］. 北京：高等教育出版社，1998：54.
③　尹继佐，周山. 中国学术思潮兴衰论［M］. 上海：上海社会科学院出版社，2001：213.
④　尹继佐，周山. 中国学术思潮兴衰论［M］. 上海：上海社会科学院出版社，2001：213.
⑤　尹继佐，周山. 中国学术思潮兴衰论［M］. 上海：上海社会科学院出版社，2001：215.

如果说太祖时是单方面黜落文人的文化身份,以恐怖的形式对他们进行肉体与精神摧残,但毕竟不能完全禁绝他们的思想,而成祖利诱式的文化专制主义政策则将从根本上扼制了文人的思想与文化创造能力。明代自洪武至弘治一百多年间,学术思想一直处于逡巡不前的状态,文学创作力萎弱,文学理论与批评不兴。

自从文化身份被黜落,思想遭禁锢之后,文人儒士与君王的关系就被定义为君臣关系一维了。君臣关系包括两种形态,一种是公共性统治关系,一种是私人性君臣关系。在公共性统治关系中,"君主又往往是一个国家存在的象征,……这种象征的角色,使得君主权力本身获得了公共性的意味,它同时又形成一种'公共性君臣关系(或统治关系)'。……几乎没有人对'公共性统治关系'提出质疑。大家都承认统治权力的存在是维系一个社会稳定的基石"①;而私人性君臣关系的核心往往是:"它所要维护的,是作为仆从或官僚的'臣'向君主个人的绝对效忠"②,对此,自孔子始就已提倡师道对王道加以规限。儒家知识分子不会去颠覆私人性的君臣关系,但是却总会以师道来彰显知识分子的独立性,然而经过明太祖的打压与明成祖的文化专制,师道在明代越来越难以彰显,君臣之间的关系几乎就成了私人性的效忠与服从关系。

明太祖对官吏的血腥镇压贯穿于他的整个后期统治中,师道在与王权的对峙中表现软弱,臣僚对君主已没有多大约束力,这使得文人儒士感到王权可怕而自己又无能为力,从而在心理上与君王日渐疏离。嘉靖帝时期,在"大礼议"中,嘉靖帝利用朝臣之间在此问题上的分歧,利用思想较为开通的王门之臣取得了"大礼议"的胜利,由此开启了明代朝臣分朋结党、相互攻讦的风气。作为外廷权力中心的内阁成为朝臣们争斗的主战场,嘉靖帝则以恩威莫测的神秘姿态,利用朝臣之间的矛盾与内讧,牢牢地掌握着君权。此后,帝王与群臣都陷入这种政治游戏之中而怠于朝政,神宗除了登位前几年尚能奋发有为,之后主政的几十年间,国家行政机构几乎处于半瘫痪状态,党争日趋激烈,是非之争变为意气之争,君子与小人的界限越来越模糊。皇帝昏聩,阉竖擅权,朝臣内耗,从上到下都不以国家之治为己任,于是,国家的政令得不到有效执行,

---

① 邓志峰. 王学与晚明的师道复兴运动[M]. 北京:社会科学文献出版社,2004:203.
② 邓志峰. 王学与晚明的师道复兴运动[M]. 北京:社会科学文献出版社,2004:202.

王权对社会的控制力遂逐渐削弱。在这种情况下，无论是私人性还是公共性的君臣关系，都渐渐松弛，君臣之间的离心力越来越大。

明中晚期，随着经济的发展、"王学"的盛行及士人自我意识的崛起，许多人对与君主之间的仆从关系越来越难以忍受，"跪拜起立，第如傀儡之登场，了无生意"。① 他们所效忠的不再是君主个人，而是自己的意气，又未免流于迂腐，白白送死。所以，许多臣僚开始不与君主合作，极端的做法是解除二者之间的私人性关系——去朝，"明末许多官员或纷纷丁忧，或封印归田不辞而别，致使朝廷几成'空署'"。② 他们去后即恢复了作为文人的文化身份。

二、文人文化共同体的形成

从心理上与身份上解除了与帝王私人性统治关系的士人再次恢复了他们的文化身份，进入文化创造的领域。中晚期以来大量文化闲人的出现及社会经济的发展、城市的繁荣，为这众多的文人组成文化共同体创造了必要的条件。

明代自太祖起就非常重视教育，普设学校，中晚期教师资源相当丰富，学校教育更加普及；又由于科举制度日趋完善，成祖之后，选官基本上"惟尚文一途"，于是从事举业的人逐渐增多。据顾炎武统计：宣德间，全国共有生员三万人，至明末不下五十万人。除此之外，还有那些未取得生员地位的童生，数量应远远多于生员。然"通经知古今，可为天子用者，数千人不得一也"。③ 可见中晚明科举的承载能力与考生数量之间严重失衡，绝大多数读书人被排除在官僚政治系统之外，终生与仕途无缘。不但入仕的机会极少，即使这少数的入仕者，很多也远非知识分子中的精英。明中叶以后，准备科举已不需再熟读经义，程墨房稿取代了四书五经成为科考必备课本，士子们只需诵习经文就能跻身仕途。随着科举考试空泛僵化及科考中的一些非公正性因素，才高质洁的博雅之士多落选，很多人因此心灰意懒，纷纷弃考。而"王学"则为困惑和失落中的读书人提供一条精神上的出路，他们或成为隐士、狂士，或成为山人，从别处寻求人生价值，而文化创造是他们的专长，也是他们的立世之本，于是社

---

① 文震孟．国步綦艰圣衷宜启疏［M］//黄宗羲．明文海：卷六十二．清涵芬楼钞本．
② 徐林．明代中晚期江南士人社会交往研究［M］．上海：上海古籍出版社，2006：2．
③ 顾炎武．生员论：上［M］//顾炎武．亭林诗文集：卷一．四部丛刊景清康熙本．

会上出现了大量的文化闲人。大量的文士摆脱或暂时摆脱科举的牢笼之后，也逐渐挣脱儒家学说的束缚进入了文化创造领域，即使是那些仍在朝为官的部分官员，为皇帝绝对尽忠的思想也早已动摇，众多文士在王学的影响下走向自我，大力释放着个体的、私人性的文化属性。这众多具有文化属性的个体，借用尤根·哈贝马斯的话说，就具有了构成私人性公共领域的可能性，哈贝马斯说："私人领域当中同样包含着真正意义上的公共领域；因为它是由私人组成的公共领域。所以，对于私人所有的天地，我们可以区分出私人领域和公共领域。"① 原来只限于公共权力机关的公共领域转移到私人领域中来了。

众多文人释放其个体的文化属性，进行文化创造，只是具备了私人性公共领域形成的主体条件，而经济的繁荣则为私人性公共领域提供了存在的空间，即城市。

在经济方面，明太祖认为农业的发展应是全面的。在王朝建立之前，他已开始在所辖之地兴修水利，种植经济农作物，明朝建立之后，这项措施继续得以施行，为明代中晚期商业性农业的发展奠定了基础。"成、弘以后农村产业结构调整步伐加快，农业资源配置日趋合理。……民营手工业、商业日为发达，城乡贸易交流更加紧密，全国性市场网络开始形成。社会分工日益细密，各地农副产品专业生产基地、专业市镇成批涌现。长江三角洲、珠江三角洲、福建东南沿海三地区域经济，已经初具规模。"② 同时，官营手工业衰落，民营手工业兴起，工匠可以以银代役，自给自足的个体农户的生产也开始转向市场，封建人身依附关系进一步松懈，这些人也涌进了市镇。农民阶级也发生了深刻的变化，明中期后，农村土地兼并情况严重，剩余劳动力大量外流，或转化为城镇居民从事工商，或沦为奴仆、雇工，或成为无业之人，这各色人等涌入市镇，使得城市人口结构与产业结构多样化。

成化、弘治以后，城市开始勃兴，人们的物质生活与文化生活日益丰富多彩，货币经济繁荣，促进了流通与消费，为不事生产而有钱有闲或有闲无钱的士人阶层提供了一个新的文化活动与交往空间。很多城市一开始都是一些专业

---

① 尤根·哈贝马斯. 公共领域的社会结构 [M]//汪晖，陈燕谷. 文化与公共性. 北京：生活·读书·新知三联书店，2005：137.
② 张显清，林金树. 明代政治史：上册 [M]. 桂林：广西师范大学出版社，2003：33—34.

市镇，可是随着文人们在这些地方频繁地活动，这些市镇的文化意味越来越浓厚，商业服务功能也越来越突出，文化消费性场所也越来越多，茶馆、酒馆、旅店、园林都是文人们聚集交往的好地方。哈贝马斯说："'城市'不仅仅是资产阶级社会的生活中心；在与'宫廷'的文化政治冲突中，城市里最突出的是一种文学公共领域，其机制体现为咖啡馆、沙龙以及宴会等。"① "和在沙龙中一样，文学在这些咖啡馆里也取得了合法性；在这里，知识分子和贵族走到了一起。"② 明代中晚期的士人就是在城市中各种各样功能类似咖啡馆、沙龙以及宴会的社交场合中，社会交往日趋频繁，社会交往形式也逐渐多样化，从而有了能够建立起新的公共领域的条件。他们结成了各种文化性组织，这些组织便构成了一个个私人性的共同领域，一个个私人性的共同领域，又集结成一个大的文化共域，在这个文化共域中，士人们进行着各种各样的文化活动，其中最重要的当属文学活动。哈贝马斯说："1709 年……咖啡馆已经相当普遍，进咖啡馆的人也已经形成广泛的圈子，以至于这样一种上千人的圈子靠一份报纸就能组织起来，并且可以维持下去。"③ 而对于明代的文坛来说，靠一个文学主张就能将一部分文人组织起来，无论七子派、还是唐宋派、公安派、竟陵派，都是靠一个主张而开宗立户。在这个以文艺创造为主要文化活动的文人的文化共域中，靠一个文学主张就能掀起文坛大浪，将绝大多数文人牵入其中，这便造就了明代文坛热闹的局面。

三、走向文艺——艺术精神空前自觉

经过太祖的严重打压、成祖时期的思想钳制，明代前期文人的文化创造力遭到极大削弱，众多文人少有一文半句传世，有诗文的也只是一些内容空疏的台阁体或模古之作，这是一种很不正常的现象。在古代中国这样一个礼乐文明高度发达的国度，诗歌创作是文人体现其人生价值的重要活动，与政治上的追

---

① 尤根·哈贝马斯. 公共领域的社会结构［M］//汪晖，陈燕谷. 文化与公共性. 北京：生活·读书·新知三联书店，2005：136.
② 尤根·哈贝马斯. 公共领域的社会结构［M］//汪晖，陈燕谷. 文化与公共性. 北京：生活·读书·新知三联书店，2005：140.
③ 尤根·哈贝马斯. 公共领域的社会结构［M］//汪晖，陈燕谷. 文化与公共性. 北京：生活·读书·新知三联书店，2005：149.

求同等重要。从古至明，有多少动人的歌唱，为人们的心灵提供诗意化的居所；从古至明，又发生了多少帝王与臣下诗文唱和之雅事。君臣在一唱一和的文学活动中，共同的文化身份拉近了他们之间的距离，使得二者间较为紧张的私人性关系变得有所缓和，并从另一方面体现出些许文化意味来。王世贞《艺苑卮言》第八卷专门记录古往今来君臣之间以诗文相遇的轶事，对历史上君臣之间文艺交往的盛况十分羡慕与向往，如：

> 自古文章于人主未必遇，遇者政不必佳耳。独司马相如于汉武帝奏《子虚赋》，不意其令人主叹曰："朕独不得此人同时哉！"奏《大人赋》则大悦，飘飘有凌云之气，似游天地间。既死，索其遗篇，得《封禅书》，览而异之。此是千古君臣相遇。①
>
> 王充有云："韩非之书传在秦廷，始皇叹不得与此人同时。陆贾《新语》奏一篇，高祖称善，左右呼万岁。王莽时，郎吏上奏，刘子骏章尤美，因至大用。……。"当时人主自晓文艺，作主试，令人跃然。②
>
> 有武平一者，以正月八日立春彩花应制诗成，中宗手敕批云："平一年虽最少，文甚警新，悦红蕊之先开，讶黄莺之未啭，循环吟咀，赏叹兼怀，今更赐花一枝，以彰其美。"所赐学士花并插，后复以谑词赐酒一杯，当时叹美。……至离宫列席，领略佳候，使才士操觚，次第称赏，亦是人主快事，为词林佳话。③

然而这种君臣以文相遇之事在明代却只能成为一种奢望。明太祖经过十几年的学习，文化水平大有提高，虽也能作诗，但毕竟不是其所长。王世贞所列举的三代而后，人主文章之美者，共二十九主，明代则无一主名列其中。当然，诗文也不是明代帝王的兴趣所在，明太祖的所有精力都在于政治，在于复三代之旧，在于将文人培养成集权政治之下的行政工具。他极力黜落文士的文化身份，君臣之间的诗文雅事少之又少，其后继者亦少雅情。《艺苑卮言》第八卷中

---

① 周维德. 全明诗话［M］. 济南：齐鲁书社，2005：1970.
② 周维德. 全明诗话［M］. 济南：齐鲁书社，2005：1971.
③ 周维德. 全明诗话［M］. 济南：齐鲁书社，2005：1972.

载有两次明代人主赐诗的文化行为，一次是明太祖"亲调甘露浆，及御撰《醉学士歌》赐金华宋承旨濂"，一次是"宣宗与蹇、夏三杨游万岁山。少保黄淮，时以致仕趋朝谢恩，特令从宴，仍赐肩舆。赓歌赞咏，为一时盛事，有光前古"。此二次虽也算是君臣诗文雅事，但人主与臣下之间文化交往中的关系仍如沟壑，像宋代王珪与人主诗文雅交的事情简直就不可想象：

> 宋王岐公珪为学士，尝月夜上召入禁中，对设一榻赐坐，王谢不敢。上曰："所以夜相命者，正欲略去苛礼，领略风月耳。"既宴，水陆奇珍，《仙韶》《霓羽》，酒行无算。左右姬嫔，悉以领巾纨扇索诗，王一一为之，咸以珠花一枝润笔，衣袖皆满。五夜，乃令以金莲归院。翌日，都下盛传天子请客。①

前代帝王与臣下之间进行诗文唱和、文化交游之时，大都能暂时忘却其间不可逾越的鸿沟，二者地位暂时取得平等，而明代仅有的一两次君臣之间的文化行为，帝王仍然高高在上，臣下要么处于受恩赐的地位，要么是为帝王歌功颂德，丝毫显示不出人格的独立性，像李白那样逞才华、逊君王而帝王真心向之的事情，在明代就是天方夜谭。在明人看来，君臣之间的文学交游活动，实际上是文人彰显独立性以期暂时超越帝王的时机，也是融洽君臣间紧张的政治关系的润滑剂，然而明代文人却没有这样的机会了。这也意味着士人与君王的疏离成为不可避免的定局，再没有可以弥合的中间手段了。

成、弘之际，尤其是弘治年间，曾经在建文帝那里昙花一现的尊重儒士的态度，此时有了些许表现，长期被压抑的士气一度得到反弹，但这并不意味着士人们在心理上消弭了与君王的隔膜。弘治之后的正德时期，由于皇帝行为荒唐不理朝政，宦官专权打击外臣，明代政治开始日趋腐坏。然而，自成、弘以来，经济发展却非常迅速，商业市镇大量出现，传统的生产关系已有某种程度的改变，人们的思想观念开始发生变化，个人意识开始突显。这在李梦阳这些廊署臣僚那里表现得十分明显，他们开始在政治之外的文学领域显露身手，他

---

① 王世贞．艺苑卮言：卷八［M］//周维德，集校．全明诗话．济南：齐鲁书社，2005：1973.（本书所引王世贞论诗，如无特别标示，均出自此版本《艺苑卮言》）

们结文社，谈诗论文，并在文学活动中彰显出独立人格。李梦阳、何景明等"前七子"提倡"文必秦汉、诗必盛唐"，表面上看与明初以来的复古主张没什么区别，在他们之前，即使是道学派、官方御用文人，在诗歌方面也都有宗唐倾向，但"前七子"将秦汉之文、汉魏盛唐之诗作为文学经典加以推崇，作为创作典范加以学习，除了是在"文学经典意识"支配之下做出的宗尚与师法选择，也有在某种审美范式中寄托士气的人格诉求。

文人完全转向文艺领域，是在明中期之后，这个转折点就是嘉靖时期的"大礼议"之争。"王学"为明世宗在"大礼议"之争中取得胜利立下了汗马功劳，王守仁本人又建有不世之功，"王学"却在嘉靖八年遭禁。"大礼议"之后，无论是曾经的支持派还是反对派，都没有得到君王单方面的宠信，相反，明世宗利用朝臣之间的矛盾牢牢地掌握着政权，并时常表现得恩威莫测，令人无法捉摸。于是在成、弘之际积累的士气消失殆尽，文士对皇帝失去了信任，与皇帝彻底离心离德。在王学思想的支持下，文士们消解了不能"致君尧舜上"的焦虑感，在反叛理学的同时也越来越背离儒家的道德、伦理、人格等方面的要求。那些身心还在政治舞台上的朝臣们与君王一起玩着互相欺骗的政治游戏，而那些彻底回归文化身份的文人们则高扬自我，选择各种艺术化的人生。他们大部分走向文化创造，走向审美，走向文艺。无论是"七子派"还是"公安派"，他们的主张虽然是对立的，但是他们都是从文学立场出发，走向文艺自身，他们处于共同的文化场域中，有着共同的文化身份。他们向往盛唐那个诗的时代，那个文人日常生活艺术化的时代，那个文人以诗就能取得帝王倾心的时代，向往那个文人是时代英雄、时代宠儿的时代！王世贞云：

> 王昌龄、王之涣、高适微服酒楼，诸名伎歌者咸是其诗，因而欢饮竟日。大历中，卖一女子，姿首如常，而索价至数十万，云："此女子诵得白学士《长恨歌》，安可他比？"李峤汾水之作，歌之，明皇至为泫然曰："李峤真才子。"又宣宗因见伶官歌白《杨柳枝》词："永丰坊里千条柳。"趣令取永丰柳两株，栽之禁中。元稹《连昌宫》等辞凡百馀章，宫人咸歌之，且呼为元才子。李贺乐府数十首，流传管弦。又李益与贺齐名，每一篇出，辄以重赂购之入乐府，称为二李。呜呼！彼伶工女子者，今安在乎哉？（《艺苑卮言》卷八）

　　彼伶工女子者，今已不在，然而此时明代的文人，却要全身心地拥抱文艺了，文艺将成为他们精神世界的全部。王世贞曾多次说到"文章不朽之事"，李攀龙曰："不朽者文，不晦者心。"（《艺苑卮言》卷一）一生浪迹四方的谢榛，唯有诗歌才是心灵的安顿之所，自云："幡然一叟，惟诗是乐。"①

　　追随儒道，求栖明主建功立业以获不朽之声名，是每位读书人的愿望，然而在明代尤其是明中晚期，世道荒谬，遂寄于文者多是。也许开始是有些许无奈，但终不后悔选择了文艺作为一生最可宝贵的事业，他们坚信这将使他们的人生变得更有意义。高叔嗣云："夫士抱器丁年，曷尝不欲会云龙道佐明主，建不朽之业，垂非常之誉虖？而时谬不然，远迹江海之澨，放意鱼鸟之区，事与愿违，心以迹孤，……是以忧来无端，咸宣于诗。"② 这是许多中晚明时期文人的人生写照。正因如此，明人评判文学价值的标准往往是以文艺而不是以政教为中心，体现出自觉而强烈的艺术精神。王世贞《艺苑卮言》载："李于鳞守顺德时，有胡提学者过之。其人，蜀人也。于鳞往访，方掇茶次，漫问之曰：'杨升庵健饭否？'胡忽云：'升庵锦心绣肠，不若陈白沙鸢飞鱼跃也。'于鳞拂衣去，口咄咄不绝。"胡提学关于杨慎的评论完全是一幅道学先生的口吻，具有强烈艺术精神的李攀龙对此十分不满。也正因为将文学当作毕生的事业，有着自觉的艺术精神，明人极重艺术而轻教化的态度甚至比魏晋南北朝的文人还强烈，所以，明代文坛才会一石就能激起千层浪，论争纷纷，热闹异常，几乎文化共域中的所有文人都或直接或间接地参与到了当时各种诗文论争之中。在政治理想无法实现、政治身份无所归属的情况下，个体在这个文人共同的文化共域中，在诗的国度里找到了心灵的归处，找到实现人生价值的途径，艺术精神也越来越自觉。正如郭绍虞所说："明代学风是偏于文艺的，文艺理论又能比较偏于纯艺术的。"

---

① 谢榛. 四溟诗话：卷三［M］//周维德，集校. 全明诗话. 济南：齐鲁书社，2005：1347.

② 高叔嗣. 刻二张诗集序［M］//苏门集：卷五. 明刻本.

第二节　明代诗学在中国古典诗学发展历史中的位置

一、文学观念演进期

以诗之"诗性"，即文学性来界定诗，文学观念方才自觉，但这有个漫长的演进过程。按照郭绍虞先生的观点，从周秦到南北朝是文学观念的演进期，这是符合中国诗学发展的实际的。先秦是中国文学起源及文学理论与批评的萌芽时期，这个时期也是中国古代文化发展的早期，"意识形态与文化领域内各个不同部门的界限还不很清楚，文史哲不分，诗乐舞合一，还没有明确的、科学的文学观念"。① 此时关于文学的理论与批评也是零星的，弥漫于各种文化著作中，含蕴于哲学、政治思想体系里，这也表明当时人们在文学观念上只是认识到了诗歌的文化属性。

先秦时期，诗歌创作有两个系统，一个是民间的，一个是士人的，民间诗歌创作处于一种自发状态，士人的创作则处于自觉状态。周时，士人是本时代文化的创造者，承担着为统治阶级提供文化产品的职责，但其根本使命是为最高统治者听政、观政服务。邵穆公说："故天子听政，使公卿至于列士献诗，瞽献曲，史献书，师箴，瞍赋，蒙诵，百工谏，庶人传语。近臣尽规，亲戚补察，瞽、史教诲，耆、艾修之，而后王斟酌焉。是以事行而不悖。"② 公卿列士所献之诗，一方面出自自身的创作，另一方面来自乐府机关从民间采集的"风"诗。士人的创作多出于政治意愿和政治目的，或讽谏，或歌功颂德。表明作诗是出于讽谏目的的如《小雅·节南山》："家父作诵，以究王讻，式讹尔心，以畜万邦"，此诗是周幽王时的大夫家父讽谏尹氏弊政所作，告白写作此诗目的是追究导致弊政的祸根，希望幽王能改变心意，造福黎民百姓。《大雅·民劳》云："王欲玉女，是用大谏"，表明作诗的目的是要端正周厉王的品行，修明内治，安民防奸，振兴国家。表明作诗是出于歌功颂德目的的如《大雅·崧高》云：

---

① 张少康. 中国文学理论批评史教程［M］. 北京：北京大学出版社，2000：1.
② 《先秦文观止》编委会. 先秦文观止［M］. 上海：学林出版社，2015：34.

"申伯之德，柔惠且直。揉此万邦，闻于四国。吉甫作诵，其诗孔硕。其风肆好，以赠申伯。"不过，这些士人作诗除了有某种政治目的和政治意愿外，他们也认识到诗可表达自己的情感，但此情感仍然是因政治而生的情感，如《大雅·烝民》云："四牡骙骙，八鸾喈喈。仲山甫徂齐，式遄其归。吉甫作诵，穆如清风。仲山甫永怀，以慰其心。"仲山甫因有美德，吉甫对他非常激赏。又如《小雅·巷伯》云："寺人孟子，作为此诗。凡百君子，敬而听之。"周幽王时，阉官孟子，遭谗言被处以宫刑，忍受了巨大痛苦，作者作此诗对诽谤者的无耻行径加以无情鞭挞，情绪激愤。还有如《小雅·四月》云："君子作歌，维以告哀"等。

　　士人作诗，有着自觉的政治目的，对诗歌的认识也是政治层面的，而民间创作则处于自发状态，但有时也无意识地认识到自己的歌唱是因情而发的。比如《召南·江有汜》云："江有沱，之子归，不我过。不我过，其啸也歌。"《邶风·泉水》云："我思肥泉，兹之永叹。思须与漕，我心悠悠。驾言出游，以写我忧。"《魏风·园有桃》云："心之忧矣，我歌且谣。"然而，民间的声音是没有话语权的，民间诗歌处于被知识分子观照的失语地位。知识分子主要是从政治层面认识诗歌的功能，民间诗歌也就只能从政治层面进入知识分子的观照视野，它们被当作周王朝政治得失的文本表现，为改进施政提供参考，这种"观诗知政"观集中表现在季札观乐时发表的评论中。可见，周时的文学观念等同于文化观念，诗与各种文化形态一样，都是为政治服务的，诗中所表达的情感自然被政治化。

　　战国时代，礼崩乐坏，周王室虽仍是天下共主，但基本上没有什么影响力了，知识分子四处投靠列国诸侯，主要从事文化创造事业，呈百家争鸣之势，力图为统治阶级提供新的政治与文化模式。他们没有太多的精力与兴趣进行诗歌创作以言其志，而周时所采集的《风》及士人创作的《雅》与《颂》，在流传的过程中则变成一种文化资源，在列国的外交中发挥着"赋诗言志"的作用。《左传》记载襄公二十七年赵文子（即赵孟）对叔向说"诗以言志"，并非他认识到诗歌的本质是"诗言志"，而是说赋诗可以言志。他对叔向说："伯有将为戮矣。诗以言志，志诬其上，而公怨之，以为宾荣，其能久乎?"① 赵文子之所

---

　　① 　郭丹．先秦两汉文论全编［M］．上海：远东出版社，2012：75.

以对叔向如是说，是因为郑伯在垂陇设享礼招待赵文子，有七位大夫随从，赵文子请求赋诗以观七子之志。伯有诵读了《鹑之贲贲》，他斥责道："床笫之言不逾阈，况在野乎？非使人之所得闻也"①，认为伯有赋此诗有讥刺郑伯的意思。三年之后，伯有果然遭戮。所以，这里的"诗以言志"并不是对诗歌自身特质的认识，而是从读诗者、用诗者的角度对诗歌的政治作用形成的新认识，赋诗者所传达的并非作者之志，而是赋诗者自己之志，但是，既然赋诗可言用诗者之志，这说明诗本身就表达了某种"志"，此"志"与赋诗者内心之"志"可以相通。《雅》诗表达的多是作者的政治意愿与政治情感，赋诗者很容易从中找到与其志相通之处，而《风》诗中所表达的都是个人的自然情感与生活情感，在成为文化资源后，在赋诗言志的外交辞令中，《风》诗之中的个人情感也被政治化，诗中因人与自然、人与人之间所产生的情感被转变成君臣之间或臣臣之间的政治情感，这是一件无奈的事情。不过在有了"赋诗言志"的观念之后，自然会有"诗言作诗者之志"的观念。《庄子·天下》篇云："诗以道志"，《荀子·儒效》篇云："《诗》言是其志也"，《荀子·乐论》篇云："君子以钟鼓道志"，《尚书·尧典》借舜之口说出："诗言志，歌永言"，"志"也就慢慢不仅仅局限于政治化的情感了。

可见，先秦时期，从西周到战国，文学观念也是发展变化的，从一开始将文学等同于文化，认为诗歌仅承担政治功能，到"赋诗言志"，再到"诗言志"，渐渐触及诗的本质。"志"虽然多指政治情感，但"志"的情感因素还是被认识到了，到庄子、荀子论"志"时，"志"已有个体情感的意思。汉代诗学在文学观念上并没有对此作出超越，仍然持"诗言志"的观点，而且更加强化"志"的儒家政治与伦理内容，但即使如此，汉儒亦不能完全否定诗歌的情感性。

汉代"诗学"其实是"《诗经》之学"，这是一种经学而非文学意义上的诗学，但它仍是文学观念演进中的一个重要时段。汉代"诗学"与当时的文学创作呈相离状态，它所观照的是先代的一个诗歌文本——"诗三百"，尊之为《诗经》。在汉儒看来，《诗经》与其他儒家经典《易》《礼》《书》《春秋》一样，蕴含许多经国治世之道，他们所要做的事情，就是从作品中挖掘出所谓的君臣

---

① 郭丹．先秦两汉文论全编［M］．上海：远东出版社，2012：75.

之伦理、经世之治道。无论是《风》《雅》还是《颂》，阐释其中的政治伦理内容是汉儒解释、分析作品唯一的目的，在此基础上，汉儒建立起一套正统的儒家文艺观。从这个意义上来说，汉代的文学观念是先验的，它完全承接孔子的文艺观，并在此基础上作进一步延伸与深化，对本时代的创作则视而不见。

汉代儒家文艺思想集中体现在《毛诗》与《礼记·乐记》中。然而，就是在这种"诗言志"的经学文学观中，汉儒对诗（文学）的认识也不是绝对经学化，仍然蕴含着"诗言情"的观念，这表现在他们对文学发生问题的看法上。

首先看《毛诗序》中的论述："诗者，志之所之也，在心为志，发言为诗。情动于中而形于言，言之不足故嗟叹之，嗟叹之不足故永歌之，永歌之不足，不知手之舞之，足之蹈之也。"① 从前一句看，仍是"诗言志"观，但从后一句"情动于中而形于言"看，释放内心涌动的情感则有可能会发言为诗，实际上"嗟叹""永歌"都是诗歌声音化的形式，所以，这段论述里"诗言情"的文学观念已经呼之欲出了。诗言情，乐亦如此，《礼记·乐记》云："凡音之起，由人心生也。人心之动，物使之然也"②，"凡音者，生人心者也。情动于中，故形于声，声成文，谓之音。"（《礼记·乐记》）可见，诗与乐都是因人心感物而动情，情形之于言为诗，形于声则为乐。

再从"变风""变雅"的产生来看，《毛诗序》云：

> 至于王道衰，礼义废，政教失，国异政，家殊俗，而变风、变雅作矣。国史明乎得失之迹，伤人伦之废，哀刑政之苛，吟咏情性，以风其上，达于事变而怀其旧俗者也。

故变风发乎情，止乎礼义。发乎情，民之性也；止乎礼义，先王之泽也。这里汉儒尽管仍强调了"变风""变雅"的讽谏目的，但更多的是承认"变风""变雅"乃"吟咏性情"的，是发于哀伤之情的，并认为发乎情乃民之本性。这就等于承认了诗是因情而生的，只是要求抒发情感的诗还是要以"讽谏"为目的，所以汉儒在诗歌的语言、形式、表达方式上才有了矛盾而统一的要求："主文而

---

① 郭绍虞. 中国历代文论选：第一册［M］. 上海：上海古籍出版社，1990：63.
② 郭绍虞. 中国历代文论选：第一册［M］. 上海：上海古籍出版社，1990：61.

谲谏"。

从功能上而言，汉儒对诗持"诗教"观，《诗经》被汉儒当成施行教化比较理想的文本："其为人也温柔敦厚，《诗》教也。"《诗经》之所以具有这种功能，诗教之所以能达到更好的教化目的，是因为汉儒明白了一点，即要教化人，使之性情变得温柔敦厚，没有比动之以情更好的方式了，而诗正是发乎情的。有什么样的情，就会形于什么样的言（音）："治世之音安以乐，其政和；乱世之音怨以怒，其政乖；亡国之音哀以思，其民困。"① 诗里面是喜、怒、哀、乐等各种情感交织而成的人生，而人同此心，故诗情具有强烈的感染力，不但能感动人，甚至能动天地，泣鬼神。正如林语堂非常富有诗意的一段诗论："有时它引动了浪漫主义的情绪，而给予人们终日劳苦无味的世界以一种宽慰，有时它迎合着悲愁、消极、抑制的情感，用反映忧郁的艺术手腕以澄清心境。它教训人们愉悦地静听雨打芭蕉，轻快地欣赏茅舍炊烟与晚云相接而笼罩山腰，留恋村径闲览那茑萝百合，静听杜鹃啼，令游子思母，它给予人们以一种易动怜惜的情感，对于采茶摘桑的姑娘们，对于被遗弃的爱人，对于亲子随军远征的母亲和对于战祸蹂躏的劫后灾难。"② 是的，诗能将"灵感"与"活跃的情愫"发挥得淋漓尽致，读之可以洗涤心灵，宣泄不愉快的情绪，使情感变得更加健康；读诗也可以增强美的感受力，升华人的精神境界，让生活变得有诗意，这样，百姓的性情自然会变得温柔敦厚了。性情温柔敦厚了，自然可以夫妇和，孝敬成，人伦厚，教化美，风俗移了。这对于社会的稳定一定是非常有利的。

由此可见，即使是功能性的"诗教"观成为汉代的主流文学观念，但在新的历史条件下，文学观念仍会向前发展。从汉代文士们的创作及帝王对诗赋及其作者的态度中可明显看出来，汉人对文学已经有了新的看法。班固在《两都赋序》中勾勒出汉代统治者爱好并倡导文学以及当时诗赋创作十分兴盛的情景：

> 大汉初定，日不暇给，至于武宣之世，乃崇礼官，考文章，内设金马石渠之署，外兴乐府协律之事，以兴废继绝，润色鸿业。……故言语侍从之臣，若司马相如、虞丘寿王、东方朔、枚皋、王褒、刘向之属，朝夕论

① 郭绍虞. 中国历代文论选：第一册［M］. 上海：上海古籍出版社，1990：63.
② 林语堂. 吾国与吾民［M］. 北京：宝文堂书店，1990：222.

　　思，日月献纳；而公卿大臣御史大夫倪宽、太常孔臧、太中大夫董仲舒、宗正刘德、太子太傅萧望之等，时时间作。……故孝成之世论而录之，盖奏御者千有余篇，而后大汉之文章炳焉，与三代同风。

　　而汉武帝读到司马相如的《子虚赋》，竟发出不能与之同时的感叹。帝王贵胄如此推崇文学，延揽文学之士，于是在帝王与一些地方藩王身边聚集了不少文人，创作了各种体式的文学作品：汉大赋、骚体抒情赋、乐府诗、四言古诗等，数量惊人。然而，尽管汉代的创作如此兴盛，帝王贵胄如此热爱文学，这些诗赋作者的地位却不高，被与倡优等而视之。这是因为他们的创作在帝王们看来不能与已被汉儒经学化的传统之“诗”相提并论，而与倡优的表演一样，目的是给帝王带来感观及精神上的愉悦，为帝王的享乐服务。这些文人作为言语侍从之臣，从骨子里被人看轻，如东方朔、枚皋等人，虽才华横溢，抱负远大，却不被重用。扬雄辞赋创作成就很高，晚年却有悔于少作，视之为“童子雕虫篆刻”，而视其玄奥的《太玄》《法言》等儒家思想论著为正道之文。与周时一样，汉代亦设乐府机关采集民歌，但目的已大不同。周时采集民歌，是为了观政治之得失，汉代则是将采集的民歌加以协律演唱，供帝王消遣娱乐。可见，汉代无论是民间乐府，还是文人辞赋创作，都被视为与承担诗教功能的《诗经》不同的“语言”作品。乐府以婉转的音乐性、抒情性，辞赋以“侈丽闳衍”的辞藻及丰富的物象、夸饰的技法，甚至戏剧化的情节性，带给人感观及精神的娱悦与满足，这与汉儒所认同的传统诗歌是绝不相同的，正是在这个意义上，辞赋创作被晚年的扬雄称为“小技”。其实，也正是这种对乐府与辞赋的轻视心理，表明了“文”的自觉意识在汉代开始萌生，说明人们开始认识到诗赋是“语言的艺术”，而非儒家之道的载体，刘歆曾总群书而奏《七略》，其中就有“诗赋略”，班固《汉书·艺文志》亦设有“诗赋略”。

　　魏晋南北朝时期被认为是“文学的自觉时代”，这个观点最早由日本的铃木虎雄提出，他在1920年发表于日本杂志《艺文》上的《魏晋南北朝时代的文学论》一文中说：

　　　　通观自孔子以来直至汉末，基本上没有离开道德论的文学观，并且在这一段时期内进而形成只以对道德思想的鼓吹为手段来看文学的存在价值的倾向。如果照此自然发展，那么到魏代以后，并不一定能够产生从文学自身看其存在价值的思想。因此，我认为，魏的时代是中国文学的自觉时代。①

此文后收入他的《中国诗论史》一书中。鲁迅先生1927年9月间在广州作的《魏晋风度及文章与药及酒之关系》的演讲中，亦持此观点，他说："用近代的文学眼光看来，曹丕的时代可以说是'文学的自觉时代'，或如近代所说是为艺术而艺术的一派。"② 魏晋南北朝时期文学观念之所以能够自觉，一方面有着先秦两汉时期关于文学的认识及文学实践的积累，另一方面是因为儒家思想的桎梏在汉末遭到松解，为文学观念的自觉提供了必要的条件。汉末，社会处于混乱动荡时期，外戚与宦官把持朝政，士人在两次党锢之祸中遭到了重创，对儒家信仰产生了深刻危机，开始从政治人生转向艺术人生。他们政治上由"清议"转为"清谈"，文学上开始重个体情感的抒发，自我意识开始张扬，抒个体之情的小赋和五言古诗的创作数量增多。建安以后，五言古诗大兴，成为文人创作的主要体式。从《古诗十九首》中可以看出，儒家人格与道德理想被放逐，个体生命意识、感伤情怀凸显，创作不再是为了"抒下情以通讽谕""宣上德而尽忠孝"，而是抒发个人无可把握的生命焦虑感，宣泄心中无尽的伤情。可以说，从创作的实际来看，文学在汉末已经自觉，但从理论上对此加以总结与提炼，则由曹丕首发，这体现在他的《典论·论文》③ 中。

文学要自觉，作家人格需要一定程度的独立。曹魏时代，曹氏父子尚文学，建安中，原来分散各地的文士们集中于邺下，形成了中国历史上第一个重要的文学集团，作家的地位大大提高。曹操不再以外在的儒家道德观要求他们，而重视他们自身的才性，曹丕更是与这些作家平等相处，友好相待，他们常常集体交游，切磋文艺，砥砺诗赋。曹丕对这些文士有着很深的情谊，建安二十二年，徐干、陈琳、应场、刘桢等遭瘟疫而死，曹丕深表痛心，他在《与吴质书》中云："昔年疾疫，亲故多离其灾，徐、陈、应、刘一时俱逝，痛可言邪！昔日

---

① 铃木虎雄. 中国诗论史［M］. 许总，译. 南宁：桂林广西人民出版社，1989：37.
② 鲁迅. 鲁迅文集：杂文卷上［M］. 武汉：华中科技大学出版社，2014：365.
③ 曹丕. 典论·论文［M］//郭绍虞. 中国历代文论选：第一册. 上海：上海古籍出版社，1990：158—159.

游处，行则连舆，止则接席，何曾须臾相失。每至觞酌流行，丝竹并奏，酒酣耳热，仰而赋诗，当此之时，忽然不自知乐也。谓百年已分，可长共相保。何图数年之间，零落略尽，言之伤心！"作家的地位得到了提高，人格相对独立，同时，他们的创作气质与个性也得到了认识、区别与尊重。曹丕认识到："文以气为主，气之清浊有体，不可力强而致。"（《典论·论文》）不同气质与个性的作家，他们的创作风格不同，不能强行要求他们各种风格兼备，比如："王粲长于辞赋，徐干时有齐气，然粲之匹也。……应玚和而不壮，刘桢壮而不密。孔融体气高妙，有过人者。"（《典论·论文》）

　　文士的地位之所以能够提高，人格之所以能够相对独立，一方面是因为社会在价值取向上摆脱了儒家道德人格的束缚，另一方面是因为文学的价值被人们充分认识到，文学的地位提高了。曹丕将文学的地位提升到"经国之大业，不朽之盛事"的程度，与当年春秋时鲁国的叔孙豹的"三不朽"观不太一样，叔孙豹认为三不朽中，太上为立德，其次为立功，第三才是立言，但在曹丕及同时代的文士看来，文学与道德、事功的价值同等重要："寄身于翰墨，见意于篇籍，不假良史之辞，不托飞驰之势，而声名自传于后。"（《典论·论文》）在短暂而无法把握的人生中，只有"言"——文学作品才真正是属于自己的。文学可以安顿他们的心灵，展现他们别样的才华，可使短暂有限的人生获得名声并传之久远获得无限意义。曹丕深谙此理，所以，在徐、陈、应、刘早逝之后，亲自为他们编辑遗文，让他们的名声因其文学作品而流传下去。由于曹丕自身有着杰出的文学才华，又有着丰富的创作实践，对文学的价值又有深刻的认识，所以他能对文学的特质有更深刻的把握："夫文本同而末异，盖奏议宜雅，书论宜理，铭诔尚实，诗赋欲丽"（《典论·论文》），触及到了诗赋的文学性——"丽"这一文辞形式特征。

　　不过，尽管从汉末至建安，文士们的创作已经自觉体现出了诗及赋的"情"与"丽"的特征，但从诗学角度上来看，曹丕关于文学的认识还只是抓住了诗赋形式上的"丽"，对于其"情"的本质规定性则未能从理论上提炼出来，这一任务是由陆机完成的。陆机在《文赋》中表述了正确与科学的文学观念："诗缘情而绮靡"。陆机此一命题，抓住了诗歌内容上抒情及形式上"丽"的本质特征。关于"绮靡"的解释，张少康先生解释说："其实绮靡之含义并非象明清人所说是'淫艳''侈丽'之意，而是象李善所说是指'精妙之言'，是没有贬意的。刘勰《文心雕龙》中讲'《九歌》《九辩》，绮靡以伤情'，以及西晋文学'结藻清英，流韵绮靡'等，均无贬斥含义。"① 而且从陆机《文赋》的具体内容来看，其所说的"绮靡"是对诗、赋形式之"丽"非常科学的认识。陆机"诗缘情而绮靡"之论揭示了诗歌（文学）的本质规定性：内容之"情"与形式之"丽"。之后的刘勰论诗也不出此论，如其云："人禀七情，应物斯感，感物吟志，莫非自然。"②"故铺观列代，而情变之数可监；撮举同异，而纲领之要可明矣。若夫四言正体，则雅润为本，五言流调，则清丽居宗。"③ 刘勰除了对四言诗的认识还有些儒家眼光之外，对建安以来成为创作主流的五言诗的认识，基本着眼点也是"情"与"丽"。钟嵘在《诗品》中品评作品时，亦从内容之"情"与文辞之"丽"两方面入手，兼论作者主体气质。如评曹植诗："骨气奇高，词彩华茂。情兼雅怨，体被文质。"评班婕妤诗："《团扇》短章，词旨清捷，怨深文绮，得匹妇之致。"评陆机所拟古诗十四首："文温以丽，意悲而远，惊心动魄，可谓几乎一字千金。"对三者诗能缘情绮靡大加赞赏。而评刘桢诗："仗气爱奇，动多振绝。真骨凌霜，高风跨俗。但气过其文，雕润恨少。"则对刘桢诗文辞雕润不足表示些许遗憾。钟嵘明确指出五言古诗的体制源出于《国风》，从诗歌史的角度指出二者的承继关系，而《国风》的体制正是因情而辞丽，所以钟嵘的诗学观念较陆机、刘勰更加自觉与成熟。

　　所以，至魏晋南北朝时期，随着文学观念不断进步与演进，诗歌观念已自觉、成熟，可以陆机的"诗缘情以绮靡"作为概括，但是还有一些其他非文学样式未能与文学完全区分开来，南北朝时就此问题发生了"文笔之辨"。"文笔之辨"虽然未能完全将文学与非文学区分开来，但已大大缩小了"文学"的范围，所以，尽管此时文章观念还未完全完善，但从创作的实际以及相关的讨论来看，文学的观念基本确立，文学观念的演进过程基本结束。之后由于儒家重新取得意识形态的主导地位，所以"诗缘情"还是"诗言志"，"文以载道"还是表达个人情志的争论一直存在，这属于文学观念演进的一个延续，已经不是诗学的重心所在了。

---

① 张少康. 中国文学理论批评史教程［M］. 北京：北京大学出版社，2000：106.
② 周振甫. 文心雕龙今译［M］. 北京：中华书局：2011：56.
③ 周振甫. 文心雕龙今译［M］. 北京：中华书局：2011：92.

二、文学观念进一步自觉及诗歌创作理论探讨时期

唐代以"诗"取士，诗歌创作成为最主要的文学活动，诗学也转向对诗歌创作理论的研究，这种情况一直延续到北宋，这就是郭绍虞先生所说的中国古代文学理论与批评发展的第二期。郭绍虞先生将这一时期定义为"文学观念的复古期"，这种说法值得商榷。这个时期，文学观念的复古与否并不是诗学的重心，诗学的中心在于诗歌创作理论的探讨。当然，隋及初唐，在文学观念上是存在着复古倾向的。随着沈约等人发现四声，诗歌创作中声律技巧的研究日益深入，南朝诗人在诗歌的声律、辞藻等形式技巧上面投入了相当大的精力，为近体格律诗的成熟打下了基础，但也产生了为后世诟病的浮靡文风。随着隋朝建立，全国统一，儒家意识形态重新规范文学观念，隋文帝曾下诏禁止南朝以来的华艳文风，李谔上书主张一切文章（包括文学与非文学）都要以教化为本，对六朝文学追求形式美的倾向予以完全否定；王通以儒家在隋代的继承人自居，和汉儒一样把文学当作经学的附庸，并对南朝作家的人品及创作予以全盘否定。这可以说是文学观念的复古。然而即使如此，南朝文风在隋朝并未能禁绝，在文学观念已经自觉与解放之后，再想用儒家的政治伦理来束缚它就很难了。

初唐，虽然君臣亦对南朝文风有所警惕，但由于有着开阔的胸怀、政治上的自信、通达的历史观以及良好的文学修养，唐太宗君臣认识到文学有其自身的特质及发展规律，将文学与政治在一定程度上区分开。他们对南朝文风的批评，主要集中在齐梁以后，而对此前的文学创作则多有肯定、称誉。实际上，初唐的创作还是相当重视形式技巧的，唐太宗君臣仍然十分热衷于华艳诗文的写作与唱和，"这样一来，对文艺政教作用的强调实际上被悬置起来，真正起导向作用的，是对文艺之娱乐、审美作用的肯定，对文采与诗文之形式技巧的崇尚"。[①]"龙朔年间许敬宗、上官仪奉诏编撰《瑶山玉彩》一事表明，至少在当时，对于诗歌表现技巧的学习几成社会风气。"[②]之后，沈佺期、宋之问等人继续在诗歌形式理论上深入探讨，日本僧人遍照金刚在《文镜秘府论·序》云："沈侯、刘善之后，王、皎、崔、元之前，盛谈四声，争吐病犯，黄卷溢箧，缃

---

① 敏泽．中国文学思想史：上卷［M］．长沙：湖南教育出版社，2004：486.
② 敏泽．中国文学思想史：上卷［M］．长沙：湖南教育出版社，2004：487.

帙满车。"初唐文人从创作出发，在声律、对偶、病犯几个方面对诗歌形式进行了深入的研究和探讨，完成了四声的二元化，终于促成了近体诗的形成。

初唐文人们对六朝形式主义文风也有批评，但是他们都有着科学的文学观念，对文学"情"与"丽"的本质没有疑义，只不过强调二者在创作上需完美结合，不要过分偏重一方。如果无情感内容，一味追求辞藻、声律、典故等形式之丽，就如无源之水，缺乏生命力。除了形式理论外，初唐还有人从别的角度对诗歌创作规律进行探讨，这以陈子昂为代表。他在《修竹篇序》中云：

> 文章道弊五百年矣。汉、魏风骨，晋、宋莫传，然而文献有可征者。仆尝暇时观齐、梁间诗，彩丽竞繁，而兴寄都绝，每以咏叹。思古人常恐逶迤颓靡，风雅不作，以耿耿也。一昨于解三处见明公《咏孤桐篇》，骨气端翔，音情顿挫，光英朗练，有金石声。遂用洗心饰视，发挥忧郁。不图正始之音，复睹于兹，可使建安作者相视而笑。①

在这篇序中，陈子昂是以一个诗人、文学家与一个受到儒家观念熏染的知识分子的双重身份来看待文学的，他对南朝的诗歌创作重文采之丽而丢掉了风雅传统、汉魏风骨的做法进行了批评。在他看来，风雅传统与汉魏风骨，都是"情"与"采"完美结合的典范，此"情"有风人之情，有知识分子在社会生活中产生的各种各样的情感，当然也有符合儒家诗教的政治情感。陈子昂在文学观念上遵守"情""采"本质的同时，对情感内容进行了充实，本于此，他对创作提出了新的要求：有兴寄，有风骨。所以，陈子昂所持的这种"情采结合兼及兴寄与风骨"的文学观念并不是单纯的"复古"，而是"诗缘情而绮靡"在新的历史条件下的继续发展与充实，其目的是为了指导当时的创作，因而，它不仅是一种文学观念，也是一种创作主张。"兴"是风人之诗的表现传统：因感物而生情，因生情而兴起，兴而比物，比物而寄情，有兴必有寄，自然而然。陈子昂突出"兴寄"，无非是想突出自齐梁以来被忽略的"情感"而已。当然，在陈子昂看来，此情感主要指知识分子在社会、政治遭遇中所产生的情感，但它又不是群体性的，而是个人性的。陈子昂强调"兴"与"寄"其实就是强调

---

① 郭绍虞．中国历代文论选：第二册［M］．上海：上海古籍出版社，1990：55.

"采"与"情"更好地结合，以创造出好的作品来。之后，唐代作家们基本上是在陈子昂的这种创作思想指导下进行创作，在强调个体风雅之情的基础上，不断探索更完美的艺术表现形式。

经过南朝以来沈约、谢朓至初唐沈佺期、宋之问等人在声律、对偶、病犯等方面的探索，近体诗初步发展成熟；又由于唐以诗取士，君臣间彼此唱和，近体诗的创作便兴盛起来。盛唐文学的主要成就在诗歌，这时期的诗学成就集中体现在对诗歌创作理论的进一步探索方面，主要是对诗歌审美创造及近体诗歌创作技法的探讨。

首先看近体诗创作技法的理论研究。《吟窗杂录》中收有署名王昌龄作的《诗中密旨》《诗格》，其中有大量关于近体诗创作技法的探讨。《诗中密旨》说诗有六病例，犯病八格，对诗歌创作中存在的犯病进行了总结归纳，作为经验戒示作诗者，为初学者指点入门途径。又云"诗有九格"，介绍了"上句立兴下句是意格""上句立兴下句是比格""上句体物下句状成格"等具体的创作技法。即使这些难以断定是否是王昌龄本人的观点，但终究是盛唐人的诗歌创作主张。这些技法不再仅限于声律、对偶、病犯，开始涉及到情景关系、表现手法等。《文镜秘府论》还引王昌龄论"十七势"，主要谈近体诗创作的句法问题，皎然的《诗式》亦多谈到诗歌技法、创作风格等问题。

再看诗歌的审美创造理论，主要体现在"意境"理论的讨论上。盛唐时的诗人们创作热情甚高，并且创作了大量艺术成就很高的作品，一些人通过研究发现了一些优秀之作成功的秘密，即这些诗歌创造了非常美妙的意境。这种美妙的意境，首先来自于诗歌中的"形象"创造，即审美意象的创造，殷璠将之称为"兴象"。他在《河岳英灵集》中两处用到这一词：论陶翰诗"既多兴象，复备风骨"，论孟浩然诗"无论兴象，兼复故实"。从中国传统的物感说，到陆机《文赋》中的构思理论，再到刘勰的"神思"论，可知诗歌创造的思维方式是形象思维，诗歌最终会通过凝结成的形象传情达意，这种诗歌"形象"不是一种简单的"物象"呈现，而是在作者情感作用下生成的艺术形象。此"象"因是由情感凝结而成，故可以感发人，激发人的情感与艺术想象力，开拓诗歌的审美空间，具有"兴"的功用，所以，殷璠将它称之为"兴象"。

如果说殷璠是从审美创造角度来谈"兴象"，王昌龄则更多是从创作角度谈如何"造境"。《文镜秘府论》中载其所云："夫作文章，但多立意。令左穿右穴，苦心竭智，必须忘身，不可拘束。思若不来，即须放情却宽之，令境生。然后以境照之，思则便来，来即作文。如其境思不来，不可作也。"① 此是讲造境须要忘身放情，因情而生境。又云："夫置意作诗，即须凝心，目击其物，便以心击之，深穿其境。如登高山绝顶，下临万象，如在掌中。以此见象，心中了见，当此即用。"② 此是讲忘身放情之后，心与物游而生象，因象而生境。《诗格》中，王昌龄还有"三格""三境"说，"三格"就是谈如何创作意境的。"三境"说，一曰物境，二曰情境，三曰意境，则是从审美角度讨论了诗歌的三种不同的审美境界。

皎然在《诗式》中，对诗歌意境的创造作了更细微的探讨。皎然心中理想的诗歌审美境界，是一个清新秀丽、真思杳冥的境界，这种境界最能表现禅家寂静空灵的内心世界。他认为诗歌境界的高低，决定一首诗的优劣："夫诗人之思初发，取境偏高，则一首举体便高；取境偏逸，则一首举体便逸。"③ 基于此，在造境的原则方面他提出须"苦思"，由人工之极而达到天工之至妙的境地。他对意境构思时的状态也有所描述："有时意静神王，佳句纵横，若不可遏，宛如神助。不然，盖由先积精思，因神王而得乎?"④

当然，与创作盛况相比，盛唐诗歌理论与批评的规模还显得单薄，但是与初唐多限于声律、对偶等外在形式技巧探讨不同，盛唐诗学在如何经营"兴象"与创造"意境"等诗歌内在的审美构成上着意更多，将诗歌创作理论的探讨推向深入。中唐时期，国运开始衰落，但文学却出现了新的繁荣局面：诗歌创作取得了新的成就，散文创作在古文运动的思潮中达到了高峰，别的文学样式如文言小说、词也都发展起来，文学创作呈多元景象；在诗文之分中，此时确立了中国传统的狭义文学样式，即诗歌与文艺散文。和盛唐的诗歌创作与诗歌理论的发展不成正比的情况不一样，中唐文学思想丰富而多彩。

中唐时期在诗歌领域与散文领域都进行了改革。中唐诗歌领域以白居易、

---

① ［日］遍照金刚．文镜秘府论［M］．周维德，校点．北京：人民文学出版社，1980：129—130.
② ［日］遍照金刚．文镜秘府论［M］．周维德，校点．北京：人民文学出版社，1980：129—130.
③ 郭绍虞．中国历代文论选：第二册［M］．上海：上海古籍出版社，1990：77.
④ 郭绍虞．中国历代文论选：第二册［M］．上海：上海古籍出版社，1990：77.

元稹为代表展开了新乐府运动，创建了一套现实主义诗歌创作理论。白居易提出诗文创作的原则是"文章合为时而著，歌诗合为事而作"；在创作方法上，要求体现"直书其事"的"实录"精神，他所写的《秦中吟》《新乐府》，都是实有其事，有些事件自己还亲身经历过。因为主张诗歌合事而作，因此增加了诗歌的叙事因素，通过叙事表现出一种价值判断与批评立场，与此相关的创作态度是"不惧豪权怒，亦任亲朋讥"，对诗歌语言的要求是浅显易懂。白居易的这些诗歌创作理论，对后世诗歌创作及诗歌理论与批评都产生了深远的影响，然而缺点是又将文学与政治的关系处理得非常简单，将诗歌作为政治斗争的武器，偏离了诗歌的本质。但是这并不意味着白居易不懂诗歌，他也有艺术成就非常高的作品，有着完全符合诗歌特质的创作。白居易的新乐府诗歌理论并不是完全以一个诗人而更多是以一个政治家对诗歌创作所作的探讨或者说要求。

刘禹锡则将盛唐以来的意境理论加以深化，提出"境生于象外"这一命题。他在《董氏武陵集纪》一文中云："诗者其文章之蕴耶？义得而言丧，故微而难能，境生于象外，故精而寡和。"① 殷璠提出的"兴象"，是一种因情兴而生的、情物交融之后而形成的艺术形象——意象。皎然所说的"境"，则是诗人心中的意象或意象世界，它们在成为"境"之前，还只是以物象的形态存在于诗人心中，要通过取象、苦思，融之以情最后才能创造出来的。而刘禹锡的"境生于象外"论，此处之"象"，与殷璠所说"兴象"之意大致相同，"境"乃由"兴象"所生之"象"，为"象外之象"，境能否生成，最终取决于"兴象"之创造。此论比殷璠的"兴象"论及皎然的"诗境"论更开拓了一个层次，直接开启了司空图的"象外之象"的诗学命题。

中唐散文方面的创作理论则是在轰轰烈烈的古文运动中发展出来的。作为一场文学改革运动，它所反对的主要是骈文，主张以先秦两汉文章那种自由的、不受任何限制的语言表达方式来进行写作。韩愈倡导古文运动的初衷是要以文明道，而实际上，这种古文除了可以明道外，更可以自由地表达个人的感情，韩愈就以此体创造出了大量的文艺散文。从文体角度来看，古文替代骈文，实际上是一种语体改革，所以韩愈在如何使用古文语体进行创作方面有较多谈论，核心思想一是主张文章语言要有独创性，不能因袭拟古。他在《答刘正夫书》

---

① 郭绍虞．中国历代文论选：第二册［M］．上海：上海古籍出版社，1990：90．

中说学习古文要"师其意，不师其辞"，在《答李翊书》中提出要"惟陈言之务去"，在《南阳樊绍述墓志铭》中说文章应该"必出于己，不袭蹈前人一言一句"；二是强调"文从字顺"。另外，韩愈还强调创作主体一定要有深厚的道德修养，提出"气盛宜言"理论，在创作产生的问题上提出了"不平则鸣"的创作发生论，这些观点丰富了文学的创作理论。

中唐的文学革新运动在贞元、元和之际兴盛了一阵子，由于朝政腐朽，各种社会矛盾日益激化，改革派失败，政治上遭受严酷打击，他们建功立业的理想破灭了。文士们对唐室复兴感到绝望，文学上的革新思潮也退落，不少诗人浪迹江湖，寄情山水，诗风或转向感伤、艳情，或转向怪奇、险僻，偏向个体抒情，诗歌又一次转向追求艺术之美的道路。晚唐诗风更是如此。晚唐诗歌理论上重审美创造的代表是司空图，在《二十四诗品》这部诗论著作中，他描述了二十四种不同的艺术风格和诗歌意境，在《与极浦书》中提出了"象外之象""景外之景"之说，意境理论进一步发展。

进入北宋，诗文理论继续沿着唐代，特别是中唐以后的文学思想和文学理论与批评向前发展，诗文理论的探讨重点仍在创作上。面对前面的诗歌创作高峰，宋人感到了巨大压力，清人蒋士铨说："宋人生唐后，开辟真难为"①，宋人不得不努力探索。北宋有影响的文人，大多出自欧阳修、苏轼、王安石之门，诗学上则以欧、苏为代表，二人所论，仍多是立足于创作。文坛领袖欧阳修提出"穷而后工"的创作理论，他在《梅圣俞诗集序》中说：

> 予闻世谓诗人少达而多穷，夫岂然哉？盖世所传诗者，多出于古穷人之辞也。凡士之蕴其所有而不得施于世者，多喜自放于山巅水涯。外见虫鱼、草木、风云、鸟兽之状类，往往探其奇怪。内有忧思感愤之郁积，其兴于怨刺，以道羁臣寡妇之所叹，而写人情之难言，盖愈穷则愈工。然则非诗之能穷人，殆穷者而后工也。②

"穷而后工"这个命题对创作主体的人生与政治际遇和诗文创作成就之间的关系

---

① 蒋士铨. 辨诗［M］//蒋士铨. 忠雅堂诗集. 嘉庆戊午扬州刻本.
② 欧阳修. 欧阳文忠公集：第四十二卷［M］. 四部丛刊景元本.

进行了探讨，认为作者在经历了人生与政治上的不得意之后，会产生种种深刻的情感、思想、认识，在进行创作时，就会有充实的内容与情感。而且文士们在经历政治与人生上的"穷境"之后，常常会转向文艺以安顿心灵，在将种种郁积于心的忧思感愤兴于怨刺之时，又会在诗文的表现形式上下功夫，从而创造出内容充实、情感深沉、表现形式精美的好的作品来。"穷而后工"是韩愈"不平则鸣"文艺思想的发展。

再看苏轼，他是北宋最重要的文学家和文艺理论家，他结合自身的创作经验和体会，发表了一系列极为重要的文艺创作理论。这些理论包括：第一，论艺术创作中"知"与"能"的关系，苏轼将之表述为"道"与"艺"之间的关系。这是对文艺规律的认识与按照文艺规律进行创作之间关系的探讨，即认识与实践的关系问题。陆机在《文赋》中认为"非知之难，能之难"，认为认识创作的规律不难，难在于实践。苏轼则认为二者都很重要。第二，是论主体进入艺术构思时的精神状态是"空""静"，即庄子所说的"心斋""坐忘"，如此心才能了群动，纳万境。第三，当主体进入了空静的精神状态后，则会进入神与物游、情与境偕的妙想的构思阶段，做到下笔创作之前能够"胸有成竹"。第四，在形象创造上，主张"随物赋形"与"传神写照"。"随物赋形"是要求形象的刻画要合乎"物"之内在特点以尽物之态，它不是一种对物的自然主义式的摹写，而是要传物之"神"。在诗歌美学风格上苏轼则主张"平淡"之美，推崇晋人陶潜，本朝则表出梅圣俞。①

北宋另外一个重要的文艺理论家是黄庭坚。他非常重视诗文篇章结构的经营与用字造句的精意锻炼，并认为无论是杜甫作诗，还是韩愈作文，都是无一字无来处的。他主张熟读古人作品，揣摩前人创作之法，他本人非常注重诗法总结，以示学诗者门径。他从杜诗中总结出"点铁成金""夺胎换骨"等法，被追随者奉为圭臬。他还主张"词意高胜，要从学问中来"，主张以"以学问为诗"。由于他周围有很多弟子实践他的创作主张与创作方法，于是形成了一个非常有声势、有影响的"江西诗派"，但该诗派在南宋时遭到严厉批评。

---

① 张少康. 中国文学理论批评史教程［M］. 北京：北京大学出版社，2000：221—229. 本处关于苏轼的这五点看法主要来源于此。

三、寻求师法对象与"文学经典意识"显现时期

在文学观念自觉之后，唐代在诗文创作方面进入了繁盛时期，随着创作的繁荣，人们开始热衷于对在创作实践中认识到的一些创作理论进行总结，这种情况一直延续到北宋。北宋仍然以诗文创作理论为研究中心，但是宋代文人的学问修养较深，所以好以理为诗、以学问为诗，以为这是不同于唐诗的创新，然而这样的创作终难取得卓越成就，这使得宋人焦虑起来，于是他们开始将眼光转向前人，寻找古人创作的成功经验，许多文学之士都希望在各种创作方法的点拨之下创作出好的作品，比如江西诗派。南宋以来江西诗派在吕本中手中继续发展，但是因为诗派中的成员有不少理学家，他们仍主张诗以意、理为主，重学问，尽管他们从前人之诗尤其是从杜诗中总结出不少具体的创作技法用于指导创作，但"法"因"理"而死，终究成就不大。江西诗派末流甚至有剽窃之嫌，遭到时人的批评，尤其被后来的严羽痛批。除江西诗派外，其他一些人也纷纷将目光投向前代，寻找前人优秀的创作，为宋诗寻找出路，在这个过程中，有些人着意对前人诗歌文本进行解读与简要分析，在甄别中寻找可以师法的对象。

文人论诗将目光投向文本，这种倾向其实从北宋时已有所端倪，欧阳修的《六一诗话》中多有记载。北宋文人政治地位高，艺术修养也很高，文人相聚，常会有些谈诗论艺的话题，《六一诗话》中就记载了许多文坛轶事及文人们对诗歌的口头评论。以前的《文心雕龙》《诗品》《二十四诗品》等，无论是关于文学观念还是创作理论的探讨，它们关注的都是"诗"这一大范畴，关注的是"诗"这一抽象文类，而《六一诗话》则将重点逐渐放在了具体的诗歌文本上。首先，《六一诗话》中的文人轶事为我们展示了一个宋代文人所处的文化环境：

> 京师辇毂之下，风物繁富，而士大夫牵于事役，良辰美景，罕获宴游之乐。其诗至有"卖花担上看桃李，拍酒楼头听管弦"之句。西京应天禅院有祖宗神御殿，盖在水北，去河南府十余里，岁时朝拜官吏，常苦晨兴，而留守达官简贵，每朝罢，公酒三行，不交一言而退。故其诗曰："正梦寐中行十里，不言语处吃三杯。"其语虽浅近，皆两京之实事也。

北宋实行文官政治，文人士大夫的数量也相当多，但他们公务十分繁忙，很少能有时间、有机会深入市井体验生活，亲近大自然，因此艺术创作的源头活水几近枯竭，在这种文化环境中，他们的一部分文艺活动转向文艺审美。《六一诗话》中所记的文人趣事也更多与对具体诗歌文本的评论有关，比如：

> 松江新作长桥，制度宏丽，前世所未有。苏子美《新桥对月》诗所谓"云头滟滟开金饼，水面沉沉卧彩虹"者是也。时谓此桥非此句雄伟不能称也。
>
> 诗人贪求好句而理有不通，亦语病也。如"袖中谏草朝天去，头上宫花侍宴归"。诚为佳句矣，但进谏必以章疏，无直用稿草之理。唐人有云："姑苏台下寒山寺，半夜钟声到客船。"说者亦云，句则佳矣，其如三更不是打钟时！如贾岛《哭僧》云："写留行道影，焚却坐禅身。"时谓烧杀活和尚，此尤可笑也。

如果说以上两则过于"闲谈"，评论较为简单，下面一则中，梅尧臣、欧阳修对一些诗句的评论则包含着对诗歌的创造及艺术表现力的深刻理解：

> 圣俞尝语余曰："诗家虽率意，而造语亦难。若意新语工，得前人所未道者，斯为善也。必能状难写之景，如在目前；含不尽之意，见于言外，然后为至矣。贾岛云：'竹笼拾山果，瓦瓶担石泉。'姚合云：'马随山鹿放，鸡逐野禽栖'等是山邑荒僻，官况萧条，不如'县古槐根出，官清马骨高。'为工也。"余曰："语之工者固如是。状难写之景，含不尽之意，何诗为然？"圣俞曰："作者得于心，览者会以意，殆难指陈以言也。虽然，亦可略道其仿佛。若严维'柳塘春水漫，花坞夕阳迟'，则天容时态，融和骀荡，岂不如在目前乎？又若温庭筠'鸡声茅店月，人迹板桥霜'，贾岛：'怪禽啼旷野，落日恐行人'，则道路辛苦，羁愁旅思，岂不见于言外乎？"

可见，《六一诗话》开创了一种新的诗学样式，欧阳修不像刘勰一样以高屋建瓴式的姿态，力图建构一种大共名之文的文论体系，也不像唐人一样大谈如何作诗，而是以闲趣的叙述手法，通过文人富于旨趣的诗歌评论活动，为我们呈现他所处的那个时代文人的种种文学活动和艺术趣味。通过欧阳修的记叙，我们可以看到北宋文人的文学活动重心落在了诗歌文本之上，品评之，讨论之，这是当时诗学一个新的表征。

同样，在这部诗话中欧阳修显示出了他对唐诗的态度。由于唐代科举以诗取士，促使诗歌创作空前繁盛，创作成就达到空前高度，而北宋中期以后科举则开始轻诗赋，重经义，殿试考试写作文体变成策论，考题也更加重视现实生活问题。这就要求文人士子们必须要增强对外在事物的认识能力，还要锻炼逻辑思维能力，养成善于议论的言说能力。经过这种科举考试模式训练出的文人在写诗时就有了好以理为诗，以文为诗的毛病，以致于诗歌创作水平下降。欧阳修说："自科场用赋取人，进士不复留意于诗，故绝无可称者。"（《六一诗话》）但出于宋人恃才的骄傲，欧阳修在将宋人诗作与唐人诗作进行比较时，认为二者各有所长，还不能论二者优劣，其云："圣俞、子美齐名于一时，而二家诗体特异。子美笔力豪隽，以超迈横绝为奇；圣俞覃思精微，以深远闲淡为意。各极其长，虽善论者不能优劣也。"（《六一诗话》）但是，他却在有意无意之间流露出对唐人、唐诗的崇敬之情，这可从一则诗话中看出：

　　陈公时偶得《杜集》旧本，文多脱误，至《送蔡都尉》诗云："身轻一鸟"，其下脱一字。陈公因与数客各用一字补之，或云"疾"，或云"落"，或云"起"，或云"下"，莫能定。其后得一善本，乃是"身轻一鸟过"。陈公叹服，以为虽一字，诸君亦不能到也。（《六一诗话》）

陈公叹服，欧公亦叹服。关于这首有脱落的唐诗，陈舍人与数客倾其才力补缺一字，然终不敌杜甫原诗所用"过"字。无论"落""起""下"，都过于胶着一个具体的动作，"疾"则坐实于速度，都无甚余味，而"过"则写出了鸟儿穿越空间的过程，且与"身轻"相对，将鸟儿飞翔时那飘逸潇洒的情态传神地写出却又是那么毫不着力，想想又是那么真切，真乃随物赋形又能自然传神，不能不令人叹服。而在这一字之力的差异中，显示的是唐宋人诗歌创作才力的巨大差距，也显衬出欧阳修对唐人、唐诗发自内心的推崇。换句话说，"这些关于一字阙文的议论所表现的不仅是一种理解诗歌的方法，更是一种态度，即对唐代诗人及其诗歌创作的崇拜。"① 作为一个文坛领袖，欧阳修内心深处其实已经认识到了这个现实：宋人诗歌难再创唐人那样的辉煌。

确实如此，在西昆诗风过后，北宋诗坛剩下的是一片空虚，这不能不让人沮丧地认识到宋诗的创作出现了困境。人们开始尝试着为宋诗寻找出路，最具代表性的是黄庭坚及以其为宗的江西诗派。他们对杜诗进行了一番研究之后，认为杜甫诚然写出了大量的好诗，但并非都是出自于他的独创，其秘诀在于善于学习古人，善于化腐朽为神奇，黄庭坚说：

> 自作语最难，老杜作诗，退之作文，无一字无来处，盖后人读书少，故谓韩、杜自作此语耳。
>
> 古之能为文章者，真能陶冶万物，虽取古人陈言入翰墨，如灵丹一粒，点铁成金也。②

他从杜诗中提炼抽绎出"夺胎换骨""点铁成金"的创作技法，以指导创作。清人梁章钜对黄庭坚提倡此法的微妙心态有比较到位的揭示，他说："以余观之，特剿窃之黠者耳。山谷好胜而耻其出于前人，故为此强辞而私立名字。夫既已出于前人，纵加工，要不足贵。虽然，物有同然之理，人有同然之见，语意之间岂容全不相犯哉？昔之作者，初不较此，同者不以为嫌，异者不以为夸，皆不害其名家而各传于后也。"③ 在梁章钜看来，黄庭坚这种巧妙的剿窃之法无疑是一种投机，然而它却反映了宋人已经开始有了难以创作出优秀诗篇的焦虑感，也非常明显地暴露出宋人对自身创作能力的信心不足，开始借鉴前人成功的经验。

到了南宋，这种焦虑变得更加明显，他们迫切需要有方向性的指导，于是大量诗话著作出现。这些诗话积极为宋人寻求可以学习的对象。有以本朝苏轼为学习对象的：

---

① 高小康. 古典艺术精神的自觉［M］//敏泽. 中国文学思想史：下册. 长沙：湖南教育出版社，2004：291.
② 黄庭坚. 黄山谷诗话［M］//王大鹏，等. 中国历代诗话选. 长沙：岳麓书社，1985：247.
③ 梁章钜. 退庵随笔：卷二十［M］. 清道光十六年刻本.

有明上人者，作诗甚艰，求捷法于东坡，作两颂以与之。其一云："字字觅奇险，节节累枝叶。咬艰嚼三十年，转更无交涉。"其一云："衡口出常言，法度法前轨。人言非妙处，妙处在于是。"乃知作诗到平淡处，要似非力所能。东坡尝有书与其侄云："大凡为文，当使气象峥嵘，五色绚烂，渐老渐熟，乃造平淡。"余以不但为文，作诗者尤当取法于此。①

有以六朝为师法对象的，如：

六朝诗人之诗，不可不熟读。如"芙蓉露下落，杨柳月中疏"。锻炼至此，自唐以来，无人能及也。退之云："齐梁及陈隋，众作等蝉噪"，此语吾不敢议，亦不敢从。②

或问："李白'清水出芙蓉，天然去雕饰。'前辈多称此语，如何？"曰：""自然'之好，又不如'芙蓉露下落，杨柳月中疏'则尤佳。"③

六朝诗尤其梁陈诗为唐人所诟病，韩愈说："逶迤抵晋宋，气象日凋耗"，"齐梁及陈隋，众作等蝉噪"。许顗则对韩愈贬低六朝的意见不能苟同，他认为六朝之诗讲"锻炼"，即有人工之美；朱熹也认为李白诗句"自然"固好，但不如"芙蓉露下落""杨柳月中疏"的锻炼之美。但是这种尚六朝的观点并没有得到更多人的回应，大家讨论得更热烈的是唐诗。各种诗话中讨论唐诗的言论比比皆是，涉及到唐诗发展的各个时期，如：

王摩诘云："九天阊阖开宫殿，万国衣冠拜冕旒。"子美取作五字云："阊阖开黄道，衣冠拜紫宸。"而语益工。④

诗中用双叠字易得句。如"水田飞白鹭，夏木啭黄鹂"，此李嘉佑诗也。王摩诘乃云"漠漠水田飞白鹭，阴阴夏木啭黄鹂。"摩诘四字下得最为

---

① 周紫之．竹坡诗话［M］//何文焕，辑．历代诗话．北京：中华书局，1981：348.
② 许顗．彦周诗话［M］//何文焕，辑．历代诗话．北京：中华书局，1981：383.
③ 黎靖德．朱子语类：卷一百四十［M］．明成化九年陈炜刻本．
④ 陈师道．后山诗话［M］//何文焕，辑．历代诗话．北京：中华书局，1981：304.

稳切。若杜少陵"风吹客衣日杲杲，树搅离思花冥冥""无边落木萧萧下，不尽长江滚滚来"，则又妙不可言矣。①

退之《桃园行》云："种桃处处皆开花，川原远近蒸红霞。"状花卉之盛，古今无人道此语。②

孟郊诗"楚山相蔽亏，日月无全辉。万株古柳根，挐此磷磷溪。大行横偃脊，百里方崔嵬"等句，皆造语工新，无一点俗韵。③

尤袤还编了《全唐诗话》，对整个唐代的代表诗人及其代表作品、风格都进行了简要的描述与分析。在具体的分析与对照中，宋人已经逐渐确立起学习与借鉴的典范，那就是盛唐诗、杜甫诗。

宋初，已有人开始崇杜，目的是为了反对西昆诗风，要求诗歌创作反映社会现实，关注民生，而黄庭坚则从艺术创作成就角度推崇杜诗，具体来说，黄庭坚及江西诗派主要推崇杜甫诗所运用的创作技法，相信只要使用杜甫所创造的诗歌创作技法，也可以像杜甫一样创作出优秀诗作来。南宋人对杜诗的讨论主要集中在诗歌文本的字句层面的赏析，以此来考察其创作之所得，如：

老杜诗词酷爱下"受"字，盖自得之妙，不一而足。如"修竹不受暑""轻燕受风斜""吹面受和风""野航恰受两三人"，诚用字之工也。然其所以大过人者，无它，只是平易，虽曰似俗，其实眼前事尔。"老妻画纸为棋局，稚子敲针作钓钩"，以"老"对"稚"以其"妻"对其"子"，无如此之亲切，又是闺门之事。④

陶渊明诗"采菊东篱下，悠然见南山"，采菊之际，无意于山，而景与意会，此渊明得意处也。而老杜亦曰："夜阑接软语，落月如金盆。"予爱其意度闲雅不减渊明，而语句雄健过之。每咏此二诗便觉当时清景尽在目前，而二公写之笔端殆若天成，兹为可贵。⑤

① 周紫之.竹坡诗话［M］//何文焕,辑.历代诗话.北京：中华书局,1981：349.
② 许顗.彦周诗话［M］//何文焕,辑.历代诗话.北京：中华书局,1981：387.
③ 葛立方.韵语阳秋［M］//何文焕,辑.历代诗话.北京：中华书局,1981：487—488.
④ 俞成.萤雪丛说［M］//王大鹏,等.中国历代诗话选.长沙：岳麓书社,1985：600.
⑤ 陈善.扪虱新话［M］//王大鹏,等.中国历代诗话选.长沙：岳麓书社,1985：556.

北宋以来，有不少诗话对杜甫诗作进行了较为深入的研究，如叶梦得的《石林诗话》对杜甫的研究已经比较系统。宋代严羽以前的诗话，崇杜倾向十分强烈，陈善说："老杜诗当是诗中六经，他人诗乃诸子之流也。"① 除杜甫外，谈论最多的是盛唐诗人，对盛唐诗的评价相对要高，但盛唐诗还没有被特地表出，不过，叶梦得（1077—1148）在扬杜时已显露出贬抑晚唐的倾向：

> 诗语固忌用巧太过，然缘情体物，自有天然工妙，虽巧而不见刻削之痕。老杜"细雨鱼儿出，微风燕子斜"，此十字殆无一字虚设。雨细著水面为沤，鱼常上浮而淰，若大雨则伏而不出矣。燕体轻弱，风猛则不能胜，惟微风乃受以为势，故又有"轻燕受风斜"之语。至"穿花蛱蝶深深见，点水蜻蜓款款飞"，深深字若无穿字，款款字若无点字，皆无以见其精微如此。然读之浑然，全似未尝用力，此所以不碍其气格超胜。使晚唐诸子为之，便当如"鱼跃练波抛玉尺，莺穿丝柳织金梭"体矣。②
>
> 七言难于气象雄浑，句中有力，而纤徐不失言外之意，自老杜"锦江春色来天地，玉垒浮云变古今"，与"五更鼓角声悲壮，三峡星河影动摇"等句之后，常恨无复继者。③

叶梦得虽未直接提出以盛唐为宗，但一是表出老杜，二是黜贬晚唐。他拿晚唐诸子诗与老杜诗相比，同样写"雨趣"，认为晚唐诗句"鱼跃练波抛玉尺，莺穿丝柳织金梭"只见得是雕琢之痕，比不上老杜的"细雨鱼儿出，微风燕子斜"自然而韵趣十足，所以，很容易可以得出叶梦得认为盛唐诗为优的结论。其他一些论诗者如吴可对晚唐诗评价也不高，而且通常与杜甫代表的盛唐诗相对举，暗含着对盛唐之诗的推崇，如云："老杜句语稳顺而奇特，至唐末人，虽稳顺，而奇特处甚少，盖有衰陋之气。"④ 陆游（1125—1210）则将唐诗的发展分为三个阶段：大中前、大中后、晚唐，相当于初盛唐、中唐、晚唐三个阶段，

---

① 陈善. 扪虱新话 [M] // 王大鹏，等. 中国历代诗话选. 长沙：岳麓书社，1985：552.
② 叶梦得. 石林诗话 [M] // 何文焕，辑. 历代诗话. 北京：中华书局，1981：431.
③ 叶梦得. 石林诗话 [M] // 何文焕，辑. 历代诗话. 北京：中华书局，1981：432.
④ 吴可. 藏海诗话 [M] // 丁福保. 历代诗话续编. 北京：中华书局，1983：330.

对初盛唐诗持肯定褒扬态度，对中晚唐诗则持贬斥的态度：

> 　　唐自大中后，诗家日趣浅薄，其间杰出者亦不复有前辈闳妙浑厚之作，久而自厌，然梏于俗，尚不能拔出。会有倚声作词者，本欲酒间易晓，颇摆落故态，适与六朝跌宕意气差近，此集所载是也。故历唐季、五代，诗愈卑，而倚声者辄简古可爱。盖天宝以后诗人，常恨文不逮，大中以后，诗衰而倚声作。①

由此可见，宋人论诗宗唐崇杜，分析其作品得失，在诗学上已经初步显露出"文学经典意识"。

南宋末，江西诗派末流产生了严重的流弊，引起了许多批评，比如刘克庄引游默斋之言："近世以来学江西诗，不善其学，往往音节聱牙，意象迫切，且论议太多，失古诗吟咏性情之本意。"② 称此言是"切中时人之病"。南宋理学兴盛，许多理学家也作诗，江西诗派中就有不少理学家。理学家，还有许多时人，包括以刘克庄本人为代表的"江湖派"作诗都喜欢掉书袋，刘克庄对这种作风也给予了批评："资书以为诗，失之腐；捐书以为辞，失之野。"③ 而对当时以理为诗，以才学为诗，以文为诗的文坛弊病批评得最严厉的是严羽。《沧浪诗话》云：

> 　　近代诸公乃作奇特解会，遂以文字为诗，以才学为诗，以议论为诗。夫岂不工，终非古人之诗也。盖于一唱三叹之音，有所歉焉。且其作多务使事，不问兴致，用字必有来历，押韵必有出处，读之反覆终篇，不知着到何在。其末流甚者，叫噪怒张，殊乖忠厚之风，殆以骂詈为诗。诗而至此，可谓一厄也。④

① 陆游. 跋花间集［M］. 陆游. 渭南文集：卷第三十. 四部丛刊景明活字本.
② 刘克庄. 后村诗话［M］. 北京：中华书局，1983：70.
③ 刘克庄. 序韩隐君诗［M］//刘克庄. 后村集：卷九十六卷. 四部丛刊景旧钞本.
④ 郭绍虞. 沧浪诗话校释［M］. 北京：人民文学出版社，2005：26.（本引严羽所论均出自该版《沧浪诗话》）

他指出："诗有别材，非关书也；诗有别趣，非关理也。"（《沧浪诗话·诗辨五》）诗是吟咏性情的。但这并不代表严羽对整个宋代文坛一概否定，其云："然则近代之诗无取乎？曰，有之，吾取其合于古人者而已。"（《沧浪诗话·诗辨五》）所合"古人"是指谁呢？"推原汉魏以来，而截然谓当以盛唐为法"，正式提出"师法盛唐"。

严羽为何认为当以盛唐之诗为法呢？他给出了答案："盛唐诸人惟在兴趣，羚羊挂角，无迹可求。故其妙处透彻玲珑，不可凑泊，如空中之音，相中之色，水中之月，镜中之象，言有尽而意无穷。"（《沧浪诗话·诗辨五》）在严羽看来，"兴趣"是盛唐之诗成为最优秀的诗歌创作的不二法门。盛唐诸人之诗非关书，非关理，吟咏性情，一味妙悟，惟在兴趣，所以意境超妙，玲珑透彻，言外之意无穷，这才是真正的诗歌。"兴趣"乃诗之本色，严羽认为宋诗与盛唐人诗的差距就在这里，其云："诗有词理意兴。南朝人尚词而病于理；本朝人尚理而病于意兴；唐人尚意兴而理在其中。"（《沧浪诗话·诗评九》）

当时诗坛上也有人效晚唐诗，而严羽认为这不得唐诗之正宗，其云：

> 近世赵紫芝翁灵舒辈，独喜贾岛姚合之诗，稍稍复就清苦之风；江湖诗人多效其体，一时自谓之唐宗；不知止入声闻辟支之果，岂盛唐诸公大乘正法眼者哉！（《沧浪诗话·诗辨五》）

晚唐人诗难道就没有妙悟，无有"兴趣"吗？否也，"戎昱之诗，有绝似晚唐者。权德舆之诗，却有绝似盛唐者。"（《沧浪诗话·诗评十六》）但似盛唐的晚唐诗毕竟不多。除了"兴趣"，"盛唐风骨"也是盛唐诗为优的一个重要美学标准，所谓"盛唐风骨"，其实就是一种盛唐之音，盛唐之格调。其云："顾况诗多在元白之上，稍有盛唐风骨处。"（《沧浪诗话·诗评十七》）以此而论：

> 李杜数公，如金鸡擘海，香象渡河。下视郊岛辈，直虫吟草间耳。（《沧浪诗话·诗评二七》）
>
> 唐人好诗，多是征戍、迁谪、行旅、离别之作，往往能感动激发人意。（《沧浪诗话·诗评四五》）
>
> 高岑之诗悲壮，读之使人感慨，孟郊之诗刻苦，读之使人不欢。（《沧

浪诗话·诗评三十》）

可见，盛唐之诗格调壮美崇高，而晚唐诗格局小气，难与盛唐诗相比。既然宋人要师法前人，借鉴前人，就应以最优秀的创作作为师法对象，其云："入门须正，立志须高；以汉、魏、晋、盛唐为师，不作开元、天宝以下人物。……工夫须从上做下，不可从下做上。"（《沧浪诗话·诗辨一》）

严羽他认为盛唐与汉、魏、晋之诗犹如禅中之大乘，诗中之正宗，其云："论诗如论禅：汉、魏、晋与盛唐之诗，则第一义也。大历以还之诗，则小乘禅也，已落第二义矣。晚唐之诗，则声闻辟支果也。"（《沧浪诗话·诗辨四》）学诗就应从"第一义"入。如何学呢？严羽认为首先应阅读大量典范作品：

> 先须熟读《楚词》，朝夕讽咏以为之本；及读《古诗十九首》，乐府四篇，李陵、苏武、汉、魏五言皆须熟读，即以李、杜二集枕藉观之，如今人之治经，然后博取盛唐名家，酝酿胸中，久之自然悟入。（《沧浪诗话·诗辨一》）

在熟读众多优秀作品之后，就自然会悟得这些典范作品的创作奥秘——"法"，用这些从优秀作品中悟得的"法"来创作，一定能创作出好的作品来。然而此"法"在严羽看来却是只能靠个人悟出而无法言传的。由此，严羽为宋人的诗歌创作指出了一条新路：师法典范，师法汉魏晋、盛唐之诗，通过阅读这些经典作品，从中悟出创作之法来，以资于创作。

公元 1279 年元灭南宋，统一了中国。这不仅是通常意义上的改朝换代，对文人来说"还意味着仕途的断绝、生活的巨变，甚至表现为固有的民族传统文化精神的崩溃。人们痛定思痛，于宋代理学之弊、科举之弊，乃至诗文之弊，遂深自反省"。① 元代的诗歌批评或主金元好问，或偏主南宋严羽，二人身处时代相当，一人在北，一人在南，都以批评的态度对主理的、以才学为诗、以文字为诗的宋诗作了深刻反省，提出师唐、师汉魏的主张。但他们主张师唐、师

---

① 顾易生，蒋凡，刘明今. 宋金元文学批评史：下［M］. 上海：上海古籍出版社，1996：831.

汉魏的出发点又是不一样的，严羽立足诗歌自身的艺术特质，强调盛唐诗歌惟在兴趣，一味妙悟，意境超妙；而元好问论诗的出发点则是儒家传统的诗学观，强调的是唐诗温柔敦厚之意旨及蔼然仁义之言。但不管从何处出发，借鉴前人创作经验，宗唐抑宋是元代诗学主流。

由此可见，从诗学自身发展的逻辑来看，明代诗学在开始之前，诗学发展到了这种程度：宋人诗歌创作上存在困境，开始将目光投向前代寻求师法典范，南宋以来，诗学有了转向文本即前人诗歌作品的批评倾向。明代诗学会继续沿着南宋以来的方向发展吗？让我们拭目以待。

第三节　创作困境与诗学转向

当明代文人回归文化身份，准备开始全身心地拥抱文艺的时候，他们突然发现，要想创造出好的作品竟是那么困难，想要有所创新超越前人竟成为奢谈。此时明人方才意识到，他们的诗歌创作面临着莫大困境。

一、文体创新可能性的终结

诗歌发展到明代，创新面临着一个终结的现实。尽管从数量上看，明代文人创作的诗歌可以说是历代最多的，但在后人看来，这些诗歌创作不值一提。对于明诗，自入清以来就充斥着各种批评声音，钱谦益几乎完全否定了"七子派"所领导的创作，对七子结社追配建安七子之举加以嘲笑："一则曰'先七子'，一则曰'后七子'，用以铺张昭代，追配建安。嗟乎！时代未遐，篇什具在，李、何、王、李，并驾曹、刘；边、康、宗、梁，先驱应、阮。升堂入室，比肩殆圣之才。叹陆轻华，接迹廊庑之下。聚聋导瞽，言之不惭。问影循声，承而滋缪，流传后世。"① 梁启超说："诗以唐为主系，以宋为闰系，元以后没有价值了"②，即使明代的文坛很热闹，派别迭出，前后七子、唐宋派、公安

---

① 钱谦益．列朝诗集：丁集卷五［M］．清顺治九年毛氏汲古阁刻本．
② 梁启超．中国历史研究法—中国历史研究法补编［M］．成都：四川人民出版社，2018：351.

派、竟陵派竞相登场，"但从大处着眼，值不得费多大的力量去看他们的异同。"① 闻一多也说："从西周到宋，我们这大半部文学史，实质上只是一部诗史。但是诗的发展到北宋实际也就完了。南宋的词已经是强弩之末。就诗本身说，连尤杨范陆和稍后的元遗山似乎都是多余的，重复的，以后的更不必提了。我们只觉得明清两代关于诗的那许多运动和争论，都是无味的挣扎。每一度挣扎的失败，无非重新证实一遍那挣扎的徒劳无益而已。本来从西周唱到北宋，足足二千年的工夫也够长的了，可能的调子都已唱完了。"② 这些言辞虽然极端，但明诗的创作质量确实不高，模拟倾向严重，缺乏真情实感。明诗质量固然不高，但诗歌发展到明代，创作确实是难以出新，难以超越前人。

诗歌创作的困境其实在宋代已开始出现。先秦之时，诗歌创作盛在民间，没有意识形态的干预，呈现较为自由、自为的创作状态。秦至西汉始，一部分通"文学"的士人转化为专门的文人，开始大量涉足文学创作，除了创作骚、赋外，他们还从民间乐府吸取有益的营养，在四言诗的基础上，创造了五言古诗这一重要的诗歌体式。从此之后，五言古诗的创作便兴盛起来，成为众文学样式中最有滋味者，《古诗十九首》达到五言古诗创作的最高成就。同时，在汉武帝等君臣相互唱和的应制诗"柏梁体"的基础上，初步发展出七言古诗。两汉魏晋南北朝时期，民间乐府与文人古诗的创作并行不悖。这一时期是中国古代诗歌发展的重要阶段，从体式上看，从四言诗发展到五、七言古诗，四言、五言、七言、杂言并存，诗歌体式得到了发展与丰富。南朝时期，随着对诗歌自身规律的认识不断加深，诗歌语言的音乐性特点被深度发掘，四声被发现，格律要求日益严格，古诗体制向近体诗体制过渡。至初唐，近体诗体制渐趋成熟，盛唐时完全成熟完备。盛唐时，诗歌体制从四言、五、七言古体到五、七言律诗、排律、绝句，各种体制都已具备且已发展成熟，诸体的创作也都达到了顶峰状态。从这个诗歌体制发展历程来看，从周秦到两汉、魏、晋、南北朝再到初唐、盛唐，是有门户可立、堂奥可开的历史时期，汉、魏、晋的古诗创作达到最优秀程度，而盛唐诗歌不但众体兼备，且近体创作亦足堪称经典。

---

① 梁启超．中国历史研究法—中国历史研究法补编［M］．成都：四川人民出版社，2018：352.

② 闻一多．文学的历史动向［M］．闻一多，闻一多作品集．银川：宁夏人民出版社，2000：273—274.

　　然而，自从唐人以青春浪漫的歌唱，以对诗歌无比热爱之情创作出无数优秀诗篇后，诗歌的堂奥似乎已经被开掘殆尽。文学的历史车轮承载着巨大的收获驶入宋代，既给宋人带来了丰硕的诗歌遗产，也给宋人带来了烦恼与焦虑。唐人的创作，如巍巍昆仑，造化神奇，质美绚丽，令人仰慕却又难以超越。面对唐诗，宋人该何去何从？成熟稳重、博学多识的宋代文人并不想知难而退，他们不想在诗歌这一正统的文学园地中失去自己的影响力，于是就以成熟稳健的姿态出现，将学识与理性融贯于诗歌创作之中，创造出别有一番滋味的"宋诗"。然宋诗逞才见理，筋骨有余而脂肉不足，稳重有余而青春朝气不足，言说多而歌唱不足。随着在理性的大路上走得越来越远，宋人也越来越难以创造出令人荡气回肠的作品。无论是按黄庭坚的"夺胎换骨""点铁成金"之法，还是苏轼的"行所当行，止所当止"的自然之法，创作出来的诗作总有着一股抹之不去的头巾气，散发出幽幽的酸腐之味，这使得他们变得焦虑起来。这种焦虑情绪在严羽的《沧浪诗话》中表现得尤为突出，他对宋人所开的"以理为诗，以议论为诗"的堂奥蹊径持猛烈批评态度，称自己是直取江西诗派之病的刽子手。关于《沧浪诗话》中表现出来的这种情绪，宇文所安先生解释道："《沧浪诗话》在很大程度上属于宋代最后一个世纪的特有产物；它的广泛影响说明弥漫在该作品中的那种危机感与失落感触及后世古典诗学的心弦。上几个世纪的传统诗歌曾许下宏伟的诺言：诗歌让他人看到人心的内在真实，它创造文化上的不朽，它显现宇宙的潜在原则。在整个宋代弥漫着一种越来越强烈的走错了方向的感觉；透过那个刺眼的乐观主义面具，我们读出了一种强烈的焦虑：诗人从唐代前辈的高峰上一落千丈。"①《沧浪诗话》宣告了一个事实：宋人所开的以理为诗，以议论为诗，以文为诗的堂奥失败了，偏离了唐诗尤其是盛唐之诗创作途径的蹊径是没有出路的。

　　然而，创新有着多种可能性，并不能说宋人失败，就意味着诗歌创作再无法创新。宋人的失败在于他们违背了诗的本质：诗乃缘情而非因理，但是在遵循诗歌本质规定性的基础上，在诗歌体式上是否还有可以创新的空间呢？

　　首先看明人对于创新的态度。自从宋人创新失败之后，明人就不再轻言创

---

① 　宇文所安．中国文论英译与评论［M］．王柏华，陶庆梅译．上海：上海社会科学院出版社，2003：432.

新，而且对创新还持批评态度。从明初开始，明代的诗歌创作走的就是宗古的道路，包括情感内容、诗歌语言、表现方式、技法等，全面向古人靠拢，对诗歌创作的最高要求不过是对古人之作高明的模拟。有明初第一才子之称的高启，也是持此观念，其云：

> 自汉、魏、晋、唐而降，杜甫氏之外，诸作者各以所长名家，而不能相兼也。学者誉此诋彼，各师所嗜，譬犹行者埋轮一乡，而欲观九州之大，必无至矣。……故必兼师众长，随事摹拟，待其时至心融浑然自成，始可以名大方而免夫偏执之弊矣。①

弘治时期，李梦阳与何景明之间曾有过争执，争论的焦点不在于模古，而在于模古的程度与方式。李梦阳主张字模句拟，越似越好，而何景明主张调动主体因素，消除模古的痕迹，并认为这样模拟是一种创新，何景明还鼓动李梦阳这样做，开明诗堂奥成就一代宗师，而何景明这种模古之中仅有的一点"创新"野心遭到了李梦阳的严厉批判。对于这段论争公案，后来的胡应麟是站在李梦阳这一边的，他对有开堂奥之心的何景明持批评态度，说："自信阳有筏谕，后生秀敏，喜慕名高，信心纵笔，动欲自开堂奥，自立门户。"② 认为不以古人途径为途径的创作是没有根基的无源之流，会迅速干涸失败，并举李白、杜甫为例："太白《古风》，步骤建安；少陵《出塞》，规模魏、晋。"认为即使是李杜古诗也是摹拟汉魏的，只是歌行、律诗、绝句，因为前人未备，才自己独创一格。于是胡应麟得出结论："前规尽善，无事旁搜，不践兹途，便为外道。"（《诗薮》续编卷一）许学夷亦持同样观点："自汉、魏以至晚唐，其正者，堂奥固已备开，变者，门户亦已尽立，即欲自开一堂，自立一户，有能出古人范围乎？"③ 前人已经尽善尽美了，后人也就不必再另创什么新体，"盛唐而后，乐选律绝，种种具备，无复堂奥可开，门户可立"（《诗薮》续编卷一），

---

① 高启. 凫藻集：卷二 ［M］. 四部丛刊景明.
② 胡应麟. 诗薮 ［M］. 上海：上海古籍出版社，1979：348.（本书引胡应麟所论均出自该版本《诗薮》）
③ 许学夷. 诗源辩体：卷三十四 ［M］//周维德，集校. 全明诗话. 济南：齐鲁书社，2005：3366.

几乎成为明人的共识。

明人的这个共识有一个立场：在诗歌体式上，只有前人未备者，方有创新的可能。前人所未备者，并不意味着完全没有这种诗歌体式，而是说有些诗歌体式在前代已有萌芽，但没有发展完备，唐人将其发展完备，确立定型为新的诗歌体式，这就是创新。所以，在明人看来，诗歌体式的创新并非横空出世的，这种体式早有渊源，后人所做的只有继承之、完备之两件事。比如，汉魏人一方面继承"三百篇"的四言传统，在本时代创作出优秀的四言诗篇，另一方面，吸取先秦风人之诗及与"三百篇"一脉相承的乐府诗的营养，发展出五、七言古体。唐人的创作亦如此，一方面是继承优秀的诗歌创作传统，另一方面将前代虽有萌芽但远未完善的体式发展完备。这就是明人对"创新"的理解。明人这种对"创新"的理解在胡应麟的这则诗话中表现得很充分：

> 东、西二京，人文勃郁。韦、孟诸篇，无非二《雅》；枚乘众作，亦本《国风》。迨夫建安、黄初，云蒸龙奋。陈思藻丽，绝世无双。揽其四言，实《三百》之遗；参其乐府，皆汉氏之韵。盛唐李、杜，气吞一代，目无千古。然太白《古风》，步骤建安；少陵《出塞》，规模魏、晋。惟歌行律绝，前人未备，始自名家。是数子者，自开堂奥，自立门户，庸讵弗能？乃其流派根株，灼然具在。（《诗薮》续编卷一）

明人认为前代已出现但没有发展完备的体式，到唐代均已发展完备、独创一格了，没有为后人留下可以发展的空间，后人只能接受这个现实。但是，唐人发展完备的只不过是歌行、律、绝，而且限于五七言，从诗歌萌芽以来，诗歌体式从二言到九言都有，难道这些都没有发展的空间？应该说有萌芽就有发展的可能性！如果说唐人从五七言古诗发展出五七言律绝是一种创新，明人也可以学习唐人，将各种杂言古诗发展成律绝，不也不失为一种体制完备意义上的创新吗？然而事实并不像想象的那样。"汉、魏以前，诗格简古，世间一切细事长语，皆着不得。其势必久而渐穷。"① 随着社会的发展，人世间事及社会关系逐渐繁杂，二、三言乃至四言已不适合情感的表达需要了。周代以来，无论

---

① 李东阳. 麓堂诗话［M］//周维德，集校. 全明诗话. 济南：齐鲁书社，2005：491.

《风》《雅》《颂》，都以四言为主，经过孔子删诗之后，四言成为儒家审美理想的范式，更多承载了儒家诗学的审美观：典雅，庄重。刘勰云："四言正体，雅润为本"①，王世贞云："四言诗须本《风》《雅》"②，可以说，四言作为儒家文艺审美范式的意义已经大于作为诗歌体式本身的意义。此后，四言诗在新的社会历史条件下作为风人之情的表达体式也显得力不从心，钟嵘就转而推崇五言诗，其云："夫四言，文约意广。取效风骚，便可多得，每苦文繁而意少，故世罕习焉。五言居文词之要，是众作之有滋味者也，故云会于流俗。岂不以指事造形，穷情写物，最为详切者耶！"③ 胡应麟亦云："四言简质，句短而调未舒。"（《诗薮》内编卷二）随着社会的发展，表现的内容日趋丰富，四言因为句短字少音调不能舒展以及质简雅润的审美要求，使得它无法适应表达日渐复杂的生活和情感的需要，二、三言更是如此，而早有萌芽的五言此时就得到了发展，并在唐人手里发展出格律诗。六言古诗经过两汉、魏、晋、南朝的发展，至盛唐亦发展为成熟的格律诗，只是创作数量较五七言律绝少得多罢了。

在明人心目中，五七言古诗及近体律绝是诗之正宗体式，而在五七言之间，文人更偏爱五言，钟嵘说："五言居文词之要，是众作之有滋味者也"，胡应麟说："七言浮靡，文繁而声易杂。折繁简之衷，居文质之要，盖莫尚于五言。故三代而下，两汉以还，文人艺士，平生精力，咸萃斯道。"（《诗薮》内编卷二）七言古诗已嫌浮靡，至于八言、九言来说则更是如此。而七言律诗是明人公认的最难写的诗体，因为"七言字数稍多，结撰稍艰，故于稳帖、匀和、溜亮、畅达，往往不能兼备"。④ 所以很难达到完美的境地，更不用说八言、九言律诗了。如果创新的结果是失败的话，明人是不会走创新八言、九言律诗这条路的，一方面因为较七言律诗来说，八言、九言律诗会更难写，二来诗句太长，叙事因素势必增多，有散文化的倾向，而"以文为诗"是明人最为忌讳的。

---

① 周振甫．文心雕龙今译．［M］．北京：中华书局，2011：62.
② 王世贞．艺苑卮言：卷一［M］//周维德，集校．全明诗话．济南：齐鲁书社，2005：1885.
③ 钟嵘．诗品序［M］//郭绍虞，中国历代文论选，第一册．上海：上海古籍出版社，1990：309.
④ 许学夷．诗源辩体：卷十七［M］//周维德，集校．全明诗话．济南：齐鲁书社，2005：3278.

二、三、四言不符合历史的发展要求，五、六、七言古体及律绝也已发展成熟，八、九言虽有萌芽而未完备，但它们不符合诗歌创造的基本美学原则，长句所具有的"以文为诗"的倾向性使得这两种体式绝对不会进入明人的创作视野。看来诗歌的体式确实是难以创新，那是否可以通过改变诗歌的节奏与句数来达到创新的目的呢？

对于古诗来说，节奏与句数本来就是较为自由的，改变与否并不能带来根本的变化，而且不能为了变化而变化，创新本身要合乎自然与美的原则。律诗的节奏以及偶对之美是经过不断的发展最终成熟与定型的，并且符合中国人的审美习惯，如果改变节奏与句数，那它就不再是律诗而是古诗。如果这样，古诗早已成熟，这种改变又有什么创新性呢？如果不改变节奏而只改变句数，那么在通篇为律的情况下，单数句不合律诗偶对之美的原则，这又该称为什么体呢？文学经典意识强烈的明人绝对尊重诗歌的体制，不会去进行一些不古不律的所谓"创新"。他们非常坦然地接受诗歌体式无法出新的事实，也非常坦然地承认诗歌创作在唐代已达到辉煌而不可超越的程度，但这并不说明明人没有进取心，他们以谦虚的态度学习前人优秀的创作遗产，集古人之大成，在他们看来这又何尝不是一种创新，何尝不是一种创作的新途径呢？胡应麟就认为：

> 四言未兴，则《三百》启其源；五言首创，则《十九》诣其极。歌行甫道，则李、杜为之冠；近体大畅，则开、宝擅其宗。使枚、李生于六代，必不能舍两汉而别构五言；李、杜出于五季，必不能舍开元而别为近体。盛唐而后，乐选律绝，种种具备，无复堂奥可开，门户可立。是以献吉崛起成、弘，追师百代；仲默勃兴河、洛，合轨一时。古惟独造，我兼则工，集其大成，何忝名世。（《诗薮》续编卷一）

胡应麟认为古人在于独特的创造，我则兼古人之工，集其大成，一样可以留名后世。许学夷亦云："今人作诗，不欲取法古人，直欲自开堂奥，自立门户，志诚远矣。但于汉魏、六朝、初盛中晚唐，果能参得透彻，酝酿成家，为一代作者，孰为不可？"①

　　与宋人一样，明人也会有创作不出好诗的忧虑，但是与宋人不一样的是，明人在审清时势之后，变得非常谦虚，当然这也有宋人创新失败的教训。宋人其实也承认诗歌体式的创新很难，他们的变化在于诗歌的内容方面，即以理为诗，由此违背了诗歌的本质——"诗缘情"及诗歌的音乐性特质，从而遭到明人的尖锐批评。洪武时的刘绩在《霏雪录》中云：

　　　　唐人诗一家自有一家声调，高下疾徐，皆合律吕；吟而绎之，令人有闻《韶》忘味之意。宋人诗譬则村鼓岛笛，杂乱无伦。
　　　　……唐人诗纯，宋人诗驳；唐人诗活，宋人诗滞；唐诗自在，宋诗费力；唐诗浑成，宋诗饾饤；唐诗缜密，宋诗漏逗；唐诗温润，宋诗枯燥；唐诗铿锵，宋诗散缓。唐人诗如贵介公子，举止风流；宋人诗如三家村乍富人，盛服揖宾，辞容鄙俗。②

李东阳评刘辰翁的诗："堆迭饾饤，殊乏兴调。"③ 胡应麟批评宋人"专用意而废词，若枯枒槁梧，虽根干屈盘，而绝无畅茂之象"。（《诗薮》外编卷五）李梦阳对学宋人诗的潜虬山人说："宋无诗。"这些都说明明人对违背诗歌本质及没有根基的所谓"创新"是十分痛恨的。胡应麟更是激愤："上下千余年间，岂乏索隐吊诡之徒，趋异厌常之辈。大要源流既乏，蹊径多纡，或南面而陟冥山，或搴裳而涉大海，徒能鼓声誉于时流，焉足为有亡于来世！"（《诗薮》续编卷一）如果要选择的话，他们宁愿谦虚地学习前人也不愿意进行不着边际的创新。他们谦虚的表现就是要向古人最优秀的诗歌创作学习。

二、明人的创作情思与才力日益下降

　　明人的创作难有大成就，除了创新的可能性不大，堂奥之门关闭之外，还有一些其他的原因，对此，明人自身也进行了检讨。对这个问题进行了较为全

---

① 许学夷. 诗源辩体：卷十七［M］//周维德，集校. 全明诗话. 济南：齐鲁书社，2005：3366.
② 刘绩. 霏雪录［M］. 明弘治刻本.
③ 李东阳. 麓堂诗话［M］//周维德，集校. 全明诗话. 济南：齐鲁书社，2005：483.

面反思的是晚明的谢肇淛，他从七个方面谈到明代诗歌创作面临的困境。他在《小草斋诗话》中说道：

> 今之士子幼习制义，与诗为仇，程课之外，父母师友禁约不得入目，及至掇高第，玷清华，犹不知四声为何物，苏、李为何人者。求田问舍，懵然老死，此一厄也。其有隽才逸足不甘为公车所束缚，而门径未得，宗旨茫然，既无指引切磋之功，又无广咨虚受之益，如瞽无相，师心妄行，故或堕于恶道而迷谬不返，或安于坐进而域外未窥，纵有美才竟无成就，此一厄也。又有里儿浪子悍习经书，妄谈雅道，学人咳唾，数语近似，便自诧谓成佛作祖。不知作诗如采花成蜜，酿蘖为酒，胸中无万卷书，咀嚼酝酿，安能含万象于笔端，罗千古于目前？故未有不明经、不读史、不博古、不通今而能矢口成章者，皮肤影响，终非实际，此又一厄也。鼎贵达官，既策高足，浮慕时名，效颦染指，欲以已戾之辔，学朝曦之驭，既无宿根，又乏传授，逆耳之弹射不闻，附聋之赞赏绸制，匠手旁立，谁肯尽言？如中山君之贤，至死不悟，此又一厄也。文苑清曹，世胄公子，势可罗贤，财能使鬼，长篇短什，一概借手他人，而久假不归，偃然自负，有文集百卷而目不识一丁者，欺世盗名，穿窬之靡，此又一厄也。落魄谋糈，怀刺干人，生平素业不数纸，而傲睨凌忽不可方物，饥则依人，饱则飏去，动借口于古无行之文人，而究其胸中，枵若败絮，徒令有志之士羞与为伍，以千古不朽之业，而仅为嗟来藉手之资，此又一厄也。文人笔端，升沉任意，毁誉狥乎爱憎，嫩刺视其同异。意之所私，**歇**段诧为逸足；心之所忮，结缘訾其多瑕。雌黄不一，遂开角逐之门，奖借过情，殆成谀墓之套，不徒欺本人，抑将误来学，此又一厄也。故诗有七厄，举世蹈焉，自非深心，宁免俗累，疾在膏肓，功在旦夕，知我罪我，总在斯言。①

这里所举的诗歌创作所遭遇的七厄，有科举制度的原因，有明人空疏不学的原因，也有当时商业环境对诗的纯洁性的侵蚀，以及明人的一些不良习气，如山人现象及相互间不负责任、不实事求是的标榜与批评等。这些都不无道理。

---

① 周维德．全明诗话［M］．济南：齐鲁书社，2005：3499—3500．

首先看明代的文化政策与科举制度对创作力的桎梏。

在宋代文人离性情越来越远，以理性替代情感进行创作时，他们时有创作不出伟大作品的焦虑和担心，元代文人由于自身地位的原因，作诗倒能近性情，元末文坛上出现了非常热闹、欣欣向荣的景象，但这种情况在明初就改变了。在朱元璋还在为吴王之时，就已开始在政治、文化、社会生活等方面酝酿复三代之古，使得明代的文学创作一开始就全面笼罩在复古的氛围之中，晚年的时候又大兴文字狱，文人在复古及高压的政治氛围中不能自由地吟咏性情，创造性受到很大约束。明成祖又实行文化专制主义政策，对文人儒士在思想上进行钳制，科举考试的经义内容废弃古代注疏，独尊宋儒经说，考生不得发挥己见。弘治时期规定，对策陈述时务，不准引道、释及百家诸子类书，行文不准使用浮华奇诡之词。嘉靖年间，考生不按"规矩"行文，会被除去士籍和应考资格。经过一系列高压政策的磨合，明代科举逐渐形成一种"八股文"的文体。这种文体形式极为刻板拘泥，内容严格限定在朱熹等宋儒的旧说传注内，不能沾有自己的点滴见解，举子们"只要按破、承、起、收的格式，做些填字性游戏，就能敷衍出一篇中式的文章，而'中式'意味着给自己带来荣华富贵、功名利禄。"① 知识分子为了前途富贵，全部精力都用于研习八股制义，背诵记忆宋儒的一些现成语录和章句，记诵一些虚文，从而远离了学术创新，远离了与科举无关的诗文。

明初，太祖用人是科举与举荐并行，甚至举荐比重大于科举，举荐来源也多种多样，有在学的太学生，有隐士、布衣，可以说是不拘一格降人才，科举也是以务实为主。但随着成祖及其后继者对士人的思想钳制日益加深，科举制度也日益完善，不但科考内容越来越空疏不着实际，应试流于文字游戏，而且出仕的途径也只有科考一途。如此，士人只能靠科举才能晋身仕途，科考的一些官定教科书便成了士子们学习的主要对象，而诗，除了攻《诗经》一科的人还有所研习外（但也只是尊理学之"经解"），很多人对它已是非常生疏。所以，很多读书人在出仕之前几乎没有涉足诗歌创作活动，这就是谢肇淛所说的"今之士子幼习制义，与诗为仇。"而且为在四书五经之中求得富贵，即使本人

---

① 尹继佐，周山. 中国学术思潮兴衰论［M］. 上海：上海社会科学院出版社，2001：216.

对诗歌有兴趣，父母也会禁约他们。这在明代是很普遍的现象，王世贞在《艺苑卮言》卷七中就谈道：

> 余十五时，受《易》山阴骆行简先生。一日，有鬻刀者，先生戏分韵教余诗，余得"漠"字，辄成句云："少年醉舞洛阳街，将军血战黄沙漠。"先生大奇之，曰："子异日必以文鸣世。"是时畏家严，未敢染指，然时时取司马、班史，李、杜诗窃读之，毋论尽解，意欣然自愉快也。①

所以，这些没有自己的思想，只靠背诵范文，熟练掌握八股技巧与规则、谙于文字游戏的人，一直到高中科举时都不知诗为何物。很多人一旦得中科举，即弃制义，标榜诗文，但却不得作诗之法。那些为诗之道，常被人视为得之不易的不传之秘，被看得非常珍贵，如谢榛记录了这样一件事：

> 己酉岁中秋夜，李正郎子朱延同部李于鳞、王元美及余赏月。因谈诗法。予不避谫陋，具陈颠末。于鳞密以指掐予手，使之勿言。予愈觉飞动，亹亹不辍。月西乃归。于鳞徒步相携曰："子何太泄天机？"予曰："更有切要处不言。"曰："何也？"曰："其如想头别尔！"于鳞默然。②

李东阳也遇到过这种事情，他说："门人辈有闻予言，必让予曰：'莫太泄漏天机'。"③ 所以，很多人即使有心学诗，但是常常因得不到有效的指导而不能掌握作诗之法，最终于创作无所得。由此可见，复古的氛围及专制的文化政策，再加上科举的利诱，明代文人于诗文已相当隔膜，难以创作出吟咏性情的诗歌，写出文采飞扬的文章了。

其次，诗文商业化也腐蚀着文人的创作才情。

初期，随着商业性农业的推行，明代经济日趋复苏并获得发展，成化、弘治时期，经济日益发达，商业日趋繁荣，明初以来节俭的社会生活传统开始有

---

① 周维德. 全明诗话 [M]. 济南：齐鲁书社，2005：1967.
② 谢榛. 四溟诗话 [M] //周维德，集校. 全明诗话. 济南：齐鲁书社，2005：1342.
③ 李东阳. 麓堂诗话 [M] //周维德，集校. 全明诗话. 济南：齐鲁书社，2005：481.

了改变。至明中晚期，随着商品经济的发展，人们的观念发生了很大的变化，诗文也像商品一样，进入了流通消费领域。首先，商品经济的发展、社会财富的增加、城市的繁荣，市民阶层形成并在经济上崛起，但他们仍然处于社会的边缘。"士农工商"，在明代，"士"仍然是社会的核心，有文化与否仍然是一个人是否有社会地位的关键因素。为了抬高自身的社会地位，接近或进入知识阶层圈子，这些新兴市民、商人需要文化包装自己，所以他们对文化商品有需求，一时间，附庸风雅、以诗文装点门面者遍地皆是。对于士人来说，身处商品经济发展的社会中并受到"心学"的影响，他们不言利、不治生、安贫乐道的思想也悄然发生了变化。士人虽然没有完全放弃"乐道"这一儒家之义，但已开始意识到治生的重要性，陈确就公然地提出了"士人以治生为本"的观点："所谓身，非一身也。凡父母兄弟妻子之事，皆身以内事。仰事俯育，决不责之他人，则勤俭治生，洵是学人本事。……确尝以读书、治生为对，为二者真学人之本事，而治生尤切于读书。……唯真志于学者，则必能读书，必能治生。"① 读书人已经有把对家人尽"仰事俯育"之责看作自己的人生责任的意识了。同时，人们对商业、商人的观念也发生了改变，认为商人、商业并不低贱。王阳明为商人作墓志铭，提出"四民异业同道"的观点，《醒世恒言》卷十七《张孝基陈留认舅》中记一官拜尚书的大官僚也希望其五子各执儒农工商贾一艺，而且振振有词地辩解："世人都道读书好，只恐读书读不了！读书个个营公卿，几人能向金阶走？……农工商贾虽然贱，各务营生不辞倦。……春风得力总繁华，不论桃花与菜花。"这些都说明士人逐渐萌生了"工商皆本"的观念。随着观念的转变，由士而商、由商而士，亦商亦士的人越来越多。

观念转变之后，社会上拜金风气日益严重，不过由于社会体制仍然还是官本位的，商人便积极主动地向士人靠拢，这样就产生了双向需求。市民与商人需要文化装点门面及满足精神上的享受，而由于科举日益艰难，不少士人生活贫困，需要治生以养家糊口，于是二者一拍即合，诗文书画作品成为可以消费、交换与买卖的商品。成化以后，士人以卖诗文书画求生计已成为平常之事，唐寅、祝允明等都以此为生，许多士人还为他人撰写墓志铭、作寿序、文序、碑铭、传记，为书商写书评等，以谋润笔之资。

---

① 陈确. 乾初先生遗集：卷五［M］. 清餐霞轩钞本.

不惟商人与市民，一些政治上不能有所作为的世家大胄，也纷纷转向世俗生活的享受，他们同样爱好附庸风雅，大量山人依附于他们，卖文求生。在这种情况下，作为商品而创作的诗歌作品，很少谈得上有真情真美，缺乏艺术性与创造性，也就出现了谢肇淛所说的"财能使鬼，长篇短什，一概借手他人"和"落魄谋糈，怀刺干人"及"以千古不朽之业，而仅为嗟来藉手之资"的现象。为得润笔之利，笔端"升沈任意"，"奖借过情，殆成诔墓之套"。可见，从成化以后，尤其到明中晚期，诗人的才情受到金钱前所未有的侵蚀，诗歌的创作水平、创作成就大打折扣。

三、"以识为主"与明代诗学转向

虽然创作力下降了，创作亦难以出新，可明人的识见却日益精深，对诗的认识、议论能力则大大增强了。许学夷云：

> 古今诗赋文章，代日益降，而识见议论，则代日益精。诗赋文章，代日益降，人自易晓；识见议论，代日益精，则人未易知也。试观六朝人论诗，多浮泛迂远，精切肯綮者十得其一。而晚唐、宋、元则又穿凿浅稚矣。沧浪号为卓识，而其说浑沦，至元美始为详悉。逮乎元瑞，则发覈中窍，十得其七。继元瑞而起者，合古今而一贯之，当必有在也。盖风气日衰，故代日益降；研究日深，故代日益精，亦理势之自然耳。①

许学夷认为诗赋文章创作水平日降而识见日精是一种必然的趋势，宋人即已如此。宋人的创作令明人不敢恭维，但是宋人却好谈论诗，好谈诗法，严羽本人诗歌写得一般，但是对诗歌的见识在明人看来可谓是千古卓识。严羽在为学习者寻求师法的对象时，就已经说到"夫学诗者以识为主，入门须正，立志须高"。学诗者"以识为主"，首先道出了宋诗创作的困境，正是因为创作出现了困境，则需要向前人最优秀的创作学习，那前代哪些作品才是最优秀的创作呢？这就需要"识"，即判断作品优劣的见识力。怎样才能拥有这种见识力呢？

---

① 许学夷．诗源辩体：卷三十五［M］//周维德，集校．全明诗话．济南：齐鲁书社，2005：3381.

严羽说：

> 试取汉、魏之诗而熟参之，次取晋、宋之诗而熟参之，次取南北朝之诗而熟参之，次取沈、宋、王、杨、卢、骆、陈拾遗之诗而熟参之，次取开元、天宝诸家之诗而熟参之，次独取李、杜二公之诗而熟参之，又取大历十才子之诗而熟参之，又取元和之诗而熟参之，又尽取晚唐诸家之诗而熟参之，又取本朝苏、黄以下诸家之诗而熟参之，其真是非自有不能隐者。倘犹于此而无见焉，则是野狐外道，蒙蔽其真识，不可救药，终不悟也。（《沧浪诗话·诗辨四》）

严羽认为，对汉魏晋宋南北朝、初、盛、中、晚唐及宋朝诗人的诗进行广泛阅读，加以揣摩，比较，最后"悟"出什么样的诗好，什么样的诗劣，也就意味着培养出了识见即判断力来。可见这种判断作品优劣的"识见"不是一蹴而就的，是在广泛阅读前人作品的基础上形成的。具备了这样的识见与判断力，就能认识到汉魏、盛唐诗分别是古诗与近体诗最优秀的创作，因而学习前人的作品以资创作就必须以"以汉、魏、晋、盛唐为师，不作开元天宝以下人物"。（《沧浪诗话·诗辨一》）这样，学诗者之"识"才算落到了实处。不过，严羽将判断作品优劣之"识"的形成归于通过读诗而"悟"出的，还显得比较神秘。

对于明人来说，也面临着创作难以出新的现实。对于这种现实困境，明人坦然接受，如胡应麟所说：

> 甚矣，诗之盛于唐也！其体，则三、四、五言，六、七、杂言、乐府、歌行、近体、绝句，靡弗备矣。其格，则高卑、远近、浓淡、浅深、巨细、精粗、巧拙、强弱，靡弗具矣。其调，则飘逸、浑雄、沈深、博大、绮丽、幽闲、新奇、猥琐，靡弗诣矣。其人，则帝王、将相、朝士、布衣、童子、妇人、缁流、羽客，靡弗预矣。（《诗薮》外编卷三）

前人无论是诗之体制、格调还是题材方面都没有给明人留下创新的空间，明人只能谦虚地向前人学习，而学习前人，明人认为首先也是要有"识见"，能

够知道前人哪些创作值得学习。而要有"识见",也必须要有一个广泛阅读与达成认知的过程,见广才可能识高。许学夷云:

> 学诗者,识贵高,见贵广。不上探《三百篇》《楚骚》、汉、魏,则识不高;不遍观元和、晚唐、宋人,则见不广。识不高不能究诗体之渊源;见不广不能穷诗体之汗漫,上不能追躅《风》《骚》,下不能兼收容众也。(《诗源辩体》卷二十四)
> 学者闻见广博,则识见精深,苟能于《三百篇》而下一一参究,并取前人议论一一绌绎,则正变自分、高下自见矣。今之学者,闻予数贬古人,辄相诋訾,虽其质性之庸,亦是其闻见不广故也。(《诗源辩体》卷三十四)

许学夷认为,如果能将从源头《三百篇》、楚骚及汉魏晋、六朝、初盛中晚唐、宋以来的诗,一一拿来阅读参究,加以比较、评判优劣,"识"就会越来越高。否则没有识见,对历代诗文的发展没有一个自己的认识与判断,则会陷入以下几种情况:

> 今或有为古人所恐者,有为盛名所恐者,有为豪纵所恐者,有为诡诞所恐者,皆造诣不深,而识见不广故也。如初盛、唐诸公,已自妍媸不同,大历而后,益多庸劣,今例以古人之诗而不敢议,此为古人所恐也。如李献吉律诗,入选者诚足上配古人,其余卤莽,多不足观,今但以献吉之诗而不敢议,此为盛名所恐也。至若才力豪纵者,顷刻千言,漫无纪律,资性诡诞者,怪险蹶起,而蹊径转纡。初学观之,震心眩目,俛首受屈,此为豪纵、诡诞所恐也。(《诗源辩体》卷三十四)

对古人之诗不敢有非,对名家权威不敢有议,容易被才力豪纵及资性诡诞者迷惑,最后俯首称臣,这样的话,就不能找到正确的学诗途径。如果见广识高,则造诣会日益精深,那么就可辨别出作品是精还是粗,是优还是劣,也就知道古人的哪些方面值得学习,从而创作出好的作品。许学夷认为陶渊明就是一个识见高,善于学习古人的典型:"靖节《拟古》九首,略借引喻,而实写己怀，绝无摹拟之迹，非其识见超越，才力有余，不克至此。后人学陶者，于其平直处仅得一二，至此百不得一矣。"（《诗源辩体》卷六）

学诗者需以识为主，而对于批评者来说则更需要有高超的"识见"，才能拨开云雾，为学习者指出正确的道路。李东阳要求批评者要"具眼""具耳"："闻琴断，知为第几弦，此具耳也；月下隔窗辨五色线，此具眼也。"① 正因为李东阳自己有"具眼""具耳"的识见，才能够准确地判断出一首诗为何时、何人所做，也能判断此诗的优劣。也正因为李东阳在其诗话中体现出了高超的识见，得到了许学夷的称赞："李宾之《怀麓堂诗话》，首正古、律之体，次贬宋人诗法，而独宗严氏，可谓卓识。"（《诗源辩体》卷三十五）而没有识见的批评家往往会犯错误，迷误后人，王世贞就批评《晋史》的编撰者在选作品时没有识见："《晋史》不载夏侯孝若《东方朔赞》，而载其《训弟文》，真无识者也。"（《艺苑卮言》卷三）

明代许多人都认为，对于文艺批评家来说，"识"比"作"更重要，这也使得批评家越来越职业化，其创作成就与批评识见之间可能会有一定的差距，严羽之后就有这种趋势。但是，即使这些批评家自身的创作水平不是很高，但只要批评的识见高明，能给人指出学习的途径，也是无损于他的光辉的。明人甚至认为，"识"比"作"更见学力，李东阳云："予尝谓识得十分，只做得八九分，其一二分乃拘于才力，其沧浪之谓乎？若是者往往而然。然未有识分数少而作分数多者，故识先而力后。"② 李东阳认为，见识高不一定诗作得好，但见识少是一定作不好诗的。胡应麟亦作如此观：

　　严羽卿之诗品，独探玄珠；刘会孟之诗评，深会理窟；高廷礼之诗选，精极权衡。三君皆具大力量，大识见，第自运俱未逮。严亟称盛唐，而调仍中、晚。刘甚尊李、杜而格仅黄、陈。高稍作初唐语，亦才影响耳。然不可以是掩其所长。如近李于鳞选唐诗，与己所作略无交涉。若并波及其诗，则非公论也。（《诗薮》外编卷四）

---

① 李东阳. 麓堂诗话［M］//周维德，集校. 全明诗话. 济南：齐鲁书社2005：479.
② 李东阳. 麓堂诗话［M］//周维德，集校. 全明诗话. 济南：齐鲁书社，2005：480.

王慎中云：

> 日读古人，又参看时人所作，久之自透露见识出来。则虽做不得古人
> 之诗，亦论得古人之诗矣。但论得就是学力，更胜于作得也。论得者或不
> 做得，不妨为名家，做得而见不得，终是偶合。且亦无不明而能作之事也，
> 故凡事先须从识上起。①

可见，认为"识见"比创作本身更重要已经是明人的共识了。

如果说创新可能性的终结及明人创作才力的枯竭，意味着诗歌创作已不是
明人文学活动的核心，而对"识"的强调，"学者以识为主"，批评者亦以识为
主，则说明关于诗的议论与批评将要走向诗学的前台。且与严羽不一样，严羽
强调"识"还主要立足于学习者个人之识，这种"识"的培养要靠自悟，而明
代的批评者则越来越职业化，他们充当了"识"的主体。当然，他们的"识
见"与严羽所说的一样，也是通过广泛阅读参览前人的作品而形成的，也有一
个参悟的过程，在参悟的过程中，他们逐渐具有了"识"，即第一义之识，也即
"文学经典意识"。然而，明人不是停留于严羽所说的个人之悟阶段，而是将严
羽所要求的"参而悟"的个体化、无法言说的过程转化为具体的、明晰的言说
与分析，从而导致了明代诗学的明确转向，即转向诗歌文本的阅读、分析、批
评。明代诗学将沿着这一新的方向展开，而明代诗学的发展与明人在具体文本
批评实践中形成的"文学经典意识"则有着深刻的关系。

---

① 王慎中. 遵严集: 卷二十四 [M]. 清文渊阁四库全书本.

第二章

文学经典意识在明代诗学中初步形成

第一节　经典及文学经典意识

一、"经典"源流考

"经典"是一个并列结构的复合词，由"经"与"典"两个名词组成，在确定"经典"的内涵之前须对这两个词的含义作一番考察。

（一）"经"

《说文》曰："经，织从丝也。"作为名词，它在先秦时期主要有两个含义：一指书籍，常与"籍"合用，是为"经籍"，既包括后来被认为是儒家经典的书籍，也包括其他各家书籍。如春秋时的庚桑楚说："今夫小人多诵经籍方书，或学奇技通说而被以青紫章服。"① 二为道、常法、常道之意。如："太公曰：'斋，将语君天地之经，四时所生，仁圣之道，民机之情。'"② 又如："守国之度，在饰四维；顺民之经，在明鬼神，祇山川，敬宗庙，恭祖旧。"③ 这二例中的"经"都为"常法""常道"之意。唐代房玄龄注《管子》中的"右士经"

---

① 庚桑楚. 君道篇第四［M］. 庚桑楚. 亢仓子. 明刻子汇本.
② 吕望. 文韬·守国八［M］. 吕望. 六韬：卷一. 清平津馆丛书本.
③ 管仲. 管子：卷一［M］. 房玄龄, 注. 四部丛刊景宋本.

曰:"士,事也;经,常也,谓陈事之可以常行者也。"① 将"经"注为"常",也即常法、常道之意。又如《韩非子·主道第五》中"此之谓贤主之经也"一句,注曰:"经,常法也。"②

在汉代,"经"特指儒家之经书,包括《诗》《书》《礼》《易》《春秋》等,它们被定为"经",从此"经"与一般的书籍区分开来,汉儒及官方认为,只有这些经书才最好地体现了天地、自然、人伦之"常道""常法"。班固云:"经所以有五,何? 经,常也。有五常之道,故曰五经。"③ 虽然汉代对先秦儒家经典进行了国家意识形态层面上的经典化,使得人们对"经"的认识有着时代的烙印——"经"指儒家之经书,但是"大道""常法""常道"始终是"经"的重要内涵。如刘勰云:"三极彝训,其书曰'经'。'经'也者,恒久之至道,不刊之鸿教也。"④ 段玉裁《说文解字注》注"经,织从丝也"曰:"从丝谓之经,必先有经而后有纬,是故三纲五常六艺,谓之天地之常经。"⑤ 在刘勰眼里,"经"不仅指五经,还包括先代那些体现了圣心的著作,比如上古时期的《三坟》、五帝时代的《五典》等,它们与五经一样,体现着天地人伦之恒久大道。唐代以后,"经"仍主要指儒家之文献,隋唐时有"九经"之说,南宋时有"十三经"之说,清乾隆时期,镌刻《十三经》经文于石,阮元又合刻《十三经注疏》,至此,"十三经"之称及其在儒学典籍中的尊崇地位更加深入人心。

(二)"典"

《说文解字》云:"典,五帝之书也,从册在丌上,尊阁之也。庄都说:'典,大册也',多珍切。"⑥ 从这个解释来看,"典"这一词的出现要早于"经"一词,也是"书籍"之意,但最初特指上古五帝之书——五典,后也推及为先王圣贤之书,如《左传·文公六年》中有云:"予之法制,告之训典。"

---

① 管仲. 管子:卷一[M]. 房玄龄,注. 四部丛刊景宋本.

② 韩非. 韩非子:卷一[M]. 四部丛刊景清景宋钞校本.

③ 班固. 白虎通德论:卷八[M]. 四部丛刊景元大德覆宋监本.

④ 周振甫. 文心雕龙今译[M]. 北京:中华书局:2011:26.

⑤ 段玉裁. 说文解字注:卷十三[M]. 清嘉庆二十年经韵楼刻本.

⑥ 许慎. 说文解字:卷五[M]. 清文渊阁四库全书本.

杜预注曰："训典，先王之书。"①。

而"经"指"书籍"，起初是指一般性质的书籍，不特指先王圣人之书。但因为都有"书籍"的含义，春秋战国时人们已将"经"与"典"联系起来，如《左传·昭公十五年》中曰："礼，王之大经也。一动而失二礼，无大经矣。言以考典，典以志经。忘经而多言举典，将焉用之？"②

汉代时，"经"与"典"通用互释，"典"也就有了"常法""常道"之义。东汉刘熙的《释名·释典艺》曰："经，径也，常典也。"③ 又如王符《潜夫论》云："索道于当世者，莫良于典。典者，经也，先圣之所制。先圣得道之精者以行其身，欲贤人自勉以入于道。故圣人之制经以遗后贤也。"④ 汉以后，"经"与"典"含义仍相同，但二者所指的范围被做了细分，孔颖达曰；

> 称典者以道可百代常行。……然经之与典俱训为"常"，名典不名经者，以"经"是总名，包殷周以上，皆可为后代常法，故以经为名；"典"者，经中之别，特指尧舜之德，于常行之内道最为优，故名典不名经也。⑤

孔颖达认为"典"与"经"同指可百代常行的"常道"，二者意义是一样的。只不过认为"经"是常道的总名，"典"所代表的"常道"特指圣人之德而已，二者是总体与部分的关系，但基本意义是一样的。

（三）"文学经典"与"文学经典意识"

既然"经"与"典"基本意义相同，而且可通用互释，那么它们联用组成一个复合词组也就自然而然了。"经典"作为一个词组使用，在汉代已然，主要指圣人之作与儒家典籍和文献。如王符云：

① 杜预．春秋经传集解：文上第八［M］．四部丛刊景宋本．
② 杜预．春秋经传集解：昭四第二十三［M］．四部丛刊景宋本．
③ 刘熙．释名：卷六［M］．毕沅，疏证．清经训堂丛书本．
④ 王符．潜夫论：卷一［M］．汪继培，笺．彭铎，校正．上海：上海古籍出版社，1979：11.
⑤ 孔安国，传．孔颖达，疏．尚书注疏［M］．清嘉庆二十年南昌府学重刊宋本十三经注疏本．

先圣之智，心达神明，性直道德，又造经典以遗后人。试使贤人君子，释于学问，抱质而行，必弗具也；及使从师就学，按经而行，聪达之明，德义之理，亦庶矣。是故圣人以其心来造经典，后人以经典往合圣心也，故修经之贤，德近于圣矣。①

汉以后，"经典"既可指儒家经典，也可指释道之经典，也可指文学经典。如刘勰云："至于托云龙，说迂怪，丰隆求宓妃，鸩鸟媒娀女，诡异之辞也；……谲怪之谈也……狷狭之志也……荒淫之意也：摘此四事，异乎经典者也。"② 这里"经典"是指儒家经书。"道融，汲郡林虑人，十二出家，内外经典，无不综览。"③ 此处"经典"，则既包括儒家典籍，也包括佛家重要典籍。"经典"最早指优秀的文学作品大概出自于高贵乡公曹髦之口，其云："吾以暗昧，爱好文雅，广延诗赋，以知得失，而乃尔纷纭，良用反仄。其原逌等。主者宜敕自今以后，群臣皆当玩习古义，修明经典，称朕意焉。"④ 曹髦所说的"经典"主要指《诗经》和一些有政治借鉴意义的诗赋，但这是说给那些卫道士说的，实际上，曹髦是将这些诗赋当作文学经典来看待的。

下面来看一看今人对"经典"及"文学经典"的解释。

刘象愚先生说："'经典'一语大约从汉魏时期就开始使用了，主要用来指儒家典籍。……后来'经典'的范围从儒家典籍扩大到宗教经籍的范围内，包括了佛道诸教的重要典籍。……再后来，凡一切具有权威、能流传久远并包含真知灼见的典范之作都被人称之为经典，所以刘勰说经典是'恒久之至道，不刊之鸿教'，此可谓一语中的之论。"⑤

童庆炳先生说："经典是什么意思呢？刘勰《文心雕龙·宗经》篇说：'三极彝训，其书言经。经也者，恒久之至道，不刊之鸿论。'意思是说，说明天、

---

① 王符．潜夫论：卷一［M］．汪继培，笺．彭铎，校正．上海：上海古籍出版社，1979：13.

② 周振甫．文心雕龙今译［M］．北京：中华书局：2011：43.

③ 崔鸿．十六国春秋：卷六十二［M］．明历刻本．

④ 陈寿．三国志：卷四［M］．裴松之，注．北京：中华书局，1982：139.

⑤ 刘象愚．经典、经典性与关于"经典"的论争［J］．上海：中国比较文学，2006，2：45—46.

地、人的常理的这种书叫做'经'。所谓'经',就是永恒不变的又至高无上的道理,不可磨灭的训导。所谓'经典'就是承载这种道理和训导的各种典籍。文学经典就是指承载文学之'至道'和'鸿论'的各类文学典籍,凡创作这类作品的作家自然称为经典作家。"①

《辞海》对"经典"的释义,其中一个义项是:"最重要的,有指导作用的权威著作。"② 刘象愚对英文中"经典"一词含义的演变进行考察,得出了相似的结论:"'经典'指那些权威的、典范的伟大著作。在人文、社会科学以及自然科学的各个领域中都有'经典'之作,不过,我们关注的首先是文学的经典。"③

从以上关于"经典"的定义,可知现代语境中所说的"经典"与古代"经"与"典"的基本含义相同,都是体现了天、地、人之常理的有真知灼见的典范之作,因而具有权威性。而"文学经典"则正如童庆炳先生所说是"承载文学之'至道'和'鸿论'的各类文学典籍",因此,文学经典就具有权威性(即经典性)以及典范性两方面的意义。就文学自身特质而言,文学经典的权威性或经典性来自其所承载的文学之至道,包括文学的本质规定性及相应的规则、法则;同时,因为除了确立文学的本质规定性——至道外,文学经典还为某一类文学体式确立规则,即常法,因而文学经典又是某一类文学体式的最优秀的创作,故而对他人的创作又具有可资借鉴的典范意义,即典范性。"文学经典意识"也就是关于何为文学经典及如何创作出文学经典的认识,主要体现为关于作品的经典性与典范性两方面的认识,中国古典诗学中一直存在着这种认识活动,而随着诗学发展,文学经典意识又是不断发展的。

二、古典诗学中的"文学经典意识"

在中国古典诗学中,"文学经典意识"的形成是有一个过程的,它与文学观念的自觉和艺术精神的独立是相伴相行的。文学经典意识的最早形态应是"文

① 童庆炳.文学经典建构诸因素及其关系[J].北京大学学报(哲学社会科学版),2005(5):71.
② 辞海编辑委员会.辞海[M].上海:上海辞书出版社,1989:3044.
③ 刘象愚.经典、经典性与关于"经典"的论争[J].上海:中国比较文学,2006(2):47.

化经典意识。"

　　从前面诗学自身发展逻辑的探讨中，我们可以看到，文学一开始就被纳入到文化确切地说是政治文化的体系中。"文化"一词的含义一开始就被框定在社会政治层面，即"以文教化"。《周易·贲卦·象传》云："文明以止，人文也。观乎天文，以察时变；观乎人文，以化成天下。"孔颖达疏曰："观乎人文以化成天下者，言圣人观察人文，则《诗》《书》《礼》《乐》之谓，当法此教以化成天下也。"①"人文"的功能是"化成天下"，那彰显人文的文学包括诗歌，自然就被赋予了"化成天下"的使命。

　　最早的文化经典便是圣人所作体现了天、地、人之至道的文献，包括上古传说中的《三坟》《五典》，汇编上古时代政事史料的《尚书》、周时的《易》及礼乐制度等，它们具有深刻而广阔的原创性意蕴，体现着中华民族的诗性智慧。它们是中华文化的源头，是先秦尤其是礼崩乐坏后各个学派建构社会、政治及文化模式所依据的文化原典。

　　百家之中，儒家最好地承传了中国的元文化特质。早在氏族社会时期，从氏族部落发展出的政治文化就已经蕴涵着原始儒家文化的部分因子，经夏、商延续下来，在周时得到了全面阐发，从而奠定了华夏文化的根基。然而至春秋末期，社会发生了大动荡与大分化，周王室衰弱，诸侯国之间为了各自的利益，不断发动战争，破坏各种礼法制度，非法僭越礼数，甚至侵夺王室公地的行为也缕缕发生。面对这种"礼崩乐坏"的社会现实，孔子对尧舜时期及西周社会充满了憧憬，把那时想象成一个君王仁德、礼乐兼备、民风淳厚、社会井然有序的理想社会。孔子尤其对周礼——西周的社会组织、政治体制、社会秩序等上层建筑推崇有加，他通过不懈的学习全面继承了中华文化的原儒精神。孔子认为上古圣人制定的经典一方面体现着圣人对自然、社会的存在与运行之大道的认识，另一方面，也记录了先贤言行与修身的原则，对儒家君子人格的建构有着范式意义，于是孔子在此基础上确立了原始儒家学派的经典脉络。他首先构建了儒家圣人的传承脉络，将尧、舜、禹、文王、武王、周公等圣人变成了独属儒家的圣人，再将这些圣人之言定为本学派的"经典"。孔子删《诗》、传

---

① 周易注疏［M］.王弼.注.韩康伯，注.孔颖达，疏.清嘉庆二十年南昌府学重刊宋本十三经注疏本.

《易》、编《书》、修订《礼》《乐》，又作《春秋》，编定了这些体现着天、地及人伦大道的原始儒家学派的"经典"，作为儒家在礼崩乐坏的局面下建构新的政治与文化模式的理论根据，也作为孔门"文学"之科的教材。由此可见，儒家对"诗"，对"文学"一词含义的认识是文化性的。

　　"文学"一词最早见于《论语·先进》："德行：颜渊、闵子骞，冉伯牛、仲弓。言语：宰我、子贡。政事：冉有、季路。文学：子游、子夏。"这是将孔门弟子按才能特长分为四科，"文学"是其中之一。杨伯峻释曰："文学——指古代文献，即孔子所传的《诗》《书》《易》等。"①《诗》成为儒家文化经典之一。这就是文学经典意识的最初表现——"文化经典意识"。

　　文学经典意识发展的第二个阶段是经学意义上的文学经典意识。

　　在文化经典意识支配之下，孔子从删诗、传《易》开始，就已经开始有意识地制造儒家经典。本着"观乎民风，以察时变"的目的，周朝乐府机关派人到民间采风，将民间诗歌采集回来之后，经过过滤，这些被提炼了的民间诗歌就凝成了一个"文本"，但数量仍然可观。而孔子本着"化成天下"的目的，按其"无邪"的标准再次加以筛选，通过删之雅之，最终将《诗》变成一个经典化的诗教文本。孔子晚年读《易》曾"韦编三绝"，并作《易传》阐释其中所蕴含的哲学、政治及伦理思想。孔子所积极实践的这些文化行为对中国古典诗学观及方法论起到了不可估量的影响。汉代，儒家文化被抬到独尊地位，这种"经学化"的诗学观及方法论也就得到了全面继承与发扬。

　　如果说孔子的造经实践还只是个人或是一家文化掌门人的自觉行为，至汉代，就开始了国家意识形态层面的造经运动。当汉朝初建之时，就面临着政治与文化选择的问题。首先是治国方针的选择与确立。王朝建立之初，天下初定，国力贫弱，民几无立锥之地，国家与百姓都需休养生息，在此情形之下，最高统治者选择道家的黄老之术作为御国之本是较为明智的政治与文化策略。但是，道家那种小国寡民的文化性格是包容不了泱泱的华夏文明的，它只是治疗战争创伤的一剂良药，在国力得到恢复，社会财富积累到一定程度之后，道家的政治与文化使命便结束了。国家与社会面临着新的文化选择问题，汉武帝选择了儒家学说作为立国的文化之本。儒家在新的历史时期如何做才能不辱使命呢？

---

　　① 　杨伯峻. 论语译注［M］. 北京：中华书局，2000：110.

其中一个重大举措便是确立与阐释经典，为现实存在的合理性寻找理论根据，于是国家层面上的文化造经运动便开始了。

其次是确立文化经典。原始儒家的经典——《诗》《书》《礼》《易》《春秋》被从国家意识形态层面确立为"经"。这些经典因为弥漫着圣人洞察自然、社会、人生、宇宙的智慧而散发出永远不灭的光芒，只要在它的照耀与指引之下，历史就不会失去前行的方向。当然，确立经典还不等于造经运动的完成，下一步是要赋予其无可置疑的权威性。这种权威性一方面是政治权力赋予它们的，另一方面则是在汉儒的过度阐释之后获得的，即"经学"赋予的，这较之权力更有说服力。汉代的"经学"就这样将《诗》《书》《礼》《易》《春秋》这些儒家的文献典籍最终转化成了汉代官方的经学经典。国家设立五经博士，投入大量的人力、物力、财力从事这项伟大的造经事业，一时间，经学大师辈出，一经说至百万余言的不在少数。在齐、鲁、韩、毛四家的文化解读之中，"诗三百"从原儒经典变成了国家意识形态层面的"经典"。所以说，汉代关于"诗"的研究，是一种经学研究，汉代的诗学也是"经学诗学"，而非文学意义上的"诗学"，此时的文学经典意识也就只是一种经学意义上的经典意识。

《毛诗》与《礼记·乐记》集中体现了汉代儒家诗学观念。这种经学意义上的文学经典意识，首先表现为对"诗"的政治功能定位："上以风化下，下以风刺上。""化下"与"刺上"都是为政治服务的。但在汉儒看来，"诗"更重要的是行使自上而下的教化功能，即"诗教"。《礼记·经解》云："孔子曰：入其国，其教可知也。其为人也，温柔敦厚，诗教也。"①"诗"与"乐""礼""刑""政"一样，都是圣人治国的工具与手段，"礼以道其志，乐以和其声，政以一其行，刑以防其奸。礼、乐、刑、政，其极一也。所以同民心而出治道也"。② 但是相比之下，"诗教"又是最能感染人且效果最好的一种手段。《毛诗序》曰："正得失，动天地，感鬼神，莫近于诗。先王以是经夫妇，成孝敬，厚人伦，美教化，易风俗。"从"诗教"观可知，汉儒将社会政治功能当作诗的根本属性。但是，汉代人对"情感"作为诗与乐的重要因素又是有着较为充分的

---

① 郑玄，注. 礼记：卷十五［M］. 四部丛刊景宋本.
② 礼记·乐记［M］//郭绍虞. 中国历代文论选：第一册. 上海：上海古籍出版社，1990：61.

认识的，《礼记·乐记》及《诗大序》中的"物感说"都是这一认识的表现。汉儒对怨情较严重的"变风""变雅"亦不排斥，反认为发乎情乃民之天性，但要求止乎礼仪。"诗"如何能做到"发乎情，止乎礼仪"，就需在文辞表达上下功夫。由此，汉儒"经学诗学"对优秀作品的形式做出了要求："主文而谲谏"，"文"可修饰情感，如果怨刺表达得比较含蓄，则易为上层所接受。这实际上涉及到诗歌的语言、文辞的传达特点。

从汉儒对《诗经》不同于其它儒家经典的功能定位，以及对诗歌"感物生情"，"情动于中形于外"的达情特质的认识来看，说明汉儒还是认识到"诗"的特殊性的，但他们最终还是将"诗"限定在经学的牢笼中。以经学眼光为标准，汉儒从对诗歌的功能定位和对诗歌内容与形式的要求入手，确定了优秀作品的评判标准，而按这个标准来衡量，《诗经》则为诗歌创作的"经典"。这就是汉儒的经学式的文学经典意识。

经过了文化诗学、经学诗学的发展，文学观念逐渐自觉，艺术精神也逐渐独立，诗学中的经典意识也由文化经典意识、经学式的文学经典意识逐步向文学经典意识过渡。不论是文化经典意识，还是经学式的文学经典意识，强调的都是"诗"的权威性，即体现所谓的天地、自然、社会之大道，而非作为文学的"诗"所体现出来的诗歌自身的规定性与法则。不过，在经学式文学经典意识下，评判优秀作品的标准还是有了文学形式方面的要求。虽具有一定程度经学意味，但有普遍文化意义又对文学有所启示的"经典意识"的最早表述出自东汉王符之口，他在《潜夫论》中云：

> 索道于当世者，莫良于典。典者，经也，先圣之所制。先圣得道之精者以行其身，欲贤人自勉以入于道。故圣人之制经以遗后贤也。譬尤巧倕之为规矩准绳以遗后工也。
>
> 昔倕之巧，目茂圆方，心定平直，又造规绳矩墨以诲后人。试使奚仲、公班之徒，释此四度，而效倕自制，必不能也；凡工妄匠，执规秉矩，错准引绳，则巧同于倕也。是故倕以心来制规矩，后工以规矩往合倕心也。故度之工几于倕矣。
>
> 先圣之智，心达神明，性直道德，又造经典以遗后人。试使贤人君子，释于学问，抱质而行，必弗具也，及使从师就学，按经而行，聪达之明，

德义之理，亦庶矣。是故圣人以其心来造经典，后人以经典往合圣心也。故修经之贤，德近于圣矣。①

王符的这段表述，强调的是圣贤经典的权威性——得道之精，以及其所体现出来的规绳矩墨对于君子修身的典范意义，如果按照圣贤经典修行，则会"近于圣矣"。但是他的巧倕之喻却已经启示着文学上的经典意识，明人李梦阳与何景明关于诗"法"的论争中所使用的班倕之喻与之有异曲同工之处。

"经典"最早主要指文学作品，并体现出朦胧的文学经典意识，从现有的文献资料来看，始自高贵乡公曹髦。陈寿在《三国志》中这样记载：

> 五月辛未，帝幸辟雍，会命群臣赋诗。侍中和逌、尚书陈骞等作诗稽留，有司奏免官，诏曰："吾以暗昧，爱好文雅，广延诗赋，以知得失，而乃尔纷纭，良用反仄。其原逌等。主者宜敕自今以后，群臣皆当玩习古义，修明经典，称朕意焉。"

曹髦是曹丕之孙，生于公元241年，卒于公元260年。正始五年（公元244年）封郯县高贵乡公，嘉平六年（公元254年）司马师废曹芳，立曹髦为少帝。曹髦因不甘为司马氏傀儡，率宿卫数百攻司马昭，为司马昭所杀。陈寿评价他："才慧夙成，好问尚辞，盖亦文帝之风流也；然轻躁忿肆，自蹈大祸。"② 曹髦聪慧早熟，善丹青，好学问，尚文辞。曾经幸太学，与诸儒论《易》《书》及《礼》，诸儒莫能及，有文集二卷传世。在爱好文艺、尚文辞上，曹髦颇有其祖曹丕之风，身边也有文学之士围绕，经常吟诗作赋。上段话记述的是曹髦在位第三年的事情。他不但没有采纳有司之奏将因作诗稽留宫中的和、陈二人免官，相反以要学习先贤教诲、观诗赋以知得失为由为二人开脱，并要求群臣此后都要玩习诗赋之古义，修明文学之经典，从中观政治之得失。当然，观政治得失不过是个冠冕堂皇的理由。曹髦的祖父曹丕是中国诗学史上具有划时代意义的理论家，他首次明确指出诗赋与其他文类不同，总结出诗赋"欲丽"的特征，

---

① 王符．潜夫论：卷一［M］．汪继培，笺．上海：上海古籍出版社，1979：11—12.
② 陈寿．三国志：卷四［M］．裴松之，注．北京：中华书局，1982：154.

从而将诗赋同"大文学"区分开来。但这种区分还不是特别彻底，他说"文本同而末异"，意味着"丽"是末，文之"道"则同，并未认识到"情"是文学之本，而"丽"的形式特征也绝非文学之末，所以他还没有在本质上将诗赋与其他文类区分开来。曹髦这里所说的"文学"仅指诗与赋，他所说的经典就是诗、赋这两种文类的文学经典，不过在当时的政治环境之下，曹髦为提倡诗赋还是找了一个堂皇的理由，即传统的"观诗说"与"献诗说"，也还没有完全认清诗赋抒写情志的特质。所以，此处他所说的"经典"就应是指符合"诗赋欲丽"的形式特点、符合诗赋自身体制规范的优秀的诗赋作品。但不管怎样，他所说的"玩习古义，修明经典"，就是一种确立诗赋经典的活动，即以作品之义及形式之丽的完美结合程度为标准检验一些古代作品的经典性，经过甄别，甄选出优秀作品，作为众臣修习的典范，所以体现出一定程度的文学经典意识。

"中国文学史上真正产生了把优秀文学作品视为经典并进行学习效法的这样一种古典意识，大约是在魏晋南北朝时期，以刘勰的《文心雕龙》中总结经典作品特点的'六义'为代表。"① 魏晋以来至南北朝时期，文学自觉程度已经较高，诗歌观念已完全自觉，"文学"观念在"文笔之辨"中虽未完全纯粹化，但"文学"至少已从"经学"之下独立出来，文学作品与经、史之类文化著作区分开来，只不过它还是诸多文类的集合，但已可视为"共名之文学"。从共名文学的角度来看，最早具有自觉的文学经典意识，并从理论上加以表述的是南朝梁时的刘勰。《文心雕龙·宗经》篇云：

　　三极彝训，其书言"经"。"经"也者，恒久之至道，不刊之鸿教也。故象天地，效鬼神，参物序，制人纪；洞性灵之奥区，极文章之骨髓者也。皇世《三坟》，帝代《五典》，重以《八索》，申以《九丘》；岁历绵暧，条流纷糅。自夫子删述，而大宝咸耀。于是《易》张十翼，《书》标"七观"，《诗》列"四始"，《礼》正"五经"，《春秋》"五例"。义既［极］埏乎性情，辞亦匠于文理；故能开学养正，昭明有融。然而道心惟微，圣

---

① 高小康．中国古典艺术精神的形成［M］//敏泽，主编．中国文学思想史：下册．长沙：湖南教育出版社，2004：331.

谟卓绝；墙宇重峻，而吐纳自深。譬万钧之洪钟，无铮铮之细响矣。①

这一段文字反映了刘勰的宗经观，但他所宗之"经"，并非原始形态的《三坟》《五典》等，而是被孔子删述之后的文本，尤其是孔子删述之后的《易》《书》《诗》《礼》《春秋》五经。这些文本经孔子删述之后，既含蕴着天地人伦的大道、常法，同时这些大道、常法又由于披于美好的文辞而得到完美的呈现与表达，所以这些文本可以说是内容与形式完美结合的经典，能够改造人的性情，能够启发学习，培养正道。又因为此"五经"做到了"道"与"文"的完美结合，是"极文章之骨髓者也"，所以它对文学的创作有启发与典范意义：

> 若禀经以制式，酌雅以富言，是［仰］即山而铸铜，煮海而为盐也。故文能宗经，体有六义：一则情深而不诡，二则风清而不杂，三则事信而不诞，四则义［直］贞而不回，五则体约而不芜，六则文丽而不淫。②

此"六义"是刘勰从经典中总结出来的，也是他对文学创作的要求。刘勰要确立一种普遍的、具有方法论意义的文学经典的标准，体现出浓厚的文学（大共名文学）经典意识。他认为以辞与义完美结合的儒家五经为典范，以"六义"作为创作原则与追求，则能创作出优秀的文学作品来。

因为具有文学经典意识，所以，刘勰对文学史的建构也有着经典价值取向，其云：

> 自鸟迹代绳，文字始炳。炎皞遗事，纪在《三坟》，而年世渺邈，声采靡追。唐虞文章，则焕乎始盛。元首载歌，既发吟咏之志；益稷陈谟，亦垂敷奏之风。夏后氏兴，业峻鸿绩，九序惟歌，勋德弥缛。逮及商周，文胜其质，《雅》《颂》所被，英华日新。文王患忧，繇辞炳曜，符采复隐，精义坚深。重以公旦多材，振其徽烈，剬诗缉颂，斧藻群言。至夫子继圣，独秀前哲，熔钧六经，必金声而玉振；雕琢性情，组织辞令，木铎起而千

---

① 周振甫. 文心雕龙今译［M］. 北京：中华书局：2011：26.
② 周振甫. 文心雕龙今译［M］. 北京：中华书局：2011：30—31.

里应，席珍流而万世响，写天地之辉光，晓生民之耳目矣。①

在这里，刘勰建构了一个从上古至周文学发展的一个脉络：从继承关系上，上古三皇至唐虞、夏禹，再至文王、周公旦，最后至孔子，这些文学上的代表人物都是儒家的圣人，其文乃圣心的体现；从文学发展的角度看，则是一个辞采不断华发，辞义结合越来越完美的过程。

唐代是一个诗的时代，诗学以创作理论为主，探讨更多的是诗歌创作技法，他们在遵循诗歌的本质规定性——"诗缘情"的基础上，着力探究的是诗歌的形式技法问题。但唐人的一些诗论，如在批评六朝诗风时，也会体现出一定的文学经典意识。比如初唐的陈子昂提倡"风雅传统"与"汉魏风骨"，他认为《诗经》与汉魏古诗是古人优秀的诗歌创作，文采斐然而有兴寄，有风骨，是"情"与"采"结合的最佳典范。李白亦云："自从建安来，绮丽不足珍"，推崇"清水出芙蓉，天然去雕饰"的"风人之诗"。再如杜甫，其论诗诗如："纵使卢王操翰墨，劣于汉魏近风骚"，"不薄今人爱古人，清辞丽句必为邻。窃攀屈宋宜方驾，恐与齐梁作后尘。"也是推崇与风骚之气相近的汉魏人诗，而对华艳无实的齐梁诗风有所批评，体现出一定程度的文学经典意识。但是唐代是以诗歌创作为主的时代，诗学中的文学经典意识还没有充分展开，文学经典意识是在宋代准确来说是在南宋时期得到发展的。宋人在创作上出现困境，于是开始纷纷寻找优秀的诗法对象，在这个过程中，盛唐诗被加以表出，杜甫诗被加以表出。严羽更是提出"汉魏盛唐诗为第一义"之说，极力强调盛唐诗的经典性："吟咏性情"、一味"妙悟""惟在兴趣"，要求以汉魏晋盛唐诗为师法对象，体现出强烈而明确的文学经典意识。对于严羽的《沧浪诗话》对当时及后世诗学产生的深刻影响，宇文所安这样评价："《沧浪诗话》的流行产生了一个严重后果（或许是最严重的），那就是把盛唐诗经典化了，盛唐诗从此成为诗歌的永恒标准，其代价是牺牲了中晚唐诗人。虽然盛唐代表诗歌高峰的信念可以一直追溯到盛唐时代，但严羽给盛唐赋予一种特殊的权威，一种类似禅宗之正统的文学之正统。绝对的诗歌价值存在于过去的某个历史时刻，这种观念，或好或坏，一直左右着后世读者对诗歌的理解。以盛唐诗为正统的观念时不时受

① 周振甫. 文心雕龙今译［M］. 北京：中华书局：2011：12.

到谨慎地限定或激烈地反对，但它始终是一种约定俗成的认识，其他见解都围绕着它做文章。严羽的'诗歌课程'（poetic curriculum）以盛唐及早期诗歌典范的研究为基础，明代复古主义者奉之为法典并大加发挥。"① 确实，严羽对明人产生了深刻影响，明代诗学就是在文学经典意识之上建构的。

因为文学经典具有经典性以及典范性两方面的意义，文学经典意识也主要体现在这两方面，从刘勰到唐人、宋人，再到明人，文学经典意识的核心内涵大都不逾于此。然而，还有一个重要的因素不能忽视，即文学经典意识的突显与否是与一个时代的创作水平密切相关的，也就是说，文学经典意识突显的前提是有借鉴文学经典成功经验的需要。唐代是诗歌创作大有作为的时代，有许多处女地有待唐代诗人开垦，并无过多的现成经验可资借鉴。而唐人才情高，创作水平自然高，他们无所借鉴也不需要过多借鉴成法，所以唐人的文学经典意识就不突出。宋人已出现了创作困境，明人更加艰难，这使得他们的文学经典意识变得突出起来，他们需要借鉴前人成功的经验。而借鉴就要有选择，有鉴别，找到最优秀的诗歌经典，所以文学经典意识最终会落实在对诗歌文本的鉴别上。

要鉴别出最优秀的诗歌创作，则又必须要有何诗可为经典的见识。其一，要判断作品是否具有经典性。作品的经典性主要表现为它体现了文学之"至道"，包括文学内容与形式两方面的本质规定性，因为作品要成为经典和可供学习的典范，须符合文学自身的规定性与法则，还必须体现出严肃深刻的文学观念，蕴含崇高的艺术精神。怪诞不经的创作不能成为经典，因为人们不能从中悟出任何规范和准则来。而在分析鉴别作品的经典性的过程中，人们往往会对文学或诗的本质有更深入的认识，发展出更深刻的诗学理论，明代七子派的"格调理论"，竟陵派的"精神说"，都是这样发展出来的。其二，要总结经典作品的典范性，即"常法"。经典作品的典范性在于它们在遵守文学这一共性范畴的本质规定性的同时，作为具体体式的创作，它们又会为该体式确立基本的文体规范、表现原则与创作方法，这些正是使得它们极有创造性、极富于艺术表现力与感染力的关键，它们也因此成为此类体式创作的优秀典范，具有可师

---

① 宇文所安著. 中国文论：英译与评论［M］. 王柏华，陶庆梅，译. 上海：上海社会科
　　学院出版社，2003：430.

法性。德国古典主义美学家康德认为："一切伟大的艺术典范又无不体现出某种法度，令人觉得不可随意为之。所以艺术当有某种无法之法，不规之规。天有此法而不言，必假诸天才，天才也不能明训，只以作品来昭示。于是天才之所作便为后世法，后来者也就是遵是依，理论家还从这类典范作品中抽绎出某些'规则'。"① 文学经典体现着文学之至道，此"道"是不能直接呈现的，它一开始也是通过天才的作品来体现的，通过天才的创作来为"文学"自身，为诗、文等样式的文学确立基本法则，设定它们的本质规定性。而天才的作品因其优秀的创作，其表现原则及创作方法也成为可资借鉴的创作"规则"、方法。文学的法则就是通过这些经典范本一代一代传下来，使后人得以继承前人的成就，而不必一切从头做起。

中国古典诗学中的"文学经典意识"与西方的"古典主义"有一定程度上的相似。就文本而言，经典与古典作品，因为它们所具有的经典性，即所具有的关于文学的规定性与法则、严肃的文学观念、艺术精神，使得它们不会因为时代的久远而显得陈旧，恰恰相反，"时间总是不断为这类艺术品增添永恒性的证明，使古典艺术的经典地位越来越巩固、越来越提高"②；就对于创作的意义而言，无论是西方人所说的"古典"还是中国文艺观念中的"经典"都"不仅仅指年代久远，而是具有优秀的、经典的含义。这样的艺术品不仅向后代展示了前代艺术家的天才，而且也作为评价艺术优劣的标准和效法的榜样流传下去。古罗马诗人贺拉斯在教人写作的《诗艺》一书中就曾教导人们要'日日夜夜把玩希腊的范例'，即把希腊文学作品作为学习效法的经典。他还在书中从韵律、修辞、布局等方面分析了希腊文学的创作方法，以此作为学习的范式"③ 确立诗歌经典，从中抽绎可供创作借鉴的法则以资创作，这些在明人的诗学中都有所体现。不同的是，"古典主义"中的"经典"是明确的，即古希腊的文艺作品，而中国古代因为不同时代、不同人、不同宗派在文学观念上的差异，对于文学经典的认定就有所不同，比如道学家与文学家心目中的文学经典就不一样；

---

① 蒋孔阳，朱立元. 西方美学通史［M］. 上海：上海文艺出版社，1999：155.
② 高小康. 中国古典艺术精神的形成［M］//敏泽，主编. 中国文学思想史：下卷. 长沙：湖南教育出版社，2004：330—331.
③ 高小康. 中国古典艺术精神的形成［M］//敏泽，主编. 中国文学思想史：下卷. 长沙：湖南教育出版社，2004：331.

即使文学观念相似，他们对文学经典的认定也不一定能完全一致，如七子派宗秦汉之文，唐宋派宗唐宋之文。文学经典意识又是不断发展的，在不同的时期会有不同的新的内涵补充进来，这些又构成了明代诗学的自身特点。

第二节　明人文学经典意识的萌生与明初复古思潮的关系

确实，明人在诗歌创作上面临着不小的困境，一些批评家试图为之寻找出路，这就需要有"识见"，这种"识"将朝什么方向发展，又与明初的文化思潮密切相关，正是明初奉行的文化经典主义，使得南宋以来日益强烈的文学经典意识，在明代诗学中逐渐发展起来，进而影响到明代诗学的构建。

中国古代社会中存在着的文化经典主义，注定文学经典意识是一种往前看的观念，但这并不意味着任何时代的创作都会以"经典"为准的。先秦的创作没有可以师法的对象，汉魏时的五言古诗创作亦属独创，盛唐的近体创作亦无"经典"为其提供一切典范规则，也正是这样，他们有了可以创新的机会。他们承"风人之诗"一脉，遵循诗歌之至道——抒写情感，然后在此基础上加以创造、表现，为不同的诗歌体式确立了各种规范与法则。文学经典意识，一般是在"独创性"走到尽头，创作面临困境或者"独创性"偏离了文学自身的本质规定性，即在文学观念上出现了问题，独创性结出的果实成为"淮北之枳"的情况下，人们开始反思而变得突出起来。在"独创性"之路走不通后，文学经典意识自然会突显，宋人就是一个活生生的例子。就如明人所说，诗歌发展到盛唐，种种具备，已无创新的可能性，而宋人独辟蹊径，"以理为诗""以文为诗"，文学观念上发生了偏差，违背了诗歌"抒情"的本质规定性，及"比兴托物"的表现法则，所以创新的热情带来的是失败的结果。宋人的创新热情受到了打击，由此开始反思，开始从前人的文学遗产中寻找诗歌创作的"经典"。江西诗派有较为明确的宗杜意识，但是他们只是从杜诗中抽出一些具体的创作方法，这诚然是文学经典意识的一个表现，但是由于文学观念上的偏差，他们并没有真正看到杜诗的经典性所在，杜诗也没有真正发挥其典范的作用，所以严羽与明人对宋诗，尤其是对江西诗派的批评非常尖锐。严羽则真正具有了文学经典意识，他有着严肃的文学观念："诗有别材""诗有别趣"，以此为标准，他确立了盛唐之诗的经典性，但是他并未试图从中抽绎出一些具体的规范与法则，而是主张去"悟"，没有将盛唐之诗的典范意义充分分析与阐发出来并付诸于批评实践。所以，严羽的文学经典意识是半截子的，不能实现建构新的诗学理论以及指导具体创作的现实需求。而明人非常清醒地认识到自身创作的处境：一是诗歌创作的"独创性"时代已经终结，各体已备，并已发展完善，二是明人自身创作才力在当时的历史条件下已十分低下，所以要师法前人。因此，明人具备产生文学经典意识的主客观条件。这是就文学发展自身逻辑而言的，实际上，明人的文学经典意识的产生与明初的文化经典主义、文化复古思潮又有着密切的关系。

一、明初的文化经典主义及其在文学领域的反映

经过元代近一个世纪的统治，中华文化的"胡化"程度已十分严重，无论在风俗、服饰、语言上，都以"胡"为尚。朱元璋登上大宝之后，一项最重要的工作就是重塑华夏文化的正统性。"自建国伊始，他就高扬以三纲五常为核心的华夏礼教，借以扭转'胡俗'，复'中国先王之旧制'，创造直追三代的面貌，藉此区别于元朝，以显示明朝中华正统的地位。"① 比如在服饰及语言上，洪武元年下诏复衣冠如唐制，辫发椎髻、胡服、胡语、胡姓，一切禁止。在复先王之旧制上，主要是复先王之礼治，以期能度越汉唐，直追三代。事实上，明太祖搞了一系列形式上貌似三代时的文化教化措施，有乡饮酒礼、祭厉、祭社稷、申明亭等。乡饮酒礼的起源很古早，秦汉时已在现实生活中消亡，只存在于典籍和儒士的理想中。洪武时根据《仪礼》和唐、宋制度，重新制定了所谓的乡饮酒礼。朱元璋推行这一系列的文化措施，目的是叙尊卑，别贵贱，使民隆爱敬，识廉耻，知礼让，复三代之旧及周时的礼乐社会的理想。当然，这样做的最根本目的是加强王权对社会的控制，但社会在表面上会出现如三代、周时一样的淳厚民风、盛世风貌，在国力上重显汉唐雄风。这就是明初奉行的文化经典主义及其在政治上的表现，这势必会影响明初的文学观念。

首先在文学领域呼应明太祖的是明初官方文人代表宋濂。他在《答章秀才

---

① 罗冬阳. 明太祖礼法之治研究 [M]. 北京：高等教育出版社，1998：59.

论诗书》① 一文中，充分表达了文学上要复古——复“诗三百”的风雅精神，以“复古还淳”，追踪三代及周时“纯和冲粹”的文化理想。此文是针对章秀才主张创作要师心而作的。章秀才师心的创作主张遭到了宋濂的批评，他分析了从汉到宋诗歌创作的优劣，得出结论：古人优秀的作品都是在借鉴前人优秀经验的基础上创作出的。宋濂的复古主张有两层含义，一是要师古人之意而不师己心，二是师意而不师辞。

宋濂认为，创作与文化一样，都是在“承”的基础上有所创新，而不是凭空创造的，所谓“温故而知新”是也，从这个意义上来说，每个时代的创作都是在师古，师古人优秀的创作，没有文化根底所谓“师心”的诗歌创造，是文化虚无主义的表现。其云：“近来学者类多自高，操瓠未能成章，辄阔视前古为无物。且扬言曰：曹、刘、李、杜、苏、黄诸作虽佳，不必师；吾即师，师吾心耳。故其所作，往往猖狂无伦，以扬沙走石为豪，而不复知有纯和冲粹之意，可胜叹哉！”视古为无物，师心任意而创造的结果，就是猖狂无伦，这种所谓的创新在宋濂看来只是鲁莽的表现。但这并不意味着宋濂不懂诗歌，一味要求时人诗歌创造模拟古人，尺尺寸寸古人，其云：

> 诗之格力崇卑，固若随世而变迁，然谓其皆不相师可乎？第谓相师者，或有异焉。其上焉者，师其意，辞固不似而气象无不同；其下焉者，师其辞，辞则似矣，求其精神之所寓，固未尝近也。然唯深于比兴者，乃能察知之尔。虽然，为诗当自名家，然后可传于不朽。若体规画圆，准方作矩，终为人之臣仆，尚乌得谓之诗哉？是何者？诗乃吟咏性情之具，而所谓风、雅、颂者，皆出于吾之一心，特因事感触而成，非智力之所能增损也。古之人其初虽有所沿袭，末复自成一家言，又岂规规然必于相师者哉？

作为一个文人，宋濂清楚地知道，诗是吟咏性情的，是心感事触物而发的，与人的智力、认识能力没有关系，每个人感物感事产生的情感都是不一样的，表现方式也是不一样的，所以，诗是个人的创造，因此他不主张“师古人辞”，

---

① 郭绍虞. 中国历代文论选：第三册［M］. 上海：上海古籍出版社，1990：22—24.（本章所引宋濂所论皆出于《答章秀才论诗书》一文）

若"体规画圆，准方作矩"，只在文辞上模拟古人，这样的创作没有什么价值。宋濂虽不主张师辞，但作为一个官方御用文人，他主张师意，认为"意"乃诗歌创作之千古一脉，此"意"便是与中国古典文化一脉相承的"诗三百"所体现出的"风雅精神""纯粹冲和"之气象。而正是师古人意而不师古人辞，所以，古人的创作在一开始虽有所承袭，但又都能本着抒写个人性情之心，创造出自成一家之言的优秀的作品，宋濂认为这才为新，有所本源之创新。

在《答章秀才论诗书》一文中，宋濂以"诗三百"的风雅精神为宗，对汉、魏、晋、南朝、隋，初唐、盛唐、中唐、晚唐作家的创作情况（当然宋濂还没有对唐诗做这种时段划分，但他所列举的作家可以这四个时段来归类）进行评论，对能继承"风雅精神"的作家的创作表示肯定。他肯定的有汉、魏、晋、盛唐、中唐诗人的创作。他对汉魏诗的评价是：

> 《三百篇》勿论已，姑以汉言之，苏子卿、李少卿，非作者之首乎？观二子之所著，纤曲凄惋，实宗国风与楚人之辞。二子既没，继者绝少。下逮建安、黄初，曹子建父子，起而振之，刘公干、王仲宣、力从而辅翼之，正始之间，嵇、阮又迭作，诗道于是乎大盛。然皆师少卿而驰骋于风雅者也。

对晋诗的评价是：

> 元嘉以还，三谢、颜、鲍为之首，三谢亦本子建而杂参于郭景纯，延之则祖士衡，明远则效景阳，而气骨渊然，骎骎有西汉风。

对盛唐诗的评价是：

> 开元天宝中，杜子美复继出，上薄风雅，下该沈、宋，才夺苏、李，气吞曹、刘，掩颜、谢之孤高，杂徐、庾之流丽，真所谓集大成者，而诸作皆废矣。并时而作，有李太白，宗风骚及建安七子，其格极高，其变化若神龙之不可羁，有王摩诘依仿渊明，虽运词清雅，而萎弱少风骨，有韦应物祖袭灵运，能壹寄秾鲜于简淡之中，渊明以来，盖一人而已。他如岑

参、高达夫、刘长卿、孟浩然、元次山之属，咸以兴寄相高，取法建安。
至于大历之际，钱、郎远师沈、宋，而苗、崔、卢、耿、吉、李诸家，亦
皆本伯玉而宗黄初，诗道于是为最盛。

宋濂特别欣赏的作家有四位，晋之陶渊明，初唐陈子昂，盛唐的杜甫、李白。
他这样评价陶诗："独陶元亮天分之高，其先虽出于太冲、景阳，究其所自得，
直超建安而上之，高情远韵，殆犹大羹克铏，不假盐醯，而至味自存者也。"陶
渊明一开始也有所师，但能本于自己的性情，以己之高超的才情创造出合风雅
精神、纯粹冲和的优秀诗篇，情高韵远，有三代之风，得到宋濂的特别欣赏，
被拔为建安以来第一。

宋濂也是从能继"风雅精神"的角度特别推崇陈子昂的。初唐，六朝的华
艳流靡之风仍然盛行，另一方面，对诗歌创作技法的探讨也如火如荼，近体诗
的格律规则成为探讨的中心，为此陈子昂发出"文章道弊五百年"而"风雅不
作""汉魏风骨不传""兴寄都绝"的感慨，大倡"风雅精神"。对陈子昂复古
人风雅传统之举，宋濂深表赞赏，他说："唯陈伯玉痛惩其弊，专师汉、魏，而
友景纯、渊明，可谓挺然不群之士，复古之功，于是为大。"对杜甫与李白的称
赞则更多体现了宋濂作为一个文学之士的眼光，他对二者的艺术造诣、艺术成
就发自内心地赞叹，但他有一个基本评价原则，那就是二人的艺术创新是建立
在承古基础上的，即都以自己的创作体现了古人之"风雅精神"，杜甫能"上薄
风雅"，李白能"宗风骚及建安七子"。

宋濂对南朝诗及宋诗则持批评态度。他批评南朝诗或伤于刻镂，或拘于声
韵，或过于摹拟，或涉于浅易、琐碎，而至徐陵、庾信以婉丽为宗，则是彻底
抛弃风雅精神。他认为宋代诗家，也是乏善可陈。他批评宋初承晚唐诗风而乖
古雅精神，元祐时期的苏轼、黄庭坚，虽宗李、杜，然多师己心，此后的其他
诗人基本上跟他们一样，或叙事跌宕起伏而疏于句律，或又过于煅炼字句而远
离性情，不能与盛唐诗相比。至于金元诗更是气度格局荒颓，音节局促，去盛
唐更远了。

宋濂主张复"诗三百"之古，要求明人创作师承"诗三百"的风雅精神及
纯和粹冲之音，是明初文化经典主义在文学上的表现与要求，也是儒家诗教观
在明初的复兴。然而宋濂并非食古不化，而是要求在复古的基础上加以创新。

作为明朝开国文臣、官方第一御用文人的宋濂，从开国伊始，就对明代创作确定了"复古"基调。从他对古人创作的评价来看，宋濂肯定的是汉、魏、晋及盛唐人诗，认为它们是师古的典范，言下之意，也可以作为明人师古的学习对象。

对明初朱元璋的文化经典主义，如果说宋濂在文学上的回应是复三代之教，其他一部分由元入明重回政治体制中的文人的回应则是要复三代之淳"道"，主要表现为针对由元末入明的诗人杨维桢进行了严重批评。

杨维桢（1296—1270），字廉夫，初号梅花道人，又号铁崖、东维子等，元泰定四年（公元1327年）进士及第。杨维桢一生文学活动时间很长，成就极高，宋濂与他交情颇深，对他的文学成就及影响评价很高："元之中世，有文章巨公起于浙河之间，曰铁崖。君声光殷殷，摩戛霄汉，吴越诸生多归之。殆犹山之宗岱，河之走海，如是者四十余年。"① "杨维桢是在元王朝由盛转衰以至天下板荡、朱元璋政权乘时崛起以至灭元兴明的乱世而成为文坛大家和一代领袖的。"② 这段乱世时间，是意识形态的相对真空时代，知识分子的思想相对自由，杨维桢的文学活动也十分活跃。他主要致力于诗、文、辞赋的创作与革新，倡导古乐府运动，以他为首形成了一个"铁崖诗派"，追随者甚众。其诗歌创作主个体之情，其《剡韶诗序》云："诗本情性，有性，此有情；有情，此有诗也。上而言之，雅诗情纯，风诗情杂；下而言之，屈诗情骚，陶诗情靖，李诗情逸，杜诗情厚。诗之状，未有不依情而出也。"③ 因为诗本个体之情性，自然而发之，所以杨维桢认为诗是不可以学而为之的。其创作风格是"瑰诡奇绝"，从元代徐一夔对他的批评中我们不难看到"铁崖体"创作风格的表现："斥平易为庸腐，指奇怪为神俊，号为一家之体，非神仙鬼魅、金玉锦绣、龙虎鸾凤、名花官酒、高歌醉舞等语不道者。"④ 杨维桢的行为不受儒家道德规范的束缚，晚年更是放达，纵情山水，流连诗酒，每出行必以妓妾相随。瞿佑对此有所描述："杨廉夫晚年居松江，有四妾：竹枝、柳枝、桃花、杏花，皆能声乐。乘大

---

① 宋濂．杨铁崖墓铭［M］//黄宗羲．明文海：卷四百二十九．清涵芬楼钞本．
② 黄仁生．杨维桢与元末明初文学思潮［M］．东方出版中心，2005：321.
③ 杨维桢．东维子文集：卷七［M］．四部丛刊景旧钞本．
④ 徐一夔．钱南金诗稿序［M］//徐一夔．始丰稿：卷三．文渊阁四库全书本．

画舫，恣意所之，豪门巨室，争相迎致。"①

无论是诗主个体情性，还是瑰诡奇绝的创作风格，以及放荡不羁的行为方式，与明初所提倡的复三代淳朴之道都不相符，又因为杨维桢在元末明初的影响非常大，所以入明以来，他当仁不让地成为被批判的对象。批评的声音较先来自与杨维桢关系亲近的门人弟子——贝琼。元时，贝琼对杨维桢是毕恭毕敬的，无有半点微词，认为杨维桢与其他元人的诗歌创作皆得"乾坤清气"，入明之后，这种态度发生了改变。洪武三年，贝琼参加了《明史》的编撰，稍后为其师作传时就写下了"词涉夸大"的评语，因为"时天朝方铲时之陋习，将一变而至于古"②，要"铲驳而复纯"。对杨维桢批评得最严厉的莫过于王彝，称杨为"文妖"，其云：

天下之所谓妖者，狐而已矣；然而文有妖焉，又有过于狐者。……浙之西有言文者必曰杨先生，余观杨之文，以淫辞怪语裂仁义，反名实，浊乱先圣之道。……故曰会稽杨维桢之文狐也，文妖也。噫！狐之妖至于杀人之身，而文之妖往往使后生小子群趋而竞习焉，其足以为斯文祸，非浅小。③

在明前期，即使有宋濂、杨士奇先后加以推崇，杨维桢仍长期受到冷遇和批评，这是明前期复古之纯的意识形态在文学领域的必然表现。

洪武时期的文化经典主义，定下了明代诗学复古的基调，影响了其后诗学与创作的宗古取向，之后对这一复古论调从创作与诗学上加以继承的是馆阁。

二、台阁崇道鸣盛的复古意识

由永乐始，经洪熙、宣德而至正统，"随着国家由乱而治进程的不断推进，及稳定的中央文官体制、意识形态模式的建立等，一种较为典型的馆阁文风也

---

① 瞿佑．归田诗话：下卷［M］//周维德，集校．全明诗话．济南：齐鲁书社，2005：39—40.
② 贝琼．欧阳先生文衡序［M］//贝琼．清江文集：第十九卷．四部丛刊景清本.
③ 王彝．王常宗集：卷三［M］．清文渊阁四库全书本.

始形成"。① 永乐初一些进入馆阁的台阁作家代表如三杨、黄淮等，他们都曾经历过元末的动乱与战争，经历了由乱而治的政治历程，两相比较："元季兵乱，向之盛者一旦沦谢殆尽，……我国家弘靖海宇，涵育生息，未几槁者复苏，仆者复起。"② 在明太祖的英明统治下，国家骎骎然有三代遗风："朝廷清明，礼教修举，四境晏然，民远近咸安其业，无强凌众暴之虞，而有仰事俯畜之乐，朝恬夕嬉，终岁泰然而恒适者，皇上天地之赐。"③ 作为皇帝近臣的馆阁，必然"体上心而思效义"，于是"复发为文章，敷阐洪猷，藻饰治具，以鸣太平之盛。"④ 自觉为国家鸣治，为国家鸣盛。

为国家鸣治，自然采用与当时尚简淳朴的社会风貌相应的文风：文继六经、秦汉、唐宋一脉相承的文统，诗继风雅精神，于是形成了典型的台阁文风：平正纡余、冲淡和平；清明粹温、春容典雅；平实雅淡，不事华靡。在散文方面，明初特别推崇在道统中占有重要位置的宋人之文，仁宗之时，特别推崇欧阳修文，原因就在于欧阳修之文平易自然，简而有法；既有强烈的抒情意味，又曲折委婉，令人一唱三叹，颇有六经之文，风雅遗意，从容不迫，雍容典雅。这种文风能够很好地表现明前期经过治乱，几近出现的类似三代的大同盛世。

明初以来实行的文化经典主义，一心想追踪汉、唐，复三代之旧，根本原因在于这些时代都是儒家眼中的治世，汉、唐更是明代之前华夏国力最强盛的时代，诗歌所奏出的也多是"安以乐"的治世之音。因此，台阁鸣盛必定也会推崇汉唐之诗，如明前期台阁之首三杨之一杨士奇云：

> 若天下无事，生民乂安，以其和平易直之心发而为治世之音，则未有加于唐贞观、开元之际也。杜少陵浑涵博厚，追踪风雅，卓乎不可尚矣；一时高材逸韵如李太白之天纵，与杜齐驱。王、孟、高、岑、韦应物诸君子，清粹典则，天趣自然，读其诗者有以见唐之治盛于此。⑤

---

① 黄卓越. 明永乐至嘉靖初诗文观研究［M］. 北京：北京师范大学出版社，2001：2.
② 杨士奇. 素行轩记［M］//杨士奇. 东里续集：卷三. 清文渊阁四库全书本.
③ 杨士奇. 重荣堂记［M］//杨士奇. 东里续集：卷五. 清文渊阁四库全书本.
④ 王直. 建安杨公文集序［M］//王直. 抑庵文集：卷六. 清文渊阁四库全书补配清文津阁四库全书本.
⑤ 杨士奇. 玉雪斋诗集序［M］//东里文集：卷五. 清文渊阁四库全书本.

杨士奇与宋濂的观点一样，认为治世之音以三代、周诗为极，汉、唐之诗亦发而为治世之音，无论是杜诗浑涵博厚，李诗天成逸韵，还是王、孟诸人精粹典则，自然天趣，都是追踪风雅的具体表现，因而与三代、周时纯和冲粹、自然博雅的治世之音一脉相承。杨士奇把这种脉络关系明确地点了出来：

> 古之善诗者，粹然一出于正，故用之乡闾邦国，皆有裨于世道。夫诗，志之所发也，三代公卿大夫，下至闺门女子，皆有作，以言其志，而其言皆有可传。……《国风》《雅》《颂》，诗之源也，下此为《楚辞》，为汉、魏、晋，为盛唐，如李、杜及高、岑、孟、韦诸家，皆诗正派，可以沂流而探源焉。①

永乐至成化间，台阁作家在创作上也多复古鸣治、鸣盛之旨趣。比如虞谦，杨士奇评价他的创作：

> 皆思致清远而典丽婉约，一尘不滓如玉井芙蕖，天然奇质，神采高洁；又如行吴越间，名山秀水而天光云影，使人应接不暇者，而皆得夫性情之正。虞公盖将上追盛唐诸君子之作。②

杨士奇将盛唐诗歌的风格描述得一如"风雅"之格，这种风格体现了盛世的文教风采，一如唐虞周时。杨士奇认为明代社会的盛世景象也可用这种风格加以表现，所以他称虞谦的诗歌创作能很好地"鸣国家之盛"。杨士奇自身的创作也是如此，崔铣《胡氏集序》云："东里少师入阁司文，既专且久，诗法唐，文法欧，依之者效之"③、李东阳《麓堂诗话》云："杨文贞公亦学杜诗，古乐府诸篇，间有得魏、晋遗意者。"④ 其他如解缙的创作："文雄劲奇古，新意迭出，

---

① 杨士奇.题东里诗集序［M］//东里续集：卷十五.清文渊阁四库全书本.
② 杨士奇.玉雪斋诗集序［M］//东里文集：卷五.清文渊阁四库全书本.
③ 崔铣.洹词：卷十［M］.清文渊阁四库全书本.
④ 李东阳.麓堂诗话［M］//周维德，集校.全明诗话.济南：齐鲁书社2005：490.

叙事高处逼司马子长、韩退之，诗豪宕丰赡似李杜"①，有着强烈的鸣盛取向。成化时的姜洪："文春容详瞻，和平典雅，一以韩欧为法，诗则清新富丽，有唐人风致。"② 亦秉鸣治、鸣世、鸣盛的馆阁文风。

入明以来，馆阁之文一直存在，而"台阁体真正垄断文坛的时期是所谓'永宣盛世'，到正统年间，随着领袖人物三杨相继辞世（杨荣、杨士奇、杨溥分别卒于正统五年、九年、十一年）以及正统十四年八月'土木堡之变'的发生，台阁体文学即开始走向衰落"。③ 但明初台阁所确立的复古的创作取向对明代诗学的建构有着深远的影响。

三、地域复古传统与现实复古诉求

明初存在不少地域性的文学流派，比如吴中诗派、闽中诗派、江西诗派、岭南诗派等，这些地域既有着宗古宗唐的诗学传统和创作传统，在明初又有着现实的复古诉求。

首先看闽中诗派。闽中诗派以林鸿为首，包括郑定、王褒、唐泰、高棅、王恭、陈亮、王偁、周玄、黄玄等人，称"闽中十子"，他们论诗主张师盛唐，林鸿有诗集《鸣盛集》，多是模拟盛唐诗之作。明初闽中诗派实滥觞于元末张以宁，然张以宁又是上承南宋闽人严羽诗论，所以闽中诗派论诗作诗主法盛唐有着长久以来的诗学传统。

张以宁继承严羽的诗学理论，成为明代首开祖述汉魏，独尊盛唐先声的人物。他自言：

> 诗三百篇古矣，汉苏、李五言及十九首次之，建安逮陶、阮又次之，谢宣城以下盛极矣，君子所不敢知也。唐数大家振六朝而中兴之，然视古宁无少愧乎？予蚤见宋沧浪严氏论诗，取盛唐苍山曾氏，又一取诸古选，心甚喜之，及观其自为，不能无疑焉。故尝手钞唐以上诗，由苏、李止陶、

---

① 杨士奇. 前朝列大夫交址布政司右参议解公墓碣铭［M］//东里文集：第十七卷. 清文渊阁四库全书本.

② 倪谦. 松冈先生文集叙［M］//倪文喜集：卷二十二. 清武林往哲遗著本.

③ 黄仁生著. 杨维桢与元末明初文学思潮［M］. 上海：东方出版中心，2005：331.

阮；钞七言大篇，主李、杜二氏；近体专主杜。窃庶几志乎古也。①

严羽将汉、魏、晋、盛唐诗视为诗中第一义，如禅中之大乘禅，张以宁自言他受到严羽诗论的影响，尊苏、李、陶、阮，盛唐李、杜。盛唐最尊李、杜，尤其是受严羽的影响，因为在严羽那里，李、杜诗被视为诗歌入神之美的最高代表。张以宁曾多次表明独尊盛唐，尊李、杜诗的观念，如"后乎三百篇，莫高于陶，莫盛于李、杜"②，"诗于唐赢五百家，独李、杜氏崒然为之冠"。③ 他本人论诗如此，创作亦是"志乎古"，只可惜"学焉终未得其近似也"。

张以宁的诗论与创作由林鸿接继，并上溯至严羽，论诗独尊盛唐。林鸿的诗论主要是在与高棅谈诗时表达出来的："上自苏李，下迄六代，汉魏骨气虽雄，而菁华不足；晋祖玄虚，宋尚条畅；齐梁以下，但务春华，殊欠秋实；唯李唐作者，可谓大成。然贞观尚习故陋，神龙渐变常调，开元天宝间，神秀声律，粲然大备，故学者当以是楷式。"④ 在林鸿看来，汉、魏、晋诗各有缺陷，而独李唐作者，方为大成，尤其是盛唐诗，神秀声律，粲然大备，是学诗者的典范。林鸿独尊盛唐，显示了知识分子身在一个统一而强大王朝的自豪感，创作上，他将自己的诗集命名为《鸣盛集》，既含有倡鸣盛唐之音之意，又含有鸣国家气运之盛的现实诉求。"考明自洪武以来，运当开国，多昌明博大之音"⑤，明初像林鸿这样主动选择复古鸣盛的人不在少数。在闽中十子中，林鸿的文学活动稍早于高棅等人，其他人论诗都受林鸿的影响，实开明初闽地宗唐之风。钱谦益云："国初诗家遥和唐人，起于闽人林鸿、高棅，永乐以后浸以成风。"⑥

再看以"吴中四杰"为代表的吴中诗派。吴中诗派自元以来，也有着复古传统。元末产生巨大影响的杨维桢，他的主要活动在吴越一带，在创作上，他以复古为旗帜，力图拯元代文学之衰。贝琼在《铁崖先生传》中说他："元继宋

① 张以宁. 送曾伯理归省序 [M] //张以宁. 翠屏集：卷三. 钞明成化刻本.
② 张以宁. 黄子肃诗集序 [M] //张以宁. 翠屏集：卷三. 钞明成化刻本.
③ 张志道. 钓鱼轩诗集序 [M] //黄宗羲. 明文海：卷二百五十八. 清涵芬楼钞本.
④ 高棅. 唐诗品汇 [M]. 上海：上海古籍出版社，1988：14.
⑤ 永瑢. 四库全书总目提要：第一百七十一卷"别集类二十四" [M]. 清乾隆武英殿刻本.
⑥ 钱谦益. 列朝诗集小传·张金都楷 [M] //钱谦益. 列朝诗集：乙集卷五，清顺治毛氏汲古阁刻本.

季之后，政庞文抗，铁崖务铲一代之陋，上追秦汉。"① 杨维桢着有《复古诗集》，他的门人章琬在为之所作的序中也指出了他的复古功绩："生于季世，而欲为诗于古，度越齐梁，追踪汉魏，而上薄乎骚雅，是秉正色于红紫之中，奏《韶濩》于郑卫之际，不其难矣哉！此先生之作，所以为复古，而非一时流辈之所能班。"② 他还倡导了古乐府运动。杨维桢在元末明初的影响非常大，"吴越诸生多归之。殆犹山之宗岱，河之走海，如是者四十余年"。他在吴越之地也奠定了复古的传统。然而与闽中诗派主动复古鸣盛不同，在明初的现实社会政治环境中，吴中诗派不得不被动地以复古为取向。

由于吴中曾是朱元璋的对手张士诚的势力范围，张士诚在据苏州城期间，对当地百姓采取宽柔政策，对吴中文人礼遇有加，笼络了不少吴中百姓和文人。朱元璋在军事力量的角逐中取胜，夺得大宝，之后无论在政治上、经济上还是意识形态上，吴地都成了他要重点清洗的地方。经济上，吴中被征以全国最重赋税，大户大多遭到迁移流放，家破人亡者大有人在；政治上他重用浙东文人而不重用吴中文人；在意识形态上，首先是杨维桢遭到批判，接着大部分文人遭到厄运，迫使他们在文学创作上由张扬才性转向复古，这从吴中四杰的遭遇可以看出。明初吴中四杰指高启、杨基、张羽、徐贲，四人中除杨基得以善终，其他三人皆死于横祸。高启三十九岁时被腰斩；张羽因坐事遭流放，自投龙江；徐贲在做河南左布政使时，因大将军出征过境犒劳不及时而被下狱致死。杨基即使得保全身，也是多次被贬谪。在当时严酷的政治环境中，盛世中的吴中，奏出的却是悲凉之音。

明初太祖推行礼治的表象之下掩饰着残酷的刑罚，朱元璋在位的几十年，对官员的要求甚严，常常法外施行，官员上朝都不知能否活着回去，又大兴文字狱，政治大案不断，株连甚广。在这种情况下，文人噤若寒蝉，文学创作陷入低迷状态。高启在明太祖统治下生活了七年，备受束缚，他的胞兄及密友在新朝也都遭遇坎坷。在新皇朝，不唯吴中，所有的文人都不可能再如以前那样吟啸自如了。诚如高启的《摸鱼儿·自适》所言："近年稍谙时事，傍人休笑头

---

① 贝琼. 清江文集：卷二［M］. 四部丛刊景清赵氏亦有生斋本.
② 章琬. 铁雅先生复古诗集序［M］//杨维桢. 杨维桢诗集. 邹志方. 点校. 杭州：浙江古籍出版社，1994：496.

缩。赌棋几局输赢注，正似世情翻覆。思算熟。向前去不如，退后无羞辱。三般捡束。莫恃微才，莫夸高论，莫趁闲追逐。"① 他只能从山川、台榭、园池、祠墓中寻找题材，创作也只能以复古为能事，于是诗学上就有了模古论。

高启主张诗要学习和模拟各家所长，并掌握其创作技巧。他在《独庵集序》中云："必兼师众长，随事模拟，待其时至心融，浑然自成，始可以名大方，而免夫偏执之弊矣。"② 在这种思想指导下，天才高逸的高启，创作有严重的拟古倾向，《四库全书总目提要》评价他的创作："拟汉魏似汉魏，拟六朝似六朝，拟唐似唐，拟宋似宋。凡古人之所长，无不兼之。振元末纤秾缛丽之习，而返之于古，启实为有力，然行世太早，殒折太速，未能镕铸变化，自为一家，故备有古人之格，而反不能名启为何格。此则天实限之，非启过也。"这种学习与模拟古人的创作倾向，为明人的文学经典意识奠定了一定宗尚基础。四库评其拟古创作之中"自有精神意象"，说明其模拟是侧重精神而非技法的，这与之后的七子派有所不同。

无论是主动鸣盛而宗汉魏唐，还是被动求存而拟古，明初的诗歌创作与诗歌主张都有着明显的宗古倾向，除了与明初的复古思潮有关外，就文学本身的发展而言，又是与宋元诗学一脉相承的。宋人一方面寻求诗歌创作领域的突破，希望能与唐诗比肩，另一方面又以唐诗为师法对象，尽全力研究唐诗取得成功的秘诀以资效用。元人同样宗唐，但多宗晚唐。宋元宗唐，也有不少唐诗选本，这种诗学倾向都会对明人产生影响。明初的诗文大家，多数从元而入，比如刘基、宋濂、高启、杨维桢等，而明初复杂的政治现实也促成了他们诗学上及创作上选择宗唐复古。所以，明前期许多人论诗都宗古，如高启云："余读其诗，见其词语精炼，音调谐畅，有唐人之风。"③ 贝琼云：

> 诗盛于唐，尚矣。盛唐之诗称李太白、杜少陵而止。乾坤清气常靳于人，二子得所靳而形之诗，潇湘洞庭不足喻其广，龙门剑阁不足喻其峻，西施南咸不足喻其态，千兵万马不足喻其气，……宋诗推苏、黄，去李、

---

① 高启. 扣舷集［M］. 明正统九年刻本.

② 高启. 凫藻集：卷二［M］. 四部丛刊景明正统刊本.

③ 高启. 匡山樵歌引［M］//金檀辑，注. 徐澄宇，沈北宗，校点. 高青丘集. 上海：上海古籍出版社，1985：941.

> 杜为近，逮宋季而无诗矣，非无诗也，于二子之诗，嗜而不知其味，故曰无诗。①

　　由于高棅的《唐诗品汇》此时尚未流行，知者不多，明初，人们对元末杨士弘所选的《唐音》十分欣赏。杨士奇说："余读《唐音》，间取须溪所评王、孟、韦诸家之说附之，此编所选可谓精矣。"② 李东阳评价《唐音》：

> 选唐诗者，惟杨士弘《唐音》为庶几。次则周伯弼《三体》，但其分体过于细碎，而二书皆有不必选者。赵章泉《绝句》虽少而精。若《鼓吹》则多以晚唐卑陋者为入格，吾无取焉耳矣。③

《唐音》的宗旨是宗唐，影响"三杨"的是其"雅正"的取诗倾向，而影响李东阳的则是"音"，即调，"审音律之正变"，李东阳在此基础上首开明代格调说。

第三节　明代诗学中的文学经典意识初步形成

一、《唐诗品汇》体现出的文学经典意识

　　明初宗唐复古固然有着政治原因及社会思潮的影响，而《唐诗品汇》这一选本则从文学自身发展的规律出发，建构了唐代文学发展史，并在这一文学发展的历史坐标中标出盛唐。它与之后李东阳的"格调说"一样，从文学自身的规定性出发，在为明人寻找创作可以师法的对象的过程中，体现出了较为明确的文学经典意识，二者共同成为明代诗学中文学经典意识的起点。明代诗学正是在此文学经典意识之下进行建构的，明代文坛的各种诗学论争也都肇基于此。

---

① 贝琼. 乾坤清气序［M］//贝琼. 清江文集：卷一. 清文渊四库全书本.
② 杨士奇. 跋唐音［M］//杨士奇. 东里续集：卷十九. 清文渊阁四库全书本.
③ 李东阳. 麓堂诗话［M］//周维德，集校. 全明诗话. 济南：齐鲁书社 2005：484.

钱谦益云："国初诗家遥和唐人，起于闽人林鸿、高棅，永乐以后浸以成风。"又云："世之论唐诗者必曰初、盛、中、晚，老师竖儒递相传述，揆厥所由，盖创于宋季之严仪而成于国初之高棅，承讹踵谬，三百年于此矣。"① 虽然钱氏语气中对明代由复古宗唐而导致的文坛热闹纷争的局面颇不满意，但他的意见也说明，从文学自身的规定性出发，在宗古的氛围中，高棅自觉承担起了建构明代诗学新的样态的历史任务，而在建构明代诗学新样态的过程中，他已经开始体现出一定程度的文学经典意识，并对此后的诗学发展产生了重要影响。高棅的诗学思想集中体现在他的诗歌选本《唐诗品汇》中。

清人傅维麟《明书》中有一段关于高棅的小传：

> 高棅，字彦恢，仕名廷礼，漫士其号也。宋尚书张慎之后，曾祖麟以出继高氏祀，遂从高姓。棅博学能文，尤雄于诗。谓："诗始汉魏，至唐号为极盛，宋失之理趣，元滞于学识，而不知由悟以入。"自襄城杨士宏始编《唐音》，正始、遗响，然知之者尚鲜。闽三山林鸿独倡鸣唐诗，其徒黄元、周元继之。棅与皆山王恭起长乐，颉颃齐名，故闽中推诗人五人，而残膏剩馥沾溉者多。黄终于校官，周刑曹员外郎，棅与恭并自布衣入翰林，恭除典籍，棅为待诏九年，升典籍。平生赋咏流传，海内有稿曰《啸台集》，曰《木天清气集》。其选《唐诗品汇》九十卷，《拾遗》十卷，议者服其精博。能书工画，时称三绝。②③

下面来对《唐诗品汇》作一番探究。《唐诗品汇》并不是一个单纯的诗歌选集，除了保存史料，以资世用的功能外，它更主要的是承载建构明代诗学的批评功能。首先看它的体例：它是多种体例并用的一个文学批评的综合体。首先，它有着一般选本具有的总序、凡例及他人为之所作之序。其次，它吸收了《毛诗》的体例——除了有总序，各首诗前还有小序的特色，《唐诗品汇》表现为既有总叙，又在各体之前有"叙目"，比如在五言古诗前有"五言古诗叙

---

① 钱谦益. 唐诗英华序［M］//顾有孝. 明文英华：卷十，清康熙传万堂刻本.
② 傅维麟. 明书：卷一百四十六列传十"文学传二"［M］. 清畿辅丛书本.
③ 高棅还有《唐诗正声》二十二卷.

目"，在七言古诗之前有"七言古诗叙目"，五言律前有"五言律叙目"等。第三，《唐诗品汇》又吸收宋以来的诗文评点的特色，在某些诗人之后对该诗人作一番介绍，或在某首诗下作简短点评。这样，《唐诗品汇》除了所选诗歌主体之外，几乎将此前批评史上出现的所有批评体式全部用上，通过批评将论诗主张交代出来，而选诗实际上是其诗学思想的具体实践。具体的诗论与选诗融溶无间，使得这部诗歌选本成为一个具有批评功能的诗歌选集。《唐诗品汇》不是让读者阅读纯粹的诗歌选集，从中去体会著者的选诗用心及诗学主张，它就像一部渐渐展开的书卷，读者在选者的指引下，一步一步领会其选诗缘由、选诗宗旨、选诗方法、选诗来源及诗学主张等等。选者会告诉我们每一种诗歌体式的渊源，它在唐代的发展流变，而这一流变是通过这种历史秩序展开的：正始、正宗、大家、名家、羽翼、接武、正变、余响，读者在阅读的过程中，就可从仅有一个理论概念到有一个直观的印象：选者所言不诬。而在这从理论到通过作品直观印证的过程中，我们逐渐接受了选者的正变观，接受了选者关于唐诗的价值判断：盛唐最优。

高棅推崇盛唐诗为诗歌经典，是在诗歌发展历史中，对各个时期的作品加以考察鉴别而得出的结论。所以，建构文学经典，首先必须有文学史意识。文学史意识是文学观念自觉的一种表现，是高屋建瓴建构文学理论与批评的重要前提，只有对中国古代文学发展的历史有着清醒而深刻的认识，才可能对文学自身问题提出有价值的理论，对作品做出有意义的评价。比如《文心雕龙》之所以能成为一部伟大的文论著作，就在于刘勰有着清醒的文学史意识：他明诗辨骚，溯源头，观诗发展流变，预见其发展方向，对"诗"本身有了深刻的认识。同时，论诗具有文学史意识还意味着论者有一套价值判断标准，因为文学史是在某种价值评判标准之下对文学发展的历史进行建构的，在此过程中，自然会体现出对某种文学观念的肯定，而在这种文学观念之支配下的创作就会得到推崇，从而有成为经典与学习典范的可能性。所以说，文学经典意识又是在文学史意识的基础上形成的。《唐诗品汇》之所以能够对明代诗学产生如此大的影响，首先在于高棅有明确的文学史意识，在建构唐代诗歌史的过程中，他的文学经典意识突显出来。

高棅的文学史意识有着闽地诗学传统的影响。元末明初，闽地一直是文坛重地，自南宋严羽以来，这里在文学创作及诗学建构方面一直有所作为，严羽的文学思想也一直为闽地文人所传承。严羽的文学观念中已有一定程度的文学史意识，他在《沧浪诗话·诗体》中以时论诗体，将诗体划分为建安体、黄初体、正始体、太康体、元嘉体、永明体、齐梁体、南北朝体、唐初体、盛唐体、大历体、元和体、晚唐体、本朝体、元祐体、江西宗派体。除了"江西宗派体"非以时而是以宗派论诗体外，严羽从诗歌体式的变化角度向我们展示了一个从建安至六朝、至唐、至宋的诗歌发展历史。从高棅的《唐诗品汇总叙》来看，严羽确实对他产生了影响。对高棅的文学史观产生影响的还有杨士宏的《唐音》，《唐音》的编选，反映了元代诗坛宗唐复古的文学观念。元人与宋人一样，面对无可超越的诗国高峰——唐诗，只有学习的份，但是宋人心有不甘，即使是后来宗唐师唐，主要目的还是要寻求另开门户、另辟堂奥的途径，而元人宗唐主要是借唐以明诗之正变，从而取雅正而舍流变，追踪唐人以创造雅音。《唐音》审音律之正变，认为音与世变相应，那么何时为正？何时为变？基于这种考虑，《唐音》将唐代诗歌的历史划分为初唐、盛唐、晚唐，与之相应的样式为始音、正音、余响，这样，文学或说诗歌的历史分期因为有了雅正之辩而具有了一定程度的文学史的意味。虽然这种对应关系较为机械，杨士宏在具体的选诗中也未完全加以贯彻，但此书毕竟有着论诗以观世的史家意识。其云："诗之为道，非唯吟咏性情，流通精神而已。其所以奏之郊庙，歌之燕射，求之音律，知其世道，岂偶然哉！"[1] 所以其《唐音》还有着审音律正变的文学史意识，只是在实践中表现得不太明确罢了。

高棅之所以选《唐诗品汇》，其中一个重要原因，就是他认为前代选本不尽人意，没有突出的文学史意识，对文学及文学的发展缺乏深刻的认识，这样的选本思路也就不太清楚，或详略不当，或无主旨，价值也就大打折扣。他在《唐诗品汇总叙》中这样说到此前唐代诗歌选本的弊端：

> 观诸家选本，详略不侔，《英华》以类见拘，《乐府》为题所界，是皆略于盛唐而详于晚唐。他如《朝英》《国秀》《箧中》《丹阳》《英灵》《间气》，《极玄》《又玄》《诗府》《诗统》《三体》，《众妙》等集，立意造论，

---

[1] 费经虞．雅伦：卷十三［M］//周维德，集校．全明诗话．济南：齐鲁书社，2005：4783．

各该一端。①

高棅对杨士宏的《唐音》评价颇高，但仍有遗憾，其云：

> 唯近代襄城杨伯谦氏《唐音》集，颇能别体制之始终，审音律之正变，可谓得唐人之三尺矣。然而李、杜大家不录，岑、刘古调微存；张籍、王建、许浑、李商隐律诗载诸正音，渤海高适、江宁王昌龄五言，稍见遗响。每一披读，未尝不叹息于斯。（《唐诗品汇总叙》）

遂欲另起炉灶，远览穷搜，审详取舍。如果既能像《唐音》一样，以史家眼光通过审音以别人，别世，别时；又能像严羽一样，从文学自身发展历史来"辩其文章之高下，词气之盛衰。本乎始以达其终，审其变而归于正"（《唐诗品汇总叙》），岂不快哉！于是高棅"以一二大家，十数名家，与夫善鸣者，殆将数百，校其体裁，分体从类，随类定其品目，因目别其上下、始终、正变，各立序论，以弁其端。爰自贞观至天佑，通得六百二十人，共诗五千七百六十九首，分为九十卷，总题曰《唐诗品汇》"。（《唐诗品汇总叙》）而从选诗开始，《唐诗品汇》就有着明确的文学史意识："有唐三百年，诗众体备矣。故有往体、近体、长短篇、五七言律句、绝句等制，莫不兴于始，成于中，流于变，而移之于终。至于声律兴象，文词理致，各有品格高下之不同，略而言之，则有初唐、盛唐、中唐、晚唐之不同。"（《唐诗品汇总叙》）接下来，他详而分之，以虞世南到上官仪等人为"初唐之始制"，陈子昂到张说等为"初唐之渐盛"，李白到常建为"盛唐之盛"，韦应物到李嘉佑为"中唐之再盛"，柳宗元到贾岛为"晚唐之变"，杜牧到李群玉为"晚唐变态之极"。

在高棅的心目中，唐诗三百年，诗歌各体都经历了一个历史性的发展过程：兴于始，成于中，流于变，移于终。这三百年诗歌史，高棅将它划分为四个阶段：初唐、盛唐、中唐、晚唐，这种划分是文学史意义上的时段划分，而非历史学上的时间划分。它虽然受《唐音》的影响，但其目的并非论诗以观世，而

---

① 高棅.唐诗品汇［M］.上海：上海古籍出版社，1988：9—10.（本书中所引高棅所论皆出自该版本《唐诗品汇》）

是立足于诗歌自身的发展规律，以某种文学观念作指导，在诗歌发展历史的过程中自然体现出世变来，而不是以历史代替文学史。这四个文学时段，对应着不同的文学形态："大略以初唐为'正始'，盛唐为'正宗''大家''名家''羽翼'，中唐为'接武'，晚唐为'正变''余响'"（《唐诗品汇·历代名公叙论》）。当然，这种时段划分与文学形态的对应并非完全机械的，也有灵活之处："间有一二成家特立与时异者，则不以世次拘之。"（《唐诗品汇·历代名公叙论》）其选本通篇透露出一种通达的文学史观。

高棅的以"正变观"为主导的文学史意识在《唐诗品汇》中有多处表现。《五言古诗叙目》云："唐诗之变渐矣。隋氏以还，一变而为初唐，贞观、垂拱之诗是也；再变而为盛唐，开元、天宝之诗是也；三变而为中唐，大历、贞元之诗是也；四变而为晚唐，元和以后之诗是也。"（《唐诗品汇·五言古叙目第二十卷"正变"》）在《诗人爵里详节》中，高棅作了一次最为明确具体的唐代诗歌史划分：将全书入选的六百多人，除"帝王"及"无姓氏""道士""衲子""女冠""宫闱""外夷"等另列之外，其余分别按时序：自武德至开元初（618—713）得一百二十五人为"初唐"，自开元至大历初（713—766）得八十六人为"盛唐"；自大历至元和末（766—820）得一百五十四人为"中唐"；自开成至五季（836—907或960）得八十一人为"晚唐"。尽管高棅的四分法在中唐和晚唐之间还留下了十多年的空隙，还不算是很完善，但仍影响巨大，他的关于唐诗的历史分期，成为明代中后期文坛各派论诗不言而喻的一个公共知识，是论诗的一个起点。

将唐诗划定四个分期后，高棅在每种诗体之下都会按四期进行选诗。值得注意的是，高棅在选每一体诗之前，都会像刘勰那样，对这一诗歌体式进行源流追溯，并描述其在唐代的发展与流变情况，这就是每体诗之前的"叙目"。较为特别的是，此"叙目"不是一个单独的完整叙述，而是分布于"正始""正宗"等九格之下，使人觉得"正始""正宗""名家""羽翼"等虽然标示的是诗的品第，但它们不是互不相关的、一种纯粹理论的区分，而是处于动态的历史发展中，让人感觉仿佛在文学历史的书卷从初唐到晚唐逐渐展开的同时，诗歌随着文学历史的发展自然地展现出这些不同的品第。

如果说将唐诗划分为四个历史分期，并有正始、正宗等九个更加细微具体的发展流变阶段显示出来的不同品第的风格与之相对应，把代表作家的各体代表作品分类放入这九格之中，通过正和变的辩证关系，从理论上阐明，直观地揭示出唐诗的发展过程和规律，既显示出每一时期诗歌发展的总体风貌，又兼顾到了同一时期各个作家不同的艺术成就，从而显示出一种较为宏观的文学史意识的话，而每一种文体样式之前所作的"叙目"，就是从文体样式发展角度，较为微观、具体、全面地展示诗歌发展的历程。这样，宏观与微观结合，较为全面地揭示各体诗歌发展史及唐代诗歌的发展及流变情况。由此可见，《唐诗品汇》虽然是一个唐诗选本，但高棅仍然将唐诗置于整个诗歌发展历史中，接续着文学史的连贯性脉络；同时，当诗歌发展至唐，历史在此放慢脚步，高棅将唐诗的发展历史无限放大与细化，让读者认识到唐诗的发展脉络及唐诗的律动。《唐诗品汇》这一唐诗选本中所贯穿的成熟的文学史意识，文学史意识中所应用的正变的历史发展观，使得该选本必定具有严肃的文学观念及相当程度的批评功能，决定了选者必定会推崇某一时期的经典文本。确实，高棅的《唐诗品汇》确立了明人所推崇的诗歌经典：盛唐之诗，并通过具体的选诗活动证明着盛唐之诗的经典性及典范性，从而成为明人诗学活动中文学经典意识的起点。

　　《唐诗品汇》中的文学经典意识首先表现为高棅从文学史发展的角度证明盛唐之诗是古人最优秀的诗歌创作。高棅对盛唐诗的经典性的论证，最有力的佐证一个是前辈严羽的关于盛唐诗的观点。严羽从诗体的角度描绘了一个从建安以来至唐、至宋的简要诗歌史，在《诗辨》中表明其"诗法于上"的文学观念，从而在文学史的历史坐标中推出"盛唐体"。在他看来，与其他诗体相比，只有"盛唐体"诗达到了"入神"这一诗歌最高审美境界。它们吟咏性情，唯在兴趣，一味妙悟，不涉理路，不落言荃，如羚羊挂角，无迹可求；它们又如空中之音，相中之色、水中之月、镜中之象，言有尽而意无穷。而宋诗，尤其是江西诗派，以才学为诗，以理为诗，以文为诗，最无诗趣。严羽的影响不只是地域性的，他对整个明代诗学宗盛唐、斥宋诗，主张诗要取法乎上的文学观念有着深远的影响。严羽宗盛唐的第一义之说，即盛唐经典观，对高棅的选诗活动更是产生了决定性影响。高棅坦承其选《唐诗品汇》受到了严羽的影响，《历代名公叙论》中总共引用十个前代之人关于唐诗的诗论，但引前九人所论不及引严羽所论的一半之多。他几乎将严羽《沧浪诗话》的精要全部引用，将《沧浪诗话·诗辨》中的以盛唐之诗为学习典范的核心言论全盘抄录：

　　禅家者流，乘有小大，宗有南北，道有邪正，学者须从最上乘，具正
法眼，悟第一义。若小乘禅，声闻辟支果，皆非正也。论诗如论禅：汉、
魏、晋与盛唐之诗，则第一义也。大历以还之诗，则小乘禅也，已落第二
义矣。晚唐之诗，则声闻辟支果也。学汉、魏、晋与盛唐诗者，临济下也。
学大历以还之诗者，曹洞下也。（《沧浪诗话·诗辨四》）

　　夫学诗者以识为主：入门须正，立志须高；以汉、魏、晋、盛唐为师，
不作开元、天宝以下人物。（《沧浪诗话·诗辨一》）

　　余不自量度，辄定诗之宗旨，且借禅以为喻，推原汉、魏以来，而截
然谓当以盛唐为法，虽获罪于世之君子，不辞也。（《沧浪诗话·诗辨五》）

　　可见他对严羽的诗论多么重视，是打心底里叹服与尊从。高棅选诗亦体现
出宗盛唐的诗学倾向，如五言古诗仅立陈子昂和李白两人诗为正宗，选诗三卷，
其中陈子昂一卷，而李白诗有二卷；五言绝立李白、王维、孟浩然、崔国辅诗
为正宗；七言古仅立李白一人诗为正宗；七言绝立李白、王昌龄诗为正宗；五
言律立李白、孟浩然、王维、岑参、高适诗为正宗；五言排律立王维、李白、
孟浩然、高适诗为正宗；七言律立崔颢、李白、王维、李憕、李颀、高适、王
昌龄、万楚、祖咏、张谓、贾至等人诗为正宗。各体大家皆为杜甫诗。可见除
陈子昂与李白五言古并列正宗外，各体最优秀的创作在高棅看来皆是盛唐人诗。
　　第二个对高棅盛唐经典观产生影响的前辈是林鸿。林鸿与高棅同为明初的
"闽中十才子"，林鸿为首，其文学活动要早于高棅。高棅在《唐诗品汇·历代
名公叙论》部分解释"专以唐为编"的选诗主旨时，特别提到了林鸿：

　　先辈博陵林鸿尝与余论诗："上自苏李，下迄六代，汉魏骨气虽雄，而
菁华不足；晋祖玄虚，宋尚条畅；齐梁以下，但务春华，殊欠秋实；唯李
唐作者，可谓大成。然贞观尚习故陋，神龙渐变常调，开元天宝间，神秀
声律，粲然大备，故学者当以是楷式。"予以为确论。

　　如果说明初馆阁及刘基、宋濂为代表的浙东文人是从政治的角度选择宗唐，
而闽中文人则是从文脉发展与传承的角度选择宗唐。《四库全书总目提要》在论
述《唐诗品汇》时曾对南宋以来的诗学发展脉络作了一个粗略勾勒：

宋之末年，江西一派与四灵一派并合而为江湖派，猥杂细碎，如出一辙，诗以大弊。元人欲以新艳奇丽矫之，迨其末流，飞卿、长吉一派与卢仝、马异、刘义一派并合而为纤体，妖冶俶诡，如出一辙，诗又大弊。百余年中，能自拔于风气外者，落落数十人耳。明初，闽人林鸿始以规仿盛唐立论，而棟实左右之，是集其职志也。①

自宋以来，唐人之诗一直为世所宗尚，只是由于文学史观的缺乏，宗尚较杂，导致后期末流横生；元季诗坛亦如此，以"新艳奇丽"矫宋末之弊，然矫枉而过正，最终流于晚唐纤细巧俗一派；明初林鸿又抬出"盛唐"以为宗。此时的林鸿已具备相当的文学史意识，宗盛唐是他立足于文学史自身而非一己之好而作出的宗尚选择，这从他与高棟的一番谈诗论道中可以看出。首先是宗唐："汉魏骨气虽雄而菁华不足"，晋、宋、梁、陈都多缺憾，"唯李唐作者，可谓大成"；其次是特标"盛唐""开元天宝间，神秀声律，粲然大备。故学者当以是楷式。"认为盛唐之诗是学习者的典范。对于林鸿的看法，高棟深切赞同，而他在选诗观念上，确实受到林鸿的影响，其文学史的划分亦具有价值评判的意义。高棟的关于唐诗的历史分期，以及在选诗过程中的具体实践，都明白无误地体现了他的"宗盛唐"的文学经典意识。

《唐诗品汇》中高棟宗盛唐的文学经典意识表现在方方面面，他从以下几个方面对盛唐诗的经典性与可师法性加以阐明。

从诗自身规定性角度来看：《唐诗品汇·王偁序》曰：

余尝闻漫士之论诗，曰：'诗自《三百篇》以降，汉魏质过于文，六朝华浮于实，得二者之中，备风人之体，惟唐诗为然。然以世次不同，故其所作亦异：初唐声律未纯，晚唐气习卑下，卓卓乎其可尚者，又惟盛唐为然。'此其九方皋目者之论也，故是选专重于盛唐。

① 永瑢. 四库全书总目：卷一百八十九集部四十二"总集类四"[M]. 清乾隆武英殿刻本.

在此序中，高棅曾与王偁论诗，表明他就整个文学发展史而言宗唐，就唐代诗歌发展情况而言，惟重盛唐。他选诗也专重盛唐。为什么专重盛唐呢？因为盛唐诗具有"风人之体"，承接了"诗三百"以来的"风人传统"，它非关理、非关才、非关学，而只是吟咏性情，惟在兴趣，比兴托物而兴象风神具备，言有尽而意无穷，创造了诗美的极致：入神。

从诗体角度而言：盛唐诗各体兼备。"有唐三百年诗，众体兼备矣。故有往体、近体、长短篇，五七言律句、绝句等制。"（《唐诗品汇总叙》）盛唐诗人的天才创作实践，使得近体全都成熟于盛唐。其他如七言古诗，在唐以前仅处于萌芽状态，远谈不上成熟，而经过初唐四子，终在盛唐诸公手中，尤其在李、杜手中，发展成为一种成熟的诗歌体制。"唐七言歌行，垂拱四子，词极藻艳，然未脱梁、陈也。张、李、沈、宋，稍汰浮华，渐趋平实，唐体肇矣，然而未畅也。高、岑、王、李，音节鲜明，情致委折，浓纤修短，得衷合度，畅乎，然而未大也。太白、少陵大而化矣，能事毕矣。"（胡应麟《诗薮》内编卷三）

就格调而言：盛唐之诗格调最高。表现为："李翰林之飘逸，杜工部之沈郁，孟襄阳之清雅，王右丞之精致，储光羲之真率，王昌龄之声俊，高适、岑参之悲壮，李颀、常建之超凡，此盛唐之盛者也。"（《唐诗品汇总叙》）飘逸、沈郁、清雅、精致、真率、声俊、悲壮、超凡，都不仅仅是一种单纯的文学风格与美学风格，就诗而言，它们是在共同的时代土壤中，不同的创作个性运用不同的体制与不同的声调创作出来的种种具体的诗之"格调"，具备这些"格调"的盛唐诗，非其他历史时期的创作可比。在高棅看来，盛唐因时代昌盛，人文繁华，山川英灵间气萃于时，气盛则宜言，诗歌创作格调自然高。而盛唐之后，盛世气运日衰，诗之体制开始变化："天宝丧乱，光岳气分，风气不完，文体始变。"（《唐诗品汇·五言古诗叙目第十九卷"接武"》）古诗虽有刘长卿、钱起、柳宗元等各鸣一善，尚列于名家，郎士元、刘禹锡等翱翔乎大历贞元之间，然而"近体颇繁，古声渐远，不过略见一二与时唱和而已"。（《唐诗品汇·五言古诗叙目第十九卷"接武"》）就近体诗而言，盛唐之后，中唐体制格调已再难高古，元和再盛之后"体制始散，正派不传，人趋下学，古声愈微"。（《唐诗品汇·五言古诗叙目第二十二卷"余响"》）格调更渐趋低下。

对具体诗人及其创作的评价，也体现出高棅对盛唐人诗作的推崇。他评价李白的古诗云：

　　李翰林天才纵逸，轶荡人群，上薄曹、刘，下凌沈、鲍。其乐府古调若使储光羲、王昌龄失步，高适、岑参绝倒，况其下乎？朱子尝谓："太白诗如无法度，乃从容于法度之中。"（《唐诗品汇·五言古诗叙目第六卷"正宗"》）

评杜甫及其五言古诗：

　　盖所谓上薄《风》《雅》，下该沈、宋，言夺苏、李，气吞曹、刘，掩颜、谢之孤高，杂徐、庾之流丽，尽得古人之体势，而兼昔人之所独专矣。（《唐诗品汇·五言古诗叙目第八卷"大家"》）

评价高适、岑参、李欣、王维、崔颢等人及其七言古诗创作时云：

　　至于沈郁顿挫，抑扬悲壮，法度森严，神情俱诣，一味妙悟，而佳句辄来，远出常情之外。之数子诚与李、杜并驱而争先矣，今俱列之于名家。（《唐诗品汇·七言古诗叙目第六卷"名家"》）

　　高棅把最好的赞美之辞都给予了这些盛唐诗人。而对于一些中晚唐诗人，其评价则明显不高："元和以后，述贞元之余韵者，权德舆、刘禹锡而已。其次能者各开户牖，若卢之险怪，孟之寒苦，白之庸俗，温之美丽，虽卓然成家，无足多矣。"（《唐诗品汇·七言古诗叙目第十二卷"余响"》）评元白之乐府歌行："其词欲赡、欲达，去离务近，明露肝胆。乐天每有所作，令老妪能解则录之，故格调扁而不高。"（《唐诗品汇·七言古诗叙目"歌行长篇附"》）

　　有些时候，高棅在对其他时期的创作表示肯定时，其参照点仍是盛唐，如谈到七言绝时云："大历以还，作者之盛，骈踵接迹而起，或自名一家，或与时唱和，如'乐府''宫词''竹枝''杨柳'之类，先后述作，纷纭不绝。逮至元和末，而声律不失，足以继开元、天宝之盛。"（《唐诗品汇·七言绝句叙目第七卷"接武"》）所以有意无意之间，仍体现出其盛唐经典观。

　　在具体的选诗过程中，高棅也以自己的选诗实践体现了其推尊"盛唐"的文学经典意识。他把"正始"放于初唐，把代表着正典与经典的、品格最高的"正宗""名家""大家"的品目放在盛唐，"接武""正变"放于中唐，"余响"放于晚唐，目的是要学者学知有所始，有所宗，知源委。于此，邹云湖有一段话说得非常好："从这个目的出发，他对唐代诗人风格成就的揭示和分立品目，就有了更深一层次上的为学习者确立经典的意味，而由此《唐诗品汇》本身也于有意无意之中在明代文坛树立起了其文学范本的权威地位。"① 所谓"在明代文坛树立起了其文学范本的权威地位"，就是指高棅以其诗选初步奠定了明人的文学经典意识。高棅选《唐诗品汇》，就是要从"正变"的文学观念出发，从各个角度入手，确立盛唐诗歌的经典性及可以作为明人创作师法对象的典范性。

高棅通过其诗选所显示出来的文学经典意识，对其后的明代诗学主流思想产生了极大影响，这是明代其他的诗学言论所无法比拟的。七子派对高棅的《唐诗品汇》及由其派生的另一诗选《唐诗正声》评价极高，胡应麟云：

> 唐至宋、元，选诗殆数十家，《英灵》《国秀》《间气》《极玄》，但辑一时之诗；荆公《百家》，缺略初、盛；章泉《唐绝》，仅取晚、中；至周《三体》，牵合支离；好问《鼓吹》，薰莸错杂：数百余年未有得要领者。独杨伯谦《唐音》颇具只眼。然遗杜、李，详晚唐，尚未尽善。盖至明高廷礼《品汇》而始备，《正声》而始精，习唐诗者必熟二书，始无他歧之惑。杨氏极诋之，何也？（《诗薮》外编卷四）
>
> 《正声》于初唐不取王、杨四子，于盛唐特取李、杜二公，于中唐不取韩、柳、元、白，于晚唐不取用晦、义山，非凌驾千古胆，超越千古识，不能。（《诗薮》外编卷四）
>
> 《正声》不取四杰，余初不能无疑。尽取四家读之，乃悟廷礼鉴裁之妙。盖王、杨近体，未脱梁、陈；卢、骆长歌，有伤大雅。律之正始，俱未当行。惟照邻、宾王二排律合作，则《正声》亟收之。至李、杜二集，以前诸公未有敢措手者，而廷礼去取精核，特惬人心，真艺苑功人，词坛伟识也。（《诗薮》外编卷四）

---

① 邹云湖. 中国选本批评［M］. 上海：上海三联书店，2002：145.

《四库全书总目提要》这样评价《唐诗品汇》对明代诗学发展产生的影响："厥后李梦阳、何景明等模拟盛唐，名为崛起，其胚胎实兆于此。唐音之流为肤廓者，此书实启其弊；唐音之不绝于后世者，亦此书实衍其传。"高棅选诗专推盛唐，而在七子派这里，终于喊出了"诗必盛唐"的口号。李攀龙骄傲地声称："诗自天宝以下，文自西京以下，誓不污吾毫素也。"① 王世贞亦："论文必西汉，诗必盛唐，大历以后书勿读。"② 而且高棅关于唐代文学发展史四阶段的划分，也成为其后明人论诗的公共知识，无论是七子派、唐宋派、公安派、竟陵派，他们的诗歌理论、宗派间的诗歌主张论争，都在"盛唐"之尊的起点上展开。

二、李东阳的"格调说"及其体现出的文学经典意识

三杨主盟文坛的时候，明代的诗歌创作与诗学没有什么大的建树。三杨之后李东阳（字宾之，茶陵人。天顺甲申进士，选庶吉士，授编修，累官少师兼太子太师、吏部尚书、华盖殿大学士，卒赠太师，谥文正。）主盟文坛，在诗学上提出"格调说"。李东阳的"格调说"还不能说是一种成熟的诗歌理论，但其立足于文本形式层面，从格调角度初步分析、比较创作的优劣，显示出宗唐与宗盛唐的倾向，体现出一定的文学经典意识。李东阳的"格调说"与高棅的《唐诗品汇》一起开启了明代诗学中自觉而明确的文学经典意识，影响了此后富于时代特色的明代诗学的建构与发展。

理解李东阳的"格调说"，首先要对"格调"范畴进行考察。"格调"一词出现于唐代，如："直缘多艺用心劳，心路玲珑格调高"③，"人言格调胜玄度，我爱篇章敌浪仙"④。这两处的"格调"都偏重于指个人的风度气质。"格调"一词用于诗歌批评始于宋代，比如蔡正孙评李白的诗作《鹦鹉洲》："愚谓此诗联联与崔颢诗格调同，而语意亦相类。"⑤《韵语阳秋》中有云："观此四诗，与

---

① 钱谦益. 列朝诗集小传·李按察攀龙 ［M］//钱谦益. 列朝诗集：丁集卷五. 清顺治九年毛氏汲古阁刻本.

② 万斯同. 明史：卷三百八十八文苑传"文苑三" ［M］. 清钞本.

③ 方干. 赠美人 ［M］//方干. 玄英集：卷六. 清文渊阁四库全书本.

④ 韦庄. 送李秀才归荆溪 ［M］//韦庄. 浣花集：卷七. 四部丛刊景明本.

⑤ 蔡正孙. 诗林广记：前集卷三 ［M］. 清文渊阁四库全书本.

帖子格调何异？岂久于翰苑而笔端自然习熟耶？"①《容斋随笔》中有云："薛能者，晚唐诗人，格调不能高，而妄自尊大。"② 王柏《王风辨》云：

> 诗何自而始乎？于尧之时，出于老人儿童之口者，四字为句，两句为韵，岂尝学而为哉？冲口而出，转喉而声，皆有自然之音节。虞舜君臣之赓歌，南风五弦之韵语，与夫五子御母述戒之章，体各不同。历夏商以来，讴吟于下者，格调纷纷，杂出而无统。③

宋人使用"格调"品评诗作，并没有一个大致一致的含义，即使对于使用者来说，可能也不能说清确切所指。如评李白诗与崔颢诗的格调相同，此"格调"究竟指什么，难以一言言尽，"与帖子格调何异！"中"格调"大概指风格，《容斋随笔》中说薛能诗的格调不高，此"格调"大概指诗歌的品格，而王柏所说"格调"大概指体制乐调，与明人所说的"格调"内涵已有所接近。总体来说，"格调"一词在宋代的诗文批评中，内涵还较含混，运用上具有随意性与个人性的特点。在明代，"格调"却发展成为一个核心诗学范畴。

李东阳在《麓堂诗话》中提出了他的"格调说"，④ 突出了"调"即诗歌的"音乐性"的重要性，认为正是诗歌的"调"（音乐性）决定了诗歌之"格"，"调"决定于诗歌产生的时代，又具有判断这个时代诗歌的"格"是高还是低的功能。一般认为，李东阳的"格调说"体现在这一则诗话中：

> 诗必有具眼，亦必有具耳。眼主格，耳主声。闻琴断，知为第几弦，此具耳也；月下隔窗辨五色线，此具眼也。费侍郎廷言尝问作诗，予曰："试取所未见诗，即能识其时代格调，十不失一，乃为有得。"费殊不信。一日与乔编修维翰观新颁中秘书，予适至，费即掩卷问曰："请问此何代诗

---

① 葛立方.韵语阳秋：卷二［M］//何文焕，辑.历代诗话.北京：中华书局，1982：499.
② 王大鹏，编.中国历代诗话选［M］.长沙：岳麓书社，1985：637.
③ 王柏.诗疑：卷二［M］.清通志堂经解本.
④ 李东阳.麓堂诗话［M］//周维德，集校.全明诗话.济南：齐鲁书社 2005：477—502.（本书李东阳所论无特别标示皆出于该版《麓堂诗话》）

也?"予取读一篇,辄曰:"唐诗也。"又问:"何人?"予曰:"须看两首。"看毕曰:"非白乐天乎?"于是二人大笑,启卷视之,盖《长庆集》,印本不传久矣。(《麓堂诗话》)

"眼主格",即能辨别诗之"格",通过诗歌外在的形式样貌辨别出诗歌的作者及品格高下,就像能辨出远处月下模糊不清的丝线为何颜色;"耳主声"(即调),就像闻琴而知为第几弦一样,凭诗歌中用字的音调能判断其时代属性。具体来说,李东阳所说的"格"指诗歌的具体样貌,包括体裁、结构、用字、表现手法等,它既体现着诗歌的风格与品第,也体现着诗的时代属性;"调"指诗歌的音节节奏、音调的抑扬等。从李东阳的这则诗话来看,显然是将"调"放在了最重要的地位,《麓堂诗话》开篇即云:

> 诗在六经中别是一教,盖六艺中之乐也。乐始于诗,终于律。人声和,则乐声和。又取其声之和者,以陶写情性,感发志意,动荡血脉,流通精神,有至于手舞足蹈而不自觉者。后世诗与乐判而为二,虽有格律,而无音韵,是不过为俳偶之文而已。使徒以文而已也,则古之教,何必以诗律为哉?

李东阳关于诗歌音乐性的解释与《尚书·尧典》中的观点是一致的。《尧典》云:"诗言志,歌永言,声依咏,律和声,八音克谐,无相夺伦,神人以和。夔曰:于予击石拊石百兽率舞。"[1] 这则上古时期的传说,所要表达的一个主要观点就是诗歌音乐属性的重要性,在这里,音乐性被定义为诗歌的本质规定性,我们看一看孔安国的附注就可以了解到这一点。"诗言志,歌永言"一句,孔安国这样注:"谓诗言志以导之,歌咏其义以长其信";"声依永,律和声",注为"声谓五声:宫、商、角、徵、羽;律谓六律、六吕,十二月之音气,言当依声律以和乐";"八音克谐,无相夺伦,神人以和"注为"伦理也,

---

① 郭绍虞主编,中国历代文论选:第一册[M].上海:上海古籍出版社,1990:1.

八音能谐，理不错夺，则神人咸和"。① 在上古与先秦时期，诗乃歌，诗一定是可以唱的。歌是咏诗的，歌发为乐音，乐音则有声有律，乐音之声律与诗歌语言自身的声与律相合无间，八音和谐，谐则合于天地之道，则能与天、地、人、神沟通相和。可见，音乐的力量竟是如此神奇，它不但能陶写人之性情，"感发志意，动荡血脉，流通精神"，也是天、地、人、神、兽的共通"语言"。诗歌从其产生之初就正是以歌唱形式存在的，所以，李东阳认为音乐性才是诗的本质规定性，诗之音调与歌之声律相和谐，同样能动人、动神。这正是李东阳"诗为六经中之乐"的观念，也是其"格调说"的核心观念。

正是将音乐性作为诗歌的本质规定性，李东阳认为以"声"论诗才算是抓住了要害，他说："陈公父论诗专取声，最得要领。"为突出诗的本质规定乃为音乐性，李东阳多次区分诗文之异：

> 诗之体与文异，故有长于记述，短于吟讽，终其身而不能变者，其难如此。……盖其所谓有异于文者，以其有声律风韵，能使人反复讽咏，以畅达情思，感发志气。取类于鸟兽草木之微，而有益于名教政事之大，必其识足以知其深奥而才足以发之，然后为得。及天机物理之相感触，则有不烦绳墨而合者。②

这段话有点"诗教"之嫌，但李东阳的目的是为了说明诗与文的主要差别，诗在于有声律风韵，能使人反复讽咏，从而畅达情思，感发志气。又云：

> 诗与文不同体。昔人谓杜子美以诗为文，韩退之以文为诗，固未然。然其所得所就，亦各有偏长独到之处。近见名家大手以文章自命者，至其为诗，则毫厘千里，终其身而不悟。然则诗果易言哉？（《麓堂诗话》）

无论是杜甫以诗为文，还是韩愈以文为诗，在李东阳看来都是"失体"，诗与文

---

① 尚书注疏［M］．孔安国，传．孔颖达，疏．清嘉庆二十年南昌府学重刊宋本十三经注疏本．
② 李东阳．沧洲诗集序［M］//李东阳．怀麓堂集：卷二十五文稿五．清文渊阁四库全书本．

的体制显然是不同的，诗关键在于有"调"，即可吟讽的音乐性，文则在于记述、说理、言义。杜、韩二人于诗都有失，而以文为诗更不可取，毫厘之差则谬之千里。

李东阳还认为，诗之声调是发诸己心、发之性情的，是自然的，其云："夫形声之在天下皆出于自然，……若论其至，亦可以通鬼神，夺造化。"自然之声才会有灵性，才能与天、地、人、神、兽及有灵之万物沟通，才可以惊风雨、泣鬼神，才是天地间最好的诗，因此李东阳对诗歌创作中的泥古作风是持批判态度的，其云："今泥古诗之成声，平侧短长，句句字字，摹仿而不敢失，非惟格调有限，亦无以发人之情性。"（《麓堂诗话》）他批评那些极力模拟的作品："开卷视宛若旧本，然细味之，求其流出肺腑，卓尔有立者，指不能一再屈也。"模拟之作不是出于己心的自然之声，也就不会有合于自然之声调，无调也就无格。好诗都是情感的自然流露："李太白《远别离》，杜子美《桃竹杖》，皆极其操纵，曷尝按古人声调？而和顺委曲乃如此。"（《麓堂诗话》）对于诗与诗之调来说，自然才是最高法则，只要是出于己心的自然之声，往往合律，合乎诗之声律法则，这在《礼记·乐记》中说得十分清楚，李东阳以之为鉴，云："观《乐记》论乐声处，便识得诗法"。（《麓堂诗话》）此诗法李东阳表述得十分精到："虽千变万化，如珠之走盘，自不越乎法度之外矣"（《麓堂诗话》），即使本人不懂音律，只要是发乎自然之情，创作出的诗往往也能达到如此效果，他本人即有此类经验："予值有得意诗，或令歌之，因以验予所作，虽不必能自为歌，往往合律，不待强致，而亦有不容强者也。"（《麓堂诗话》）

从诗歌的音乐性出发论诗，李东阳认为时代的基调会影响诗之"声调"，从而影响诗格，强调时代之调会对作品的风貌及品格产生影响。李东阳谈律诗之调时云：

> 汉以上古诗弗论，所谓律者，非独字数之同，而凡声之平仄，亦无不同也。然其调之为唐为宋为元者，亦较然明甚。此何故耶？大匠能与人以规矩，不能使人巧。律者，规矩之谓，而其为调则有巧存焉。苟非心领神会，自有所得，虽日提耳而教之无益也。（《麓堂诗话》）

对于律诗来说，字数规定、字音的平仄等具体要求都是一样的，但为什么唐诗、宋诗、元诗显示出来的格调各不相同呢？在李东阳看来，这主要是由时代"声调"的差异决定的，而时代声调的差异又体现在诗中的每一个字上，由此造成不同时代的诗调有差异。李东阳认为，诗的音乐性是靠诗中每个字的"调"来体现的，字的调体现为宫、商、角、徵、羽五声，每个字的平仄虽然有规定，但平仄只是一个大的规矩，每个字的具体宫、商、角、徵、羽之调是可以有所变化的，千变万化的声调造就了千万首不同的诗。律诗如此，其他体式的诗也如此。字的具体宫商之调的选取在李东阳看来主要受时代之音与地域之音的影响，但更主要是受时代之音影响。时代之音潜在地规定着诗的基本"声调"，唐诗乃发唐音、宋诗是发宋音、元诗发为元音，具眼具耳即可辨之。当然，诗歌的声调因为语言的地域性特点可能也会呈现出地域特点："譬之方言，秦、晋、吴、越、闽、楚之类，分疆画地，音殊调。"（《麓堂诗话》）"其声调有轻重、清浊，长短、高下、缓急之异，听之者不问而知其为吴为越也。"（《麓堂诗话》）但在特定的时代中，诗歌之调整体上会呈现出共性风貌，因为"气机所动，发为音声，随时与地，无俟区别，而不相侵夺。然则人囿于气化之中，而欲超乎时代土壤之外，不亦难乎？"（《麓堂诗话》）所以吴歌、越歌虽然有地域差异，但处于共同时代，这些吴，越、楚、秦等地之歌又有着共同的唐调、宋调、或元调。

一个时代会有一个主流之调，或宫，或商，或角或徵，或羽，诗人在创作上，具体用字之调就会多宫、多商、多角、多徵或多羽，由此导致每个时代之诗的体制格调不同。汉、魏、六朝，唐、宋、元诗，各自为体，音调亦殊，而在古人看来，宫声是最优的，因此时代之宫商的基调就有了优劣，而这有优劣之分的时代之调也就影响了一个时代诗歌的风格，也因此决定了一个时代之诗的品格的高低。李东阳云：

> 潘祯应昌尝谓予诗宫声也，予讶而问之，潘言其父受于乡先辈曰："诗有五声，全备者少，惟得宫声者为最优，盖可以兼众声也。李太白、杜子美之诗为宫，韩退之之诗为角，以此例之，虽百家可知也。"予初欲求声于诗，不过心口相语，然不敢以示人。闻潘言，始自信以为昔人先得我心，天下之理，出于自然者，固不约而同也。（《麓堂诗话》）

　　从诗人角度而言，个体诗人不可避免地受时代的风气影响，他经历各种际遇，从各方面体验时代之风气，他综合方方面面的真切感知，并将其上升为某种概括性的经验。众多人趋同的感受与经验就沉淀为一个时代的基调：气是盛、是衰？声是高扬还是低沉？节奏是平和还是急促？调是流丽还是雅正？盛、扬、平、正之音为宫声，最优；衰、急、沉、流丽之音则有商、角、徵、羽之区分，品格比不上宫声。以时代声调观之，不同时代的诗歌格调也就会有优有劣，相比之下，李、杜诗为宫声，就比韩愈呈角声的诗格调高。照此思路，李东阳应会推崇时代声调以宫声为主流的某个时代的诗。

　　李东阳这样做了没有呢？纵观《麓堂诗话》与李东阳的文集，李东阳并没有明确地表明他认为哪个时代诗歌的格调为优，也没有从格调的角度推出某一时代的诗歌作为创作典范，只能说他有这种倾向性。《麓堂诗话》中有这样一则：

　　　　文章固关气运，亦系于习尚。周、召二南，王、豳、曹、卫诸风，商、周、鲁三颂，皆北方之诗。汉、魏、西晋亦然。唐之盛时称作家在选列者，大抵多秦、晋之人也。盖周以诗教民，而唐以诗取士，畿甸之地，王化所先，文轨车书所聚，虽欲其不能，不可得也。荆楚之音，圣人不录，实以要荒之故。六朝所制，则出于偏安僭据之域，君子固有讥焉，然则东南之以文著者，亦鲜矣。本朝定都北方，乃为一统之盛，历百有余年之久，然文章多出东南，能诗之士，莫吴、越若者。而西北顾鲜其人，何哉？无亦科目不以取，郡县不以荐之故欤？

　　在此，李东阳认为西周、汉、魏、西晋、盛唐之时，因为气运好（西晋除外），国势强盛，社会习尚优，产生于这些时代的诗格调就高。这则诗话只能说李东阳体现出一定的倾向性，但还未有明确的文学经典意识，也没有明确地确立格调典范。这则诗话的重点在于对南北方之诗的盛衰更替情况加以比较并探究其成因，在谈到唐之盛时，也并没有对盛唐之诗特意加以表出，没明确表示盛唐之诗的格调最高。

　　李东阳在此虽然没有比较确定哪个时代诗的格调最高，但是他评价诗歌优劣以"音乐性"作为标准，时代格调也是他评价某一时代诗歌优劣的一个参考，这就意味着他的评价与判断必定有倾向性。明初，宋诗就因重理倾向遭到了明人的批评，李东阳虽然并没有完全否定宋诗，但它所没否定的宋诗，是像唐诗一样体现了音乐性、且音调为正的宋诗。《麓堂诗话》有一则这样说道："严沧浪：'空林木落长疑雨，别浦风多欲上潮。'真唐句也。"但这样的肯定之语毕竟太少，而对于宋诗忽视诗的音乐性，重视"理"的弊病，对未真正从"调"的角度学唐诗却大谈诗法的宋人，李东阳的批评不但多而且尖锐，比如：

> 宋诗深，却去唐远；元诗浅，去唐却近。（《麓堂诗话》）
>
> 六朝、宋、元、诗，就其佳者，亦各有兴致，但非本色，只是禅家所谓"小乘"，道家所谓"尸解"仙耳。（《麓堂诗话》）
>
> 欧阳永叔深于为诗，高自许与。观其思致，视格调为深。然校之唐诗，似与不似，亦门墙藩篱之间耳。（《麓堂诗话》）
>
> 杨廷秀学李义山，更觉细碎；陆务观学白乐天，更觉直率。概之唐调，皆有所未闻也。（《麓堂诗话》）

对宋诗的看法如此，在李东阳看来，元诗的格调也不高。虽然李东阳说："宋诗深却去唐远，元诗浅去唐却近"，肯定了元诗重诗歌音乐性的优点，但是接着又说："顾元不可为法。所谓取'法乎中，仅得其下耳'。"（《麓堂诗话》）这是为什么呢？一是因为元诗之"调"杂有胡音，且时代气运不昌；二是元诗太巧，太巧则音纤，调纤则流丽，流丽则格不高。由此，他这样评元好问的编选的《中州集》："《中州集》所载金诗，皆小家数，不过以片语只字为奇。求其浑雅正大，可追古作者，殆未之见。……意者土宇有广狭，气运亦随之而升降耶？"（《麓堂诗话》）

无论是抑宋还是卑金、元，李东阳的参照标准都是唐诗。并且明确指出元诗在重诗歌的音乐性方面与唐诗较为接近，但仍不可法，因为元诗不是最好的，那么言下之意，高于元诗的唐诗才是最好的。但李东阳对于唐诗也不是一概肯定的，他曾对元代几家唐诗选本进行了比较，对杨士宏的《唐音》与赵章泉的《绝句》持较为肯定的态度，对元好问的《唐诗鼓吹》则不满意，原因是该选本多选晚唐诗，格调不高，其云："若《鼓吹》则多以晚唐卑陋者为入格，吾无取焉耳矣。"他对晚唐诗的评价不高不是因为晚唐诗缺少声调，而是因为晚唐时代之格不高而致诗调多徵、羽之声。

从李东阳所谈到的唐诗选本来看，他没有提到高棅的《唐诗品汇》。《唐诗品汇》中关于唐代有四个时段的划分：初、盛、中、晚，也就相应有四种形态的唐诗，而李东阳的诗论中没有谈到这四个时段分期，《麓堂诗话》仅有两处说到了"晚唐"，所以李东阳论诗并未受到《唐诗品汇》的影响，他说的"晚唐"，应是受了元代唐诗选本的影响，首先是《唐音》。《唐音》中对于唐诗也有一个粗略的时间段划分：初盛唐、中唐、晚唐诗，但这只是一种历史时段的划分，而不是美学形态的划分，诗歌"格调"的时代性没有得到表述。《唐音》只是以音律之正为选诗标准，并没有确立诗歌经典的意思，但其"审音"的立场，以音乐性作为诗歌的本质规定性的做法，对李东阳产生了影响。李东阳从"格调"角度论诗，虽未以明确的文学经典意识确立优秀诗歌典范，但他论诗，以"唐诗"作为评价宋元诗格调的参照标准，突出汉魏之调的自然性，还有他对晚唐诗的否定，这一切都意味着李东阳的格调论中是有一种潜在的文学经典意识的。

高棅的《唐诗品汇》虽然出现较早，但在明初并没有产生什么影响，从李东阳的《麓堂诗话》没有受到他的影响，而七子派胚胎肇基于它来看，它的盛行是在弘正年间，此时七子派正在崛起，明代诗学正将出现新的转机与风貌，《唐诗品汇》与《麓堂诗话》及其诗论中所体现出来的文学经典意识，将在新的历史时期对明代诗学的建构产生重要影响。

三、明代诗学的建构

明代诗学便是在文学经典意识之上进行建构的。高棅的《唐诗品汇》及李东阳的"格调说"已经开始自觉地探索，为建构明代新的诗学努力着，并确立了诗学的基本发展方向与诗学框架，那就是在文学经典意识的支配下，从诗歌自身出发，摆脱明初理学家的道学诗论、三杨的台阁文风，以唐诗、汉魏诗为宗法对象，为明代的诗歌创作寻找出路，从而为前七子登上文坛之后将要来临的新诗学时代奠定了基础。再加上明人创作面临的现实困境，宋人诗学尤其是严羽诗论的启示，明代诗学接续着高棅与李东阳的努力开始了新的发展。

从《六一诗话》到《沧浪诗话》，宋人的文学经典意识由萌生到发展，但仍很不成熟。欧阳修《六一诗话》中所显示出的那种闲适的趣味稍纵即逝，随之而来的是宋人挥之不去的焦虑感：如何能创造出优秀的诗歌。欧阳修在淡淡的忧伤中回忆着当年文化意味十足的文学活动时，潜在地表达了他对杜甫、对盛唐诗无与伦比的创作成就发自内心的叹服。之后，黄庭坚以开宗立派的雄心要开宋诗堂奥，积极乐观地探索写出好诗的技巧及方法。进入南宋，随着对江西诗派那一套创作理论感到失望，人们更多的是将目光投向对前代的创作，希望能找出最有价值的师法对象。他们阅读、体验并简单分析了各个时代的诗歌文本，渐渐有了宗唐宗杜的倾向。到严羽那里，他以近乎专断的态度终结了宋人师法对象的探寻，确立了汉、魏、晋和盛唐诗的经典地位，称它们为诗中第一义，犹如禅宗中的大乘禅。严羽以诗坛教父的姿态为迷茫的宋人指明了道路，其自视也颇高："仆之《诗辨》，乃断千百年公案，诚惊世绝俗之谈，至当归一之论。"《沧浪诗语·答出继叔临安吴景仙书》）

　　然而，严羽所指出的这条道路，前途是光明的，操作性却不强。他在确立汉、魏、晋尤其是盛唐诗为宋人学习的典范时，同时也以无比膜拜的情感将盛唐之诗推到了无可企及的地位。他认为盛唐之诗达到了诗歌创作所能达到的最高成就，创造了最高诗美，李、杜的诗已经达到了"入神"的境地，它们成为令人崇拜的对象，而不是师法的对象，这从严羽所示的师法途径——"熟读""悟入"就可以看出这一点。严羽强调，想要知道盛唐诗好在哪里，一定要阅读，要广泛参览，将汉、魏、晋、南北朝、初、盛、中、晚唐、宋人之诗参个遍，要悟出汉、魏、晋和盛唐诗的好处来，其他诗的劣处来，这才叫"悟"，如果还悟不出，则是无见、无识，不可救药。但是所悟为何，他始终未说，但其实他又在开篇就说了，所悟就是诗之"兴趣"，盛唐之诗的"入神"之美，那玲珑透彻、如羚羊挂角无迹可寻却又言有尽而意无穷的诗境之美，这才是决定诗之优劣的关键。黄庭坚读诗而求诗法，南宋以来则转向文本的阅读与批评，探求文本好在哪里，对创作会有什么借鉴，为创作提供什么方法，目的是为了创作出好诗，这意味着诗学有了转向的倾向性，但实际上并未形成什么成气候的理论，诗学转向并未实际发生。到严羽那里，读诗目的初始是悟"诗法"，但在悟诗法的过程中变成了悟诗之"美"，他以禅喻诗，使得"悟"成为一个因人而异，只可意会不可言传的个人行为。严羽认为广泛阅读参览，就可形成鉴别优劣的识力，而事实上并不是所有人都可以做到，所以严羽会以恨铁不成钢的口吻说："倘犹于此而无见焉，则是野狐外道，蒙蔽其真识，不可救药，终不

悟也。"(《沧浪诗话·诗辨四》)

　　作为学习者个人，如果不能悟，有批评家悟了之后指点给他也行。严羽应该算一个批评家了，他应该悟到盛唐之诗的好处了吧，《沧浪诗话》中确实悟到了许多"盛唐诗法"，在"诗评"中对各时代的诗人作品也有所评论，但都是泛泛而谈，并没有形成实际的理论。且严羽论诗的重心落在只可意会不能言传的"兴趣""入神"之美上，从这个角度一再强调着盛唐之诗的经典性，那么所谓的"诗法"只能成为本部诗话的一个点缀而已，空泛而不具有实际指导创作的作用。所以，自南宋以来，诗学因有转向的倾向性而有可能沿着"文本"批评之路走下去，然而在严羽这里却因对文本的理解、鉴别转向无法言说的个体之"悟"戛然而止，以诗歌文本为中心的诗学就无法再向前展开。

　　面临同样的创作困境，明人与宋人一样，都形成了诗有所宗的文学经典意识，但是宋人的文学经典意识只是初步形成，他们只是确立了学习的典范，还未证明其可师法的"典范性"，他们只是强调学习者的个体之悟，强调学诗要有识见。明人则认为论诗更要有识见，批评走向职业化，并导致了诗学的转向。最先以文化身份登上文坛的前七子受了《唐诗品汇》与李东阳"格调说"的影响，接受了宋以来的"汉魏盛唐诗"宗尚，提出了"诗必汉魏盛唐"的口号，意味着他们具有了初步的文学经典意识，即经典宗尚，向经典学习。接下来，他们将要证明"汉魏盛唐"诗的经典性与可师法性。不同于严羽的个体之悟，他们充当的是批评家的角色，他们以系统的思路、明晰的言说，在阅读、分析作品的基础上发展出新的诗学，发展出"格调理论"，后七子继之。前七子在文学经典意识之下开始建构新的诗学，他们转向诗歌文本，而在建构、发展、充实"格调理论"的过程中，他们初步萌生的文学经典意识也渐渐成熟了。后来的竟陵派对"经典"与七子派有着不一样的理解，发展出了"真精神"理论，以鉴别作品优劣，明人的文学经典意识进一步发展。明代诗坛所产生的大大小小的纷争，也都是围绕着不同的宗法典范产生的，在这些论争中，各个宗派的诗学理论与批评向更深入程度延伸，文学经典意识也日益明晰与深化。

第三章

七子派的格调理论及其文学经典意识的发展与成熟

"七子派"是明代文坛最重要的一个诗学宗派,由"前七子"与"后七子"先后领导,前七子为李梦阳、何景明、徐桢卿、边贡、康海、王九思、王廷相;后七子为李攀龙、王世贞、谢榛、徐中行、宗臣、梁有誉、吴国伦等,此后又有所谓后五子、广五子、续五子、末五子、广四十子等,网罗了大批文人。七子派活动时间从明前中期到中晚期、末期,不仅活动时间长,且追随者甚多,势力颇大,成为明代最重要的诗学宗派,其诗学成为明代主流诗学,明代诗学的发展、宗派之间的论争,无不跟它有着直接或间接关系。

弘治以前,明代诗歌创作与诗学都难以获得发展。从第一章中我们已经了解到,太祖时期的高强度打压与血腥的文字狱,使得文人噤若寒蝉,诗文上只能写一些模拟古人之作;成祖时期实行思想专制,更是以科举牢笼天下文人,使其诗文独创能力遭到扼制;三杨主擅馆阁时期盛行的是空疏的台阁体。明前期的诗学一种是复古诗论,一种是道学家诗论。直到弘治时期,由于皇帝较为尊重士人,士气开始有所高涨,"前七子"此时登上文坛,他们踌躇满志,想要在文学上成就一番事业。而要想成就一番文学事业,首先要对文坛的现实有所认识。

前七子登上文坛之时,当时主盟文坛的是李东阳,李东阳与他领导的"茶陵诗派"虽然还未完全摆脱台阁遗风,但已经开始标榜"格调",胡应麟云:"是时中、晚、宋、元诸调杂兴,此老砥柱其间,故不易也。"① 而李梦阳、何

---

① 胡应麟. 诗薮:续编卷一 [M]. 上海:上海古籍出版社,1979:345. (本著中所引胡应麟论诗如无特别标示,均出自于该版本《诗薮》)

景明、徐祯卿、康海、边贡、王廷相、王九思等新进之人，结文社，相与訾议馆阁，李梦阳讥讽李东阳领导的馆阁文风"萎弱"，康海批评曰"浮靡流丽"。那么他们认为什么样的文风才好？此时李东阳的"格调说"是当时诗学主流，《唐诗品汇》也开始流行了，它们都对前七子产生了影响。《唐诗品汇》对前七子诗学思想的影响前面钱谦益已经谈到，关于李东阳的"格调说"对前七子的影响，胡应麟说："成化以还，诗道旁落，唐人风致，几于尽隳。独李文正才具宏通，格律严整，高步一时，兴起何、李，厥功甚伟。"（《诗薮》续编卷一）再加上张扬士气的诉求，他们提出"文必先秦两汉，诗必汉魏盛唐"①，有了初步的"文学经典意识"，确立了"经典宗尚"。下一步，他们就是要证明汉魏盛唐诗的经典性与典范性，而要证明汉魏盛唐诗的经典性与典范性，他们就必须从汉魏盛唐诗的具体文本入手。南宋时的严羽也是从盛唐诸公具体的诗歌文本入手，但在阅读文本的基础上，他走向了"悟"，因而并没有对盛唐诗的可师法性、典范性进行明证，因而他的"文学经典意识"并没有得到充分展开并发展成熟。而前七子在阅读文本的基础上，走向了文本分析，并开始建构七子派的诗学——"格调理论"，而在七子派的"格调理论"发展与充实的过程中，他们的"文学经典意识"也就不断深化，逐步成熟起来了。

第一节　格调理论的发展过程与七子派
文学经典意识的凸显

一、七子派"格调理论"的基本内涵

明初，从元末入明的一批人，以复古相号召，创作主模拟古人；永乐以后，三杨长期掌柄文坛，创作越来越表现为单一的台阁体，内容空疏，李东阳则以"格调"相标，突出诗歌发之于自然的音乐性，对汉魏及唐人之诗评价较高。李

---

① 七子派"文必先秦两汉，诗必汉魏盛唐"的主张，由康海明确地概括出来。王九思在《明翰林院修撰儒林郎康公神道之碑》云："公又尝为之言，曰：'本朝诗文自成化以来，在馆阁者倡为浮靡流丽之作，海内翕然宗之，文气大坏，不知其不可也。夫文必先秦两汉，诗必汉魏盛唐，庶几其复古耳。'自公为此说，文章为之一变。

东阳虽未明确地特别推崇唐诗，但是他以唐调作为评价宋元之调的参照，否定了宋元之调，也就意味着肯定了唐调，肯定了唐诗，而且他领导的"茶陵诗派"在创作上也是师唐，重视诗歌的音调、节奏、用字。李东阳的"格调说"在明代诗学中的地位与重要性是毋庸置疑的，对七子派也产生了很大影响，对于这一点，七子派自身也承认，王世贞就说："长沙之于何、李也，其陈涉之启汉高乎？"① 胡应麟亦云："兴起何、李，厥功甚伟。"其他一些非七子派成员也有此共识，如穆敬甫云："李公才情兼美，于何、李有倡始功，大似唐之燕、许。"②

李东阳的"格调说"对七子派产生的影响，归纳来说大致有四：其一，李东阳的"格调"范畴被七子继承。其二，为七子派提供了大致的诗歌经典宗尚。关于古诗，李东阳曾表达了他的观点：

> 周、召二南，王、豳、曹、卫诸风，商、周、鲁三颂，皆北方之诗。汉、魏、西晋亦然。唐之盛时称作家在选列者，大抵多秦、晋之人也。盖周以诗教民，而唐以诗取士，畿甸之地，王化所先，文轨车书所聚，虽欲其不能，不可得也。（《麓堂诗话》）

周时北方诸风，商、周、鲁三颂，及汉、魏、西晋时的诗，它们都秉承了周时北方风诗一脉，保留了王化之正风正调。从"格调"角度论诗，七子派自然认同，李东阳在这里也就为七子派提供了几个可供参考的古诗宗尚。关于近体诗，李东阳在将宋元诗与唐诗相比时肯定的是唐调，笼统地肯定唐诗，范围虽然较大，但相对来说已较为明确。其三，李东阳那里还不十分明确的"文学经典意识"在七子派这里变得突出起来，一个重要表现就是前七子明确提出"文必先秦两汉，诗必汉魏盛唐"的口号。其四，七子派在李东阳的"格调说"的基础上，发展出颇可操作的"格调理论"。如果说在李东阳那里，"格调"还只偏重于对于时代的整体创作进行抽象、粗略的判断，而在七子派这里，它成为对作品进行分析与评价的重要范畴，"格调理论"成为七子派确立经典及师法对象典

---

① 王世贞. 艺苑卮言：卷六 [M] //周维德，集校. 全明诗话. 济南：齐鲁书社，2005：1949.（本章中王世贞所论如无特别标示，均出自此《艺苑卮言》）
② 朱彝尊. 明诗综：卷二十六 [M]. 清文渊阁四库全书本.

范性的重要理论根据，也是明代诗学主流理论。

七子派的"格调理论"有一个发展过程，内涵也是随着七子派"文学经典意识"的增强不断丰富与充实的。但其基本内涵是在"前七子"时代奠定的。下面我们来考察一下其基本内涵。

（一）重调（声）

李东阳"格调说"的核心在于"调"，即诗歌的音乐性，在李东阳看来，它是诗歌的本体，是诗歌这种文学样式的本质规定性，是诗之所以成为诗的决定性因素，也是诗区别于文的重要因素。受李东阳"格调说"的影响，前七子对诗歌音乐性的重视程度比李东阳有过之而无不及，李梦阳在《与徐氏论文书》中说：

> 仆西鄙人也，无所知识，顾独喜歌唫，第常以不得侍善歌吟忧。间问吴下人，吴下人皆曰："吾郡徐生者，少而善歌吟而有异才。"盖心窃乡往久之，闻足下来举进士，愈益喜，计得一朝侍也。前过陆子渊，子渊出足下文示仆，读未竟，抚卷叹曰："佳哉！铿铿乎！古之遗声耶！"①

李梦阳不说自己好诗而说"独喜歌吟"，称赞徐桢卿的诗音调铿铿，为"古之遗声"，对他赞许有加，心向往之。"调"也成为李梦阳判断一个时代是否有诗的标准，他在《缶音序》中说："诗至唐，古调亡矣，然自有唐调可歌咏，高者犹足被管弦。宋人主理不主调，于是唐调亦亡。"② 他认为，古诗自然吟咏性情而有声调，皆可被之管弦而歌，唐诗虽有作用之力而能自然无迹，亦可歌可咏，优秀的诗篇也可以如古诗一样被之管弦。而对于宋诗，李梦阳则很不满意，认为宋诗主理不主调，即使是名号甚响的黄庭坚、陈师道等人，以师法杜甫诗相标榜，号称"大家"，但诗却是艰涩不可吟咏，更别说被之管弦了。他们这种缺音少调的诗被李梦阳讥讽为神庙上端坐的土木骸，"即冠服与人等，谓之人可

---

① 李梦阳. 空同集：卷六十二 ［M］. 清文渊阁四库全书补配清文津阁四库全书本.
② 李梦阳. 空同集：卷五十二 ［M］. 清文渊阁四库全书补配清文津阁四库全书本.

乎?"① 由此,李梦阳断然否定宋诗,说"宋无诗"②,就因为他这一句"宋无诗",潜虬山人立即改弦易辙,弃宋而学唐。

前七子从指导创作的目的出发提出"格调说",而在"格调理论"建构的过程中,七子派逐渐走上审美轨道,他们发展出一套完善的具有审美意义的"格调理论",此理论具有文本分析、辨析体制、评价作品的批评功能。李梦阳的"格调"说也是在"调"的基础上建构起来的,他提出作诗有七难:"格古、调逸、气舒、句浑、音圆、思冲"③,并将"格古""调逸"置于七难之首,他在给何景明的信中明确表明了自己的"格调观":"高古者格,宛亮者调",其格调观显然有了较为明确的审美取向。在李东阳的"格调说"中,"格"与"调"是较为客观的、表述较为中立的范畴,"调"就是指诗歌中所表现出来的音乐性,"格"主要指"时代体制及风格",它通过"调"来体现,而李梦阳在"格调"范畴的起点就有了审美倾向性:"格"是一种"高古"之风格,"调"指"宛亮"之调。李梦阳与何景明曾作书往复论争,除了"守法"与"泯迹"之争外,另外一个争论的重心就是关于诗"调"之争,李梦阳主张"宛亮",何景明主张"俊亮"。那"宛亮之调"与"俊亮之调"到底有什么不同呢?在李梦阳看来,"俊亮之调"是一种类似于孔子所说的"郑声",亮丽浓俗,沾有近人的习性,音调因张扬个人之才而不柔澹、沉着、含蓄,显得薄俗而不典厚。李梦阳认为声不古则心不古,心不古则格不古,他不能容忍何景明的"俊亮"之调,写信与何景明论诗,欲以"柔澹、沉着、含蓄、典厚诸义"进规于何景明,救其俊亮之偏。从李梦阳的言论中,我们可以看出,它确实是从声调角度来谈何景明诗作缺点的,然而他所使用的概念比如"柔澹""沉着""含蓄""典厚",又显然是属于美学范畴的。所以从一开始,李梦阳的"格调"观就有着浓厚的美学意味。

面对李梦阳的批评,何景明则很不服气,回书加以辩驳,言辞宏肆,其云:

---

① 李梦阳.缶音序 [M]//李梦阳.空同集:卷五十二.清文渊阁四库全书补配清文津阁四库全书本.
② 李梦阳.潜虬山人记 [M]//李梦阳.空同集:卷四十八.清文渊阁四库全书补配清文津阁四库全书本.
③ 李梦阳.潜虬山人记 [M]//李梦阳.空同集:卷四十八.清文渊阁四库全书补配清文津阁四库全书本.

空同贬清俊响亮，而明柔澹沉着含蓄典厚之义，此诗家要旨大体也。然究之作者命意敷辞，兼于诸义不设自具。若闲缓寂寞以为柔澹，重浊剸切以为沉着，艰诘晦塞以为含蓄，野偃辏积以为典厚，岂惟缪于诸义，亦并其俊语亮节，悉失之矣！①

在这里，何景明将李梦阳所说的"柔澹""沉着""含蓄""典厚"之义理解为某种风格而非音调表现，他认为这些风格自然而然存在于作者的命意敷辞之中，如果刻意从声调上追求来营造这些风格，则会造成以闲缓寂寞之调以为柔澹，重浊剸切之调以为沉着，艰诘晦塞之调以为含蓄，野偃辏积之调以为典厚的结果，这样不但营造不出这些风格来，而且连俊亮之调也没有了，十分不可取。何景明如此反驳李梦阳，但并不意味着他不重"调"，相反，何景明同样是十分注重诗歌的音乐性的。他这样评价李梦阳的诗作：

夫意象应曰合，意象乖曰离，是故乾坤之卦，体天地之撰，意象尽矣。空同丙寅间诗为合，江西以后诗为离。譬之乐，众响赴会，条理乃贯；一音独奏，成章则难。故丝竹之音要眇，木革之音杀直。若独取杀直，而并弃要眇之声，何以穷极至妙，感情饰听也？试取丙寅间作，叩其音，尚中金石；而江西以后之作，辞艰者意反近，意苦者辞反常，色澹黯而中理披慢，读之若摇鞧铎耳。②

在何景明看来，李梦阳诗作的问题出在"意"与"象"的相合程度上，但其评价的落脚点却落在作品音乐性的美学效果上，这种逻辑关系虽然有点奇怪，但想来也有一定道理：李梦阳丙寅间的诗作，从追求高古之格出发，喜用木革之雅音，但因能调动各种表现手法达到"意""象"相合，故而八音兼具，众调赴会，咏之铿铿，有金石声。而赴任江西以后的诗作，何景明认为作意浓厚，

<hr/>

① 何景明. 与李空同论诗书［M］//郭绍虞. 中国历代文论选：第三册. 上海：上海古籍出版，1990：37—38.
② 何景明. 与李空同论诗书［M］//郭绍虞. 中国历代文论选：第三册. 上海：上海古籍出版，1990：37.

以致于辞艰意苦，"意""象"相离，不生动；在音调上则表现为一音独奏，独取杀直沉闷之音，不能众响赴会，故读之散漫不亮。对于李何二人的诗调之争，胡应麟看得很清楚，他说："律诗全在音节，格调风神尽具音节中。李、何相驳书，大半论此。所谓俊亮沉着，金石鞭铎等喻，皆是物也。"（《诗薮》内编卷五）

何景明不但十分重视诗歌的音乐性，而且也把它当作诗之本体，诗之本色所在。基于此，他对杜甫颇有异议，他在《明月篇序》中云：

> 仆读杜子七言诗歌，爱其陈事切实，布辞沉着，鄙心窃效之，以为长篇圣于子美矣。既而读汉、魏以来歌诗及唐初四子者之所为而反复之，则知汉、魏固承《三百篇》之后，流风犹可征焉；而四子者虽工富丽，去古远甚，至其音节，往往可歌。乃知子美辞固沉着，而调失流转，虽成一家语，实则诗歌之变体也。①

何景明拿初唐四子与杜甫加以比较，在艺术成就上，初唐四子也许没有杜甫高，但是从源头上来说，音乐性是诗歌的本质规定，是诗歌这一文类体制决定性因素之一，无论是风人之诗，还是文人之诗，"音乐性"都是相当重要的，这是自"三百篇"以来就确立的诗歌传统。汉魏古诗承风诗一脉，故流风犹在，到唐初四子之诗，虽未完全脱离南朝诗风的影响，但是音节多有可歌；而杜甫，用辞固然沉着，但他喜欢"语不惊人死不休"，讲求锻字炼句，作意渐浓，且常逆自然之声畅，偏爱倒插之法，有意造成陌生化效果，所以在"声"与"调"上都不以顺畅为目的，这在何景明看来就失于流畅宛转，显然不合诗歌的声调传统。所以，从诗之声调应自然、顺畅、宛转的角度来看，何景明认为杜反不如四子。

"前七子"宗主李、何二人如此，其他人亦如此。比如徐桢卿，也尊崇"诗三百"传统，认为音乐性是诗能感动天地人神的根本，只不过在重音乐性的同时，他更认为"情感"是诗歌音乐性的内在质素，其云："诗者，所以宣玄郁之思，光神妙之化者也。先王协之于宫徵，被之于簧弦，奏之于郊社，颂之于宗庙，歌之于燕会，讽之于房中。盖以之可以格天地，感鬼神，畅风教，通世情。

---

① 何景明.大复集：卷十四［M］.明嘉靖刻本.

此古诗之大约也。"(《谈艺录》)又云:"及夫兴怀触感,民各有情。贤人逸士,
呻吟于下里;弃妻思妇,歌咏于中闺。鼓吹奏乎军曲,童谣发乎闾巷,亦十五
国风之次也。"(《谈艺录》)

"后七子"同样十分重视诗歌的声调,谢榛犹在声调上用力,为此,他曾遭
清人的批评,吴乔曰:"茂秦屡诲人以悟,然其所云悟,特声律耳"①;贺裳曰:
"谢茂秦论诗,不顾性情义理,专重音响"②。事实确实如此,他在《四溟诗话》
中谈声论调之言比比皆是,如:

> 凡起句当如爆竹,骤响易彻;结句当如撞钟,清音有余。郑谷《淮上
> 别友》诗:"君向潇湘我向秦。"此结如爆竹而无馀音。(《四溟诗话》卷
> 一)
> 夫平仄以成句,抑扬以合调。扬多抑少则调匀,抑多扬少则调促。
> (《四溟诗话》卷三)
> 诗至三谢,乃有唐调;香山九老,乃有宋调;胡、元诸公,颇有唐调。
> (《四溟诗话》卷一)
> 唐人歌诗,如唱曲子,可以协丝簧、谐音节。晚唐格卑,声调犹在。
> (《四溟诗话》卷一)

"后七子"宗主王世贞、李攀龙也十分注重诗歌的音乐性。王世贞主要以
"声调"论歌行,其云:

> 歌行有三难:起调一也,转节二也,收结三也。惟收为尤难。如作平调,
> 舒徐绵丽者,结须为雅词,勿使不足,令有一唱三叹意。奔腾汹涌,驱突而
> 来者,须一截便住,勿留有馀。中作奇语,峻夺人魄者,须令上下脉相顾,
> 一起一伏,一顿一挫,有力无迹,方成篇法。(《艺苑卮言》卷一)

① 吴乔.围炉诗话:卷六[M]//郭绍虞,编选.富寿荪,校点.清诗话续编.上海:上
海古籍出版社,1983:683.
② 贺裳.载酒园诗话:卷一[M]//郭绍虞,编选.富寿荪,校点.清诗话续编.上海:
上海古籍出版社,1983:267.

在王世贞看来，歌行起、转、收的关键都在"调"，并总结出了具体的方法。他也多从"调"的角度评价诗人的创作，以声调顿挫抑扬称人，又以声调不谐贬人，如：

> 摩诘七言律，自《应制》《早朝》诸篇外，往往不拘常调。……凡为摩诘体者，必以意兴发端，神情傅合，浑融疏秀，不见穿凿之迹，顿挫抑扬，自出宫商之表可耳。（《艺苑卮言》卷四）
>
> 顾华玉才华在朱、郑之上，特以其调少下耳。（《艺苑卮言》卷六）

李攀龙选编《古今诗删》，对诗歌声调的要求也是相当严格，并作为区别不同诗歌体式的一个重要原则，由此，他断然下一定语："唐无五言古诗而有其古诗，陈子昂以其古诗为古诗，弗取也。"① 引起轩然大波，此后争议不断。李攀龙将唐五古与汉魏五古严格区分开来的一个重要原因，就是认为唐人五古在声调上受到了近体诗的影响，声律和谐，平仄有则，作意较浓，与汉魏时诗歌声调纯任自然而相合有一定距离。许学夷对李攀龙不选陈子昂《感遇》诗是这样分析的："子昂《感遇》虽仅复古，然终是唐人古诗，非汉、魏古诗也。且其诗尚杂用律句，平韵者犹忌上尾。"② 屠隆说他选唐诗是"止取其格峭调响类己者一家货，何其狭也！"③ 可见，"声调"是影响李攀龙选唐诗的一个重要因素。

李东阳关于诗歌之"调"即诗歌音乐性的强调，在七子派这里得到了高度认同。不过，李东阳关注的主要是时代之调，时代之调生产时代之格，有什么样的时代之调，诗歌就有什么样的时代风格。而因时代盛弱的气象不同，这种

---

① 李攀龙. 选唐诗序 [M] //李攀龙. 沧溟集：卷十五. 清文渊阁四库全书本.

② 许学夷. 诗源辩体：卷十三 [M] //周维德，集校. 全明诗话. 济南：齐鲁书社，2005：3264. （本书所引许学夷所论均出自《诗源辩体》）许学夷（1563—1633），字伯清，明南直隶常州府江阴县人。著有《诗源辩体》。他不苟同于当时流行的公安派与竟陵派的诗论，云："独袁氏、钟氏之说倡，而趋异厌常者不能无惑。"主张"诗有源流，体有正变"，强调要辨别体制，爱以"体制声调""气象风格"论诗，与七子派"格调"论相接近。许学夷推崇汉魏古诗和盛唐近体，诗歌宗尚与七子派也大致相同。他未加入七子派，不是七子派成员，但论诗常在王世贞、李攀龙、胡应麟等人的诗论上加以阐发。所以在本书中，将许学夷视作为七子派的同道。

③ 屠隆. 论诗文 [M] //屠隆. 鸿苞集：卷十七. 明万历三十八年刻本.

时代风格也有品格高低的。他并没有明确地宗尚某个时代之格，但是从他对唐调的推崇中，可以从逻辑的角度推断出他欣赏唐诗的体制与风格。而唐诗的风格也因初、盛、中、晚时代之调的不同而各有不同，仅说唐代之"格调"，还显得十分笼统，只能与宋元诗的格调区分开来。李梦阳对于李东阳较为笼统无明确审美价值取向的"格"与"调"的含义进行了规定："高古者格，宛亮者调"，这意味着李梦阳的格调观中，既有着李东阳的时代格调的因子，又有着美学取向。这种格调观，决定了七子派格调观宗古的基调，此后在"格调理论"不断发展的过程中，逐渐成为七子派分析文本，确立第一义作品作为师法对象的最为重要的评价标准。

（二）重情

除了重视诗歌的音乐性——调，七子派格调理论中的"情感"因素也开始加重。"格调理论"不断充实着新的内涵，进行着自身理论建构。情感因素从李梦阳始而一以贯之，成为七子派格调理论的重要方面。李梦阳提出："夫诗有七难：格古，调逸，气舒，句浑，音圆，思冲，情以发之。七者备而后诗昌也。"七难之首虽在格调（句与音也都属于格调范畴），但无论是格、调、气、思，归根结底都是"情"以发之，情感是基础。可见，李梦阳虽与李东阳一样，把"调"——音乐性当作诗歌的本质规定性，但同时将"情"提到了与"调"同样重要的地位，"情"与"调"共同成为诗歌的本体。这种观念其实在《礼记·乐记》中就已提出："凡音之起，由人心生也。人心之动，物使之然也，感于物而动，故形于声。"感物而形声，中间的过程是：心感物而生情，情则形于声，声音表现情感。情感与声音二者是一体的，情感是声音的内在要素，声音是情感的外在的呈现方式，情发处便形于声，情声合一。有什么样的情感生发就有什么样的声音表现："是故其哀心感者，其声噍以杀；其乐心感者，其声啴以缓；其喜心感者，其声发以散；其怒心感者，其声粗以厉；其敬心感者，其声直以廉；其爱心感者，其声和以柔。"[①]

"声（调）情合一"的观点在《诗大序》（即《毛诗序》）与钟嵘的《诗品序》中也多次被强调。《诗大序》云："诗者，志之所之也。在心为志，发言为诗，情动于中而形于言，言之不足故嗟叹之。"《诗品序》云："气之动物，物

---

① 郭绍虞. 中国历代文论选：第一册［M］. 上海：上海古籍出版社，1990：61.

之感人，故摇荡性情，形诸舞咏。"无论从哲学角度把情感的本源归结为"心"
"志"还是"气"，但是诗的起点是"情"，情之动，形于声，声成文，则有诗，
这就是情、声、诗三者之间的关系。李梦阳的《结肠操谱序》中关于"情"与
"声"的关系的理解，就是对以上声情关系具体而到位的阐述，其云：

> 乃其为音也，则发之情而生之心者也。《记》曰："民有血气心知之性，
> 而无哀乐喜怒之常，应感起物而动，然后心术形焉"，是也。感于肠而起
> 音，罔变是恤，固情之真也。是故是篇也，鳌始鸣之琴也，泛弦流徽，其
> 声噍以杀也，知哀之由生也。比之五音黯以伤也，知其音商也。已而申奏
> 摛节，其声谌谌然，若痛而呻，若怨而吟，若雉雊于朝，鹤鸣在阴，其余
> 音则飒飒然。若欲诉而咽已，吐而中结也，斯楚之遗些也。①

李梦阳因内丧而作《结肠操》，陈鳌以琴声将其诗中的调音张扬出来，十分符合
他写诗时情感涌动的状态，以致他听陈生之谱时情感与琴声能相互呼应，不能
自已。

　　李梦阳在诗论中多次谈到"声情合一"的观点。在《鸣春集序》中云：
"窍遇则声，情遇则吟，吟以和宣，宣以乱畅，畅而永之，而诗生焉。故诗者，
吟之章而情之自鸣者也。"② 为什么李梦阳认为声情是合一、一致的呢？孔子曾
说过："有德者必有言，有言者未必有德。"指出言与情、性不相符的情况，言
有时是可以作伪的。孔颖达在疏《诗大序》时对此加以发挥，并论及情声关系，
云："音声能写情，情皆可见。……设有言而非志，谓之矫情，情见于声，矫亦
可识"③，结论就是音声写情，言、志虽可以作伪，但声、情是不可以作伪的。
李梦阳"格调说"中"情声合一"观与此观念相合，并在《林公诗序》中得到
表述："诗者非徒言者也，是故端言者未必端心，健言者未必健气，平言者未必
平调，冲言者未必冲诗，隐言者未必隐情。谛情探调，研思察气，以是观心，

---

① 李梦阳. 空同集：卷五十一 [M]. 清文渊阁四库全书补配清文津阁四库全书本.
② 李梦阳. 空同集：卷五十一 [M]. 清文渊阁四库全书补配清文津阁四库全书本.
③ 毛亨. 毛诗注疏：卷一一 [M]. 毛亨，传. 郑玄，笺. 孔颖达，疏. 清阮刻十三经注
　疏本.

无廔人矣。"① 关于情声二位一体的关系，前七子之一徐祯卿亦是如此认为，他在《谈艺录》中有一段表述与李梦阳的"声情合一"观互相辉映：

> 情者，心之精也。情无定位，触感而兴，既动于中，必形于声。故喜则为笑哑，忧则为吁歔，怒则为叱咤。然引而成音，气实为佐；引音成词，文实与功。盖因情以发气，因气以成声，因声而绘词，因词而定韵，此诗之源也。（《谈艺录》）

他认为无论是"贤人逸士，呻吟于下里"，还是"弃妻思妇叹咏于中闺，鼓吹奏乎军曲，童谣发乎闾巷"，都是兴怀触感，因情而发之声的。此后，"重情"成为七子派格调理论的重要内涵，"情"与"声"一样，成为诗的一个本质规定性，前后七子论诗、分析作品无不以"情"为准的。

（三）重"色"

七子派的格调理论，除了强调"声"，强调"情"，同样强调"色"。"色"是文学之"丽"的一个重要表征，指运用各种修辞手法创造出的形象世界，这些形象生动又意蕴丰富，而因为各种修辞和表现手法的运用，诗歌又显得文采斐然。具有自觉艺术精神的七子派对它自然十分重视。

《诗大序》云："情发于声，声成文谓之音（亦指诗）"，道出一个关于诗的真理："诗必有文"。诗之"文"在李梦阳看来即"比兴错杂，假物以神变者也"（《缶音序》），即是运用比兴等表现手法，将物象变成蕴含情意的生动形象，使诗歌绚烂而多彩，可见"文"就是诗歌之"色"的重要表现。李梦阳的"格调"说，从"调"出发，探调而谛情，诗因情因声而必有文色之美，"色"是继"声""情"之后，以李梦阳等人为代表的七子派对诗美表现的又一拓展，是对格调说内涵的又一次扩充。其实李梦阳在强调诗之"情"时，已经兼顾到"色"了，其云："夫诗有七难：格古，调逸，气舒，句浑，音圆，思冲，情以发之。七者备而后诗昌也。然非色弗神，宋人遗兹矣。故曰无诗。"在李梦阳看来，有情有声，有格有调，则诗昌，但诗要"入神"，则缺"色"不可，他评价宋诗如神庙上端坐的土木骸，除了认为宋诗因无情而不活外，也认为宋诗因

---

① 李梦阳.空同集：卷五十一［M］.清文渊阁四库全书补配清文津阁四库全书本.

无"色"而不生动。本于此，李梦阳对主理无调、缺情少色的宋诗进行了批评：

> 夫诗比兴错杂，假物以神变者也。难言不测之妙，感触突发，流动情思，故其气柔厚，其声悠扬，其言切而不迫，故歌之心畅，而闻之者动也。宋人主理作理语，于是薄风云月露，一切铲去不为。又作诗话教人，人不复知诗矣。诗何尝无理，若专作理语，何不作文而诗为邪?①

在李梦阳看来，有情有声有色，即是有格调，才符合他对于诗美的要求。对于诗必要有"色"，何景明与李梦阳的观点是一致的，何景明曾说："仆尝谓诗文有不可易之法者，辞断而意属，联类而比物也。"② 其中"联类而比物"即是李梦阳所说的"比兴错杂，假物神变"，何景明把它当作诗之不可易之法，由此可见他对诗之"色"的重视。

后七子中的谢榛十分注重诗之声调，但他同样也十分重视诗之"色"。他认为："凡作近体，诵要好，听要好，观要好，讲要好。诵之行云流水，听之金声玉振，观之明霞散绮，讲之独茧抽丝。此诗家四关。使一关未过，则非佳句矣。"（《四溟诗话》卷一）诵、听都属于声的方面，而"观"则属于"色"的方面，诗要观之明霞散绮，即形象丰富而又富于文采。李东阳所说的"具眼"之观，是通过观诗的体制与风貌，判断诗的时代所属，而谢榛之"观"，是指诗的"可观性"：诗歌形象是否生动丰富，文采是否烂然。王世贞也多从"声""色"方面论诗，他这样评价七言歌行：

> 七言歌行，靡非乐府，然至唐始畅。其发也，如千钧之弩，一举透革。纵之则文漪落霞，舒卷绚烂。一入促节，则凄风急雨，窈冥变幻。转折顿挫，如天骥下坂，明珠走盘。收之则如橐声一击，万骑忽敛，寂然无声。（《艺苑卮言》卷一）

---

① 李梦阳. 缶音序 [M] //李梦阳. 空同集：卷五十二. 清文渊阁四库全书补配清文津阁四库全书本.
② 何景明. 与李空同论诗书 [M] //郭绍虞. 中国历代文论选：第三册. 上海：上海古籍出版，1990：38.

王世贞认为唐人七言歌行，"色"则"文漪落霞，舒卷绚烂"，"声"则更是变幻多端，各有其妙，故而冠绝古今。又如谈七言律："五言律，差易得雄浑，加之二字，便觉费力。虽曼声可听，而古色渐稀。"（《艺苑卮言》卷一）从形象创造上谈七律之难作。自入明以来，前后七子们批评宋诗的声音就没间断，原因就在于其主理，主理则少情，少调，少比、少兴、少象，意即少"色"。

可见，自前七子始，七子派就确定了"格调理论"的基本内涵，调（声）、情、色兼具，同等重要。七子派将调、情、色作为诗之为诗的体制规定性要素，并作为诗歌文本分析、批评的重要标准。

二、七子派"格调理论"的发展

李梦阳的"格调"观奠定了七子派"格调理论"的基本内涵：格高古，调宛亮，有声、有情、有色。在此思想指导下，"前七子"确立了古人诗歌创作的经典：汉、魏、盛唐诗。李梦阳后，格调理论继续发展。李东阳最初的"格调说"更重"调"，李梦阳在认为"声"为诗之本体的同时，声之源——"情"的地位被他勾连起，将情、声一体化，"情"与"声"同为诗之本体，而且他所说的"情"更多是一种不含个人之才的"风人之情"。徐桢卿与李梦阳一样是非常重视"情感"对于诗歌的重要性的，其云："大抵诗之妙轨，情若重渊，奥不可测"（《谈艺录》），"夫情能动物，故诗足以感人。荆轲变徵，壮士瞋目；延年婉歌，汉武慕叹。凡厥含生，情本一贯。"（《谈艺录》）但相比于李梦阳，徐桢卿论诗将"情"的地位进一步提升。

情是声的内在要素，情动自然发之于声，这是不证自明的真理。在徐桢卿看来，"声""调"固然非常重要，但"情"更应成为诗歌最本质的规定性，他甚至提出"因情立格"的观点来，其云："夫情既异其形，故辞当因其势。譬如写物绘色，倩盼各因其状；随规逐矩，方圆巧获其则。此乃因情立格，持守圜环之大略也。"（《谈艺录》）此"格"指"体制"，徐桢卿认为诗歌因情而发，有与情相应的体制，主要表现在语辞及各种表现方法的运用上，并由此形成诗歌的体貌，其云："勖励规箴，婉而不直；临丧挽死，痛旨深长。杂怀因感以咏言，览古随方而结论。……此诗家之错变，而规格之纵横也。"（《谈艺录》）徐桢卿的这种"因情立格"观是李东阳"因调立格"、李梦阳"声情立格"观的进一步发展。在声与情之间，他将音乐性视为诗歌的天然规定性，进而突出"情"，突出情感对于诗之"风貌"与体制的决定作用。徐桢卿与李梦阳并没本质冲突，他所说的"情"与"风人之情"一样，仍是出自于自然，出自风人之心，但是受吴地重个人才性思想的影响，他所说之"情"加进了文人式的个体情感因素。其云：

> 命辞慷慨，并自奇工。此则深情素气，激而成言，诗之权例也。（《谈艺录》）
> 朦胧萌坼，情之来也；汪洋漫衍，情之沛也；连翩络属，情之一也。驰轶步骤，气之达也；简练揣摩，思之约也，颉颃累贯，韵之齐也；混沌贞粹，质之检也；明隽清圆，词之藻也。（《谈艺录》）

这里的"情"所包含的文人个体性因素是很多的，谈"情"时他谈到的与之相关的"思""韵""辞"等，都涉及个人的创作个性、才情。因此，徐桢卿所说之"情"与李梦阳所说的"风人之情"有一定程度上的差异。

李梦阳的"格调"说认为诗歌应从情、调、色入手，创造一种"高古之格、宛亮之调"的美。七子派所推崇的汉魏古诗，包括乐府诗与文人古诗，在李梦阳及其他七子派成员看来，文人古诗虽为文人所作，但能与乐府诗一样承"诗三百"之风人一脉，以真情为本，毫无作意。对于近体来说，盛唐之诗虽为文人之诗，但亦承"三百篇"之风人传统，创造出以人工而入化境的作品。所以汉魏古诗、盛唐近体，因其真情、真声、华色而形成的"高古宛亮"的格调，成为七子派的最高审美理想，因而是最经典、最优秀的诗歌创作。按照李梦阳的逻辑，想要创造出汉魏盛唐那样的诗，就要以风人之心、风人之情写诗。许学夷就认为"诗三百"，并不是风人所作之诗，而是文人以风人之心、之情所创造的诗，其云：

> 朱子于变风如怀感者，必欲为其人之自作，则于理有难从；于正风如感怀者，亦欲为其人之自作，则于实有难信。按，春秋战国，妇人歌诗，体多平直而文采不完。正风如……虽皆本乎自然，而体制可法，文采可观，非文人学士，实有未能，而谓后妃以及士庶之妻逮于女子媵妾无不能之，

则予未敢信也。冯谓成谓："文人学士借里巷男女为言。文人学士，民之表也，览其诗而民风可具见也。"（《诗源辩体》卷一）

徐桢卿提出"因情立格"，此"情"固然以风人之心发之，但个人才情已经显露。从李梦阳对何景明的"俊亮"之调的批评中，可以看出李梦阳对个体才情的张扬已表示出不满，认为这样会导致"作意"，从而影响情感自然的发抒，这是李、徐之间的主要差别。不管徐桢卿怎样努力去除身上的吴地文人习气，向李梦阳靠拢，但吴地文化仍然会不时对他产生影响，有时会不自觉地张扬个体才情，不能做到与风人完全同化。李梦阳就曾对他提出批评："今足下忘鹤鸣之训，舍虞、周赓和之义弗之式，违孔子反和之旨，而自附于皮、陆数子，又强其所弗入，仆窃谓足下过矣。"① 在为徐桢卿的《谈艺录》作序时，徐氏虽已逝，李梦阳对他仍有批评之言："《谈艺录》备矣，夫追古者未有不先其体者也，然守而未化，故蹊径存焉。"② 《谈艺录》基本体现了七子派的宗古思想，李梦阳所说的"守而未化"当是指徐氏未与古人之心同化，未与风人之情同化，个人性的才情还是较为突出。徐桢卿的"格调"观充实了七子派的"格调理论"，并在胡应麟与许学夷那里得到更多共鸣。不过"声"（调）、"情""色"始终是七子派格调理论的核心。

"格调理论"发展到"后七子"这里，又有新的变化。

后七子中，李攀龙完全接受了李梦阳的格调理论，无论是选诗还是自己的创作，都是如此。王世贞论诗与创作也都遵循李梦阳的格调理论，但他在四十岁之前写的《艺苑卮言》中有一则关于"格调"的表述："才生思，思生调，调生格。思即才之用，调即思之境，格即调之界。"（《艺苑卮言》卷一）与李梦阳的"格调观"比照来看，王世贞虽亦以"格""调"为本，但已经有很大变化，不过也就仅此而已，他并未对此论展开讨论，但这种格调观念一直存在于王世贞的诗学思想中，他后期论诗不再仅仅局限于"格调"，与此不无关系。"格调理论"是七子派进行诗歌复古大业的理论根据，但对于学习者来说，七子

---

① 李梦阳. 与徐氏论诗书［M］//李梦阳. 空同集：卷六十二. 清文渊阁四库全书补配清文津阁四库全书本.
② 李梦阳. 徐迪功集序［M］//李梦阳. 空同集：卷五十二. 清文渊阁四库全书补配清文津阁四库全书本.

派又强调创作要拟古，约束了创作者个人的才性，遭到了公安派的激烈批评。王世贞本人在与李攀龙共主文盟时，宗古、拟古思想是坚定而无通融的，但这一则诗话却预示着其后来的文学思想会有变化，在李攀龙去世，王世贞独擅文盟且归居吴地之后，这种变化表现得较为明显。下面来分析一下王世贞这一则诗论："才生思，思生调，调生格。思即才之用，调即思之境，格即调之界。"

王世贞继承了从李东阳到李梦阳以来的格调理论，强调诗歌的音乐性，在"格"与"调"中，他突出了"调"，强调了"调"对于"格"的重要意义："调生格"。强调音乐性对于诗歌体制与风貌的决定作用，这一点在《艺苑卮言》中有多处表现，前面已举出不少例子。然而"调生格"并不是一个孤立的命题，它的前提是："思生调"，而又"才生思"，这就是说，"调"又是由"才""思"生成的，"才""思"便非风人属性了，而是文人个体创作才性方面的因素了。与徐桢卿的学文经历基本相似，王世贞亦为吴地之人，也是入仕之后与李攀龙相倡诗社，并服膺于"当代李梦阳"——李攀龙。尽管他自己也是七子派宗主，完全信奉李梦阳和李攀龙的宗古理论，但是吴地文化的影响仍是潜在的，其诗论中关于格调理论的完整表述虽仅此一次，但毕竟意味着七子派的"格调说"在此发生了变化。"格调"是一个审美范畴，通过审诗之"情""调""色"之美来确立诗歌创作的经典——最有"格调"的作品，并以之作为明人创作学习的典范。所以这些为创作而寻找到的"典范"实际上不仅是遵循诗之基本法则的典范，同时也是美的创造的典范，它们最开始是作为审美对象进入到七子派的批评视野中的。明代诗学在"文学经典意识"之下转向，已经决定了"格调理论"是一种审美鉴赏理论，具有分析文本内容与形式的美的规律的批评功能，并非创作理论，"格调"是审美范畴而非创作范畴，然而它们在王世贞这里却做了一个短暂转向。

作为经典的诗歌创作，它们一方面确立了"诗"这一文类的根本规定性，同时也为这一文类确立了一些基本的表现原则；而且"诗歌"这一文类又有古体与近体、有三至七言的具体体式，各种体式又有不同的具体法则，它们被七子派抽绎出来，作为创作所应遵循的原则与方法。适当地遵循这些经典创作所显示出来的具体创作方法本来也没有多大问题，而一旦学习者在创作中囿于这些法则，尺尺寸寸之，他们的创作才思实际上被很大程度地束缚了，因此造成了一些流弊。针对这种情况，王世贞将"格调说"转向创作，试图对这一流弊能有所矫正。王世贞的"格调"说从创作角度来谈格调，他认为作品的格调是由创作主体的才思决定的，包括先天之才和经过努力学习而取得的后天之才，这两方面的才能共同作用形成创作主体的创作之思，即创作个性，这就是"才生思"的含义。而创作主体的创作个性就包括主体创作时的情感状态，进而决定了其创作用字之调，再进而决定其创作风格与创作风貌，即"思生调""调生格"。这就是王世贞的格调理论，并没有太多的玄念，比如王世贞说："吴明卿才不胜宗，而能求诣实境，务使首尾匀称，宫商谐律，情实相配。子相自谓胜吴，默已不战屈矣。"（《艺苑卮言》卷七）吴国伦与宗子相才各不同，因而形成了不同的创作个性及创作风格和创作体貌。与宗子相相比，吴国伦才力稍小，但他能因才而思，形成"求诣实境，务使首尾匀称"的创作个性，形成"宫商谐律，情实相配"的创作风格，取得了甚至高于宗子相的创作成就。所以，王世贞认为，只要很好地发挥个人的才思，就能取得较高的创作成就，了解这一点，就可以了解为什么王世贞身为七子派的宗主，宗古大旗的坚定旗手，却屡屡有不满拟古的言论，比如"剽窃模拟，诗之大病"。（《艺苑卮言》卷四）讽刺李梦阳："近日献吉'打鼓鸣锣何处船'语，令人一见匿笑，再见呕哕，皆不免为盗跖、优孟所訾。"（《艺苑卮言》卷四）甚至对李攀龙也颇有微词："于鳞拟古乐府，无一字一句不精美，然不堪与古乐府并看，看则似临摹帖耳。"（《艺苑卮言》卷七）而这种批评言论在李梦阳、李攀龙那里几乎是看不到的。

　　王世贞从创作角度谈"格调"而对模古有所批评，但并没有改变七子派格调理论的基本内涵，他本人的诗学实践也都严格恪守格调论中的宗古思想，要求"抑才以就格，完气以成调"。① 不过，王世贞的格调理论向创作角度的短暂转向，在胡应麟那里产生了回应，胡应麟重新从审美的角度丰富了七子派格调理论的内涵，但也对显示了一定个人才性的文人之诗从美的角度加以肯定。王世贞的格调说将创作主体的地位加以表出，肯定了创作主体的才思，肯定了主体的创作个性。形成创作个性的主体之才是由多方面的因素共同塑造的：包括个人的性格、学识、艺术实践、艺术趣味、生活经历等，对于处于某个时代中的个体文人来说，他在长期的艺术实践中形成的艺术趣味是其创作个性的重要组成部分，它对于"格调理论"的意义是：同为创作与审美主体的文人，将从

---

①　王世贞. 沈嘉则诗选序［M］. 弇州山人四部稿续稿：卷四十. 清文渊阁四库全书本.

创作中得到的"趣""味""韵"的实际经验，挪移到诗歌审美实践中，使得审美内容更加丰富，不限于作品的情感、声调、体制、风貌，更能欣赏与品味到由这些情感内容与声调、体制、风貌等形式因素共同作用而产生的"神"与"韵"，体验到汉魏盛唐诗中更多的美。这便是王世贞创作论角度的"格调理论"对七子派审美"格调理论"的建构与发展的意义。

格调派理论发展到此，内涵基本完善，只需加以总结了，这一任务是由七子派格调理论的集大成者胡应麟来完成的。胡应麟的"格调理论"浓缩为几个概念的组合"体格声调，兴象风神"，其具体表述来自下面这一则诗话：

> 作诗大要不过二端，体格声调，兴象风神而已。体格声调有则可循，兴象风神无方可执。故作者但求体正格高，声雄调鬯；积习之久，矜持尽化，形迹俱融，兴象风神，自尔超迈。譬则镜花水月，体格声调，水与镜也；兴象风神，月与花也。必水澄镜朗，然后花月宛然。（《诗薮》内编卷五）

从这则诗话中我们可以看出，胡应麟一方面集明代前中期格调理论之大成，同时上接严羽的"兴趣"及"入神"之说，两相糅合，将王世贞转向创作论的格调说重新拉回审美维度。

胡应麟的"格调理论"集此前格调理论之大成。

先看"体格声调"。首先，胡应麟继承传统的格调内涵：包括体制、风貌及声调，重点在于"声调"。从李东阳以来到前后七子都十分重视声调，重视诗歌的音乐性，胡应麟论诗亦是如此，他论各体诗、各代诗的一个基本出发点就是从诗歌之"调"着眼。其论古诗云：

> 古诗自有音节。陆、谢体极俳偶，然音节与唐律迥不同。唐人李、杜外，惟嘉州最合。襄阳、常侍虽意调高远，至音节时入近体矣。（《诗薮》内编卷二）

> 六朝歌行可入初唐者，卢思道《从军行》，薛道衡《豫章行》，音响格调，咸自停匀，体气丰神，尤为焕发。（《诗薮》内编卷三）

论律诗："律诗全在音节，格调风神尽其音节中。"胡应麟认为音乐性即音节、调是古诗、律诗的本质，是诗所以为诗的体制上的规定性之一，且音乐性不但决定诗歌的体格风貌，也决定诗歌的神韵及品格高低。在他看来，李何书信往来，反复争论的主要方面就是在于"音节"，即"调"。

其次，综合李东阳的时代格调说，认为不但声调决定诗歌品格的高低，时代之格也决定诗之品格的高低。胡应麟有一处论到诗歌的发展史，曾经持"代降论"的观点：

> 四言变而《离骚》，《离骚》变而五言，五言变而七言，七言变而律诗，律诗变而绝句，诗之体以代变也。《三百篇》降而《骚》，《骚》降而汉，汉降而魏，魏降而六朝，六朝降而三唐，诗之格以代降也。（《诗薮》内编卷一）

胡应麟认为"诗之体以代变，诗之格以代降。"格之降源自于体之变，体从四言变而《离骚》，变而五言，变而七言，又变而律诗，又变而绝句，而诗之格则一代不如一代。胡应麟此处所说的"格"，当然有因体式不同而不同的体制风貌的因素，但主要是指诗之品格，诗之品格因体制变化而有高低。而诗之"体"变，原因在于"调"之变，从"《三百篇》降而骚，《骚》降而汉，汉降而魏，魏降而六朝，六朝降而三唐"，声调一变再变，离自然之音也越来越远，作意越来越浓。自然之音优于人工作意之调，是七子派乃至任何一个论诗者都认同的观点，以此逻辑来推，自然是诗之体代变，而诗之品格代降了。但这只是一个以"音乐性"的自然与否为逻辑起点推断出来的一个结论，并不能就因此说胡应麟就持"诗格代降论"的观点了。如果持此论，一旦按此逻辑来加以推断，那明代则是最近的朝代了，是否其诗格就应是最卑下？这是明人绝对不承认的事情。

事实上，胡应麟并没有完全否定过任何一种诗体、任何一个时代的诗，因为胡应麟认识到历史是发展变化的，诗的发展亦是如此。他认识到每一种诗体出现的必然性及其在诗歌发展史上的地位："四言不能不变而五言，古风不能不变而近体，势也，亦时也。"（《诗薮》内编卷二）而且如果绝对地说"调"决定"格"，"调"之自然程度决定诗之品格，那么元人亦主调，亦多风人之致，为何格不高？李东阳说："宋诗深，却去唐远；元诗浅，去唐却近"，胡应麟亦云："宋主格，元主调。宋多骨，元多肉。"（《诗薮》内编卷二）认为"元人调颇纯"（《诗薮》内编卷六），但二人都认为元诗不足为法。李东阳云："顾元不可为法，所谓'取法乎中，仅得其下'耳。"（《麓堂诗话》）这又如何解释呢？原因就是蒙古族统治的元代，文化驳杂不纯，且国运不昌，仅存九十余年，诗虽主调却有衰音，非中华纯粹之正调，故格卑。这就是胡应麟及七子派格调理论的另一个观点，即认为时代盛则时代格高，时代格高则该时代诗的品格就高。所以，即使是元诗主调，因时代之文化品格不高，诗格亦不高。而七子派们认为明代虽为当下朝代，但因其国力与文化强盛，因此明代就越宋元而上接汉唐，将明诗品格定位甚高。

明人的这种"时代格调观"及鸣盛心理在胡应麟的以下几则诗话中表现得充分无遗：

> 自《三百篇》以迄于今，诗歌之道，无虑三变：一盛于汉，再盛于唐，又再盛于明。典午创变，至于梁、陈极矣，唐人出而声律大宏。大历积衰，至于元、宋极矣，明风启而制作大备。（《诗薮》续编卷一）

> 王维气极雍容而不弱，李顾词极秀丽而不纤，此二君千古绝技。大历后风格旷废，至明乃一振之。（《诗薮》内编卷五）

> 古诗，杜少陵后，汉、魏遗响绝矣，至献吉而始辟其源；韦苏州后，六朝遗响绝矣，至昌穀而始振其步。故谓杜之后便有北地可也，谓韦之后便有迪功可也。（《诗薮》内编卷二）

一般情况下，时代之格高低，决定一个时代之调的宫商表现及优劣，在这个基本前提下，再考察诗歌具体之"调"，所以，无论从声调的角度和时代品格的角度来看，汉魏古诗与盛唐近体都足可称诗歌典范，从这两个方面论诗，分析确定作品优劣，充分体现了胡应麟及七子派日益成熟的文学经典意识。

再看兴象风神：首先看"兴象"。胡应麟的"兴象说"是对李梦阳格调论中"比兴错杂，假物神变"的"色"的内涵的发挥，也是对比兴传统及意象创造理论的继承。

李梦阳在唐宋诗的对比中认识到唐诗优于宋诗的关键在于唐诗"声""情"

"色"兼之，丰富的形象闪烁着丰富的色彩，声情的流动使得诗活起来，有声有色，诗才有文之华，才是美的。而诗之"色"的创造方式就是"比兴错杂，假物神变"，物因比兴转化为艺术形象，而非原来客观之物了。"色"即使用比兴方法创造出来的缤纷斑斓的形象世界，它由客观的物象世界和主体心目中的情意世界相接洽，通过比兴的艺术表现手段将物象转化成意象，即艺术形象，可称之为"比兴之象"。胡应麟对李梦阳的这一格调之"色"理论进行了继承与深化。胡应麟论诗非常重诗之"色"：

> 宋人学杜得其骨，不得其肉；得其气，不得其韵；得其意，不得其象，至声与色并亡之矣。如无己《哭司马相公》三首，其瘦劲精深，亦皆得之百炼，而神韵遂无毫厘。他可例见。（《诗薮》内编卷四）

与李梦阳的观点一样，胡应麟认为宋诗的失败不仅在于失"调"，同时亦失"色"，因为宋诗意深，意又不是寓于象中，而是靠议论发之，所以"声""色"并亡，何谈神韵？而汉魏古诗与盛唐近体成功的关键即在于"有声有色"：

> 古诗之难，莫难于五言古。近体之难，莫难于七言律。五十六字之中，意若贯珠，言如合璧。其贯珠也，如夜光走盘，而不失回旋曲折之妙；其合璧也，如玉匣有盖，而绝无参差扭捏之痕。綦组锦绣，相鲜以为色；宫商角徵，互合以成声。（《诗薮》内编卷五）

因为能相鲜为色，互合成声，所以汉魏古诗与盛唐近体诗意象丰富，情感流动，而又声调和谐，实在是非常完美，堪称经典。如果说"言如合璧"的美学效果得自于"声"，而"意若贯珠"的效果则得自于"象"。汉魏古诗与盛唐近体之所以高妙，在于其意不是如宋诗那样是靠"义"揭示的，而是靠"象"而内生的，即如严羽所说："唐人尚意兴而理在其中"。"象"则是以比兴方式创造的，《诗大序》中的"六义"说，早就指出了"诗三百"的创造方式乃为比、兴。比与兴的表现方式较为接近，在刘勰那里合为一个范畴"比兴"，实则仍是比、兴之义的综合。"比"为比物，"兴"则情以物而兴，无论是"比"还是"兴"，起点都在于"物"。

　　关于"比兴"，已经有很多相关的研究成果了，本文不再展开来谈。在此只强调一点，就是以比兴创造艺术形象的方式是最"诗性"的，所创造的形象是最有诗美的，因为以"比兴"作为诗歌的表现方式，其思维方式是以己度人的"类比思维"及物我同一的"整体思维"，不靠理性而是靠直觉、隐喻，将个人的情感世界与自然万物建立起一种关系。它是原始的，因而又是最诗性的，能沟通天地人神的。这就是古人为什么一再强调诗可以"惊天地、泣鬼神"的原因。从读者角度看，诗中人的情感世界与外物相对应，物因情感而变成"象"，情感因象而有文华，于是"情"与"物"都因诗性之文华而变成了审美的对象。所以，比兴传统历来为诗家所重，李梦阳将"比兴错杂，假物神变"看作诗"有此体，必有此法"的基本表现原则，而何景明亦将"比物联类"看作诗之不可易之法。

　　如果说，在"诗三百"时代，比兴而假之物实际上寄托了诗人或者风人的情感，是浸染着他们深厚情感之物，可称之为"喻象"，这可以概括"诗三百"及汉乐府诗这一风人一脉诗歌的形象创造。汉魏文人古诗也仍是以风人之心，以"比兴托物"的方式抒写着情感，但是随着人生经历的变化，文人情感中的认识与判断成分即"意"开始增加，他们在将这有着理性因素的情感以形象加以表现时，此形象在抒写情感的同时，也寄托着主体之情意，隐喻性的有所"兴寄"的情意成为形象所承载的主要内涵。这一变化，钟嵘已经看到并加以阐述，他在《诗品序》中这样说道："故《诗》有三义焉：一曰兴，二曰比，三曰赋。文已尽而意有余，兴也。因物喻志，比也。直书其事，寓言写物，赋也。"钟嵘的"三义说"，突出了言有尽而意有余之"兴"。关于比兴，刘勰曾有专篇讨论，但也显然对"兴"着墨甚多。刘勰《文心雕龙·比兴》篇云：

　　　　故"比"者，附也；"兴"者，起也。附理者切类以指事，起情者依微以拟议。起情故"兴"体以立，附理故"比"例以生。"比"则畜愤以斥言，"兴"则环譬以托讽。盖随时之义不一，故诗人之志有二也。
　　　　观夫兴之托谕，婉而成章，称名也小，取类也大。①

<hr />

① 刘勰. 文心雕龙今译［M］. 北京：中华书局，2011：324—326.

在刘勰看来，"兴"既可起情，亦可托谕。"观夫兴之托谕，婉而成章，称名也小，取类也大。"这其实已开启钟嵘的"文已尽而意有余"的"兴"之说。"兴"关于意而又超于意，"情"与"意"因感物而兴，因情而又生象，情因象尽而意又无穷，此意无尽之"象"已非单纯因"比"而显在的"喻象"，而是兴而隐之的"意象"。故胡应麟说："古诗之妙，专求意象"（《诗薮》内编卷一），此"意象"因情兴而创造出，称之为"兴象"更能显示诗歌自身的艺术特征，同时体现文人古诗对"诗三百"风人一脉传统的继承，因为"意"并非诗人所刻意追求的东西，它只是情的更深沉的表现而已。

最早提出"兴象"范畴并将之运用于诗歌批评的是唐代的殷璠。他在《河岳英灵集》中首次运用了"兴象"评孟浩然与陶翰的诗。评孟浩然诗云："浩然诗文彩丰茸，经纬绵密，半遵雅调，全削凡体。至如'众山遥对酒，孤屿共题诗'，无论兴象，兼复故实。"① 评陶翰诗云："既多兴象，复备风骨。"② 殷璠的"兴象"主要用于对作品中形象创造所蕴含的审美意韵的批评。他特地拈出的孟浩然的诗句："众山遥对酒，孤屿共题诗"，此联中有两个形象："众山""孤屿"。但他们不是简单的物象，它们是因"情"而兴之"兴象"，兴自于"乡园万余里，失路一相悲"的悲情，这是一种羁于逆旅，人生失意的悲情，作者将它转化为两个形象"众山""孤屿山"，这两个自然物象就因浸润了作者丰富的情感成为了艺术形象："兴象"或称"意象"。正是因为这两个形象是"兴象"，亦是"意象"，所以使得此诗的"格"甚高。而至胡应麟又拈出"兴象"这一范畴，既符合七子派格调理论的审美要求，又与殷璠的"兴象"说一脉相承。在殷璠那里，"兴象"还主要是从作者的创作角度谈的，到胡应麟这里，"兴象"转变成为审美范畴，因为它的目的不在于创作"兴象"，而在于发掘诗作中的"兴象"，审诗歌因多"兴象"而产生的"风神"之美。从这个角度而言，胡应麟拓展了七子派的格调理论。在胡应麟这里，情感通过比兴假物，先成为"兴象"，进而此"兴象"又变成可以开拓审美空间及兴发象外之象的"象"。

---

① 殷璠. 河岳英灵集：中"孟浩然"［M］. 四部丛刊景明翻宋本. 孟浩然的《永嘉浦逢子容》："逆旅相逢处，江村日暮时。众山遥对酒，孤屿共题诗。廨宇邻鲛室，人烟接岛夷。乡园万余里，失路一相悲。"
② 殷璠. 河岳英灵集：上"陶翰"［M］. 四部丛刊景明翻宋本.

胡应麟继承了唐以来的意境理论,认为作者所创造的"兴象"具有兴起读者之情进而兴起新的审美形象、开拓审美空间的功能,提出"兴象风神说",使得七子派的格调理论,不但能审内在的情感运动之美和外在的包括体制、声调、风貌、风格、品格的形式之美,还能延展审美空间,触及诗歌的最高境界:风神。至此,七子派格调理论发展成熟。

三、七子派文学经典意识凸显

从李梦阳到胡应麟,七子派的"格调理论"不断发展、充实、丰富,而同时,七子派的"文学经典意识"也不断突显。胡应麟的格调理论可以表述为"情声象神"。"情""声""象"(色)三要素,是自李梦阳以来就强调的诗歌经典必须具备的三要素,也是七子派对诗歌这一文类本质规定的基本认识,是七子派格调理论的核心。至胡应麟仍坚定地坚持此前七子派的格调理论,但其归结点与前后七子们已有不同。前后七子的格调理论在于分析文本的"情""声""象"(色),它们是评判诗歌作品"格调"的三个关键要素,亦是评判诗歌经典性的标准,目的在于评判诗的"品格"的高低,以确立具有最高"格调"的经典作品,作为时人学习师法的典范。在胡应麟这里,审文本之"情""声""象"(色)的目的,在于审作品之"风神",即审作品由"情""声""象"三者综合作用生发与开拓出来的"美"。其云:

> 初唐七言古以才藻胜,盛唐以风神胜;李、杜以气概胜,而才藻风神称之,加以变化灵异,遂为大家。宋人非无气概,元人非无才藻,而变化风神,邈不复睹。(《诗薮》内编卷三)

此风神之美包括神、韵、味,它们蕴于诗之形式要素与诗中的情感要素之中,但又超越它们,从而将格调理论从审具体之美拓展到审眼、耳无法具体感知的风神与韵味之美。胡应麟最终确立的不仅是诗歌创作的经典及创作应该师法的典范,更是最优秀的诗美典范,从而将李东阳以来的审美批评意味突出的"格调"范畴,彻底转变为审美批评范畴。以前七子派以"格调理论"指导创作的牵强与弱效性,主导了明中晚期的文学创作走向,造成了文坛严重模拟的局面。到胡应麟这里,七子派的诗歌研究与批评走向诗歌风神之美的把握,诗学彻底转向审美批评，确立最高审美经典。不过，胡应麟也不会放弃审美经典对于创作的典范性，但不再拘泥于具体之法的模拟，而是要求模拟经典之"风神"，即在证明诗歌的可师法性即典范性上，既保留形式法则的标准，但又上升到以形式法则的审美意义为标准，使得七子派的"文学经典意识"更加成熟。

胡应麟还从另一个方面拓展了七子派的"格调理论"，深化着七子派的文学经典意识。他吸收了王世贞格调论中的一些要素，承认诗人的才、思、气、骨即作者的个性、艺术趣味、艺术实践综合形成的创作个性会对作品的"风神"产生一定影响，"风神"一词最初的含义，本身就是相关于个人的个性气质的。一个人的风神，是由他的才性决定的，而作品的风神，一部分是由个人才思决定的，所以胡应麟论诗歌格调风神，也多与创作主体的"才""思""力""气""骨"同论，如：

> 建安首称曹、刘。陈王精金粹璧，无施不可。然四言源出《国风》，杂体规模两汉，轨躅具存。第其才藻宏富，骨气雄高，八斗之称，良非溢美。公干才偏，气过词；仲宣才弱，肉胜骨；……安仁、士衡，实曰冢嫡，而俳偶渐开。康乐风神华畅，似得天授，而骈俪已极。（《诗薮》内编卷二）
>
> 学五言律，毋习王、杨以前，毋窥元、白以后。先取沈、宋、陈、杜、苏、李诸集，朝夕临摹，则风骨高华，句语宏赡，音节雄亮，比偶精严。次及盛唐王、岑、孟、李，永之以风神，畅之以才气，和之以真澹，错之以清新。然后归宿杜陵，究竟绝轨，极深研几，穷神知化。五言律法尽矣。（《诗薮》内编卷四）

虽然胡应麟认为个体的才思会对诗歌的风神产生一定程度的影响，但要求创作主体的才、思、力、气不能显出作意，应融化于"风神"之中，方为创作的最高境界，也才能在作品中显示出"入神"之诗美，就如李杜诗一样。

自文人成为诗歌创作主体之后，承风人一脉当然是最理想的状态，但是文人毕竟不同于风人，他有着自觉的艺术个性，个人才思不仅会影响着诗之体格声貌，也会影响着兴象的创造，进而影响着诗之"风神"。作者才性有异，会影响诗之体格声貌，曹丕在《典论·论文》就早已认识到，其云："王粲长于辞赋，徐干时有齐气，……应场和而不壮，刘桢壮而不密。孔融体气高妙，有过人者，然不能持论，理不胜辞。"王世贞再次突出主体之才思对于作品格调的影响，但王世贞是从创作角度对创作主体提出的一个要求，而胡应麟则是从批评者的角度考察作品，对作品中所体现出来的主体才思加以重视。它将才思与个人的内在风神——力、气、骨联系在一起，考察其对诗歌的风神之美的创造的影响：

> 古诗轨辙殊多，大要不过二格。以和平、浑厚、悲怆、婉丽为宗者，即前所列诸家；有以高闲、旷逸、清远、玄妙为宗者，六朝则陶，唐则王、孟、常、储、韦、柳。但其格本一偏，体靡兼备，宜短章，不宜巨什；宜古选，不宜歌行；宜五言律，不宜七言律。历考前人遗集，靡不然者。中惟右丞才高，时能旁及；至于本调，反劣诸子。余虽深造自得，然皆株守一隅。才之所趋，力故难强。（《诗薮》内编卷二）

于是，胡应麟从内容与形式的美学意义出发，从"风神"的角度出发，确立汉魏盛唐的经典地位：

> 诗文固系世运，然大概自其创业之君。汉祖《大风》雄丽阔远，《鸿鹄》恻怆悲哀。魏武沈深古朴，骨力难侔。唐文绮绘精工，风神独畅。故汉、魏、唐诗，冠绝今古。（《诗薮》内编卷二）

此则诗论虽以创业之君定一个时代的格调，但仍是从诗之"风神"，即无与伦比的诗美表现力上来肯定汉魏唐诗冠绝古今的经典地位。

第二节 本色要求与体制之辨

自"格调理论"建构之初，七子派就将"调""情""色"作为诗之为诗的体制规定性要素，并作为诗歌文本分析、批评的重要标准。在"文学经典意识"的促进下，意味着七子派将会发展出强烈的辨体意识，进而在批评实践中进行体制之辨，以定诗歌之格调，这在何景明批评杜甫诗"调失流转"时已现端倪。

事实上，论诗讲究"格调"，从体制角度对作品进行辨析，确立其经典性，是七子派诗学活动中最重要的一项内容，一切经典作品都需要遵守的最基本要求就是体制规范，这涉及到一种文学样式最基本的规则，是一种文学样式区别于另一种文学样式的本质规定性，它是文学作品是否可以成为"经典"，是否具有"经典性"的首要条件。只有在严格遵守"体制"的基础上，其他的"兴象风神"之类才有谈论的基础。所以七子派特别强调"体制之辨"，而辨体意识的增强正是七子派"文学经典意识"深入发展的重要表现。

在批评实践中，"体制之辨"的理论根据是"格调理论"，但仅谈"格调"还不足以对作品进行严格的体制之辨。于是七子派拈出了另一个范畴——"本色"，形成了"本色说"，一方面丰富了"格调理论"，另一方面也体现了七子派"文学经典意识"的深化。

一、七子派"本色论"的形成

"本色"一词指与文学相关的内容，最早大概是在南北朝时期，将"本色"首先用于文学批评的是南朝时的刘勰，他在《文心雕龙·通变》中这样说道：

> 夫青生于蓝，绛生于蒨，虽逾本色，不能复化。桓君山云："予见新进丽文，美而无采；及见刘、扬言辞，常辄有得。"此其验也。故练青濯绛，必归蓝蒨，矫讹翻浅，还宗经诰。斯斟酌乎质文之间，而櫽括乎雅俗之际，可与言通变矣。①

此"本色"有两层含义，第一层是"本源的颜色"，即生青之蓝与生绛之蒨，第二层意思即由此引申而来，即文之丽美，必源自于"质"，在"质"的基础上发展形式之美才可自由驰骋于通变之间，既守本源，又能在艺术形式上有所变化，不过刘勰所说的本源之质乃为六经。刘勰首发之"本色说"，在很长一段时间并没有得到强烈的回应，直到宋代。宋人在探讨诗歌创作理论时，倒是常常使用"本色"一词，使得"本色"有了成为诗学范畴的可能性，如：

---

① 周振甫．文心雕龙今译［M］．北京：中华书局：2011：273.

退之以文为诗，子瞻以诗为词，如教坊雷大使之舞，虽极天下之工，要非本色。今代词手唯秦七、黄九尔，唐诸人不逮也。①

唐文人皆能诗，柳尤高，韩尚非本色。迨本朝，则文人多，诗人少。三百年间，虽人各有集，集各有诗，诗各自为体，或尚理致，或负材力，或逞辨博，少者千篇，多至万首，要皆经义策论之有韵者尔，非诗也。②

长短句当使雪儿啭春，莺辈可歌，方是本色。③

公季弟君泽游太学，早有声，诗文推本色。④

宋人使用"本色"范畴辨别体制，说明一些人其已有了辨体意识。而宋人中辨体意识最强的莫过于南宋的严羽。针对当时以文为诗、以理为诗、以议论为诗的倾向，严羽以"诗有别材""诗有别趣"说来区别诗与文这两种不同的文体，而且他认为想要找到"第一义"作品作为学习对象，也需要先辨其体制，其云："作诗必须辨尽诸家体制，然后不为旁门所惑。今人作诗，差入门户者，正以体制莫辨也。"（《沧浪诗话·答出继叔临安吴景仙书》）

宋人在使用"本色"进行诗文批评时，其含义与刘勰所使用的"本色"一词含义一样，都是从"本源颜色"申发而来，但与刘勰初步探讨文学自身规定性时将"经"与"质"视为诗文本源有所不同，此时，诗、文、词各种文学文类都已经成熟，且每种文类又发展出不同的体式。宋人尤其南宋人在批评"以文为诗"的倾向时，重视诗、文、词各文类不同的体制规定性，强调各体式文学体制的纯粹性。正是在这个意义上，陈师道说韩愈以文为诗，苏轼以诗为词，皆非本色。刘克庄批评宋诗以理为诗，以文为诗，非诗人之作，而是理学家、学问家之作。词由诗发展而来，但其形式规则与诗明显不同，更重要的是词讲求婉约："当使雪儿啭春，莺辈可歌"，而这是诗所忌避的"纤"。宋末的严羽更是从不同方面丰富了"本色"理论，使得诗歌体制的讨论落实到具体的"诗法"与体格之上，《沧浪诗话》云：

① 陈师道. 后山诗话［M］//王大鹏，等编. 中国历代诗话选. 长沙：岳麓书社，1985：268.
② 刘克庄. 竹溪诗序［M］//刘克庄. 后村集：卷九十四. 四部丛景部钞本.
③ 刘克庄. 翁应星乐府序［M］//刘克庄. 后村集：卷九十七. 四部丛刊景旧钞本.
④ 李养吾. 读叠山北行诗跋［M］//谢枋得. 叠山集：卷十六. 四部丛刊续编景明本.

诗道亦在妙悟。且孟襄阳学力下韩退之远甚，而其诗独出退之之上者，一味妙悟而已。惟悟乃为当行，乃为本色。（《沧浪诗话·诗辨四》）

须是本色，须是当行。（《沧浪诗话·诗法三》）

诗难处在结裹。譬如番刀，须用北人结裹，若南人便非本色。（《沧浪诗话·诗法一二》）

至明代，随着诗学逐渐转向，明人的文学经典意识开始突出，明人开始重视体制之辨。自李东阳始就已经十分强调"体制之辨"，他与严羽一样，首先都是强调"诗"与"文"体制的分别。其云：

诗与文不同体。昔人谓杜子美以诗为文，韩退之以文为诗，固未然。然其所得所就，亦各有偏长独到之处。近见名家大手以文章自命者，至其为诗，则毫厘千里，终其身而不悟。然则诗果易言哉？（《麓堂诗话》）

无论是杜甫以诗为文，还是韩愈以文为诗，在李东阳看来都是"失体"，诗与文的体制是显然不同的。他认为诗的本质规定关键在于诗有"调"，即可吟讽之音乐性，文的体制规则在于"言"，即记述、说理、言义，杜、韩二人于诗都有所失，以文为诗，毫厘千里。

从刘勰而来，宋人发展的"本色"理论在明人那里产生的影响表现在诗论与戏曲理论两个方面，在诗论方面承接这一理论的主要是七子派，从而发展出七子派的"本色理论"。从刘勰而来至宋人再到明代七子派，关于"本色"，基本内涵都是指某一文学样式应该遵守体制上的本质规定性，但关于"体制"的本质规定性的理解又有所不同。刘勰强调了源于六经的内容的重要性，宋人一是针对"理"，强调了"情"的重要性，二是区强调各种文类的文体要求，而明七子派的"本色理论"主要是后七子时代得以发展的，除强调诗歌的"声""情""色"之外，也强调诗歌的形式因素，包括语辞、风格、文体要求等。"声""情""色"是七子派"派格调理论"的基本要素，而其"本色理论"则在诗歌的形式因素上又加以开拓，从而丰富了"格调理论"，成为七子派"格调理论"的重要组成部分部分。是七子派分析作品经典性的重要依据，"本色"也成为七子派体制之辨时常常使用的重要范畴。

二、体制之辨与文学经典意识的深化

以"本色"为辨析诗歌体制的范畴，反映了七子派尤其是后七子强烈的辨体意识。"辨体意识"也是七子派"文学经典意识"的重要表现，早在何景明那里已有之，《海叟集序》云：

> 盖诗虽盛称于唐，其好古者，自陈子昂后莫若李、杜二家。然二家歌行、近体，诚有可法，而古作尚有离去者，犹未尽可法之也。故景明学歌行、近体，有取于二家，旁及唐初、盛唐诸人，而古作必从汉、魏求之。①

何景明认为唐代是诗的时代，大家频出，如李白、杜甫，其七言歌行及近体诗有很多优秀的创作，堪称典范，可以师法，但是其古诗创作相比于汉魏的古诗而言，体制还不够纯粹。所以何景明学诗，近体及歌行取于李、杜、唐初、盛唐诸人，而古作必学习汉魏古诗。后来李攀龙言"唐无五言古而有其古诗"与何景明此言是一个意思。在批评实践中，七子派竭力区分诗文的体制，强调诗文各自的本色，是基于宋人诗歌创作超越体制，别开门户以文为诗而导致诗歌散文化倾向及诗趣全无的教训。

"后七子"宗主王世贞在他的《艺苑卮言》及一些序文中，也多次使用"本色"范畴论诗、词、曲、书、画，如：

> 《花间》犹伤促碎，至南唐李主父子而妙矣。"风乍起，吹皱一池萍水"，关卿何事与？未若陛下"小楼吹彻玉笙寒"，此语不可闻邻国，然是词林本色。②

> 马致远《百岁光阴》，放逸宏丽而不离本色，押韵尤妙。长句如"红尘不向门前惹，绿树偏宜屋角遮，青山正补墙东缺"；又如"和露摘黄

---

① 何景明. 大复集：卷三十四 [M]. 明嘉靖刻本.
② 王世贞. 艺苑卮言：附录一 [M] // 王世贞. 弇州四部稿：卷一百五十二. 明万历刻本.

花，带霜烹紫蟹，煮酒烧红叶"，俱入妙境。……元人称为第一，真不虚也。①

王世贞以是否合体之"本色"来确立诗的经典性，如：

曹公莽莽，古直悲凉。子桓小藻，自是乐府本色。子建天才流丽，虽誉冠千古，而实逊父兄。何以故？材太高，辞太华。（《艺苑卮言》卷三）

《木兰》不必用"可汗"为疑，"朔气""寒光"致贬，要其本色，自是梁、陈及唐人手段。（《艺苑卮言》卷二）

如果说"格调"范畴及"格调理论"是从宏观上阐述七子派的理论，从宏观的层面上体现着其文学经典意识，而"本色"则从具体的、微观的层面上分析诗歌的经典性，比如就三曹而言，曹植的才最高，文学修养最高，但是文人的作意也就较其父兄明显，所以尽管其父诗语词粗豪，诗情古直悲凉，其兄诗辞藻不如其华，然自是乐府本色，而曹植的诗就已远离乐府本色了。所以从体制的纯粹性角度看，王世贞认为曹植乐府诗的经典性是逊于其父兄的。王世贞又认为《木兰辞》有几处瑕疵，比如使用"可汗"，疑是唐人所作，诗里还有使用较为精致的对偶句："朔气传金柝，寒光照铁衣"，使其乐府本色稍贬，但离汉魏乐府本色不远，仍可算是上乘之作。由此，合乎某种文学样式的体制本色与否，可以成为七子派评价具体诗歌作品优劣的一个有效标准。王世贞就以合乎乐府本色的程度评价时人拟乐府创作的得失：

李文正为古乐府，一史断耳，十不能得一。黄才伯辞不称法，顾华玉、边庭实、刘伯温法不胜辞。此四人者，十不能得三。王子衡差自质胜，十不能得四。徐昌毂虽不得叩源推委，而风调高秀，十不能得五。何、李乃饶本色，然时时已调杂之，十不能得七。于鳞字字合矣，然可谓十不失一，亦不能得八。（《艺苑卮言》卷六）

_____

① 王世贞.艺苑卮言：附录一［M］//王世贞.弇州四部稿：卷一百五十二.明万历刻本.

谢榛也爱用"本色"论诗，其云：

> 每闻缙绅间盛称苏舜泽总制《雪》诗："初随鸣雨喧相续，转入飘风静不闻"，写景入微，非老手不能也。若杨诚斋"筛瓦巧从疏处透，跳阶误到暖边融"，便是宋人本色。（《四溟诗话》卷三）
>
> 许用晦"年长每劳推甲子，夜寒初共守庚申"，实对干支，殊欠浑厚，无乃晚唐本色欤？（《四溟诗话》卷四）

谢榛这里所说的"宋人本色""晚唐本色"，就是指宋诗与晚唐诗的总体的时代格调，包括体格、声调、风貌等特征，此处"本色"意同于"格调"。

七子派后期宗主李攀龙，虽未使用"本色"范畴，但在《选唐诗序》中，却是以毋庸置疑的姿态发表了他的"五古本色"论："唐无五言古诗而有其古诗，陈子昂以其古诗为古诗，弗取也。"[①] 此论一出，争论纷纷，但从李攀龙的角度来说，无非是要规范古诗之体制，强调五言古体制的纯粹性。唐五言古虽仍能以风人之心而作，但由于受到律诗的影响，其体制格调已去古诗甚远，不合古诗本色要求了。李攀龙此论是七子派"格调理论"的必然表现，并非横空出世的惊人之语。

此时，"本色"成为一个品评具体作品格调高低的非常有效的范畴，而将"本色理论"的内涵明确定位的是胡应麟，其云："文章自有体裁，凡为某体，务须寻其本色，庶几当行。"（《诗薮》内编卷一）强调文学体式即体裁的纯粹性，凡为某体，如四言、骚体、乐府、五言古诗、七言古诗、五言律诗、七言律诗、绝句，必定要遵守该体裁最初时体制的本质规定性，包括体格、声调、语词、表现原则、创作方法等方方面面，将七子派的"格调理论"发展得更加细致与深入。胡应麟论四言：

> 晋四言，惟《独漉篇》词最高古。如"独独漉漉，水深泥浊。泥浊尚可，水深杀我"，"空床低帷，谁知无人？夜行衣绣，谁知假真"，"猛虎斑

---

① 李攀龙．沧溟集：卷十五［M］．清文渊阁四库全书补配清文津阁四库全书本．

斑，游戏山间。虎欲啮人，不避豪贤"，大有汉风，几出魏上。然是乐府语，非四言本色也。（《诗薮》内编卷一）

论乐府、骚体：

> 乐府长短句体亦多出《离骚》，而辞大不类。乐府入俗语则工，《离骚》入俗字则拙。如"沅有芷兮澧有兰，思公子兮未敢言"，"山有木兮木有枝，心欲君兮君不知"，句格大同，工拙千里。盖榜枻实风谣类，非骚本色也。（《诗薮》内编卷一）

> "十五嫁王昌，盈盈入画堂"，是乐府本色语。（《诗薮》外编卷四）

此外，胡应麟还论及七律及绝句：

> 七言律滥觞沈、宋，其时远袭六朝，近沿四杰，故体裁明密，声调高华，而神情兴会，缛而未畅。"卢家少妇"，体格丰神，良称独步，惜领颇偏枯，结非本色。（《诗薮》内编卷五）

> 刘辰翁评诗，有绝到之见，然亦时溺宋人。如杜题雁"翅在云天终不远，力微缯缴绝须防"，原非绝句本色，而刘大以为沉着道深，且谓无意得之。（《诗薮》内编卷六）

胡应麟有一则诗论回应了李攀龙的本色观：

> 四杰，梁、陈也；子昂，阮也；高、岑，沈、鲍也；曲江、鹿门、右丞、常尉、昌龄、光羲、宗元、应物，陶也。惟杜陵《出塞》乐府有汉、魏风，而唐人本色时露。太白几薄建安，实步兵、记室、康乐、宣城及拾遗格调耳。李于鳞云："唐无五言古诗而有其古诗。"可谓具眼。（《诗薮》内编卷二）

胡应麟认为唐之古诗创作亦为可观，然都有所宗所出。无论是初唐四杰、陈子昂，还是盛唐高适、岑参、王维，中唐柳宗元、韦应物，其古诗皆有所本，但他们所本古诗不是梁、陈，即是两晋，而非汉魏古诗。即使是李白亦然。只有杜甫《出塞》乐府诗，源出汉魏古诗，但唐人本色也是时时透露，这常常表现在用词会有时代性及人工炼字锻句的精明上，甚至还会受到格律的影响，所以说唐人古诗与汉魏古诗是有一定距离的。比如杜甫的《大麦行》中"大麦干枯小麦黄，妇女行泣夫走藏，问谁腰镰胡与羌"句，拟汉时的歌谣"小麦青青大麦枯，谁当获者妇与姑，丈夫何在西击胡"，胡应麟认为是"才易数字，便有唐、汉之别"（《诗薮》内编卷三）。又如杜甫的《哀王孙》与《兵车行》，胡应麟认为二者的起语"长安城中头白乌，夜飞延秋门上呼。又向人家啄大屋，屋底达官走避胡"与"车辚辚，马萧萧，行人弓箭各在腰。爷娘妻子走相送，尘埃不见咸阳桥"用语甚古朴，类似汉人，但"终是格调精明，辞气跌宕，近似有意"（《诗薮》内编卷三），与自由而浑然无迹的两京歌谣本色相去已远。正是在这个意义上，李攀龙认为唐无五言古诗而有其古诗，即认为唐无汉魏本色古诗，而有唐人本色古诗。

从"本色"角度出发，古诗不是唐，不是两晋，更不是六朝为优，汉魏古诗才是遵守古诗体制的经典。因此，时人如果学习各体，一定要学习此体的经典，因为这些经典体现着该体之本色，即该体的体制上的本质规定性。在谈到如何学习各体文学样式时，胡应麟说："学者务须寻其本色，即千言巨什，亦不使有一字离去，乃为善耳。"（《诗薮》内编卷三）无时无刻不在强调着诗歌体制格调的重要性，也意味着七子派的"文学经典意识"日益成熟。

第三节　李攀龙选诗：七子派文学经典意识进一步深化

经过刘基、宋濂、高棅，至三杨台阁、李东阳，至前七子崛起于文坛后，自明初以来的文学宗古思潮达到了一个高潮："文必先秦两汉，诗必汉魏盛唐"，这股崛起于廊署的文坛力量，以某种人格追求为内在需求，从体制格调角度提出的明确诗文宗尚，迅速改变了明代文风。对于前七子的功绩及由其倡导而大盛的时代风气，康海有所描述：

　　我明文章之盛，莫极于弘治时，所以反古俗而变流靡者，惟时有六人焉：北郡李献吉、信阳何仲默、鄠杜王敬夫、仪封王子衡、吴与徐昌榖、济南边廷实，金辉玉映，光照宇内，而予亦幸窃附于诸公之间。乃于所谓孰是孰非者，不溺于剖劂，不怵于异同，有灼见焉。于是后之君子言文与诗者，先秦两汉，汉魏盛唐，彬彬然盈乎域中矣。①

　　前七子谈诗论文，高调主张"文必先秦两汉，诗必汉魏盛唐"，表明了相当明确的经典宗尚。前七子以诗歌的本质规定性"声（调）""情""色"为标准，认为汉魏盛唐诗是三者结合得最为完美的创作，但他们还没有有意识地将汉魏诗与盛唐诗从体制上加以区别开，使其分别成为古诗经典与近体诗经典。到后七子这里，"本色"要求越来越严格，体制之辨的意识也越来越突出，他们将汉魏盛唐诗作了更加细致的区分，最终确立"古诗宗汉魏，近诗宗盛唐"的经典宗尚。这是立足于整个文学史做出的更具评价意义的经典选择，从而将严羽的宗"第一义"的文学经典意识发展到极致。

　　严羽在《沧浪诗话·诗辨一》中谈到创作须下功夫时这样说道：

　　　　工夫须从上做下，不可从下做上。先须熟读《楚词》，朝夕讽咏以为之本；及读《古诗十九首》，乐府四篇，李陵、苏武、汉、魏五言皆须熟读，即以李杜二集枕藉观之，如今人之治经，然后博取盛唐名家，酝酿胸中，久之自然悟入。

　　很显然，严羽从"第一义"之悟的角度，提出了汉、魏、盛唐为宗的主张，但是此处还未将汉魏古诗与唐人古诗完全划清界限，他的意思是：就古诗而言，汉魏与盛唐李、杜及各名家的作品都堪称经典与学习的典范，直到高棅选唐诗亦是如此认为。高棅认为盛唐各体包括古诗都是明人应该学习的典范，对唐人古诗的"经典性"辨析得还不仔细。在前七子那里，李梦阳从"调"的角度对"古诗"与"唐调"进行了粗略的区别，指出了二者的不同："诗至唐，古调亡

---

① 康海. 渼陂先生集序［M］//康海. 对山集：卷二十八. 明万历十年潘允哲刻本.

矣，然自有唐调可歌咏，高者犹足被管弦。宋人主理不主调，于是唐调亦亡。"① 他注意到了汉魏古诗与唐诗在"调"上还是有所不同的，但没有再深入对二者加以区分。不过，如果仔细思量，意识到"古调"与"唐调"不同，就已经意味着意识到唐古与古诗体制有异了，唐古受到近体的影响，其体、其格、其调、其语肯定会有所变化。但是李梦阳还没有自觉辨别体制的意识，他的重点放在"诗"这一文类的本质规定性的探索上，还不能深入到精微辨体的程度。随着前七子奠定了"格调理论"的基础内涵之后，七子派的文学经典意识也不断向更深入的方向发展，到后七子这里，辨别"诗歌"这一文类之下不同体式诗的具体规则、规定的批评实践越来越深入，一个突出的诗学行为是李攀龙以选诗的形式区分"唐古"与"汉魏古诗"的体制。

一、汉魏古诗"体制"最纯：李攀龙的古诗观

李攀龙名下的诗歌选本有《古今诗删》与《唐诗选》两种，二书都是在李攀龙身后才获刊刻，其真实性曾为人怀疑。《四库全书总目》就认为《唐诗选》乃为书商所托："攀龙所选历代之诗，本名《诗删》，此乃摘其所选唐诗，……皆坊贾所为，疑蒋一葵之直解，亦托名矣，然至今盛行乡塾间，亦可异也。"② 然而，王世贞在《艺苑卮言》中曾多次提到李攀龙选诗，《艺苑卮言》写于王世贞四十岁前后，李攀龙尚健在，应确实有选诗行为。王世贞在《古今诗删序》中又说："李攀龙于鳞所为《古今诗删》成，凡数年而殁，殁而新都汪时元谋梓之，走数千里以序属世贞。"③ 由此可知李生前一直从事《古今诗删》的选编工作，而此书又是由后七子之一徐中行、友人汪时元校订刊刻，王世贞为其作序，真实性似乎无可怀疑。《古今诗删》共三十四卷，卷一至卷九选录古逸诗至南北朝古诗，卷十至卷二十二选录唐诗，卷二十三至卷三十四选录明诗，不选宋诗。李攀龙不选宋诗，是对李梦阳的"宋无诗"之论在选本实践上的回应。

李攀龙选诗是七子派格调理论的一次批评实践。李攀龙在《选唐诗序》中说："唐无五言古诗而有其古诗，陈子昂以其古诗为古诗，弗取也。"此论一出，

---

① 李梦阳. 缶音序［M］//李梦阳. 空同集：卷五十二. 清文渊阁四库全书补配清文津阁四库全书本.

② 永瑢. 四库全书总目：卷一百九十二集部四十五［M］. 清乾隆武英殿刻本.

③ 王世贞. 弇州四部稿：卷六十七［M］. 明万历刻本.

文坛顿起轩然大波，不解与批评都有之。其实，李攀龙的本义是要对唐代五古与汉魏五古作出区分。他认为就五言古诗这种诗歌样式而言，体制最纯粹的应是汉魏古诗，因而也是最经典的古诗，唐代五古虽也有优秀作品，但毕竟体制已不纯粹，因为汉、魏时期才是五言古诗这种体制的诗歌发展的黄金时代，有着五言古诗发展的本源土壤，而社会发展至唐，古诗产生的时代土壤已不复存在，而且从文学自身的发展规律而言，唐代已是近体格律诗的时代。汉魏古诗是纯粹吟咏性情的风人之诗，而唐代诗人已是"作者"，虽然力求达到风人之致，但毕竟是以人工之力达之，近体格律、法则会时时对诗人产生影响，即使杜甫的古诗创作也不例外，前面曾举过一例。胡应麟这样评价杜甫的拟古诗："'大麦青青小麦枯，谁当获者妇与姑，丈夫何在西击胡'。三语奇绝，即两汉不易得。子美'大麦干枯小麦黄，妇女行泣夫走藏，问谁腰镰胡与羌。'才易数字，便有唐、汉之别。杜尚难之，况其下乎?""汉唐之别"，即汉魏古诗与唐古体制上有别，格律及以人工求化工的艺术追求会潜在地对唐古创作产生影响。从这则诗话中可以看到，与李攀龙一样，胡应麟对汉唐古诗的区别有着非常清醒的认识，而且作为"末五子"之一的胡应麟也是七子派后续中辨体意识相当强的一个人。关于汉魏古诗与唐代古诗的不同，李梦阳已经有所认识，但并未像李攀龙那样断言"唐无五言古诗"，他是从格调，重点从"调"，即诗歌的音乐性来谈二者区别的，但是"调"必影响"格"——体制样貌。逻辑上来讲，从李梦阳的"诗至唐，古调亡，然自有唐调可歌咏，高者犹足被管弦"这句断语中是可以推出李攀龙的结论的，如果李攀龙从"格调"的角度解析一番，可能会容易被人接受，但李攀龙不加解释的骄傲"评判"及不合常理的选诗，自然让大家在情感上很难接受。

　　且看看李攀龙的选诗实践。李虽说"武断"之语："唐无五言古而有其古诗，陈子昂以其古诗为古诗，弗取也。"但实际上《古今诗删》选了唐代五古共一百二十首，数量上仅次于七绝和五律，也选了陈子昂七首五古，《诗删》中共选唐代三十诗人的古诗，而陈子昂的入选数量与王维同列第四位，可见并非"弗取"。所谓弗取，是"不可取"之意，即以近体格律作古诗是不可取的，这样混淆了古体和律体"体制界限"，乃为大忌。所以，李攀龙虽选陈子昂古诗，但世人所认为的陈子昂的古诗代表作《感遇》三十八首，则一首未选，而是选了《蓟丘览古赠卢居士藏用》六首和《酬晖上人夏日林泉》等较为平常之作。

选李白诗亦然，李白《古风》五十九首，后人也多认为是陈子昂《感遇》诗的
后继，是李白古诗的代表作，李攀龙也是一首不选。那些落选的在他人眼里看
来是优秀的古诗作品，在李攀龙看来，其体制包括情感、音调、语词乃至风格
都已经发生了变化，是古诗的变体，即"唐古"，它们本质上是唐诗的一部分，
浸染着唐诗的格调，而非是纯粹的古诗了，而入选的五言古诗虽不是最优秀的
唐人创作，但从体制格调角度来看勉强可称为古诗。这就是李攀龙《诗删》选
唐古诗部分的核心观念。

李攀龙这种强调体制的纯粹性而不选人们心目中优秀古诗作品的做法，使
人们产生许多迷惑，如许学夷云：

> 李于鳞《古今诗删》，首古逸诗，次汉、魏、六朝乐府，次汉、魏、六
> 朝诗，次唐诗，次国朝诗。其去取之意，漫不可晓。大要黜才华，尚气格，
> 而复有不然。姑摘其最异者……唐五言古《感遇》，不取陈子昂而取张九
> 龄；七言歌行，高适取十二篇而岑参五篇，孟浩然一篇，不取《鹿门歌》
> 而取送《王七尉松滋》；七言律，太白一篇，取《凤凰台》而遗《送贺
> 监》。（《诗源辩体》卷三十六）

> 李于鳞《唐诗选》，较《诗删》所录益少，中复有《诗删》所无者。
> 其去取之意，亦不可晓。（《诗源辩体》卷三十六）

胡应麟云："李于鳞选唐诗，与己所作略无交涉。"（《诗薮》外编卷四）而李攀
龙以对七子派文学观的精髓一幅透彻之得的骄傲姿态，对其诗选不做多少解释，
只说"唐诗尽于此"，唐古诗亦尽于此。因此，给众人带来了疑惑，继而是质
疑，甚至是不满与指责，客气的说他是英雄欺人，如：

> 始见于鳞选明诗，余谓如此何以鼓吹唐音。及见唐诗，谓何以衿裾古
> 《选》。及见古《选》，谓何以箕裘《风》《雅》。乃至陈思《赠白马》、杜陵、
> 李白歌行，亦多弃掷。岂所谓英雄欺人，不可尽信耶？（《艺苑卮言》卷七）

不客气的说他遗惑后学者，许学夷云：

153

于鳞《诗选》，其害甚于中郎、伯敬。盖中郎、伯敬尚偏奇、黜雅正，一时后进虽为所惑，后世苟能反正，其惑易除。于鳞似宗雅正，而实多谬戾，学者苟不睹诸家全集，不免终为所误耳。（《诗源辩体》卷三十六）

胡应麟、许学夷的这些言论，立足于七子派雅正的文学史观，出于对汉魏古诗及盛唐诸名家所创造的无与伦比的风神之美的崇拜之情，侧重于审美，侧重从审美的角度寻找优秀作品，并以之作为学习者的创作典范。李攀龙选诗一心想区分"古诗"与"唐诗"的概念，一味仅从古诗体制的纯粹性角度入手选诗，牺牲掉了一部分唐人优秀的古诗创作（从格调审美角度看），即过分强调体制，忽略了兴象风神的审美一端。

然而，尽管李攀龙区分古诗与唐古的做法引起了人们的批评，比如许学夷批评他遗惑后学，但同样是许学夷，其辨体意识也是相当强烈的，跳出情感上的冲动后，他又是能够理解李攀龙的。其云：

愚按：谓子昂以唐人古诗而为汉、魏古诗弗取，犹当；谓唐人古诗非汉、魏古诗而皆弗取，则非。观其所选唐人五言古仅十四首，而亦非汉、魏之诗，是以唐人古诗皆非汉、魏古诗，弗取耳。（《诗源辩体》卷三十五）

许学夷认为，从选优秀作品的角度看，李攀龙认为唐人古诗非汉魏古诗而皆弗取，则不当，因为汉魏古诗与李杜古诗，各极其至，都创造了格调最高的诗美。但是他能够理解李攀龙的这样做法是为了维护"古诗"这种文学样式的体制的纯粹性，唐人五古非汉魏五古，而汉魏五古才是最经典最纯粹的古诗。而且辨别体制，区分同一种文学样式在不同文学历史发展阶段中的不同表现及体制上的变化，确立此种诗体体制的本质规定，突出此种文学样式体制的纯粹性，也是许学夷《诗源辩体》的出发点，为此他十分自得与自信。其云：

予作《辩体》，自谓有功于诗道者六：论《三百篇》以至晚唐，而先述其源流，序其正变，一也；论《周南》《召南》以至邶、鄘诸国，而谓其皆出乎性情之正，二也；论汉、魏五言，而先其体制，三也；论初、盛唐古诗，而辨其纯杂，四也；论汉、魏五言，而无造诣深浅之阶，五也；论初、盛唐律诗，而有正宗、入圣之分，六也。知我者在此，而罪我者亦在此也。（《诗源辩体》卷三十四）

许学夷认为其《诗源辩体》对于诗学研究的贡献有六，其中就有两点就涉及到古诗体制之辨：一是"论汉魏五言而先其体制"，二是"论初盛唐古诗而辩其纯杂"。正是他有着辨体制纯杂的文学经典意识，他最终可以超越众人，理解李攀龙区分唐古与汉魏五古的用心。他说："唐人五言古，自有唐体。初唐古、律混淆，古诗每多杂用律体。"（《诗源辩体》卷十四）不仅初唐，盛唐五古亦时时受到格律的影响，而且语言也自是唐人语，故唐代古诗不是纯粹的汉魏古诗，而是唐五古了，这一点，许学夷与李攀龙一样看得十分清楚：

　　五言古至于唐，古体尽亡，而唐体始兴矣。然盛唐五言古，李、杜而下，惟岑参、元结于唐体为纯，尚可学也；若高适、孟浩然、李颀、储光羲诸公，多杂用律体，即唐体而未纯，此必不可学者。（《诗源辩体》卷十七）
　　五言古，自汉、魏递变以至六朝，古、律混淆，至李、杜、岑参始别为唐古。（《诗源辩体》卷十八）

这与李梦阳的"诗至唐，古调亡"和李攀龙的"唐无五言古而有其古诗"的说法毫无二致。而许学夷与李攀龙认为，如果要学五言古，必须要学体制最纯粹同时格调又最高的优秀的创作，那就是汉魏古诗，而非唐古。

李攀龙选唐古诗十分严苛，似乎仅以体制定"终身"，仅讲规范不看作品的优秀性，有违"文学经典"的定位。他选"唐古"确实只选体制上遵守古诗规范的诗，但从"诗"这一文类来看，他所选的诗在"声""情""色"的表现方面却不是最优秀的。不过，李攀龙选《古今诗删》，是力图从体制自身的发展历史出发，对某一种具体诗歌样式严加辨别，力图保持某一阶段的创作成为此种文学样式体制的完美代表。他选出那些"唐古"，只是认为体制上相比而言较为纯粹的，因而能体现出些许汉魏格调来。但他并没有承认这些体制较为纯粹的"唐古"就是最优秀的唐诗，也没有承认它们是最优秀的古诗，他这样做只是为了表明他严格的辨体态度，这体现着他的"文学经典意识"。而他认为汉魏古诗是古诗体制的完美演绎，确立了此种文学样式的规范及由此而产生的相应的格调，因而是格调最高也是最经典的创作。所以，除了古诗与唐古的体制之辨，总体来看，李攀龙强调体制，最终还是落到格调之美上的，无论是选唐诗还是选汉魏古诗，李攀龙都是循此原则，他把其他优秀的唐古创作则看作有着审美取向的"唐诗"的一部分了。下面就分析一下李攀龙选唐诗对这一思想的贯彻。

二、盛唐诗"格调"最高：李攀龙的唐诗观

　　李攀龙《古今诗删》中的唐诗部分，共选诗七百四十首，几乎全从《唐诗品汇》中选录出来，少数篇章采自《唐诗拾遗》，其选录次序也与《唐诗品汇》大致相同。唐诗现存近五万首，高棅的《唐诗品汇》选录了近六千首，而《古今诗删》仅选七百四十首，其中盛唐诗所占的比重比高棅的《唐诗品汇》有了大幅提升，入选四百四十五首，占所选唐诗比重的60.1%。七百四十首与五万首的唐诗总量，或者与《唐诗品汇》六千首的数量相比，以及从中晚唐所占的比重的数字来看，李攀龙的唐诗选都显得不合理，显示出了明显的宗"盛唐"倾向。然而，这种不合理正显示了李攀龙的"文学经典意识"。

　　《古今诗删》中七百四十首除去"五古"部分，其他为七言古诗、歌行与近体诗，近体体制在初唐还未尽融，至盛唐已趋完善且种种俱备，七言歌行也是在盛唐才发展完善。从现存唐诗数量来看，中晚唐诗人群体远远多于初盛唐，创作的诗歌数量也远多于初盛唐，中晚唐诗也不存在超越体制的大问题，那为什么入选数量如此之少？这怎么解释呢？这当然与七子派的"格调理论"有关。如果说古诗与唐五言古，确实有一种体制上的明显差异，而初盛唐与中晚唐七言古诗、歌行及近体的差别则主要在于"格调"不同，主要表现为二者所呈现出来的美学风格不一样，而这种美学风格的差异，主要来自于时代之格的差异。李攀龙所欣赏的是盛唐土壤中产生的有盛唐之美、盛唐气象的盛唐之诗，这些盛唐之诗的美学风格表现为高华、圆畅、庄严、雄壮、秀丽、高远等等，而晚唐诗则由于时代格调的衰纤，诗歌或现衰气、或显纤弱，不符合李攀龙的审美要求，被判定为格卑调弱，打入冷宫。入选的那十来首是特例，就如高棅在《唐诗品汇·凡例》中所说"间有一二成家特立与时异者，则不以世次拘之"一样，都是李攀龙不以世次拘之的特例，而其特别之处，就是因为它们有着盛唐诗的格调而符合李攀龙的审美要求。他选出的歌行与近体诗，都是体现了盛唐美学风格的诗，当然，它们首先要特别符合七言古诗、歌行与格律诗比如五七言律诗、绝句的体制要求，这是最基础的。正因为从严格的体制格调角度来选诗，所以近五万首唐诗，李攀龙才选出几百首歌行与格律诗，成为"唐诗"的代名词，李攀龙就自得地说："后之君子本兹集以尽唐诗，而唐诗尽于此。"①正如邹云湖所说："可以看出李攀龙所谓的'唐诗'，并不是指整个唐代（指从武德元年到天佑三年）的诗歌，不是一个时间的概念，而是指符合他所代表的前后七子所认可的文学规范，具有他们所推崇的独特风格的诗歌。盛唐诗就是这种规范和风格的基准。"②即在强调严格遵守诗歌体制的基础上，"盛唐格调"成为李攀龙选诗的标准。七子派称"诗必盛唐"，"盛唐诗"一开始在前七子时期还主要是时间范围上的指称，在李攀龙这里变成了一种诗歌美学范式，一种格调，它代表着七子派对唐诗本质与规范的认识，而李攀龙以此标准所选的唐诗，代表着体制最纯粹，兴象风神兼备且完美的最高格调，因而又是最经典的唐诗。所以，李攀龙所选的"唐诗"代表了一种体制要求及审美取向，它的标准是盛唐诗。

李攀龙区分唐古与五古是为了表达他的"古诗观"，选唐诗的首要目的是为了表明他的"唐诗观"，表而出之他心目中的唐诗经典，它们代表体制最纯粹、格调最高的唐诗，展现着唐诗的本质、样貌、格调。"体制"与"格调"成为后七子时代"格调理论"的核心，也是其确定经典的标准。以严格的辨体分析选出格调高的作品，是后七子们主要的批评实践，但在具体的实践中，常常会有二者不可兼得的情况。李攀龙虽然标榜以体制格调为准的选诗，但是他的诗选也不能使所有人信服，如王世贞云：

"梅花落处疑残雪"一句，便是初唐。"柳叶开时任好风"，非再玩之，未有不以为中晚者。若万楚《五日观伎》诗："眉黛夺将萱草色，红裙妒杀石榴花。"真婉丽有梁、陈韵。至结语："闻道五丝能续命，却令今日死君家。"宋人所不能作，然亦不肯作。于鳞极严刻，却收此，吾所不解。（《艺苑卮言》卷四）

① 李攀龙. 选唐诗序［M］//李攀龙. 古今诗删. 文渊阁四库全书本.
② 邹云湖. 中国选本批评［M］. 上海：上海三联书店，2002：155.

胡应麟云：

> 沈云卿《龙池篇》用经语，不足存，而于鳞亟取之。老杜律仅七篇，
> 而首录《张氏隐居》之作，既于舆论不合，又己调不同。英雄欺人，不当
> 至是。（《诗薮》外编卷四）

李攀龙一味强调诗歌体制及符合他审美理想的"唐诗"，选出来的结果，似乎与
自己的创作及主张时相违背，以至于胡应麟说他是英雄欺人，许学夷更是不客
气地批评他惑误后学。

　　当然，李攀龙选唐诗最不能服人处就是选杜甫诗。王世贞云："于鳞选老杜
七言律，似未识杜者"（《艺苑卮言》卷四），胡应麟不满意李攀龙只选杜律七
篇。后期人们围绕着杜诗问题产生了许多争议，对杜诗的矛盾态度及在关于杜
诗问题的讨论过程中，明人的文学经典意识也在进一步深化。

第四节　对待杜诗的矛盾态度与七子派
文学经典意识的成熟

　　李攀龙以无比严苛的态度区分"唐古"与"古诗"，在强调体制的纯粹性
以确保诗歌的经典性上达到了极端的程度，但当李攀龙以这种立场选其他体式
的唐诗时，又出现了体制与格调有时难以两全的矛盾，所以他的诗选遭到了时
人甚至本阵营内部的批评，批评的焦点又在于认为李之诗选在选杜诗问题上处
理不当。七子派成员乃至整个明代文人都有着很深的杜诗情结，但七子派成员
也多具有较强的辨体意识，所以在对待杜诗问题上也时常出现矛盾态度。他们
不感情用事的时候，也能认识到杜甫与盛唐经典确实有所不同，也时有关于此
的言论，但这种认识一旦落实到了李攀龙的诗选中而为大多数学习者所知晓时，
他们感情上又难以接受。对于杜甫与杜诗的这种充满情感与理性的矛盾态度，
使得他们对杜诗的评价时有矛盾，而正是在这种充满矛盾的批评实践中，七子
派的文学经典意识也在进一步深化。

杜甫的一生，经历过天宝盛时，也经历过安史之乱，他的创作，既有盛唐的表现，也有一些非盛唐的因子。七子派以盛唐诗为宗，从"格调"角度看，李攀龙甚至认为中晚唐的诗都不能称为唐诗，他所认为的"唐诗"就是指美学意义上的盛唐诗而言的，但当他们面对杜甫时，态度变得矛盾犹豫了。杜甫成为一个不可回避，而且要大书特书的对象，七子派的诗话著作、诗选包括王世贞的《艺苑卮言》、谢榛的《四溟诗话》、胡应麟的《诗薮》、李攀龙的诗选，七子派同道许学夷的《诗学辩体》，等等，都用了大幅篇幅，对杜甫及杜诗做了专题研究，且心态矛盾，取舍标准复杂。

明人对杜甫的矛盾评价源自于南宋严羽对杜甫的态度。严羽敏锐地察觉到杜诗的重大成就及其与诸盛唐人诗的不同之处，其云：

> 大历以前，分明别是一副言语；晚唐，分明别是一副言语；本朝诸公，分明别是一副言语。如此见，方许具一只眼。（《沧浪诗话·诗评一》）
> 五言绝句：众唐人是一样，少陵是一样，韩退之是一样，王荆公是一样，本朝诸公是一样。（《沧浪诗话·诗评三》）

严羽已经认识到盛唐诗与中晚唐诗各是一幅言语，而盛唐众人与杜甫又各是一样，指出了杜甫与盛唐诸公五言绝不同。其实不只是五言绝，各体都是一样，杜甫的很多体式的诗歌创作与盛唐诸人都有差异。明人中，首先将杜诗进行特殊处理的是高棅，高棅在其《唐诗品汇》中，为盛唐诗歌所设的品目中，专门为杜甫一人设置"大家"一目。其实，从高棅的选诗所遵守的"正变"史观来看，"正宗"与"名家"才是他心目中最纯粹的盛唐经典，同时也是最优秀的创作典范，可是，杜甫成了他的一个难题。杜诗的经典地位自宋时就已确立，而且其创作成就确实无可匹敌，杜诗有盛唐亦有超出盛唐者，该如何处理呢？他想出了一个非常聪明的做法，专门设置"大家"一目来安顿杜诗，仍归之于盛唐。这样既能体现杜诗正中有变的创作特色，又能保证杜甫文学史上的崇高地位以安抚人们的尊杜情结。高棅的做法非常有创造性，但这个创意也还是来自严羽的启发："少陵诗，宪章汉魏，而取材于六朝；至其自得之妙，则前辈所谓集大成者也。"（《沧浪诗话·诗评二四》）接下来要面临杜诗这一难题的，是明七子派。

一、体制纯粹性要求与集大成认识之间的矛盾

评价杜诗面临的第一个矛盾是七子派的集大成认识与强调体制纯粹性的辨体意识之间的矛盾。

"集大成"是明人的一种普遍认识，它不仅表现在文学领域，也表现在哲学研究领域。就文学领域来说，胡应麟的一番话道出了文学上"集大成"认识的真谛："古惟独造，我则兼工。集其大成，何忝名世！"诗可写的题材前人已写尽，可创造的体制全部已完备，面对这种情况，明人的创作如何定位，如何能在文学史上留下浓重的一笔？学宋人吗？万万不可！宋人不服膺于唐人的创作成就，而求自开堂奥，自立门户，结果以才学为诗，以议论为诗，以理为诗，以文为诗，创造的是"非诗"，明人斥之"宋无诗"！在明人看来，独造的时代已经过去，与其如宋人那样妄开堂奥贻笑后人，不如兼工集其大成，学习优秀的典范，吸取其最优秀的方方面面的创造，那么创作出来的诗不就是也与典范一样，至少不会偏离典范，落入野狐外道。风、雅、颂、古诗、乐府以至律、绝，诗至唐而格已备、体已穷，然而也因"独造"，先秦四言诗、骚体，汉魏乐府、五言，唐之近体，都是偏工独胜的，我明人之诗如果"兼工""集大成"，不也是可以有一番作为了？即使不能超越古人，成就也不至于低于唐人，更别说区区宋元了。明人为明诗所设计的这种出路用胡应麟的话说就是："明不致工于作，而致工于述；不求多于专门，而求多于具体，所以度越元、宋，苞综汉、唐也。"（《诗薮》内编卷一）集大成，即集众典范之成功经验，创作出优秀作品，所以它仍是"文学经典意识"的一种表现。

明人的这种集大成认识及对明诗的定位从明初李东阳、高启到弘治以来至中晚期的七子派是一致的。出于集大成认识，明人对能集优秀作品大成的"大家"就十分推崇，而这有着集众长大成的"大家"则非杜甫莫属，这已成为明人的公共认识，胡应麟对此有很多谈论：

> 太白有大家之材，而局量稍浅，故腾踔飞扬之意胜，沈深典厚之风微。昌黎有大家之具，而神韵全乖，故纷挐叫躁之途开，蕴藉陶熔之义缺。杜陵氏兼得之。（《诗薮》内编卷四）

　　胡应麟是这样描绘杜甫五律之集大成的：有吴均、何逊之精思，有庾信、徐陵之妙境，有卢仝、马异之浑成，有孟郊、李贺之瑰僻；有李商隐之组织纤新，有许浑之推敲密切。为钱起、刘长卿圆畅之祖，元稹、白居易平易之宗，贾岛、无可幽微之所出，张籍、王建浅显之所来。其创作"高华秀杰，杨、卢下风"，"典重冠裳，沈、宋退舍"，"寓神奇于古澹，储、孟莫能为前"，"含阔大于沈深，高、岑瞠乎其后"，王维失其秾丽，李白逊其豪雄。① 以如此溢美之语来评价杜甫的创作，可谓前无古人，后无来者，将杜甫的创作成就推到了无人可企及的高度："杜诗正而能变，变而能化，化而不失本调，不失本调而兼得众调，故绝不可及。"（《诗薮》内编卷四）胡应麟在从集大成角度评价杜诗的时候，其"变"于盛唐的方面就被回避了。其实，关于杜诗之"变"，胡应麟也不是不清楚，但他努力说服自己，变而不失正，且变而能化，以致能集众人之大成。李东阳对杜诗的评价，有一则与胡应麟是相似的，也是认为杜诗集众格调大成：

　　　　清绝如"胡骑中宵堪北走，武陵一曲想南征"。富贵如"旌旗日暖龙蛇动宫殿风微燕雀高"。高古如……华丽如……奇怪如……浏亮如……委曲……俊逸如……温润如……感慨如……激烈如……萧散如……沉着如……精炼如……惨戚如……神妙如……雄壮如……老辣如"安得仙人九节杖，拄到玉女洗头盆"。执此以论，杜真可谓集诗家之大成者矣。（《麓堂诗话》）

---

　　① 胡应麟对杜诗五言律集众人大成的描述出于《诗薮·内编卷四》中的这则诗话："飞星过水白，落月动沙虚"，吴均、何逊之精思。"春色浮山外，天河宿殿阴"，庾信、徐陵之妙境。"山河扶绣户，日月近雕梁。碧瓦初寒外，金茎一气旁"，高华秀杰，杨、卢下风。"冠冕通南极，文章落上台。诏从三殿去，碑到百蛮开"，典重冠裳，沈、宋退舍。"耕凿安时论，衣冠与世同。在家常早起，忧国愿年丰"，寓神奇于古淡，储、孟莫能为前。"片云天共远，永夜月同孤。落日心犹壮，秋风病欲苏"，含阔大于沈深，高、岑瞠乎其后。"退朝花底散，归院柳边迷"，"花动朱楼雪，城凝碧树烟"，王右丞失其秾丽。"地平江动蜀，天阔树浮秦"，"日月低秦树，乾坤绕汉宫"，李太白逊其豪雄。至"岸花飞送客，樯燕语留人"，则钱、刘圆畅之祖。"两行秦树直，万点蜀山尖"，则元、白平易之宗。"两边山木合，终日子规啼"，卢仝、马异之浑成。"山寒青兕叫，江晚白鸥饥"，孟郊、李贺之瑰僻。"冻泉依细石，晴雪落长松"，岛、可幽微所从出；"竹斋烧药灶，花屿读书床"，籍、建浅显所自来。"雨抛金锁甲，苔卧绿沈枪"，义山之组织纤新。"圆荷浮小叶，细麦落轻花"，用晦之推敲密切。杜集大成，五言律尤可见者。

161

王世贞褒扬杜甫的言辞虽然稍逊于胡应麟，但对杜甫的评价也是相当高的："扬之则高华，抑之则沉实，有色有声，有气有骨，有味有态，浓淡深浅，奇正开阖，各极其则，吾不能不伏膺少陵。"（《艺苑卮言》卷四）

在诗歌创作各体具备，艺术成就达到了无可企及的高峰时，不能超越此峰却能达到与此峰齐而不降的地步，是明人最大的追求，在这一点上，杜甫无疑为他们树立了一个榜样：正而能变。不变难以创新，正而能变，变而能化，融溶众人之长而入于化，这样，既不失盛唐本体本调而能兼盛唐众体众调，从而能与众盛唐诗一样，共同构筑成盛唐之诗的高峰，这就是杜诗的魅力，它同样可以成为后世学习的典范。对于明人来说，创作出集众人之长而又融溶无迹具有盛唐诗歌风貌的作品来，是其梦想与追求，而从杜甫的创作实践来看，这并不是不可能的事。而创作集大成作品的想法与努力自明初时的高启已有之，其云：

> 夫自汉、魏、晋、唐而降，杜甫氏之外，诸作者各以所长名家，而不能相兼也。学者誉此诋彼，各师所嗜，譬犹行者埋轮一乡，而欲观九州之大，必无至矣。盖尝论之：渊明之善旷，而不可以颂朝廷之光；长吉之工奇，而不足以咏丘园之致，皆未得为全也。故必兼师众长，随事摹拟，待其时至心融，浑然自成，始可以名大方，而免夫偏执之弊矣。①

高启认为前人创作，除杜甫外，皆各偏所长，不能相兼。学习者如果各师其所好，则会一叶障目，不能创作出各种风格俱备的作品。他主张兼师众长，显示出明确的集大成意识。

集大成的认识在后七子时代越来越自觉。王世贞云："大抵诗以专诣为境，以饶美为材，师匠宜高，捃拾宜博。"（《艺苑卮言》卷一）王世贞的意思是，创作好诗，就应师典范作品，集众典范作品之优而成就己作，既不失本体本调，而能兼众体众调。他不但认为学诗应如此，学文亦应如此：

> 李献吉劝人勿读唐以后文，吾始甚狭之，今乃信其然耳。……自今而

---

① 高启. 独庵集序［M］//高启. 凫藻集：卷二. 四部丛刊景明正统刊本.

后，拟以纯灰三斛，细涤其肠，日取《六经》《周礼》《孟子》《老》《庄》《列》《荀》《国语》《左传》《战国策》《韩非子》《离骚》《吕氏春秋》《淮南子》《史记》、班氏《汉书》，西京以还至六朝及韩、柳，便须铨择佳者，熟读涵泳之，令其渐渍汪洋。遇有操觚，一师心匠，气从意畅，神与境合，分途策驭，默受指挥，台阁山林，绝迹大漠，岂不快哉！（《艺苑卮言》卷一）

王世贞认为为文应以秦汉典范之文为师法对象，熟读涵泳，细心领会，将众美融会于心，一旦进入创作状态，则文思泉涌、气从意畅，能集众美大成而融溶无迹，达到神与境合的境界。

谢榛集大成认识也比较明确，他在后七子结社畅谈为诗之道时说：

予客京时，李于鳞、王元美、徐子与、梁公实、宗子相诸君招余结社赋诗。一日，因谈初唐、盛唐十二家诗集，并李、杜二家，孰可专为楷范？或云沈、宋，或云李、杜，或云王、孟。予默然久之，曰："历观十四家所作，咸可为法。当选其诸集中之最佳者，录成一帙，熟读之以夺神气，歌咏之以求声调，玩味之以裒精华。得此三要，则造乎浑沦，不必塑谪仙而画少陵也。"……是夕，梦李、杜二公登堂谓余曰："子老狂而遽言如此。若能出入十四家之间，俾人莫知所宗，则十四家又添一家矣。子其勉之！"（《四溟诗话》卷三）

如何写出好诗？谢榛开出的药方是选出十四位诗人集中最佳者熟读之、歌咏之、玩味之，夺其神气，求其声调，得其精华，则创作必能与李杜齐肩，而自成一家。谢榛对其论颇为自得，尤其是说梦到了李杜二公对其诗论加以肯定，有自吹自擂的山人习气，但其论代表了明人的认识："集大成"就是一种超越，集十四家优秀创作的成功经验，则能成为"第十五家"。对于指导明人如何创造出好诗来，之后的胡应麟开出的具体方子与谢榛的也差不多：

作排律先熟读宋、骆、沈、杜诸篇，仿其布格措词，则体裁平整，句调精严。益以摩诘之风神，太白之气概。既奄有诸家，美善咸备，然后究

极杜陵，扩之以闳大，浚之以沈深，鼓之以变化，排律之能事尽矣。(《诗薮》内编卷四)

高、岑明净整齐，所乏远韵；王、李精华秀朗，时觉小疵。学者步高、岑之格调，含王、李之风神，加以工部之雄深变幻，七言能事极矣。(《诗薮》内编卷五)

方法有异，但融尽诸家、集其大成则一。

集众典范之大成是七子派从指导创作角度提出的，目的是指导学习者以众优秀作品为师法对象，集众典范作品之优，创造出兼工集成之作品，这种集大成的作品的优秀程度并不亚于所师法的典范作品。但是对杜甫的"集大成"创作，明人、七子派在以体制之辨对其"经典性"进行检验时，评价就面临了矛盾。因为在明代诗学转向之后，论诗者、七子派挑剔的批评家身份往往会占上风，有着自觉文学经典意识的他们，尤其是后七子们文学经典意识中的"辨体意识"日益突出，对保证作品经典性、权威性的体制纯粹性的要求极高，这样，就产生了集大成认识与体制纯粹性要求之间的矛盾。他们评价作品时，一旦对作品体制纯粹性的要求占上风，那么诗人创作超越体制的行为就会遭到批评，即使杜甫也不例外。如对杜甫近乎崇拜的胡应麟，随着批评立场的转变，对杜诗也有了微词：

杜之律，李之绝，皆天授神诣。然杜以律为绝，如"窗含西岭千秋雪，门泊东吴万里船"等句，本七言律壮语，而以为绝句，则断锦裂缯类也。李以绝为律，如"十月吴山晓，梅花落敬亭"等句，本五言绝妙境，而以为律诗，则骈拇枝指类也。(《诗薮》内编卷六)

胡应麟对杜甫以律为绝，李白以绝为律，混淆体制的做法不满意，评价杜以律为绝句，有如"断锦裂缯"，李以绝为律，有如"骈拇枝指"。在七子派看来，体制不纯粹，格调则难高，除非有大家之材。胡应麟云：

杜陵、太白七言律绝，独步词场。然杜陵律多险拗，太白绝间率露，大家故宜有此。若神韵干云，绝无烟火，深衷隐厚，妙协《箫韶》，李颀、

王昌龄，故是千秋绝调。（《诗薮》内编卷六）

每一种诗歌体式，有相应的体制、规范，就七言律而言，杜七言律诗多险拗之语、调、律，太白七言绝句多率露，都是不合这两种样式的体制格调与规范的表现，虽号大家，但他们的创作不堪为此体经典与学习典范。相比之下，体制纯粹，格调高古，富有神韵的李颀、王昌龄的律绝，则是"千秋绝调"，堪为经典和学习典范。

下面王世贞这段话颇值得斟酌，当事人的心态十分复杂：

> 李于鳞评诗，少见笔札，独《选唐诗序》云："唐无五言古诗，而有其古诗，陈子昂以其古诗为古诗，弗取也。七言古诗，唯杜子美不失初唐气格，而纵横有之。太白纵横，往往强弩之末，间杂长语，英雄欺人耳。"此段褒贬有至意。又云："……七言律体，诸家所难，王维、李颀颇臻其妙，即子美篇什虽众，赜焉自放矣。"余谓：七言绝句，王江陵与太白争胜毫厘，俱是神品，而于鳞不及之。王维、李颀虽极风雅之致，而调不甚响。子美固不无利钝，终是上国武库，此公地位乃尔，献吉当于何处生活。其微意所钟，余盖知之，不欲尽言也。（《艺苑卮言》卷四）

王世贞这则诗话主要是就李攀龙的一些诗论发表的想法：一是对李攀龙关于五言古与唐古不同的断言、关于李、杜七言古诗的评价，他的回应是"褒贬有至意"；二是对李攀龙评价杜甫七言律"赜焉自放"，王世贞有了异议。这是一个很有意思的现象：王世贞对李攀龙区分唐五言古与汉魏古诗、强调古诗体制的纯粹性表示了理解，但是，如果能理解这一点，那么他对李攀龙关于杜甫七言律诗的评价也应该能理解。杜诗以集大成著称，常有变调，体制不纯粹，相比之下，李攀龙认为王维与李颀就颇得七言律体之妙，言下之意，李认为王维与李颀的七言律诗成就比杜甫高。事实上，李颀只存有七首七言律诗，《唐诗品汇》全部收之，李攀龙的《古今诗删》亦将七首全部收录；王维七言律诗亦入选 11 首，杜甫入选 13 首，相对于各人的创作数量而言，杜甫入选的比例要低于二者。在这一点上，王世贞不赞同李攀龙的做法，也不同意李攀龙对杜甫七律的评价，他要为杜甫力争。对于李攀龙极推崇的王维、李欣的七言律诗，王世贞说"虽极风雅之致，然调不甚响"，找出了二者的瑕疵；他对于杜甫的褒扬，并不是建立在客观的事实上，而是一种情感性的强词夺理："固不无利钝，终是上国武库"，言下之意，杜甫的七言律诗虽然有着李攀龙所说的一些缺点，但其优秀程度仍是无与伦比的，并说如果"此公地位乃尔，献吉当于何处生活？"然而，王世贞这种"强词夺理"终是一种对杜甫情感上的维护，事实上，他对李攀龙的意思领会得很清楚，也知道杜甫的七言律确如李攀龙所评价的那样，存在着体制上的缺点，所以才有了这句耐人寻味的话："其微意所钟，余盖知之，不欲尽言也。"足见在杜诗问题上他的矛盾态度：经典作品体制的纯粹性与创作上的集大成有时不能兼得。所以，在没有情感介入的时候，他评价杜诗就会强调体制的纯粹性，对杜诗的评价亦就有了微词：

> 太白之七言律，子美之七言绝，皆变体，间为之可耳，不足多法。（《艺苑卮言》卷四）
>
> 虽老杜以歌行入律，亦是变风，不宜多作，作则伤境。（《艺苑卮言》卷四）

明人中对经典作品体制纯粹性要求最严格的，莫过于七子派后续同道许学夷了。"诗先体制，而后工拙"，论诗先论体制是他的原则，体制的纯粹性是首要的。所以，他能对李攀龙的唐古与五古之分表示出理解，在《诗源辩体》中也多次谈到二者的不同，而且他颇得意自己的《诗源辩体》于诗学有六功，其中有二功都是强调作品的体制纯粹性的。但即使是如此，面对杜甫，他的态度也出现了矛盾。许学夷有时很清醒，坚持原则，如："至如杜五言'旌旆朝朔气，笳吹夜边声'，语非纯雅；……于全篇不称，选唐诗者姑置之可也。"（《诗源辩体》卷十三）然亦有自乱阵脚的时候：

> 子美七言，以歌行入律，豪旷磊落，乃才大而失之于放，其机趣无不灵活。（《诗源辩体》卷三十）
>
> 盛唐诸公律诗，得风人之致，故主兴不主意，贵婉不贵深。冯元成谓："得风人之旨，而兼词人之秀。"是也。子美虽大而有法，要皆主意而尚严密，故于《雅》为近，此与盛唐诸公各自为胜，未可以优劣论也。（《诗源

辩体》卷十七)

这种矛盾时时刻刻贯彻在七子派的诗论中,也显示出七子派文学经典意识的发展更为深入。

二、唐人七律第一所属之争

诗至唐,各体具备,近体格律诗也从初始发展完备,创造了后世尊之为典范的经典——盛唐之诗。就近体而言,五言律常可入圣入神,七言律虽说也有入圣却难达至优。唐代很多名家,多以五言律胜,七言却写得少也难写得好。七律之难唐人已有所认识,在后人尤其是明人看来,七律也是相当难以写好的,胡应麟的一段说法可为代表:

> 近体之难,莫难于七言律。五十六字之中,意若贯珠,言如合璧。其贯珠也,如夜光走盘,而不失回旋曲折之妙;其合璧也,如玉匣有盖,而绝无参差扭捏之痕。綦组锦绣,相鲜以为色;宫商角徵,互合以成声。思欲深厚有余,而不可失之晦;情欲缠绵不迫,而不可失之流。肉不可使胜骨,而骨又不可太露;词不可使胜气,而气又不可太扬。庄严,则清庙明堂;沉著,则万钧九鼎;高华,则朗月繁星;雄大,则泰山乔岳;圆畅,则流水行云;变幻,则凄风急雨。一篇之中,必数者兼备,乃称全美。故名流哲匠,自古难之。(《诗薮》内编卷五)

胡应麟认为,创作七言律,需要有高超的技艺手段来调动声、色、情、意、言,做到意若贯珠,言如合璧,相鲜为色,互合成声,以此来表达诗人的情思;然情又要求缠绵而不迫,思要求深而不晦,这个度要把握好,使得肉不能胜骨,骨又不可太露;最终创作出的作品要呈现出或庄严、或沉着、或高华、或雄大、或圆畅、或变幻等美学风貌,这是何等之难啊!姑且将胡应麟为七律所确立的规范称为"五十六字理论"。之后,他又从不同的角度讨论了七言律之难。与五言律从规模和结构上相比:"五言律规模简重,即家数小者,结构易工。七言律字句繁靡,纵才具宏者,推敲难合。"(《诗薮》内编卷五)不仅如此,与七言律体制相应的各种风格的创造也较难把握,稍不合度，则格调难高：

> 七言律，壮伟者易粗豪，和平者易卑弱，深厚者易晦涩，浓丽者易繁芜。寓古雅于精工，发神奇于典则，熔天然于百炼，操独得于千钧，古今名家罕得有兼备此。（《诗薮》内编卷五）

再者，七言律创作技法的运用要相当灵活，对创作主体的才、思要求也相当高：

> 七言律，对不属则偏枯，太属则板弱。二联之中，必使极精切而极浑成，极工密而极古雅，极整严而极流动，乃为上则。然二者理虽相成，体实相反，故古今文士难之。要之人力苟竭，天真必露，非荡思八荒，游神万古，功深百炼，才具千钧，不易语也。（《诗薮》内编卷五）

正因为七律的要求如此高，创作如此难，所以："迄唐世工不数人，人不数篇。"（《诗薮》内编卷五）也正因为七律如此不易达到至妙的境地，相对而言，明人对五言创作经典的确立易达成一致，而七律第一的遴选却是一个意见无法统一的难题。尽管意见难于统一，许多人却乐此不疲，纷纷在此问题上发表高见，而在明人关于"唐人七律第一"的热闹纷争中，明人、七子派关于杜诗的矛盾态度也展露无遗，七子派的"文学经典意识"亦更进一步深化。

"七言律孰为第一"这段公案，源自于严羽的一个没有解释的断语："唐人七言律诗，当以崔颢《黄鹤楼》为第一"，从而为明人制造了一个永远新鲜的诗学话题。其实，在盛唐时代，诗人们已经开始有意识地争取"桂冠诗人"的称号，李白可能是官方以非正式的、很有文化意味的方式默认的"桂冠诗人"。当时诗名极盛且政治地位极高的贺知章与李白忘年相交，惊呼李白为"谪仙人"，等于是封了李白之诗为"天下第一"称号。李白又被唐玄宗诏为翰林，有皇帝调羹、贵妃研墨、力士脱鞋等典故，李白在世时，诗名已满天下。其他一些诗人也喜欢较一下诗名之高下，关于王昌龄等人以歌妓所歌其诗的数量多寡来分胜负的典故即说明了这一个现象。对于无法下断语的"唐人七律第一"这个问题，明人的兴致显然很高。

　　明人关注此问题首先源于前期的何景明、薛君采，他们另取他人七律为第一。杨慎在《升庵诗话》中记录了此事："宋严沧浪取崔颢《黄鹤楼》诗为唐人七言律第一。近日何仲默、薛君采取沈佺期'卢家少妇郁金堂'一首为第一。"① 关于何、薛二人定沈佺期《古意》一诗为唐人七言律第一的诗学事件并未反映在何景明的文集中，但是不管有无此事，杨慎《升庵诗话》记录这样一件事，至少说明在明代前期，人们关于唐人七律第一这一问题开始有了不同看法，它成为了一个诗学话题，引起此后明人对于七言律这一诗体样式及唐人七律第一问题持久而深入的关注。

　　王世贞首先对这两种不同意见发表了自己的看法并提出了新的意见：

　　　　何仲默取沈云卿"独不见"，严沧浪取崔司勋《黄鹤楼》，为七言律压卷。二诗固甚胜，百尺无枝，亭亭独上，在厥体中，要不得为第一也。沈末句是齐、梁乐府语，崔起法是盛唐歌行语。如织官锦间一尺绣，锦则锦矣，如全幅何？老杜集中，吾甚爱"风急天高"一章，结亦微弱；"玉露凋伤""老去悲秋"，首尾匀称，而斤两不足；"昆明池水"，秾丽况切，惜多平调，金石之声微乖耳。然竟当于四章求之。②

---

① 杨慎. 升庵诗话［M］//周维德，集校. 全明诗话. 济南：齐鲁书社，2005：1013.
② 王世贞. 艺苑卮言：卷四［M］//周维德，集校. 全明诗话. 济南：齐鲁书社，2005：1922.
　　王世贞所欣赏的这四首诗及崔颢的《黄鹤楼》、沈佺期的《古意》附录于下：
　　《秋兴八首》之一：玉露雕伤枫树林，巫山巫峡气萧森。江间波浪兼天涌，塞上风云接地阴。丛菊两开他日泪，孤舟一系故园心。寒衣处处催刀尺，白帝城高急暮砧。
　　《秋兴八首》之七：昆明池水汉时功，武帝旌旗在眼中。织女机丝虚月夜，石鲸鳞甲动秋风。波漂菰米沉云黑，露冷莲房坠粉红。关塞极天惟鸟道，江湖满地一渔翁。
　　《登高》：风急天高猿啸哀，渚清沙白鸟飞回。无边落木萧萧下，不尽长江滚滚来。万里悲秋常作客，百年多病独登台。艰难苦恨繁霜鬓，潦倒新停浊酒杯。
　　《九日蓝田崔氏庄》：老去悲秋强自宽，兴来今日尽君欢。羞将短发还吹帽，笑倩傍人为正冠。蓝水远从千涧落，玉山高并两峰寒。明年此会知谁健，醉把茱萸仔细看。
　　《黄鹤楼》：昔人已乘黄鹤去，此地空余黄鹤楼。黄鹤一去不复返，白云千载空悠悠。晴川历历汉阳树，芳草萋萋鹦鹉洲。日暮乡关何处是，烟波江上使人愁。
　　《古意》：卢家少妇郁金堂，海燕双栖玳瑁梁。九月寒砧催木叶，十年征戍忆辽阳。白狼河北音书断，丹凤城南秋夜长。谁为含愁独不见，更教明月照流黄。

　　王世贞从体制之一——语辞入手加以辨别，认为沈佺期的"卢家少妇郁金堂"（《古意》）一诗，末句是齐梁乐府语，而崔颢的《黄鹤楼》的起句是盛唐歌行语，二者都不符合唐人格律体的用语要求，亦即不合近体诗的体制，所以都不能称为第一。他认为唐七律第一还是应从杜诗中加以选拔，但是有意思的是，王世贞本人并没有给出确切答案，他给出了四个选项，认为应从这四首杜诗中求之。而这四首诗，在王世贞看来亦非十全十美："风急天高"（《登高》）一诗是其所爱，但遗憾的是，此诗结句微弱，未臻于至妙；"玉露凋伤"（《秋兴八首》之一）、"老去悲秋"（《九日蓝田崔氏庄》），两篇体制上都没什么问题，首尾也很匀称，但是从诗的艺术境界阔大与深厚的要求来看，二者要逊于"风急天高"一篇；而"昆明池水"（《秋兴八首》之七）一诗，秾丽况切，平调太多。因为老杜多仄调险韵，而此诗平调太多，虽中金石之声，但微乖于老杜之调，即杜甫自身的艺术特色不明显，不如"风急天高"一诗的老杜特色突出。尽管四首在王世贞看来皆不完美，但是他仍认为唐人七律第一应从此四首中加以选择。其实，从王世贞对四诗的评语不难看出其倾向性，那就是他更倾向将他所爱的"风急天高"（《登高》）一篇定为"唐人七律第一"。

　　对王世贞的意思，胡应麟把握得非常清楚，他的一番话，既弥补了王世贞的遗憾，同时也表达了自己的立场：

　　　　杜"风急天高"一章五十六字，如海底珊瑚，瘦劲难名，沈深莫测，而精光万丈，力量万钧。通章章法、句法、字法，前无昔人，后无来学。微有说者，是杜诗，非唐诗耳。然此诗自当为古今七言律第一，不必为唐人七言律第一也。（《诗薮》内编卷五）

　　先抛开体制不说，仅就从一个有着高级艺术修养的读者角度来看，杜甫"风急天高"一诗的艺术魅力产生的冲击力不可谓不强劲，给人带来的艺术震撼也是无法言喻的，且其通篇的章法、句法、字法，前无古人，后无来者。一首好诗并非是只靠掌握"法"就可以创作出来的，这个道理七子派明白，胡应麟更是明白，他自己就说了，七言律体制及格调方方面面的要求非常高，体式上的声、色、意、言的要求，内容上情、思之度的要求，美学风貌的要求，都非仅靠遵守体制及相应的法则就可以达到的，更需要宏略的才思。杜甫之才思不可谓不大，因其太大，又会超越出体制的内在规范，失去该诗体体制的纯粹性，但又并未多失本体。所以，胡应麟认为，面对不失本体而兼众调的杜甫，面对他所创造的无与伦比的艺术之美，体制的条条框框此时就暂时不要针对他来讲了，因为，这给人带来震撼感受的艺术之花毕竟不是每个人都能创造出来的，严格遵守体制创作规规矩矩的作品毕竟容易些，这样的创作就交给别人吧！所以，按照体制纯粹性及盛唐美学风貌的要求，杜甫此诗不能参加"唐诗七律第一"的遴选，但它却是前无古人、后无来者，是整个诗歌历史中出现的最优秀的诗篇！这是胡应麟心中激动的独白、冲动的呐喊。此诗是他更多以一个有着高超艺术欣赏水平的读者眼光而非囿于体制的批评家身份为整个诗歌史确立的七言律经典作品。

但是，胡应麟毕竟是一个有着极深艺术造诣的理论家、批评家，从激动的情绪中平静下来后，他仍要从"文学经典意识"出发，从确立经典及创作典范所需要用的程序，从理论高度上寻找根据，通过令人信服的解析，确立老杜"风急天高"一诗"唐人七律第一"的地位，使它不仅成为古今七律第一，亦成为唐人七言律第一。而按照他的分析，这个结论是可以成立的，胡应麟是这样分析的：

《黄鹤楼》、"郁金堂"，皆顺流直下，故世共推之。然二作兴会适超，而体裁未密；丰神固美，而结撰非艰。若"风急天高"，则一篇之中句句皆律，一句之中字字皆律，而实一意贯串，一气呵成。骤读之，首尾若未尝有对者，胸腹若无意于对者；细绎之，则锱铢钧两，毫发不差，而建瓴走坂之势，如百川东注于尾闾之窟。至用句用字，又皆古今人必不敢道，决不能道者。真旷代之作也。然非初学士所当究心，亦匪浅识所能共赏。此篇结句似微弱者，第前六句既极飞扬震动，复作峭快，恐未合张弛之宜，或转入别调，反更为全首之累，只如此软冷收之，而无限悲凉之意，溢于言外，似未为不称也。"昆明池水"虽极精工，然前六句力量皆微减，一结奇甚，竟似有意凑砌而成。益见此超绝云。（《诗薮》内编卷五）

首先要罢黜前人即严羽所推举的《黄鹤楼》和何景明、薛君采所推举的《古意》。胡应麟认为，二作诚然比较优秀，顺流直下，有圆畅之美，符合读者的期待视野与审美习惯，容易引起一般读者的共鸣，但是从体制上来辨析，二作体裁未密，即王世贞所说的《黄鹤楼》结句为齐梁乐府语，《古意》的起句是盛唐歌行之语，并且"颔颇偏枯，结非本色"，故不合体制的规范。其次，要否定杜甫的"昆明池水"等另外三首诗成为唐人七律第一的可能性，这个工作王世贞已做了。复次，要从七律体制的规范性，即从胡应麟的七言律"五十六字理论"上，确立老杜"风急天高"一诗的唐七律独一无二的经典地位。其一，此诗是律诗，句句皆律，字字皆律，未有齐梁乐府语，亦未有盛唐歌行语，皆是律语；其二，该诗五十六字，一意贯串，一气呵成，意若贯珠，言如合璧，"骤读之，首尾若未尝有对者，胸腹若无意于对者，细绎之，则锱铢钧两，毫发不差"，更见作者技艺之高明，达至炉火纯青的化境；其三，该诗不但意若贯珠，言如合璧，而且相对于回旋曲折之妙而言，其曲折之中更有气势，如"百川东注于尾闾之窟"。最后，至于王世贞所说该诗"结亦微弱"，胡应麟从艺术创作的规律加以解析："第前六句既极飞扬震动，复作峭快，恐未合张弛之宜，或转入别调，反更为全首之累。"即前六句极度张扬，后不宜再作峻峭急快之语、苍劲邈远之象，不然有张无弛，不合诗歌创作的规则，乃为诗之别调，全诗反被这样的结句连累。而以软冷收之，气虽不太张扬，调不太激越，形象病弱潦倒，却有无限悲凉之意溢于言外，就像"此时无声胜有声一样"，所以此句似微弱却能获得更好的美学效果。

由此可见，胡应麟证明杜甫的《登高》一诗的经典地位的过程，也是其格调理论的一次批评实践。胡应麟的格调理论："体制格调，兴象风神"，还有作者的创作才思对于作品"风神"的影响，都是解析作品优秀程度的重要标准，由此超越了李攀龙极度强调"体制"的偏颇，达到了理论上的圆融。胡应麟这一诗学实践不仅意味着七子派"格调理论"的成熟，同时也意味着七子派的"文学经典意识"的成熟。

胡应麟之后，许学夷对唐人七言律第一问题也很感兴趣，他对此问题也发表了自己的看法：

元美尝欲于老杜"玉露雕伤""昆明池水""风急天高""老去悲秋"四篇定为唐人七言律第一，中虽稍有相诋，又皆无当。愚按：杜律较唐人体各不同无论，若"丛菊两开他日泪"，语非纯雅。"织女机丝虚夜月，石鲸鳞甲动秋风"，细大不称。"羞将短发还吹帽，笑倩傍人为正冠"，似巧实拙。故自"风急天高"而外，在杜体中亦不得为第一，况唐人乎？"老去悲秋"，宋人极称之，自无足怪。（《诗源辩体》卷十九）

　　崔颢七言有《雁门胡人歌》，声韵较《黄鹤》尤为合律。胡元瑞、冯元成俱谓"《雁门》是律"，是也。……崔诗《黄鹤》首四句诚为歌行语，而《雁门胡人》实当为唐人七言律第一。（《诗源辩体》卷十七）

　　许学夷对于王世贞欲从老杜四首中取一篇定为唐人七言律第一的想法进行了否定，否定的出发点就是将杜律与唐人律从体制上区分开，这一做法与李攀龙将唐古与古诗分开是一样的道理："杜律较唐人体各不同"。他说"玉露雕伤""昆明池水""老去悲秋"三诗，因为各种原因，在杜律中都不能算第一，又怎能算唐人第一？况且杜律在体制上与唐律体制不同，杜律不能算唐律，其诗又怎能参与唐人七律第一的遴选呢？从体制的纯粹性上出招否定杜诗，可谓釜底抽薪，这也充分体现了许学夷严格辨明体制的文学经典意识。否定别人品第出来的唐人七律经典，许学夷也树立了一个新的七律第一经典：崔颢的《雁门胡人歌》，但他并没有具体解释，不过不用解释我们也知道他的潜台词：此诗体制最纯。

　　由此可见，明人对"唐人七言律第一"问题争来争去，最终也没有统一的意见，足见从体制的纯粹性这种经典意识出发，很难选出一首完美的七言律。不过跳出严、何、王、胡等人所限定的遴选范围，有一个诗人曾进入明人的视野，他就是盛唐人李颀。李颀的七律自唐时起就不受重视，殷璠的《河岳英灵集》还是较为看重李颀的，共录其14首诗，仅次于王昌龄、常建、王维，居第四位，但并未录其一首七律。芮挺章《国秀集》收其诗四首，也无七律入选，之后的唐诗选集只有元好问的《唐诗鼓吹》及杨士弘的《唐音》分别收了他两首和四首七律。直到明初高棅的《唐诗品汇》，才将李颀的七首七律全部收录，并在《七言律诗叙目》中将他提升至与高适并驱的地位："至于李颀、高适当与并驱，未论先后，是皆足为万世程法"，将李颀七律经典化。之后，李攀龙的《古今诗删》又将李颀的七首七律全数收录，并说"七言律体，诸家所难，王维、李颀颇臻其妙"①，从此，李颀的七律地位在文学史中就显得突出了，胡震亨云："盛唐名家称王、孟、高、岑，称七言律祧孟，进李颀，应称王、李、岑、高云。"② 于是，李颀进入了明人的视野，七子派对其七首诗逐一加以品第，在发现了好处的同时，问题也被发现了，他们也无法从李颀诗中找出一首可立为唐人第一的七律。看来，用最挑剔的体制眼光逐一审视，唐人七言律第一实难确立，胡震亨将唐人七言律之争的来龙始末加以总结之后，就明确地表达了这种观点：

> 七言律压卷，迄无定论。宋严沧浪推崔颢《黄鹤楼》，近代何仲默、薛君采推沈佺期"卢家少妇"，王弇州则谓当从老杜"风急天高""老去悲秋""玉露雕伤""昆明池水"四章中求之。……吾谓好诗自多，要在明眼略定等差，不误所趋足耳。"转益多师是汝师"，何必取宗一篇，效痴人作此生活!③

胡震亨认为，如果强调经典作品体制绝对纯粹，那么前面所说的六篇一篇也不符合要求，那这样辨别的结果于学诗者又有何益？对于学诗者来说，这些诗还有其他的盛唐七律诗，都有其优点，只要转益多师，采众人众作之优，集其大成，何愁创作不出优秀的诗篇？胡震亨对于七律，由研究者严格的辨体立场，又回到了集大成立场。不管怎样，这两种立场都体现了明人的"文学经典意识"，而在这两种立场的矛盾与统一中激发的种种诗论，也说明七子派，说明明人的文学经典意识在不断深化与成熟。

从早期论诗重诗之情、调（声）、色，到发展出本色理论，从体制格调，到兴象风神，七子派的"格调理论"是不断丰富与发展的，这也使得其成为具有批评与鉴赏功能的有效理论。它既可从体制角度辨作品之经典性，将"诗"这

---

① 李攀龙．选唐诗序［M］//李攀龙．古今诗删．清文渊阁四库全书本．
② 胡震亨，辑．唐音癸签：卷十［M］//周维德，集校．全明诗话．济南：齐鲁书社，2005：3648．
③ 胡震亨，辑．唐音癸签：卷十［M］//周维德，集校．全明诗话．济南：齐鲁书社，2005：3650—3651．

一文类自身许多问题阐发得深入而精微，又能从声、情、色、语词、风格、文体要求等内容与形式层面进行分析鉴赏，确立诗美的典范，带领人们体味、领略优秀作品美的艺术创造。而且七子派在进行体制之辨的批评实践时提出了非常深刻的诗学命题，如唐人五言古及唐人七律第一问题，并进行了持久而热烈的讨论，而在讨论中体现出来的强烈的辨体意识，集大成认识与体制纯粹性要求之间的矛盾、对待杜诗的矛盾态度等，又意味着七子派的"文学经典意识"也在不断深化与成熟。

第四章

文学经典意识与竟陵派选评《诗归》

第一节　从体制到真精神：确立经典的新标准

除却以"本色"论进行体制之辨，确认诗歌体制的纯粹性，七子派的"格调理论"用之于批评实践深入分析作品的过程更多是审美的过程，是体味诗歌的情感内容及形式规则所显示出来的美学意味即"风神"的过程，而这最终会触及到作家主体之精神世界，而七子派对某些美学风格的推崇，亦透露出七子派的精神追求与人格诉求。

其实，论诗带有某种精神追求在高棅那里已有之。

高棅在《唐诗品汇》中对唐诗的发展演变作了一个详尽的勾勒与陈述。他以初唐诗为"正始"的重要原因，是认为初唐诗变六朝颓风而复趋"大雅"；以盛唐诗为"正宗"，但所立五言古"正宗"的第一个代表诗人是初唐的陈子昂，这些都体现出他对某种人格精神的肯定。他从"格调"角度评价陈子昂，认为陈子昂开了唐诗新的精神气象：

> 高才倜傥，乐交好施，学不为儒，务求真适。文不按古，仁兴而成。观其音响冲和，词旨幽邃，浑浑然有平大之意，若公输氏当巧而不用者也。故能掩王、卢之靡韵，抑沈、宋之新声，继往开来，中流砥柱，上遏贞观

176

之微波，下决开元之正派。呜呼，盛哉！①

陈子昂之诗伫兴而成，自然而真，既音响冲和，又词旨幽邃，颇得风雅之遗风，一洗六朝缺少精神贯注的靡艳诗风。陈子昂开盛唐之正宗，不仅在于其能求古人之诗，更因能效古人之风骨精神，有所托寄，开启盛唐诗雄浑健美之格力。对于盛唐诗来说，陈子昂的意义在于他不同于六朝的新的审美取向与复归大雅的艺术精神，预示着未来盛唐将要开拓出更多高远的美学风格来。高棅说："诗至开元、天宝间，神秀声律粲然大备"，各种"盛唐格调"共同构成"盛唐气象"，盛唐格调之美与盛唐人积极向上的精神世界是交相辉映的，这可以从高棅对"正宗"之诗的选取看出来。在《唐诗品汇》中，各体裁创作唯一均居"正宗"地位的是李白诗，李白创造的主要是"自然雄逸"的风格，其他各体中被列入"正宗"者，主要是王、孟、高、岑，他们的诗歌创作多是什么样的美学风格呢？高棅在《五言律诗叙目》中说："孟襄阳兴致清远，王右丞词意雅秀，岑嘉州造语奇峻，高常侍骨格浑厚。"又设"大家""名家""羽翼"等品目，作为对"正宗"的补充。雄逸、清远、雅秀、奇峻、浑厚这些由"格""调"综合作用而形成的美学风貌、风格，对应着盛唐时期文人的精神世界与精神状态，对这些美学风格的追求，也就显示出明人内在的精神诉求。相比之下，高棅对于中晚唐诗则评价不高，主要认为中晚唐诗"气弱"，格力不高，元和之后"体制始散，正派不传，人趋下学，古声愈微"（《五言古诗叙目》），与之相对应的是中晚唐人消极与萎弱的精神世界。

再看七子派。前七子反对浮靡萎弱的馆阁文风，提出"文宗秦汉，诗宗汉魏盛唐"，这一文学经典宗尚及其自身创作，都体现着他们的精神诉求；后七子们在对作品的格调各因素进行审美与分析鉴赏的过程中，最终也会上升到对作品"意"与"趣"层面的审会，体味到作品的"风神"之美。高启曾将文学作品分为三个层次，"格以辨其体，意以达其情，趣以臻其妙"。"'格'是形式的整体特征，可以说是评价作品的最直观层次，也是确定一个作品的基本格调的层次；'意'是情感内蕴，是作品的内在意义层，也是一部作品感染、打动人的内在源泉；而'趣'则是作品中所透射出的作者的灵感和独创性，因此而产生

---

① 高棅. 唐诗品汇［M］. 上海：上海古籍出版社，1988：47.

的特殊魅力。"①

　　七子派诚然是持"格调理论",主要从作品的情、调、色及一些形式美学层面入手对作品加以体验、分析、判断,但是该理论不是从天而降的,而是有着高棅选诗实践及李东阳"格调说"作铺垫。高棅选唐诗,其中既有对盛唐格调的追求,亦有着对盛唐气象的向往,盛唐格调与盛唐气象,最后都指向盛唐人的精神世界。七子派尊"汉魏盛唐诗",推崇其雄浑自然、高华圆畅之美,一方面因为汉魏盛唐诗的体制及形式规律更符合各体诗歌样式的本质规定性,另一方面也体现出他们对汉魏盛唐诗人自由而积极的精神世界的向往,这便有着七子派自身的精神追求与人格诉求在里面,前七子们以之鼓舞士气,后七子们以之安顿自己的精神与心灵。所以,七子派从格调理论出发体验、分析作品,最终会上升到对作品"意""趣""风神"的体味上。即使七子派论诗十分重视体制之辨,创作上拟古作风严重,他们依然会从他们所宗尚的作品中,体味出古人诗性的精神世界。比如王世贞,他在文章方面推崇秦汉之文,其云:

　　　　李献吉劝人勿读唐以后文,吾始甚狭之,今乃信其然耳。记闻既杂,下笔之际,自然于笔端搅扰,驱斥为难。若模拟一篇,则易于驱斥,又觉局促,痕迹宛露,非斫轮手。自今而后,拟以纯灰三斛,细涤其肠,日取《六经》《周礼》《孟子》《老》《庄》《列》《荀》《国语》《左传》《战国策》《韩非子》《离骚》《吕氏春秋》《淮南子》《史记》、班氏《汉书》,西京以还至六朝及韩、柳,便须铨择佳者,熟读涵泳之,令其渐渍汪洋。遇有操觚,一师心匠,气从意畅,神与境合,分途策驭,默受指挥,台阁山林,绝迹大漠,岂不快哉!

　　这则诗话,首先固然表明了王世贞宗秦汉之文的复古思想,以及以秦汉之文为师法对象进行创作的倾向。但是"实际上在具体的文学活动中,既有的文学作品对作家的影响不仅仅表现为若干技巧手法的继承,而且表现为对作家的

---

　　① 高小康. 古典艺术精神的自觉 [M] //敏泽. 中国文学思想史: 下册. 长沙: 湖南教育出版社, 2004: 300.

趣味乃至精神境界的形成所产生的影响"。① 王世贞所言"气从意畅，神与境合，分途策驭，默受指挥，台阁山林，绝迹大漠，岂不快哉!"正是从先秦之文中受到影响而获得的精神境界与艺术趣味。而胡应麟重作者才思对作品的内在风神的影响，已开始注意到了作者倾注于作品中的主体精神了。

　　"前七子"之后唐宋派崛起，王慎中、唐顺之等人起初亦是从"格"的层面提倡师法"唐宋之文"，后来王慎中与唐顺之二人接受了心学，要求超越"格"的层面，超越具体作文之法，去体味作品中所体现出来的一段真精神。唐顺之云："至如鹿门所疑于我本是欲工文字之人，而不语人以求工文字者，此则有说。……文莫犹人，躬行未得，此一段公案，姑不敢论，只就文章家论之。虽其绳墨布置，奇正转折，自有专门师法，至于中一段精神命脉骨髓，则非洗涤心源，独立物表，具今古只眼者，不足以与此。"② 当然，他所说的"真精神"有"道学"倾向，但也与创作主体的艺术精神有紧密关系。茅坤则更重视作品通过艺术表现所体现出来的"万物之至情"，这也属于对作品意蕴及主体"精神"层面的体味。

　　再看"公安派"。公安派高举"性灵"，他们主要从创作角度对七子派进行批评，批评七子派主张模拟古文辞、尺寸古法，以至于失去创作主体之真，主张不拘格套法度，自由地抒放人的情感与欲望。但这并不意味着他们对古人作品不认同，他们认为，师法古人作品，不应是师"辞"与"法"，而应师古人"不为汉，不为魏，不为六朝之心"，即古人的独创精神。

　　而到了"竟陵派"这里，则主要从文本的意蕴及艺术创造入手，发掘作品中体现出来的古人的"真精神"。何谓"真精神"？竟陵派所说的"真精神"，是有着情感倾向，审美倾向与价值取向的，因而是诗性的，美的，它超越尘俗，幽微孤峭，同时它又是真切、朴拙而又深沉的。竟陵派选诗以是否有"真精神"作为标准，将选诗的标准从文本的体制格调，兴象风神转向或说提升至诗歌文本艺术创造中所倾注、含蕴的诗人主体的"真精神"，进而发展出了"真精神"说，成为竟陵派选诗的理论依据。竟陵派的"真精神"说仍然是审美鉴赏理论，

---

① 高小康. 古典艺术精神的自觉［M］//敏泽. 中国文学思想史：下册. 长沙：湖南教育出版社，2004：316.

② 唐顺之. 答鹿门知县二［M］//郭绍虞. 中国历代文论选：第三册. 上海：上海古籍出版社，1990：75.

不同于七子派的体制格调，竟陵派所要分析鉴赏的是作品是否蕴含了创作主体之真精神，因此竟陵派选诗仍是在"文学经典意识"之下展开的。而在评诗时，在体味作品中的真精神时，他们所持的立场又是一个普通的读者的立场，因此竟陵派的"文学经典意识"从某种意义上来说又是一种读者立场的"文学经典意识"。这是其与七子派所不同的地方。

第二节　选《诗归》：竟陵派的文学经典意识初显

一、《诗归》的选诗宗旨及选诗情况

竟陵派的主将是钟惺与谭元春，二者都是湖北竟陵（今湖北天门）人。钟惺（1574—1624），字伯敬，号止公，又号退谷、退庵，万历三十八年（1610）进士，初授行人，工部主事等职，天启元年升迁至福建提学佥事。人严冷，不喜接俗客，晚逃于禅。谭元春（1586—1637），字友夏，号鹄湾。万历三十三年（1605）结识钟惺，得钟惺赏识，结为忘年之交。天启七年举乡试第一，后参加会试皆落第，崇祯十年（1637）参加会试途中病殁于长店。谭元春一生未入仕，主要精力用在文学事业上。

从万历四十二年冬始，钟惺与谭元春开始选《诗归》，直至万历四十五年定稿刊行。《诗归》包括《古诗归》与《唐诗归》两部分，其中《古诗归》共十五卷，《唐诗归》共 36 卷，钟惺于此有所交代："书成，自古逸至隋，凡十五卷，曰《古诗归》。初唐五卷，盛唐十九卷，中唐八卷，晚唐四卷，凡三十六卷，曰《唐诗归》。"①

关于选《诗归》一事，二人在文集中有多处谈到，谭元春《退谷先生墓志铭》云："万历甲寅、乙卯间，取古人诗与元春商定，分朱蓝笔，各以意弃取，锄莠除砾，笑哭由我，虽古人不之顾，世所传《诗归》是也。"②《自题西陵草》

---

① 钟惺. 诗归序［M］//钟惺. 隐秀轩集：卷第一六. 李先耕，崔重庆，标校. 上海：上海古籍出版社，2017：290.
② 谭元春. 谭元春集：卷二十五［M］//陈杏珍，标校. 上海：上海古籍出版社，2012：681.

又云："甲寅之岁，予与钟子选定《诗归》，精论古人之学，似有入焉者。而适以其时往西陵，遇境触物，所思所笔，遂若又进一格。"① 钟惺《西陵草序》亦云："万历甲寅九月，钟子再过夷陵，省座师雷先生家，为诸同门视其田墓事。先与谭子期京山，……钟子语谭子曰：'吾与子定古人诗矣。古人于诗，虽其一隅，将必有全力焉。'"②

关于选诗的动机，钟惺这样说道：

> 常愤嘉、隆间名人，自谓学古，徒取古人极肤极狭极套者，利其便于手口，遂以为得古人之精神，且前无古人矣。而近时聪明者矫之，曰："何古之法？须自出眼光。"不知其至处又不过玉川、玉蟾之唾余耳，此何以服人？而一班护短就易之人得伸其议，曰"自用非也，千变万化不能出古人之外。"此语似是，最能荧惑耳食之人。何者？彼所谓古人千变万化，则又皆向之极肤极狭极套者也。是以不揆鄙拙，拈出古人精神，曰："诗归"，使其耳目志气归于此耳。其一片老婆心，时下转语，欲以此手口作聋瞽人灯烛舆杖，实于古人本来面目无当。自觉多事，不能置此身庐山之外，然实有所不得已也。③

这段话显然是针对七子派和公安派而言的。七子派在诗学实践上，除了以"格调理论"进行审美批评，确立经典外，还要为学习者确立可师法的各种诗歌体式的典范。他们提出"文必秦汉，诗必汉魏盛唐"，除了通过体制之辨确立汉魏古诗和盛唐近体的经典性之外，还要通过分析、批评找到最适合学习者学习的典范作品，并从中总结出典范作品成功的创作经验、法则以指导创作，这更多流连于文本的形式法则层面，但这却是七子派能有众多追随者的关键。而在钟惺看来，七子派号召学古，尊汉魏盛唐诗，只是从形式格调入手，寻找作诗的途径，而于诗中所蕴含的古人精神，则未能领会，所以他们所确立的供学习

① 谭元春．谭元春集：卷二十五［M］//陈杏珍，标校．上海：上海古籍出版社，2012：806.

② 钟惺．隐秀轩集［M］．李先耕，崔重庆，标校．上海：上海古籍出版社，2017：316.

③ 钟惺．再报蔡敬夫［M］//钟惺．隐秀轩集．李先耕，崔重庆，标校．上海：上海古籍出版社，2017：547.

者师法的典范作品，都是一些途径显露而精神不彰的"极肤、极狭、极套者"。这些所谓的典范作品由于能示人途径，学习者有了模拟的范本，创作变得相对容易，故而得到众人的追捧，在钟、谭看来，七子派于真正的古人之诗并未有得，却以谬见而误人。后起的公安派，标举"性灵"，对抗七子派的经典宗尚及所力倡之"法"，要求表现真心、真情、真欲，要求自出眼光，但又流于草率粗易。相比于七子派，公安派这种以草率为创新的主张显得更加容易，一时追随者甚众，然钟、谭认为公安派主导下的创作，古人之精神更加不存。面对七子派及公安派之弊及在文坛上造成的不良影响，钟、谭二人自称有一种责任感驱使他们，"不能置此身庐山之外"，要通过选诗实践示人以"古人之真""古人之真诗"。在他们看来，只有那些体现了古人之真精神的诗，才是古人之真诗，于是，二人开始精定《诗归》，通过选诗来表明、推行自己的主张，肃清文坛。钟惺在《诗归序》中云："选古人诗而命曰《诗归》，非谓古人之诗以吾所选为归，庶几见吾所选者以古人为归也。引古人之精神以接后人之心目，使其心目有所止焉，如是而已矣。"① 二人平生精力，都倾尽于《诗归》一书。

从上述动机出发，钟、谭二人的选诗宗旨，就是要批评与黜落七子派为学习者所确立的创作典范。那些七子派无比推崇的盛唐高华之诗，那些所谓的经典作家的经典诗篇，在钟、谭看来只不过是"古人之极肤、极狭、极熟者也"。它们只能示人以途径，让学习者以为掌握了此途径，即体制、声调、音节、风格上的具体法则，就可以写出好诗来，其实创作根本不是这么回事。从七子派后学之弊来看，七子派这种确立学习典范，示人以途径的做法并没有指导人们创作出足以匹敌汉魏盛唐的优秀诗篇来，相反，放眼诗坛，满眼都是"黄茅白苇"，流弊颇深。为什么会这样呢，钟、谭认为：

　　诗文气运，不能不代趋而下；而作诗者之意兴，虑无不代求其高。高者，取异于途径耳。夫途径者，不能不异者也，然其变有穷也。精神者，不能不同者也，然其变无穷也。操其有穷者以求变，而欲以其异与气运争，吾以为能为异而终不能为高。其究途径穷而异者与之俱穷，不亦愈劳而愈

---

① 钟惺. 诗归序［M］//钟惺. 隐秀轩集：卷第一六. 李先耕，崔重庆，标校. 上海：上海古籍出版社，2017：289.

远乎？（钟惺《诗归序》）

七子派从典范作品中总结出的各种创作途径、方法，其变化是有穷尽的，以普通学习者的才力来驾驭，在这有限的途径上下功夫，终会走到山穷水尽的地步，想求格调之高，终不能高，最终流于模拟剽窃。公安派起而矫之，却又是"必于古人外自为一人之诗以为异；要其异，又皆同乎古人之险且僻者，不则其俚者也；则何以服学古者之心？"（钟惺《诗归序》），不得要领。钟、谭认为二人选诗，不去追究有限的途径以示学习者，也不剑走偏锋，突出险、僻、俚以对抗雅正经典，也不像李攀龙选《古今诗删》一样以己之意见为归，而以其变无穷的"古人精神"为旨归。

从具体的选诗实践来看，《诗归》确实黜落了不少《唐诗品汇》《唐诗正声》及李攀龙的《古今诗删》中所推崇的唐诗经典作品，表而出之了许多无名之辈的诗作。初唐，他选了朱仲晦、刘允济、李崇嗣、张循之、吴少微、长孙正隐……等人之诗，高棅与李攀龙就没选这些人的作品。这些无名之辈，即使只有一言卓然，钟、谭二人也要使天下人知之。初唐四杰之中，钟、谭不选杨炯诗，且其他三人如骆宾王的《帝京篇》、卢照邻的《长安古意》等名篇不选；李白的《蜀道难》《将进酒》等名篇皆不选，《古风》60首仅选其一，钟惺认为"太白长处，殊不在此"（《唐诗归》卷十五盛唐十"李白"），选入少有人提及的《设辟邪伎鼓吹雉子班曲辞》《夷则格上白鸠拂舞辞》，并云："不读此（指《夷则格上白鸠拂舞辞》一诗）及《战城南》等作，不知太白平实典切处。"（《唐诗归》卷十五盛唐十"李白"）选杜甫等名家作品，则"于寻常口耳之前，人人传诵，代代尸祝者，十或黜其六七"。（《唐诗归》卷二十二盛唐十七"杜甫"）对此，谭元春解释说："凡素所得名之人，与素所得名之诗，或有不能违心而例收者，亦必其人之精神止可至今日而不能不落吾手眼。因而代获无名之人，人收无名之篇。"①

对于钟、谭二人如此选诗，许学夷表示出极大不满：

---

①　谭元春. 诗归序［M］//谭元春. 谭元春集：卷二十二. 陈杏珍，标校. 上海：上海古籍出版社，2012：595.

《诗归》于唐诗取舍，不能一一致辩，姑论其最谬者：五言近体，王、杨、卢、骆，惟杨声体稍纯，今惟杨不录；初唐五言古，其体甚杂，今于沈、宋诸人，每多录之，且云："五言古，唐人先用全力付之，而诸体从此分"；陈子昂、张九龄《感遇》虽出阮嗣宗，而远不逮，钟盛推子昂、九龄而独黜嗣宗；盛唐五言古，惟李、杜为诣极，其余诸人体实多杂，今所采王维、王昌龄、储光羲、常建最多。谭云："唐人神妙，全在五言古，太白似多冗易，非痛加削除不可。"此类颠倒殊甚。且于太白集中，伪撰者既不能辩，而于《蜀道》《天姥》又皆削之，是其生平好奇特字句琐屑之奇耳，非变化不测之神奇也。（《诗源辩体》卷三十六）

公认的优秀作品不选，而选些以格调眼光看来不值提及的诗作，在许学夷看来甚是荒谬，且不仅选唐诗如此，古诗的选取亦是讹谬甚多：

首古逸诗二卷，首篇乃少昊母《皇娥歌》及黄帝《兵法》，许由《箕山歌》等，皆七言也，以为真伪存而弗论。次汉、魏，则乐府多而古诗少。乃至焦氏《易林》及凡仙鬼之作，亦多录入。钟云："今非无学古者，大要取古人之极肤、极狭、极熟便于口手者，以为古人在是。故魏人五言，曹、王仅见一二，而公干不录；晋人五言，潘、陆仅见一二，而景旸不录，正以诸子五言为肤熟，便于口手者耳。"然则《十九首》，苏、李之选，乃古今名篇，不得不存，初非真好也。又凡于生涩、拙朴，隐晦、讹谬之语，往往以新奇有意释之，尤为可笑。大都中郎之论，意在废古师心；而钟、谭之选，在借古人之奇以压服今人耳。（《诗源辩体》卷三十六）

钟、谭二人如此选诗，即使其同道亦不能理解，蔡敬夫就认为其选初唐四杰、李、杜诗就多有可商榷之处，钟惺对此加以回应：

来谕所谓去取有可商处，何不暇时标出，乘便寄示？若《诗归》中所取者不必论，至直黜杨炯，一字不录。而《滕王阁》《长安古意》《帝京篇》《代悲白头翁》、初、盛应制七言律，大明宫唱和、李之《清平调》、杜之《秋兴》八首等作多置孙山外。实有一段极核极平之论，足以服其心

处，绝无好异相短之习。夫好异者固不足以服人也。古诗中去取亦然。想
公所云云，决不指此耳。

　　恨《诗砭》一卷未成，不能录与公正之。①

　　钟惺认为他们看似不合常理的选诗，都是以"古人真精神"作为选诗的宗
旨与出发点的，"实有一段极核极平之论，足以服其心处，绝无好异相短之习"。
钟、谭标榜纯粹以古人精神为归，而非以一己之意为归，但与常人的认识距离
太大。在一些人看来，他们这样选诗对古人过于苛刻，对此钟惺亦加以解释：

　　　　惺论诗，人罪其苛，苛于今，亦苛于古，此物论也。诗之所必可，而
　　吾必以为不可，斯之谓苛。夫诗之所必可，而吾必以为不可，彼之可者自
　　在，不恕于己而无损于人，惺虽愚不为也。惺论诗亦求其可而已。唯是惺
　　之所不敢遽以为可者，乃世之所谓可，而非诗之所必可者也。此苛之罪所
　　由来耳。予读人诗，虽一字一句之妙，师之，友之，爱之，敬之，必诚必
　　信；乃亦有妙至一篇一部，而予犹觉未满志者。理数机候，人问予，予自
　　问，皆莫能知。深思力求，俟其时之自至，故之自明而已。②

　　钟惺解释二人如此选诗，不是为了为邀名而狂狷，硬要与世人对着干，而
是坚定地认为读古人诗、学古人诗，都应以理解诗中所体现出的古人精神为最
重要的任务，以此为标准，是好诗不会硬说不好，不是好诗也不会硬说好，所
以人罪其苛是没有道理的；且"读人诗，虽一字一句之妙，师之，友之，爱敬
之，必诚必信"，于古人又何苛之有呢？钟、谭坚信，只有以古人精神为归而选
出的诗，才是古人最好的诗，也只有体现了古人真精神的诗，才是最优秀、最
经典的诗，才是可以成为学习的典范的，而《诗归》选出的正是他们心目中的
经典作品。由此可见，钟、谭二人尽管与七子派的诗学主张有所差异，但是在
论诗具有"文学经典意识"方面，二者是一致的。

---

①　钟惺. 再报蔡敬夫 ［M］//钟惺. 隐秀轩集. 李先耕，崔重庆，标校. 上海：上海古籍
　　出版社，2017：547—548.
②　钟惺. 徐元叹诗序 ［M］//钟惺. 隐秀轩集. 李先耕，崔重庆，标校. 上海：上海古籍
　　出版社，2017：324.

二、《诗归》的批评功能及影响

从《诗归》产生的效果来看，是相当广泛而深远的，这从一些人对它的评价可以看出来。有的人认为钟、谭的诗选确立了一种与七子不同的诗歌范式——"钟谭体"，甚至"承学之士，家置一编，奉之如尼丘之删定"。① 陈子龙曰："汉体昔年称北地，楚风今日满南州。"② 自注："时多作竟陵体。"邹漪云："当《诗归》初盛播，士以不谈竟陵为俗。"③ 可见影响之大。

《诗归》之所以能够产生如此大的影响，首先在于《诗归》并不是一个单纯的诗歌选集，而是承载着批评功能，表现出一定诗学主张的选本。《诗归》首先是一部诗歌选本，但我们知道，选本同时也承担批评的功能，称为"选本批评"。中国古代诗学的写作文体有序、跋、书、诗话、论诗诗、选本、评点等，其中"序"从《毛诗》就已有之，并发展成为中国古代诗学最主要的文体样式，一些正式的诗论、文论往往是通过"序"表达出来。明代"序"文的比重非常大。"论诗诗"始于杜甫的《戏为六绝句》，后韩愈亦有《调张籍》，到元好问有论诗诗三十首，此后，论诗诗时时有之，明代亦有，但量不大。"诗话"之名，始于欧阳修的《六一诗话》，是一种以随意的态度记录文坛轶事、诗文见解的诗学行为，目的是"以资闲谈"。这一种诗学文体形式，其源头是《世说新语》，《世说新语》中记有大量的名士文学之谈及名士的文学活动轶事，如果单独辑录，就是一部欧阳修式的以资闲谈的"诗话"。还有一种诗话理论性强，逻辑较为严密，始自于钟嵘的诗论著作《诗品》。明前期诗论的写作主要仿欧阳修的随笔式诗话，或者说尽量写得像随笔体，比如《归田诗话》《南濠诗话》等。中后期的诗话写作，保留了随笔诗话的形式，以一则一则的形式出现，但不再是"以资闲谈"，而是明确贯穿着宗派的理论主张，体现着其文学经典意识，王世贞的《艺苑卮言》如此，谢榛的《四溟诗话》亦是如此，但还没有完全系统化，还有一些较为轻松的文人轶事。到了后期的胡应麟的《诗薮》、许学夷的《诗源辩体》、陆时雍的《诗镜总论》，轻松的笔调则完全不见，代之以是严谨

① 钱谦益. 列朝诗集小传·钟提学惺［M］//郭绍虞. 中国历代文论选：第三册. 上海：上海古籍出版社，1990：219.
② 陈子龙. 陈子龙诗集：下册［M］//施蛰存，校. 上海：上海古籍出版社，1983：415.
③ 邹漪. 钟学宪传［M］//邹漪. 启祯野乘一集：卷七，明崇祯刻清康熙重修本.

的理论研究，并有着严谨的诗学体系。除此之外，明代还有两种非常有特色的诗学样式：选本与评点。

明代文坛宗派之争非常激烈，诗文选本成为表达与传播诗学观念、扩大宗派影响十分有效的批评方式，同时，选本作为一种批评载体，也是建构本宗派诗学体系的有效方式。明代一些有影响的宗派之所以能够产生持续的影响力，一个重要的原因就在于他们有诗文选本，比如七子派有《古今诗删》《唐诗选》，唐宋派有《唐宋八大家文钞》。竟陵派的宗主钟惺官阶不高，谭元春并未入仕，但他们所领导的竟陵派却能够产生巨大的影响，也是因为他们的诗学观点有了文本载体，即《诗归》，在明代出版业相当发达的情况下，他们的诗学观念很快传播到众人那里。所以，选本是一种非常有效的批评方式。关于选本，鲁迅先生说："选本可以借古人的文章，寓自己的意见。……如此，则读者虽读古人书，却得了选者之意，意见也就逐渐和选者接近，终于'就范'了。"① 由此可见，选本作为一种批评方式，影响很大，除了"诗文评"类，明代诗学的发展也是靠诗文选本来推动的，诗选对于明代诗学的意义尤大。

所以，承载着批评功能的选本，是一种非常容易传播文学观点的批评方式。想当年公安派反对七子派的姿态何其激烈，但因为没有一个选本作为载体传播主张，他们产生的影响只限于文人圈子，没有辐射到整个社会中去，高峰过去，主将早逝，影响便迅速衰落。七子派的影响力之所以能持久不衰，一方面固然因追随者众、势力大，另一方面也由于李攀龙的诗选《古今诗删》《唐诗选》的广泛传播，使得七子派的诗学主张深入人心。竟陵派也因一部《诗归》闻名天下，掌文坛权柄数十年，且在清初，影响依然存在。对此，许学夷曾不无忧虑地说：

> 袁中郎之说极为诡幻，然不过载诸其集，初未尝有成书也。伯敬、友夏则定为《诗归》以为法，实以一时宗尚，不敢置喙，故纵心至是，不知宇宙之大，万世公论自在。使此书不行，固为无益；若行，适足资后人口吻耳。后世岂能以科名官爵服人耶？（《诗源辩体》卷三十六）

---

① 鲁迅. 选本［M］//鲁迅. 鲁迅论创作. 上海：上海文艺出版社，1983：331.

在许学夷看来，袁宏道及公安派的怪说只不过是限于其文集中，况且初时还没成书发行，故袁氏三兄弟虽然鼓吹叫嚣，与七子对作，影响终究有限。钟、谭的异论则是以选本《诗归》的形式出现并行之于世的，影响实大，坏影响更大，因此，许学夷对其尤为深恶痛绝。最后，他只好自我安慰实是无可奈何地说："中郎论诗，钟、谭选诗，予始读之而惧，既而喜，盖物极则反，《易》'穷则变'，乃古今理势之自然。三子论诗，选诗，悖乱斯极，不能复有所加，雅道将兴，于此而在。孟子曰：'天下之生久矣，一治一乱。'"（《诗源辩体》卷三十六）

三、"不选不诗说"：选诗与经典化

《诗归》明明是一部诗歌选集，但钟惺却反对"诗选"的称谓，而以《诗归》命之。钟惺《诗归序》云：

> 昭明选古诗，人遂以其所选者为古诗，因而名古诗曰"《选》体"，唐人之古诗曰"唐选"。呜呼！非惟古诗亡，几并古诗之名而亡之矣。何者？人归之也。选者之权力能使人归，又能使古诗之名与实俱殉之，吾其敢易言选哉！

钟惺认为名其诗选以"选"，可能会使读者误入歧途，以为选者所选之诗就是古人之诗的全部。在钟、谭看来，"诗选"不过是以个人之审美眼光对古代诗歌的评判，不能完全代表古诗或者唐诗丰富多样的风貌，如果浸染这些诗选日久，古人之诗在人们的心目中就失去了真实面目。于此，他提出的解决方法就是变"选"为"归"，即放弃选者的批评者立场，从读者角度体验、发掘创作主体融于作品中的"精神"，力图找到作者、读者之间的沟通渠道，使得古人之诗在读者的审美视野中获得富有生命力的存在，这就是钟惺所说的"选古人诗而命曰《诗归》，非谓古人之诗以吾所选为归，庶几见吾所选者以古人为归也。引古人之精神以接后人之心目，使其心目有所止焉"。（钟惺《诗归序》）

但不管钟、谭二人怎么说，选《诗归》就是一种选诗行为，而且二人深谙"选"对于个人诗学活动的意义："选"是一种非常有效的表达批评观念及传播名声的途径，高水平的选本可以很快让选者获得声誉。七子派因李攀龙的诗选

而影响持久，公安派因无诗选而过早衰落，钟惺对此有着较为深切的认识。在万历三十八年考中进士后，与前后七子、袁氏兄弟一样，钟惺亦欲求得文名，七子们与"公安三袁"进入文坛的方式是结文社，而钟惺则从选诗入手。当然，选诗之举求得文名是一方面，另外亦源于他对表现了真精神的诗的诚爱之心。他读了董崇相的诗，很有感触，"虽一字一句之妙，师之，友之，爱敬之，必诚必信"，于是自发为董崇相选诗，他在《董崇相诗序》中记录了此事：

> 闽有董崇相先生者，其人朴心而慧识，古貌而深情。所为诗似其为人，非惟不使人知，而若不敢以作诗自处者。庚戌，予始读而选之，见其力之至，巧之中。盖独胜者过于同能，而兼长者逊其专诣，公亦知予不妄，而诗始有集。①

经他选后，董崇相始有诗集流传。从某种意义上来说，选诗者就是作者的知己与伯乐：钟惺说："虞翻曰：'天下有一人知己，足以不憾。'此非致慨于天下之莫己知，而姑求知于一人以自慰也。"② 钟惺还为很多其他人选诗，为好友陶崇谦选定《镜佩楼诗选》，为谭元春选《简远堂近诗》，为商家梅选《种雪园诗》等。他很喜欢同乡鲁文恪的诗文，想为其选诗，但由于诗稿被太史汤嘉宾索去而未选成，还为章晦叔三选其诗，得数十首。钟惺选诗固然有求声名的内在动机与价值需求，但进入选诗活动后，我们得承认钟惺选诗的态度是十分虔诚的，这来自于他的一个诗学理念："诗不选不诗，诗不选不传"。

"诗不选不诗"这句话出自同道好友商家梅之口："诗不选不诗也，选不钟子不选也"（钟惺《种雪园诗选序》），但也是钟惺的观点与选诗的理论依据，他为商家梅选《种雪园诗》五卷，使其有诗集于世。在钟惺看来："文人为诗，则欲有诗之名。欲有诗之名，则其诗不得不求工者，势也。"（钟惺《董崇相诗序》）自文人从事诗歌创作以来，诗歌就不再像风人那样得之于无意，作者的创作动机就不十分单纯，欲求诗名的心态较为突出，而欲求诗名，就不得不在诗

---

① 钟惺. 隐秀轩集：卷第一七［M］//李先耕，崔重庆，标校. 上海：上海古籍出版社，2017：319.

② 钟惺. 种雪园诗选序［M］//钟惺：隐秀轩集：卷第一七. 李先耕，崔重庆，标校. 上海：上海古籍出版社，2017：311.

之"工"上下功夫，钟惺认为这是诗歌创作发展的必然。然而，文人在作诗的过程中也产生一些问题，作者往往"就其习之所近，意之所趋，与其所矫以为诗"（钟惺《董崇相诗序》），甚至写下大量无甚价值的应酬诗，这些诗就不能代表作者真正的创作水准，甚至会掩盖了作者其他诗作的光辉，所以需要作家自己和选诗者对其诗进行筛选，去芜存精，选出那些倾注了作者情感与精神的能够感动读者的诗存世，这类诗才是作者之"诗"。当然，选诗这个工作通常是由选者完成的，通过选诗，原来被掩没的作者的独特的创作个性、创作风格、作品的基本风貌都得以突显了，而作者独特的创作个性、风格、作品风貌都来自于其独特的精神世界，随着以上因素的突显，作者的诗性精神也显现出来了。选诗不但突出了作者的创作特色，也使得选出的诗成为对读者有价值的诗，它们因能够与读者的精神相接引而得以流传。或许经过删选之后，一个人一生的创作只留下数十首甚至几首诗，但它们却是人类不可磨灭的精神财富，它们表现了作者精神世界的同时也表现了古今人类共同的精神世界，因而成为经典之作，作者也因之获得不朽。

正是在诗不选不能成为经典，不是经典就不流传的这个意义上，钟惺认为选者为作者之功臣，他在《题鲁文恪诗选后二则》中云：

> 观古人全诗或不过数十首，少或至数首，每喜其精。而疑其全者或不止此，其中散没不传者不无。或亦有人乎选之，不则自选，存其所必可传者而已。故精于选者，作者之功臣也。……
>
> 壬子，谭友夏选刻之金陵，至九十首，精矣该矣。……删选之力，能使作者与读者之精神心目为之潜移而不知。然则友夏虽欲不为文恪功臣，固不可得也。①

在这种观念的支配下，钟惺与谭元春想成为古今诗人的功臣，有了选古人与今人诗的选诗行为。谭元春选刻了鲁文恪的九十首诗，钟惺认为选得很好："精矣、该矣"，他作为一个读者，读了这个选集之后"喜焉、敬焉"，并说"使予

---

① 钟惺. 题鲁文恪诗选后二则［M］//隐秀轩集：卷第三五. 李先耕，崔重庆，标校. 上海：上海古籍出版社，2017：647.

读文恪全集，固未必其喜且敬之至此也。"（钟惺《题鲁文恪诗选后二则》）

钟、谭认为只有那些经过筛选之后能够打动读者的诗才有可能流传，由此，他们十分欣赏李贺，认为李贺通过选自己诗，选出了有李贺独特风格的经典诗作，也选出了一个文学史上的经典诗人："诗鬼"李贺。钟惺在《李长吉诗辨》中描述到："杜牧，李长吉执友也，叙长吉诗曰：'贺且死，尝授我平生所著歌诗凡二百三十三首。'今二百三十三首具在，则长吉诗无逸者矣。其逸者非逸也，皆贺所不欲存者也。"① 李贺为一代诗才，童年即能赋词章，十五六岁时，就以工乐府诗与先辈李益齐名。李贺一生创作勤奋，相传他每偕友出游，就有一小奴骑驴相随，背一破锦囊，李贺得有诗句，即写下投入囊中，回家后足成完篇。所以，李贺一生虽然短暂，但创作的诗的数量应是不少的，但李贺仅选二百三十三首存留。虽然数量少了许多，然"二百三十三首传于世，而无一字之亡"，因为这些选出的诗倾注着李贺独特的精神气质，在时间的长河中即使遭到过千百次的冲刷也不会被淘弃，故而能流传久远。这就是选诗的功劳，李贺诗因选而传，李贺亦因其诗而留名。

基于以上认识，钟惺得出了"选"与"作"的关系：

> 诗文多多益善者，古今能有几人？与其不能尽善，而止存一篇数篇，一句数句之长，此外皆能勿作；即作而能不使传，使后之读者常有其全决不止此之疑，思之惜之，犹有有余不尽之意焉。若夫篇与句善矣，而不能使其不善者不传于后，以起后人厌弃，而善者反不见信，此岂善为必传之计者哉？故夫选而后作者，上也；作而自选者，次也；作而待人选者，又次也。古人所谓数十首数首之可传者，其全决不止此。若其善者止此，而此外勿作，正予所谓："作其必可传者"也。此其识其力，古今又能有几人乎？（钟惺《题鲁文恪诗选后二则》）

在钟惺看来，"选而后作"者最为高明，这是要求作家倾注精神创作出足可传世的精品，不要创作一些不善之作。然而这种情况是非常理想化的，因为一

---

① 钟惺. 李长吉诗辨 ［M］//隐秀轩集：卷第三七. 李先耕，崔重庆，标校. 上海：上海古籍出版社，2017：677.

个人一生创作的过程是很漫长的，其真正的创作个性，独特的创作精神的形成也有一个过程，在此过程中，必然会写些不善之作，"选而后作"只有在个人独特的艺术精神形成之后才有可能做到。另外一种情况是"作而自选"，就如李贺一样："若长吉者，己所不欲存，虽举世之所欲共传，而必毅然自去之者也。"① 还有一种情况是"作而待人选"，作品经过他人筛选后，留下的是精品，堪称经典，读者会对其更多的创作有期待。他告诫时人："莫若少作，作其所必可传者，选而后作，勿作而待选。"（钟惺《题鲁文恪诗选后二则》）撇开"作"不说，就"选"而言，如果没有经过选择，一些不善的作品就会影响作者在读者心目中的地位，不仅其作品，可能其人都会遭到读者厌弃。在"选"与"作"的三种情况中，前二种情况主动权都在作者手中，后一种主动权则在选者手中，但是不管选者是作者还是他人，"选"的原则都是要能显示出作者的真精神。

可见，"不选不诗，不诗不传"之说，体现出钟、谭二人的文学经典意识，从"得古人精神"的角度来选作者诗，就是一个将作者及其作品经典化的过程，是为文学史制造经典作家与经典作品的诗学活动。关于这一点，谭元春很清楚，他说："尼父《诗》《书》二经皆从删，删者，选之始也。"② 正是经过孔子删诗也即选诗的行为，《诗三百》成为了一部诗歌经典。

第三节　选评《诗归》与竟陵派文学经典意识的成熟

一、选评结合：突显古人之"真精神"

钟、谭二人选《诗归》是以黜落七子派所认定的典范作品的姿态进行的：人选我黜，人黜我选。他们选了大量在七子派及世人心目中水平一般的作家的作品，以及名家里手格调一般的作品，似乎其诗学观念不受文学经典意识的支配，但是事实并非如此。谭元春《诗归序》云：

---

① 钟惺. 李长吉诗辨. //钟惺. 隐秀轩集：卷第三七. 李先耕，崔重庆，标校. 上海：上海古籍出版社，2017：678.

② 谭元春. 古文澜编序［M］//谭元春. 谭元春集：卷第二十二. 陈杏珍，标校. 上海：上海古籍出版社，2012：601.

　　凡素所得名之人，与素所得名之诗，或有不能违心而例收者，亦必其人之精神，止可至今日，而不能不落吾手眼。因而代获无名之人，人收无名之篇。若今日始新出于纸而从此诵之将千万口，即不能保其诵之盈千万口，而亦必古人之精神，至今日而当一出，古人之诗之神所自为审定安置，而选者不知也。惟春与钟子，克虑厥始。

在这里，谭元春表明二人选诗的立场是以"古人之精神"为归，以是否有"真精神"为选诗的标准，有真精神的诗即为优秀的诗、经典的诗，体现出二人的文学经典意识。与七子派以"格调"为评价诗歌的标准不一样，钟谭竟陵派从诗歌的意蕴与艺术创造综合角度出发，选出体现了主体之诗性精神的优秀诗篇。

　　选本本身便是一种批评手段，所以二人所选的《诗归》，同样也承担着批评的功能，然而，与其他选本不一样的是，这个产生于晚明的诗歌选本，受当时文学评点之风的影响，又与诗歌评点紧密结合。也就是说，《诗归》不是单纯的诗歌选本，也不仅有选本批评的功能，而是选本与评点两种批评样式相结合的诗歌批评文本。一个文本中有两种批评样式，这就使得此文本不同于寻常的选本，也不同于往常的诗话，它是一种复合的、新的批评样式，通过选与评，钟、谭二人的诗学主张得到了很好的表达与贯彻。

　　宋人想要创作出与古人一样优秀的作品的热情持续不减，作家的创作技法，作家作品的形式创造是诗学研究的重心，对作家自身关注得不够。七子派对汉魏盛唐人作品美学意义上的形式规律进行了重点研究，从中抽绎出了各种"法度"作为示人学习的途径，但过多从形式角度研究与学习古人作品，作家倾注在作品中的丰富的精神意蕴就被忽视了。从审美角度体验、分析作品的格调，虽然也会感受与体味到主体蕴于作品中的诗性精神，但七子派从格调理论出发，作家和他的作品往往被归为某种审美范式，作家由此被大大的扁平化了，而在《诗归》的选评中，作家的个体性被重视，作家的精神世界得到极大尊重。钟、谭认为："有志之士原本初古，审己度物，清而壮，壮而密，常以内行醇备，中坚外秀，发为自不犹人之言，而其途无所不经。"① 古之作者，创作于途径之外自有一段志——精神，包括作者的人格精神及由此而形成的艺术精神，备于内而发于外，主体精神就如"神光一寸"，照亮了整个作品，它才是作品的核心所在，二人读古人诗，吸引他们的是古人精神，而举世皆求途径，沉迷于古人一些极肤、极狭、极套者，古人精神所为之真诗反遭到掩没。钟惺云："惺与同邑谭子元春忧之。内省诸心，不敢先有所谓学古不学古者，而第求古人真诗所在。真诗者，精神所为也。"（钟惺《诗归序》）二人所以有了选评《诗归》的举动，阐明了其选诗、评诗都以古人精神为归的宗旨，钟惺云：

> 家居复与谭生元春深览古人，得其精神，选定古今诗曰《诗归》。稍有评注，发覆指迷。盖举古人精神日在人口耳之下，而千百年未见于世者，一标出之，亦快事也！②
> 选古人诗而命曰《诗归》，非谓古人之诗以吾所选为归，庶几见吾所选者，以古人为归也。（钟惺《诗归序》）

钟、谭二人选古人诗以古人精神为归的宗旨，其实是秉承了中国最传统的诗歌发生论——感物而生情，情生而形诸于诗。作者创作诗歌的冲动来源于情感的发生，而情感的发生又源自于感物，感物其实就是一种审美的双向活动：物以触情，情以审物，在将情感形诸于诗歌表现时，作者一方面将其艺术化的精神与情感文本化，同时作者的审美感受力及创作才能亦弥漫、凝结于诗歌文本之中。因此，追寻作者的精神与情感世界，不但可以感受到作者创作时的精神与情感的律动，也可以感受到作者那颗敏于审美的心，感受着作者情感发之于诗的创作过程。通过体验，主体审美与创造的过程全都呈现于读者面前，对于读者来说，这是多么奇妙的事情！这情感与精神极为丰厚的诗，能感天地，泣鬼神，故而也能感动读者，与读者心绪相通。所以，《诗归》在评点诗歌的批评实践中，非常注重发掘作家创作时的精神世界与精神状态，如对刘邦的《大

① 谭元春．万茂先诗序［M］//谭元春．谭元春集：卷第二十三．陈杏珍，标校．上海：上海古籍出版社，2012：623.
② 钟惺．与蔡敬夫［M］//钟惺．隐秀轩集：卷第二八．李先耕，崔重庆，标校．上海：上海古籍出版社，2017：545.

风歌》"大风起兮云飞扬，威加海内兮归故乡，安得猛士兮守四方！"所下的评语是：

> 雄大不浮，前二句言创，其气大；后一句言守，其思远。虽欲不为帝王不可。
> 妙在杂霸气习，一毫不讳，便是真帝王，真英雄。（《古诗归》卷三"高帝"）

评语紧紧抓住刘邦马上成就帝业后踌躇满志的情态。这就是刘邦创作《大风歌》时的精神状态：霸气十足的帝王英雄，杀破群雄，成就了帝业之基，从而踌躇满志，豪情满怀，得意地唱起《大风歌》，将这种精神贯注于作品中，故而该诗气势雄大，虽有杂霸之气而不显浮浪，因为作者是真帝王，真英雄。在感受这首诗时，读者仿佛也变成刘邦，感受着他的帝王气习与江山在手求贤共治的自豪无比的精神世界。

再看项羽的《垓下歌》："力拔山兮气盖世，时不利兮骓不逝。骓不逝兮可奈何，虞兮虞兮奈若何！"评语是：

> 真有情，真不负心人，妾与马俱舍不得，此一念便是不能杀汉王之根。（钟评，《古诗归》卷三"项羽"）
> 味"力拔山兮"二语，霸王已大悟矣。"可奈何""奈若仍"，哀衷深致，非粗人语。（谭评，《古诗归》卷三"项羽"）

此评语更是深入到项羽的情感世界。评点此首诗，紧紧抓住的是一代霸王在垓下被围，大势已去，与爱人面临生离死别的抉择时细腻伤感的柔情，此诗读后令人唏嘘不已。英雄没路时却最顾儿女之情，人们不禁为项羽对虞姬的那份真爱、真情、伤情所感动，项羽是真有情真不负心人，是有情之真英雄！评陶潜的诗歌风格，也是从陶潜的精神世界入手：

> 古人论诗文，曰朴茂，曰清深，曰浑雄，曰积厚流光。不朴不茂，不深不浅，不浑不雄，不厚不光，了此可读陶诗。陶诗闲远，自其本色，一

段渊永淹润之气，其妙全在不枯。(《古诗归》卷九"陶潜")

在具体评价陶诗风格时，二人注意从作者的个体精神与审美感受力出发，如在《癸卯岁始春怀古田舍二首》后有一段评语："幽生于朴，清出于老，高本于厚，逸原于细，此陶诗也。"(《古诗归》卷九"陶潜")陶诗幽、清、高、逸的美学风格，是由其朴、老、厚、细的人格及艺术精神所决定的。谢灵运则是以丽情密藻的艺术精神发其胸中奇秀，所以诗歌有骨、有韵、有色、有香。

那么，钟、谭二人所着力探求的古人之真精神，或说诗性精神，最突出的是什么精神呢？那就是"幽情单绪"。古诗风貌浑厚高古，艺术精神朴拙灵厚，在这种总体风貌之下，钟、谭选评古诗，注重发掘主体的"幽情单绪"，同时也顾及到个体精神世界的丰富性。对于唐诗来说则更重主体的"幽情单绪"。这种做法与七子派在审格调之美的基础上，将古诗、唐诗的美学风貌归结为几种审美范式、类型一样，钟、谭在与七子派对作的潜在竞争中，也突显了他们的"文学经典意识"，在追寻作者的主体精神时，他们也是突出了主体众多诗性精神之一种："幽情单绪"。钟惺云："真诗者，精神所为也。察其幽情单绪，孤行静寄于喧杂之中；而乃以其虚怀定力，独往冥游于寥廓之外。"(钟惺《诗归序》)在他们看来，这种"幽情单绪"才是最诗性的和富于艺术价值的"真精神"。审主体幽情单绪，亦是在审一种美。有幽情单绪的创作主体，其有孤怀、有孤诣，有着不流于世俗的高洁人格，因而也注定是孤独高蹈，不管他是在荒寒处独处，还是身居庙堂。这种"幽情单绪"如谭元春所云："譬如狼烟之上虚空，袅袅然一线耳，风摇之，时散时聚，时断时续，而风定烟接之时，卒以此乱星月而吹四远。"[1] 因为有了这种缥缈的"幽情单绪"，精神世界才如此诗性化，它超越于纷扰的世俗世界，即使这让作家主体看似显得如荒原上的孤独者，但他却达到了一种清旷高远的精神境界。谭元春又云："古之人，即在通都大邑、高官重任、清庙明堂，而常有一寂莫之滨，宽闲之野，存乎胸中而为之地，夫是以绪清而变呈。"[2]"寂寞之滨"，"宽闲之野"都是主体存乎于胸为幽情单

---

① 谭元春．诗归序 [M] //谭元春．谭元春集：卷第二十二．陈杏珍，标校．上海：上海古籍出版社，2012：594.

② 谭元春．渚宫草序 [M] //谭元春．谭元春集：卷第二十三．陈杏珍，标校．上海：上海古籍出版社，2012：627—628.

绪提供的诗意居所，幽情单绪在这里酝酿出一段精魂，一段诗性之美来。

　　钟、谭二人所选之诗，力求体现创作主体的幽情单绪，诗中所创造的艺术形象、意境，寄托着创作主体高洁孤寂的人格，二人对唐诗的选取尤其如此。阅读这些诗时，除了感受作者所创造的艺术形象之美外，更重要的是感受作者寄托于其中的幽情单绪，体味其超越尘俗的高洁人格。钟、谭二人作为读者，记下了他们读这些诗的所感，即评语，如：

　　　　梅诗如此无声无臭矣，雪蒲山中，高士卧月明林下，美人来肤不可言。（谭元春评《庭梅咏》，《唐诗归》卷五"张九龄"）

　　　　《缑氏尉置酒》，乃有此清思奥理，只如游览闲居之作，想其胸中不喧不杂。（钟惺评《缑氏尉沈兴宗置酒南溪留赠》，《唐诗归》卷十一"王昌龄"）

　　　　每一小物，皆以全副精神、全副性情入之，使读者不得不入。（钟惺评《苦竹》，《唐诗归》卷二十一"杜甫"）

　　　　韦苏州等诗，胸中、腕中皆先有一段真至深永之趣，落笔自然清妙。非专以浅淡拟陶者。（钟惺评韦应物诗，《唐诗归》卷二十六"韦应物"）

　　　　读王、储《偶然作》，见清士高人，胸中皆似有一段垒块不平处，特其寄托高远，意思深厚，人不能觉，然储作气和，而王作骨傲。（钟惺评王维《偶然作》四首，《唐诗归》卷八"王维"）

　　　　看古人轻快诗，当另察其精神静深处，如微之"秋依静处多"，乐天"清冷由木性，恬淡随人心"，"曲罢秋夜深"等句，元、白本色几无寻处矣，然此乃元、白诗所由出与其所以可传之本也。（钟惺评白居易、元稹诗，《唐诗归》卷二十八"元稹"）

　　　　夜中独坐，不言不语，领略寂然，自有其妙。（谭元春评《东溪玩月》，《唐诗归》卷九"王维"）

二、以"真精神"创造"清幽深厚"的美学风格

　　钟、谭二人认为："诗之为道，渊洞寂历，人天不尸"，"古称名士风流，必曰门庭萧寂，坐鲜杂宾"，都说明要想作出好诗来，都要先进入幽深空灵境地，即胸中的寂寞之滨，宽闲之野，或幽深、高远、洁净的山水境界，酝酿出幽情

单绪来，再将之转化为诗情，以寄作者之心。寄寓这幽情单绪的诗歌创作创造的必然是"清幽深厚"的美学风格，而"清厚"正是竟陵派所推崇的审美范式。钟惺评陶潜之诗时曾说："古人论诗文曰朴茂、曰清深、曰浑雄、曰积厚流光。不朴不茂，不深不浅，不浑不雄，不厚不光，了此可读陶诗。"显示了钟、谭二人的诗歌审美观念，即主要从清深幽厚处论诗。

"清厚"之美是竟陵派对七子派所极力推崇的"高华庄严"为主流的盛唐诗歌之美的一种反拨。在评唐诗《西亭子言怀》一诗中，钟惺发挥了纠七子派之偏的诗学观念，其云：

> 七言律，诗家所难。初、盛唐以庄严雄浑为长，至其痴重处，亦不得强谓之佳。耳食之夫一概追逐，滔滔可笑！张谓变而流丽清老，可谓善自出脱，刘长卿与之同调。俗人泥长卿为中唐，此君盛唐也，犹不足服其口耶？且初唐七言律，尽有如此风致者，因思"气格"二字，蔽却多少人心眼，阻却多少人才情。（《唐诗归》卷十六"张谓"）

钟惺批评七子派将初盛唐七言律诗的风格定为"庄严雄浑"而专尚气格，对其他格调一概排斥，尤其是排斥中晚唐诗"清深幽老"风格的做法，批评七子派不知"清""厚""深""幽""老""远"等亦是盛唐诗的美学风格。而且他们认为被七子派确定为风格庄严雄浑的诗歌，不一定是真正的好诗，因为多从形式入手，不真正深入作家个体的精神世界，七子派并没有发现真正的好诗人和他们创作的好诗，比如初唐刘希夷、乔知之，盛唐刘眘虚等人，他们的七言律"淹秀明约，别肠别趣"（钟惺评，《唐诗归》卷二"刘希夷"），谭元春亦云："希夷诗灵快淹远，与刘眘虚可称两手。"（《唐诗归》卷二"刘希夷"）因以表现高洁深邃的精神世界为目的，与世人的审美期待视野不同，所以七子派推崇的唐十二家、十四家中不会有它们的身影。

中晚唐诗因为在形式格调上不符合七子派的审美理想亦遭到黜落，在钟、谭看来，这是七子派没有看到中晚唐诗虽出脱盛唐，但在精神上与初盛唐甚至汉魏之脉都是相通相续的。在评晚唐诗人皇甫松的《古松感兴》时二人发挥了这种思想，钟惺评曰：

　　古人作诗文，于时地最近口耳最熟者，必极力出脱一番，如晚唐定离却中唐，等而上之，莫不皆然。非独气数，亦是习尚使然。然其所必欲离者，声、调、情、事耳。已至初、盛人，一片真气，全力尽而有余，久而更新者，皆不暇深求，而一切欲离之。以自为高，所以离而下，便为晚唐，亦有离而上者，为初盛、为汉魏，皆不可知。盖淳厚之脉，不尽绝于天地之间也，无一切趋下之理，观此等诗知之。（《唐诗归》卷三十五"皇甫松"）

　　谭元春评价《古松感兴》云："极朴、极厚、亦极高，似子昂《感遇》，妙诗。"而且，由于只重格调不重精神，钟、谭认为七子派即使是对盛唐最优秀的诗人诗作，也并没有给予完全正确的评价。钟惺在评李白诗时这样说道："古人虽气极逸，才极雄，未有不具深心幽致而可入诗者。读太白诗，当于雄快中察其静远精出处，有斤两，有脉理。今人把太白只作一粗人看矣。"（《唐诗归》卷十五"李白"）。钟、谭二人要从探寻作家主体之真精神出发，发掘贯穿着古人精神并表现出"清厚"美学风格的诗，他们认为这种沁透着作家主体精神的"清厚"之美才是最有价值的，超出处处透露着途径的七子派所归纳的几种审美范式。而且，七子派所归纳的审美范式，须以专家眼光，通过对诗歌形式因素的分析后才能确定，也就是说七子派所推崇的美学范式是以批评家的立场与眼光分析出来的，而钟、谭所主张的"清厚"之美可以以一个普通读者的立场体验得到的。

　　因推崇"清厚"之美，"清""厚"及与之相关的"幽""深""远""老"等遂成为钟、谭《诗归》中评价诗歌的主要美学范畴。

　　首先看"清"。钟惺云："诗，清物也。其体好逸，劳则否；其地喜净，秽则否；其境取幽，杂则否；其味宜淡，浓则否；其游止贵旷，拘则否。之数者，独其心乎哉！"① 钟、谭将诗看作"清物"，"清"乃为诗的主要美学样态，具体表现为体逸、境幽、味淡、游旷，以"清"来评价诗歌，也就有了相关的复合范畴："清幽""清远"。较为独特的是，钟、谭竟将"清"与"艳"这两种常人看来绝不相干的美融合为一个矛盾的统一："清艳"之美。"清"及"清幽"

---

① 钟惺．简远堂诗序［M］//钟惺．隐秀轩集：卷第一七．李先耕，崔重庆，标校．上海：上海古籍出版社，2017：303．

"清奥""清远""清艳"等成为钟、谭感受、评价诗歌之美的主要范畴，如：

> 幽细。
> 清景清语，妙在口吻间，无清态。（评谢庄《北宅秘园》，《古诗归》卷十一"谢庄"）
> 虽是拟古，自为清婉幽细之音，正以不甚似为妙。丝丝不乱，是精细女郎独坐长叹之词。（评《青青河畔草》，《古诗归》卷十三"王融"）
> 说来祇是清幽，全不萧条。（谭元春评《泛若邪溪》，《唐诗归》卷九盛唐四"丘为"）
> 清奥孤迥，结响最高。（钟惺评《秋村》，《唐诗归》卷三十六晚唐四"韩偓"）
> 虚淡高婉，一气清通，李颀、常建不能过也。（谭元春评《蜀中言怀》，《唐诗归》卷一初唐一"王适"）
> 不清远不足以为情诗，每诵此八句，摇宕莫禁，可思其故。（谭元春评《月夜有怀》，《唐诗归》卷二初唐二"陈子昂"）
> 清境幻思，千古不磨。（谭元春评《题破山寺后院》《唐诗归》卷十二盛唐七"常建"）
> 清永，闻初唐妙派。（评《和何议郎郊游》，《古诗归》卷十三"谢朓"）

再看"厚"。钟、谭二人在讨论陶渊明诗时认为古人论诗有三种美学风格：清深、雄浑和积厚，"厚"作为一种美学风格，主要表现为雄浑积厚。从钟、谭二人的诗评中可以看出"厚"的主要特征是"浑""朴""真"，因为它是"浑""朴""真"的，所以它又是"简""深""奥"的。二人多以"厚"论诗，如：

> 极切极厚，铭恺可法。（评《书锋》《古诗归》卷一"周武王"）
> 惜福厚语。（评《衣铭》，《古诗归》卷一"周穆王"）
> 只是极真极厚。（评苏武诗，《古诗归》卷三"苏武"）
> 字字真，所以字字苦；字字厚，所以字字婉。（评李陵诗，《古诗归》

卷三"李陵")

谢玄晖灵妙之心，英秀之骨，幽恬之气，俊慧之舌，一时无对。似撮康乐、渊明之胜，而似皆有不敌处，曰厚。然是康乐以下诸谢以上。（评谢朓诗，《古诗归》卷十三"谢朓"）

字字幽，字字厚，字字远，字字真，非汉人不能。（评《别范安成》，《古诗归》卷十三"沈约"）

老于涉世人，极透彻、极深厚语。（钟惺评《同王十三维偶然作》其三，《唐诗归》卷七盛唐二"储光羲"）

结得老甚。真澹，真远，真厚。（钟惺评《田家杂兴二首》，《唐诗归》卷七盛唐二"储光羲"）

厚字非着老字不妙。（谭元春评《白鼋涡》，《唐诗归》卷八盛唐三"维"）

以奇起，以厚终。（钟惺评《白鼋涡》）

此诗人知其雄大，不知其温厚。（钟惺评《望洞庭湖赠张丞相》，《唐诗归》卷十盛唐五"孟浩然"）

高、岑五言律只如说话，本极真、极老、极厚。（钟惺评高、岑诗，《唐诗归》卷十三盛唐八"岑参"）

作品风格之雄浑积厚，源自于作家主体的性情与学养之厚，性情与学养之厚铸就了主体精神之厚，因此，才创作出浑厚、深厚风格的诗歌来。谭元春在其《诗归序》中云："见缀缉为诗者，以为此浮瓜断梗耳，乌足好。然义类不深，□辄无以夺之，乃与钟子约为古学，冥心放怀，期在必厚。"① 约为古学，冥心放怀的目的在于培养性情与学养之厚，性情与学养厚了，作为创作主体，其气必厚，"幽情单绪"就会因有极厚的生气而能发之为雄浑积厚的好诗。钟惺认为"诗至于厚无余事矣"，"盛唐之妙未有不出于厚者"，不过在实际的创作中，"厚"又是很难达到的美学境界，高孩之就曾经致信给钟惺云："所评《诗

---

① 郭绍虞. 中国历代文论选：第三册［M］. 上海：上海古籍出版社，1990：217.

归》，反复于厚之一字，而下笔多有未厚者"①，认为钟、谭二人鼓吹"厚"，但自身的创作却多未达"厚"。为此钟惺加以辩解："从古未有无灵心而能为诗者，厚出于灵，而灵者不即能厚。弟尝谓古人诗有两派难入手处：有如元气大化，声臭已绝，此以平而厚者也，《古诗十九首》、苏、李诗是也。有如高严峻壑，岸壁无阶，此以险而厚者也，汉《郊祀》《铙歌》、魏武帝《乐府》是也。非不灵也，厚之极，灵不足以言之也。然必保此灵心，方可读书养气，以求其厚。若夫以顽冥不灵为厚，又岂吾孩之所谓厚哉！"② 钟惺一方面为自己辩解，创作不出有"厚"之美的诗歌是因为"厚出于灵，而灵者不能即厚"，另外他认为有两种"厚"很难达到，一种是"平而厚"，一种是"险而厚"。"厚"，出自于灵心和主体灵动深厚的精神世界，而主体灵动深厚的精神世界需要在保有灵心的情况下，通过读书养气，积淀了深厚的学养的情况下才能涵养出来。只有主体的精神世界变得灵动深厚了，"灵心"在诗歌创作时才能发挥它应有的作用，变成"神光一寸"，将主体精神的境界提升到自由高度，在这种状态下进入创作状态，灵与厚相交织，从而创作出积厚流光，灵动而富于生气的作品。而自己的作品不够"厚"，可能是"灵心"稍欠，也可能是精神世界还不够深厚灵动。

正是因为钟、谭二人对主体精神之"厚"如此强调，所以其所云"幽情单绪"都是出自于灵厚的主体修养的，而"清"之一格，亦体现着"灵厚"的特征。二人在评陶渊明古诗《癸卯岁始春怀古田舍二首》时曾云："幽生于朴，清出于老，高本于厚，逸原于细，此陶诗也。"（《古诗归》卷九"陶潜"）"朴""老"都是"厚"的表现，而"清"出于"老"，意味着"清"亦本于"厚"。所以"清"不意味着"轻"，而是清而灵厚的，或表现为清而老，或表现为清而深、或清而简，或清而奥。所以，二人在评诗时，常将"清"与"厚"联系在一起。钟惺评《郡内闲斋》云："清而不轻"（《唐诗归》卷五初唐五"张九龄"），评张九龄的《望月怀远》云："虚者难于厚。此及上作得之，浑是一片元气，莫作清松看。"（《唐诗归》卷五初唐五"张九龄"）评《寄阎防》："入处甚深厚，莫只作清微看"（《唐诗归》卷六盛唐一"刘眘虚"）。钟惺还在评

---

① 钟惺. 与高孩之观察［M］//钟惺. 隐秀轩集：卷第二八. 李先耕，崔重庆，标校. 上海：上海古籍出版社，2017：551.

② 钟惺. 与高孩之观察［M］//钟惺. 隐秀轩集：卷第二八. 李先耕，崔重庆，标校. 上海：上海古籍出版社，2017：551.

《白湖寺后溪宿云门》时阐述了"清"与"约"的关系，也间接证明了"清"与"厚"的联系。其云："凡清者必约，约者必少。此公诗一入清境中，泉涌丝出，若清之一字，反为富有之物。然清可以为少，少不可以为清。"（《唐诗归》卷十二盛唐七"常建"）"清"必"约"，"约"即"简"，简非简单，而是厚富深奥，所以，"清"亦必"厚"。

钟、谭二人在评诗时，往往"清"与"厚""深""老"等连用：

　　清老之极。（谭元春评《岳州夜坐》，《唐诗归》卷四初唐四"张说"）

　　清深。（钟惺评《西江夜行》，《唐诗归》卷五初唐五"张九龄"）

　　清深无际。（钟惺评皇甫曾《送陆鸿渐山人采茶回》，《唐诗归》卷二十五中唐一"皇甫曾"）

　　文房七言律以清老幽健取胜。（钟惺评刘长卿诗，《唐诗归》卷二十五中唐一"刘长卿"）

　　此等诗未尝露其深厚，然直以为清灵一派，不可请参之。（钟惺评《送楚十少府》，《唐诗归》卷十二盛唐七"常建"）

　　清响厚力。（钟惺评《送孔征士》，《唐诗归》卷二十五中唐一"皇甫曾"）

在钟、谭看来，最符合"清厚"美学风格的是陶渊明的诗："幽生于朴，清出于老，高本于厚，逸原于细，此陶诗也。"二人不同意苏轼对陶诗的认识。钟惺云：

　　坡公谓："陶诗外枯中膄"，似未读储光羲、王昌龄古诗耳。储、王古诗极深厚处方能仿佛陶诗，知此则枯、膄二字俱说不着矣。古人论诗文曰朴茂，曰清深，曰浑雄，曰积厚流光。不朴不茂，不深不浅，不浑不雄，不厚不光，了此可读陶诗。陶诗闲远，自其本色，一段渊永淹润之气，其妙全在不枯。（钟惺评，《古诗归》卷九"陶潜"）

陶诗朴茂、清深、浑雄且积厚流光，是"清厚"风格完美的代表，因为一段精神在，化为氤氲淹润之气萦绕，外既不枯，内亦丰膄。二人还认为之后善于学陶的是储光羲和王昌龄，而不是王维和孟浩然。其云："人知王、孟出于陶，不知细读储光羲及王昌龄诗，深厚处益见陶诗渊源脉络，善学陶者宁从二公入，莫从王、孟入。"（《唐诗归》卷十一盛唐六"王昌龄"）钟惺又云："幽厚之气，有似乐府，储、王田园诗妙处出此，浩然非不近陶，而似不能为此一派，曰，清而微逊其朴。"（评《归园田居》《古诗归》卷九"陶潜"）储、王二人最好的诗学到了陶诗之"深厚处"。即便如此，钟惺对二人仍不太满意，认为二者虽善学陶诗之"深厚"，不过于"清"与"厚"的关系处理得有些失当："储与王以厚掩其清，然所不足者非清。常建以清掩其厚，然所不足者非厚。"（《唐诗归》卷十一盛唐六"王昌龄"）相比之下，只有陶潜的诗做到了清而厚，厚而清，不以清掩厚，不以厚掩清，成为"清厚"之格的典范。

又由于"幽情单绪"出于真性情，出于深厚之气，所以，这种幽情不妨艳，不妨丽，而不害其清，不害其厚。钟、谭在《诗归》中对"艳"做了重新解释，并从主体诗性精神角度肯定了六朝诗，从而从"真精神"而非七子派所推崇的"格调"角度将六朝诗与汉魏古诗及唐诗接继起来，使六朝诗成为竟陵派以"真精神"为审美取向建构的文学史的一部分。钟惺评晋诗时云：

> 读晋、宋以后《子夜》《读曲》诸歌，想六朝人终日无一事，只觉一副精神时日于"情艳"二字上，体贴料理，参微入妙。其发为声诗，去宋、元填词途径甚近、甚易，读者当知其深妙处，有高于唐人一格者。（《古诗归》卷十一"无名氏"）

评刘缓《敬酬刘长史咏名士悦倾城》时亦云：

> 耳食者多病六朝靡绮，予谓正不能靡不能绮耳，若使有真靡、真绮者，吾将意取之。盖才人之靡绮不在词而在情，此情常留于天地之间，则人人有生趣，生趣不坠，则世界灵活。含素抱朴，一朝而寻其根。（《古诗归》卷十四"刘缓"）

钟、谭认为，六朝诗人一副精神，在于"情艳"二字上，却能体贴料理，参微入妙；其艳情外在表现为绮靡之辞，所以为世人所诟病，但人们却忽视了绮靡之辞背后的真情，此情虽靡绮至艳，却因为个体之真精神的贯注而能长留于天地之间。所以，出自于真精神的艳情，发为诗，是真靡真绮之诗，其格调并不低俗。那些以"格调"准绳六朝诗，批评六朝诗绮靡之病的言论，在钟、谭看来实在是浅陋之见。二人在选晋、五代及晚唐诗时都不讳选艳情诗，评诗也不避用"艳"字，在评南朝汤惠休的诗时云：

> 余尝谓：情艳诗到入微处，非禅寂习静，人不能理会，此右丞《西施咏》所以妙也，于惠休亦云。
> 无一毫比丘气，安知艳逸幽媚之致，不是真禅。（《古诗归》卷十二"汤惠休"）

在钟、谭看来，艳到极致之处，就超越了世俗的男女之欲而进入精神上的幽微境界，转化为一种幽情了，因为"艳"亦出自灵慧之心，清、厚之真性情。二人以"艳"评诗处很多，且常与"幽"并用。评汤惠休《怨诗行》云："妍而深幽，而动艳情三昧"（《古诗归》卷十二"汤惠休"）；评谢朓的《夜听妓》二首云："上歌艳在亲昵，下歌艳在幽情。"（《古诗归》卷十三"谢朓"）评韩偓的《幽窗》："细而慧所以艳"（《古诗归》卷三十六晚唐四"韩偓"）；评李廓诗："便娟俊爽，艳情侠骨，心口足以兼之，别具灵慧。"（《古诗归》卷三十中唐六"李廓"）评李商隐的《房中曲》："苦情幽艳。"（《古诗归》卷三十三晚唐一"李商隐"）二人在评谢灵运诗时曾说："康乐气清而厚，所以能丽、能密。"（《古诗归》卷十一"谢灵运"）主体之幽情单绪既清深灵厚，则亦朴、真、老、细，因而诗亦能艳能丽，故"清艳"亦能"清厚"，体现着主体的诗性化的真精神。

七子派更多从作品的形式出发，以"格调"作为标准，将汉魏古诗及唐诗的美学风格归结为雄浑自然、高华圆畅等几种，这需要有研究立场和诗学修养的人才能做到，而竟陵派从古人诗性之"真精神"出发，打破古诗与唐诗的时间界限，使得二者在一种审美风范上得到统一："清厚"。较之七子派，二人所推崇的美学风格更为单一。可见，支配钟、谭二人诗学思想及诗学实践的仍是明人所具有的"文学经典意识"，且竟陵派超越了形式层面，从格、意、趣等诗歌构成要素综合作用所酝酿而成的主体诗性精神角度论诗，显示着明人经典意识的进一步的发展与成熟。

第四节　竟陵派文学经典意识中的读者立场

一、从读者立场出发确立与评价诗歌经典

《诗归》首先是诗选，是钟、谭二人选诗的结果。一般选诗者所持的主要是专业批评者的立场，从《昭明文选》《玉台新咏》到明代的《唐诗品汇》《古今诗删》《唐宋八大家文钞》等，莫不如此。总之，选本都是为了表达选者的批评立场、文学观念、文学主张的，有着强烈的主观倾向性，所以这些诗选虽非其创作，但后人却认为它们就是选者所著之书。谭元春于此深有认识，其云："元春窃谓古人之文，不可及矣。生其后者，无可附益，不能端居无为，必将穆其瞻瞩，暇其心手。出吾之幽光积气，日与赏延，或不能无去取其间，久之成一书，而是人性情品径，已胎骨于一书之中。因而后之读是选者，皆曰'某氏之书也'。"① 从这些选本的批评立场及其产生的实际影响来看，选者的权力是很大的，这一点钟、谭二人是相当清楚的："选者之权力能使人归，又能使古诗之名与实俱狗之，吾其敢易言选哉？"（钟惺《诗归序》）

与以往选本仅仅表达文学观念、文学主张不同，竟陵派诚然有这方面的要求——为了求古人之真精神，但他们又强调选诗的另一目的是"引古人之精神以接后人之心目，使其心目有所止焉"，将批评家的立场让位于读者立场。他们只是以普通读者的身份去求之，在作者与读者之间充当一个中介，所以，尽管他们选《诗归》，但是他们不是掌生杀大权的主宰者，他们只是普通读者，从读者角度去感受作品中体现出来的主体之"真精神"。如果他们仅仅是一个有相当识力的职业批评家，无论多么想以古人精神为归，但其选诗仍是选者的主观行为，标准仍是选者的主观标准。仅就"选"的行为而言，二人的一些言论一不小心就现出了这种"原形"，如谭元春云二人商定选诗："以意弃取，锄莠除砾，

---

① 谭元春．古文澜编序［M］//谭元春．谭元春集：卷第二十二．陈杏珍，标校．上海：上海古籍出版社，2012：601.

笑哭由我，虽古人不之顾。"但二人选诗时，又常常会以读者的立场与古人精神
相交流沟通："夫真有性灵之言，常浮出纸上，决不与众言伍，而自出眼光之
人，专其力，壹其思，以达于古人，觉古人亦有炯炯双眸，从纸上还瞩人。"①
这样选出的诗能真正做到是以古人之富于诗意的真精神为归，它由读者体验与
感悟而得到。故而以读者型的"选者"来选诗，以普通读者之心沟通古人之精
神，才能代表普通的读者（当然主要是有一定程度文化知识的文人学子），才能
做到引古人精神接普通读者心目。正是"读者身份""读者立场"，真正使钟、
谭二人做到选诗以古人精神为归而不以选者之意为归，将古人创作都统一到主
体"真精神"及"清厚"的美学风格上来。由此可见，钟、谭二人批评中所显
示的"文学经典意识"是读者立场的，"读"也成为钟、谭诗学实践的一个重
要活动。

　　作为一个普通读者，也许他没有多少关于创作方面的技法知识，不能从一
些形式要素来评判诗歌的艺术性，但是"情感"是每个人都具有的，既然诗是
发之于情的，是道性情的，诗是作者情感亦即精神世界的艺术化表现，读者读
诗的目的也是为了了解作者的精神世界，与作者的情感产生共鸣，那么"情感"
就是作者与读者可以相互沟通的桥梁。读者用心去体验诗中所倾注的情感，进
而理解作者的精神世界，这是一个受过一般教育的读者都可以做到的事情，差
异只在于感受力的敏感程度。对于倾注了情感的作品，读者便会表示出敬意：
"读人诗，虽一字一句之妙，师之，友之，爱敬之，必诚必信。"阅读作品，没
有时刻想到作品优在何处，哪处法则可以资己之创作，而只是以己之情感去迎
接作品中倾注的情感，去感受、去体验而已，进而触摸到其中所含蕴的主体之
真精神。钟谭二人就是这样读诗的：

　　　　予读元叹诗，不必指其妙处何在，但觉一部亦满。一篇亦满，一句亦
　　满，一字亦满。满者，即可之义也。予苛于今，亦苛于古，而独以此一可
　　字许元叹。②

①　谭元春．诗归序［M］//谭元春．谭元春集：卷第二十二．陈杏珍，标校．上海：上海
　　古籍出版社，2012：594.
②　钟惺．徐元叹诗序［M］//钟惺．隐秀轩集：卷第一七．李先耕，崔重庆，标校．上
　　海：上海古籍出版社，2017：324.

读王、储《偶然作》，见清士高人，胸中皆似有一段垒块不平处。（《唐诗归》卷八盛唐三"王维"）

看古人轻快诗，当另察其精神静深处，如微之"秋依静处多"，乐天"清冷由木性，恬淡随人心"，"曲罢秋夜深"等句。（《唐诗归》卷二十八中唐四"元稹"）

在钟、谭看来，读者才是作品优劣的评判者，那些名声甚大的人的诗不一定好，那些无名之辈的诗不一定就差，一切由阅读的感受来定夺，即作者笔力，皆出读者目力之下。由此，一些无名之辈，本无意为之，但因性情所至，"其诗反能留一代之真声元气，而足以服读者之心"。（钟惺《董崇相诗序》）感受诗歌情感的能力来自于读者天然的"情感"，不受一些诗歌理论先见的影响，摒弃一切先在的评价，纯从己心出发，才能求得古人精神之所在。钟惺自身就是这样做的，他纯粹以一个普通读者的立场来读诗，其云：

庚戌以后，乃始平气精心，虚怀独往，外不敢用先入之言，而内自废其中拒之私，务求古人精神所在。虽不能得古人一二，然举其所得之一二以示人，其为人耳目所不经见，及经见而略不屑意者，十固已八九矣。间取己作以覆古人，向所信以为古人确然在是者，觉去古反滋远，有所创获晚出，使人愕然以为悖于古者，古人尝先有之。始悟近时所反之古，及笑人所泥之古，皆与古人原不相蒙，而古人精神别自有在也。①

从具体的评点来看，二人确实是以一个普通读者的身份记下阅读作品的感受，许多感受相当细腻。两人读《孤儿行》后，各有感受：

极俚，极碎，写得极奇，极古，极奥。看他转节落语，有崎岖历落不能成声之意，情泪纸上。（钟惺评，《古诗归》卷五"乐府古辞"）

予每读唐人"为长心易忧，早孤意常伤"，触着痛处，终日不乐。又复

---

① 钟惺. 隐秀轩集自序［M］//钟惺. 隐秀轩集：卷第一七. 李先耕，崔重庆，标校. 上海：上海古籍出版社，2017：314.

诵《孤儿行》一过，汗下，泪下，非至性人身当其苦，笔动不来。（谭元春评，《古诗归》卷五"乐府古辞"）

二人将其读诗的感受、情感表现及情感变化描写得非常真切。读诗的过程就是情感体验的过程，感受着艺术形象中所蕴含的喜怒哀乐等丰富情感，进而捕捉到作者的性情及艺术精神。又如读王筠《行路难》后有所评：

从忧苦中酿出一段精细，从深密中几出一片风趣，其乃妙微透处。（钟惺评）

悲甚、怨甚，笔下全是血，纸上全是魂，当与千古有情人相关。（谭元春评，《古诗归》卷十四"王筠"）

二人在阅读此诗的过程中，仿佛看到作者的心血精神，体验到诗人所寄托的悲情、怨情。下面再摘录两则二人读诗的感受：

此歌词益缓心益急，至今读之，似若低声不敢出于纸外。渔父是一义侠，一片怜才忧国念头在眉睫间，千载如见，招摇迫切，有急人之厄甚于身危之意，不惟伍胥衔结，千载穷士心死矣。（评《渔父歌》其三，《古诗归》卷二"楚渔父"）

读此真如入暗谷幽崖中，惕人心骨。（谭元春夹评张循之《巫山高》，《唐诗归》卷一初唐一"张循之"）

除了通过读诗，体验诗中的情感及艺术形象的创造来感受作者深沉的精神世界外，读者还会从自身的诗学修养出发，对诗中的一些表现主体精神的艺术创造发表一些看法，主要是语词的艺术表现力方面。它们虽然是属于形式层面的要素，但却是诗人表达情感与艺术形象创造的手段，体现着创作主体的艺术精神，因而也能含蕴着主体的诗性精神。这种表现主体精神的艺术创造的精妙之处，不像七子派那样是以批评家立场分析获得的，而是通过读者的主观体验，结合自身的艺术修养得出的评价，如：

三"恶乎"妙甚，有事事责备杖意，深远不可言。（评《杖铭》，《古诗归》卷一"周武王"）

妙在歌中，似不露题。

谣歌风刺情理心口之间，有妙者矣。难得如此悠扬缅藉。（评《蟋蟀歌》，《古诗归》卷一"孔子"）

只六字，写亡国气候，惨然心目。（评《吴夫差时童谣》，《古诗归》卷二"无名氏"）

这样的评语在评唐诗部分更多，"夹评"大部分都是谈诗歌的艺术创造及艺术表现的。略举几例：

"空床月厌人"，五字怨得妙。（钟惺评《怨情》，《唐诗归》卷一初唐一"刘允济"）

"花间一壶酒，独酌无相亲。举杯邀明月，对影成三人"，从无可奈何中却想出佳境、佳事、佳话。（钟惺评李白《月下独酌》其一，《唐诗归》卷十五盛唐十"李白"）

"暂伴月将影，行乐须及春。我歌月徘徊，我舞影凌乱。醒时同交欢，醉后各分散。永结无情游，相期邈云汉"，要知实实有情，如此伴侣，尽不寂寞。（谭元春评李白《月下独酌》其一）

"天地既爱酒，爱酒不愧天"，"不愧天"三字用理语作嘲戏，妙。（钟评李白《月下独酌》其二）

"已闻清比圣，复道浊如贤。圣贤既已饮，何必求神仙。三杯通大道，一斗合自然"，村野人口中动有此语，其妙不传。"但得醉中趣，勿为醒者传"，但得琴中趣，无劳弦上声；但得醉中趣，勿为醒者传。琴酒之趣，但以含蓄不做破、不说破为妙。（谭元春评《月下独酌》其二，《唐诗归》卷十五盛唐十"李白"）

"美人挟赵瑟，微月在西轩"，温秀之甚。"清光委衾枕"，欲愁欲懒在一"委"字，想见无聊。子昂诗如此细甚者少。"遥思属湘沅。空帘隔星汉，犹梦感精魂"，写得幽处难堪。（钟惺评《月夜有怀》陈子昂）

高妙的艺术创造常常使得作品产生非同寻常的艺术魅力，读曹植的《美女篇》后钟惺发出了这样的共鸣声："《美女》为缉洛神之余林而成之，自为凄丽之调，真是才子。有才人不必其为朋友，有色人不必其为妻妾，赞叹爱慕，千古一情。汉武帝曰：'恨不与人同时'，予读陈思《美女篇》，辄抱此想。"（《古诗归》卷七）虽然这是对诗歌的艺术表现力的探求，但二人是以普通读者的身份，在阅读中结合自己的诗学修养提出一些看法，目的不是为了寻找创作的途径，只是对能表现主体精神的一些艺术创造加以标出，从作品"格"的角度对这些诗成为优秀创作的奥秘进行揭示，另一方面也可以接引其他读者更好地理解作品，领会其中含蕴的主体精神。

二、读诗的方法与要求：更好地求得古人之"真精神"

钟、谭作为读者，在自身阅读的过程中得到一些读诗的经验，总结出了一些阅读方法，对其他读者更好地理解作品，领会诗中所蕴含的古人之真精神有着指导作用。他们提供的第一个接引古人精神的阅读方法是：知人论诗，以意逆志法。

知人论世，以意逆志的读诗方法首先是由孟子提出来的。"以意逆志"与"知人论世"作为文学批评的原则与方法，虽不同出一处，但二者却联系紧密。清人顾镇《虞东学诗》云："夫不论其世，欲知其人，不得也。不知其人，欲逆其志，亦不得也。"不"知人论世"，不了解诗文作者的生平经历、思想倾向、人格修养及其所处时代的政治与文化氛围，"以意逆志"就容易变成主观臆断，不能真正理解作品的格、意、趣，也不能理解作者倾注于作品中的真精神。钟、谭主张阅读一首诗，理解作品及作者的主体精神，探寻作者的精神世界，可以采用"知人论世""以意逆志"的批评方法，这是一种以读者立场探求作品之意，从而理解作者精神的批评方法，这一批评方法在二人读评刘邦的《大风歌》中已开始运用：

妙在杂霸气习，一毫不讳，便是真帝王，真英雄。与《虞兮歌》互读，英雄遭时失时，成败之际可想，幸勿有意者（看），两公相去太远也。（《古诗归》卷三"汉高帝"）

评这首诗，先知其人，即刘邦的个人经历及性格特征。他领导农民起义推翻秦政权，又扫平群雄，夺得帝权，同时此人又集豪爽、仁义及无赖杂霸之气于一身，而刘邦所唱《大风歌》，乃是他的这种人格精神的具体表现。此诗自然质浑，毫不伪讳，直抒胸臆，既有一乡间无赖得意踌躇之态，又显示着英雄豪迈的气概。非常到位地揭示出刘邦彼时的心灵世界与精神状态。又如评曹操诗：

> 曹公心肠较司马懿光明些，治世能臣，乱世奸雄，明明供出，读其诗知之。
>
> 此老诗歌中有霸气而不必其王，有菩萨气而不必其佛，"山不厌高，水不厌深"，"水何澹澹，山岛竦峙"，吾即取为此老诗品。（《古诗归》卷七"魏武帝"）

评曹操诗，也是联系曹操的人生经历、性格特征。曹操乃"治世能臣，乱世奸雄"，作为乱世奸雄，身上主要是一种霸气，而非王者"仁义"之气，但自有乱世中建功立业的豪迈气概，虽霸而光明磊落。《短歌行》《观沧海》等诗句，都表现了曹操的英雄霸气及建功立业的人生追求。

其次是互读法。互读法仍然在评刘邦《大风歌》中提出："与《虞兮歌》互读，英雄遭时失时，成败之际可想。"钟、谭认为在知人论世，以意逆志的同时，如果将刘邦的《大风歌》与项羽的《虞兮歌》互读，则会将两首诗理解得更深刻，能更好地把握住刘邦与项羽二人表现于诗中的不同人格与精神。此后钟、谭曾多次提到要互读作品，通过互读，不但可以从不同角度了解不同作家的精神世界，也能对作家作品的优劣作出判断。在评王粲的《从军诗》时他们提出读邺下诸人应制《公宴》诗时应与曹氏父子所作此类诗共读：

> 邺下西园，词场雅事清无，蔡中郎、孔文举、祢正平，其人以应之者。仲宣诸人，气骨文落，事事不敢相敌。《公宴》诸作，尤有乞气，故一切黜之，即黜唐应制诗意也。稍取其明洁者数首，以塞千古耳食人之毕。试与曹氏父子诗共读之，分格自见，不待饶舌。（《古诗归》卷七"王粲"）

　　虽然邺下文人集团中的文人都很有文学才华，各自亦有优秀的创作，但是他们与曹氏父子相唱和时，所作的一些"公宴"应和诗难免显露出摧眉折腰事权贵的"乞气"，与曹氏父子同类诗在精神境界上相差很远，诗的品格高低显而易见。他们认为读蔡琰《悲愤诗》时，与《孔雀东南飞》共读，能发现平时容易忽略的细节，会更得其妙，更能理解二诗艺术创造方面的独特之处：

　　　　五言古长诗，虽汉人亦不易作，惟《悲愤诗》及《庐江小吏妻》耳。二诗之妙亦略相当，妙在详至而不冗漫，变化而不杂乱，断续而不碎脱，若有意，若无意，若无法又若有法。（《古诗归》卷四"蔡琰"）

钟、谭二人也建议将曹植的《圣皇篇》与《赠白马王彪》互读："此与《赠白马王彪》同一音旨，而深婉柔厚过之。"（《古诗归》卷七"陈思王植"）二诗旨意相同，但艺术表现上有所差异。

　　"互读法"实际上是一种互文本批评之法。钟、谭二人认为阅读不应仅就文本而文本，因为文学同时也是众多文本构成的艺术创造场域，多个文本互相参照阅读，往往能对作品的意蕴及其艺术创造的妙处、作家的精神获得更多的理解。文本互读，可以是不同作者的不同文本互读，比如《悲愤诗》与《孔雀东南飞》，都是叙事长诗，参照阅读，加以比较，能更深刻地理解二诗艺术创造的独特性；也可以是不同作者所作的同一题材文本互读，比如邺下文学集团经常以一个主题各自进行创作，可以参照互读，很容易判断出一首诗的品第优劣；也可以将同一作者旨意相同的不同作品拿来同读，比如将曹植的《圣皇篇》与《赠白马王彪》互读，可以了解作者更为丰富的艺术精神和精神世界。互读法是一种更为开放的阅读方式。

　　第三个阅读方法是细读法。细读法的运用，在于发现诗中一些容易被忽略的东西，体验到诗歌言外之深意，从而更深刻地理解作品。钟、谭的细读法原则是在评《古诗为焦仲卿妻作》即《孔雀东南飞》一诗时提出的：

　　　　此古今第一首长诗，当于乱处看其整，纤处看其厚，碎处看其完，忙处看其闲。此隆古人气脉，力量所至，不可强也。（钟惺评，《古诗归》卷六"乐府古辞"）

蔡琰《悲愤》《庐江小吏妻》累千数百言，人知其委曲详至，几于无余矣。不知其意言之外，手口之间，有一段说不出来处，所以为长诗之妙也。（钟惺评，《古诗归》卷六"乐府古辞"）

人知其详处，不知其略处；人知其处真，不知其谐处；人知其苦处，不知其复处；人知其烈处，不知其细处；知此数者，可以读此诗。（谭元春评，《古诗归》卷六"乐府古辞"）

作为古今第一叙事长诗，线索多，情节多，景象多，人物多，乍看显得很乱，如何充分体味此诗之妙，接引诗中含蕴的主体精神？钟、谭二给的方法是"细读法"：只有知其详，亦知其略，知真知谐，知苦知复，知烈知细，才能得此诗之妙。细读法在二人评点唐诗时运用得尤其多，前面举出的很多例子，比如对作品细致入微的体验，对个别词语运用之妙的分析，都是建立在细读法之上的，这样的例子非常多，就不再列举了。可以说，二人评点《诗归》的过程，就是一个细读文本发现古人真精神的过程。

除了从读者立场提出一些阅读方法，钟、谭二人还对读者阅读时的精神状态提出了要求。他们认为，对一首诗理解的深刻程度，与读者阅读时的精神状态是分不开的。如果面对一首内涵浅显，艺术价值一般的诗，具有一定艺术修养的读者可能毫不费力，一眼过去，便知分晓，而对于那些表现了古人之真精神且艺术造诣相当高的诗作，以一般读者之力，就需要全副精神投入阅读方可。钟惺在阅读杜甫诗之后，曾有这样的经验之谈：

读老杜诗，有进去不得时，有出来不得时。诸体有之，一篇有之，一句有之。

读初盛唐五言古，须办全副精神，而诸体分应之。读杜诗须办全副精神，而诸家分应之。观我所用精神多少分合，便可定古人厚、薄、偏、全。（《唐诗归》卷十七盛唐十二"杜甫"）

钟惺认为，杜诗及初盛唐的五言古艺术造诣极高，蕴含的主体精神亦十分深邃，于一般读者的期待视野有着一定距离，以一个普通读者的学力与艺术修养，常常难以进入其中，也有进去之后常常难以把握住作品内涵的困惑，所以，在阅读五言古诗与杜诗时，都需投入全副精神以应之，投入精神多少，就可以与古人的精神接洽多少。如果读者以全副精神及情感投入，所体验到的古人精神多且幽深，则此诗必优，反之，如果体验到的古人精神较少，此诗则不是十分优秀，如此可定古人厚薄偏全。当然，读者自身的素质是千差万别的，不同的读者即使以全副精神投入阅读，体验到的古人精神也不一定是一样的，其厚薄古人的结果便定不一致，所以，钟、谭二人在这点上将读者同一化、理想化了，此暂且搁置不论。其实，经过千百年艺术经验的积淀，人们对一些优秀作品的评价差距不是太远的，对一些表现了古人真精神的诗作也有一个大致一致的公共认知，在阅读公认的大家如杜甫之作时，就需要全副身心投入，方能领略其好处，钟、谭的意思无非如此。其实，只要是阅读蕴含了主体之真精神的诗歌，都需全身心投入，方能体验到更多言外之意。因为真正体现了真精神的作品，作者都是在心灵远离了尘俗，进入精神上的山水荒原世界之后创作的，寄托着其孤怀孤诣、幽情单绪，因此读者需要投入全副精神才可应之。

那么，如何才能做到以全副精神投入作品的阅读体验中，钟、谭认为读者需"静坐独观"方可。谭元春云："夫人有孤怀，有孤诣，其名必孤，行于古今之间，不肯遍满寥廓。……彼号为大家者，终其身无异词，终其古无异词，而反以此失独坐静观者之心。所失岂但倍也哉？"①"独坐静观"，亦即进入庄子所说的"心斋""坐忘"的境地，独坐静观可以使读者进入最佳的阅读状态，以全副精神与情感进入创作主体丰富而幽深的精神世界，与其精神相接引。如果真的是有真精神的作品，读者自然能在其期待视野中最大程度地体验到那弥漫流动于诗中的作者之幽情、之单绪，那种往来于天地之间的孤怀、孤情，从这个意义上说，读者的精神才算是完全投入了，此时他感受到的古人之真精神的多寡，才算具有品评作品品第高下的说服力。如果在这种独坐静观的状态下，全身心进入作品后，体验到的主体精神丰富且深邃，此作品自然优秀，反之，

---

① 谭元春. 诗归序［M］//谭元春. 谭元春集：卷第二十二. 陈杏珍，标校. 上海：上海古籍出版社，2012：594.

如果感受不到那种幽情单绪，此诗则不优。在这个意义上，读者与"相面者"无异："夫自然真诗，虽无择而存，而其行于世也，细若气，微若声，不可以迹。古作者遗编炯炯向人，如精神之在骨体，非善相者，孰察其人之天？"① 通过独坐静观，那些终身无异词而号为大家者，并没在作品中表现出多少真精神，那么在读者看来，是名不符实的。

另外，钟、谭的同道与追随者蔡复一对于读者自身的素质也提出了要求，他说："而学人心成于习，偕来者众，而故我日以孤，真想一线，如石火之瞥见，而不可再追。盖生熟安而主客变，己之精神，莫知其所往矣，况能深求作者之精神乎？"② 要求读者也要加强学习，提高个体修养，提升精神境界，使自身也具有古人那样的真精神，这样才能更好地深求作者之真精神并与之相接引。

总之，自中国诗学萌芽起，论诗者就一直无暇以较多的精力顾及作家及读者维度。人们探讨的重心在"文学"自身的规定性，试图将文学从文化之"文"中解放出来，赋予它独立的地位。在宋代一些闲谈式的诗话中，比如欧阳修的《六一诗话》，开始显露出读者立场，但批评家的本色时露；刘辰翁的一些诗集评点中，批评比较倾向于普通读者立场，"其诗歌评点立足于诗歌本体，细论用字造句的奥妙，剖析创作手法和艺术特色，综合品赏诗歌的内容、风格、造境和修辞的技巧"。③ 但他的这些批评还只是一种个体主观印象式的体验批评。明代无论是七子派还是竟陵派的阅读与批评都不是个体式的，都是在文学经典意识支配下的功能性阅读与批评，为确立本宗派的经典宗尚与审美范式服务，并承担着建构本宗派诗学理论的任务，只不过是二者的批评立场不同罢了。选评相结合体式的运用，使得《诗归》成为理论与批评实践兼而有之的诗学文本，而选者与评者从职业批评家转向读者，《诗归》中的读者立场变得突显出来，钟惺与谭元春在阅读中追寻作品中所蕴含的主体之真精神，评价作品优劣，为其他读者和学习者提供优秀的诗歌经典，使得诗学活动的主体成为"读者"。当然，这还不可能是广泛意义上的读者，而是有一定文化基础的文人。正是

---

① 蔡复一. 寒河集序 [M] //谭元春. 谭元春集：附录一. 陈杏珍，标校. 上海：上海古籍出版社，2012：943.
② 蔡复一. 寒河集序 [M] //谭元春. 谭元春集：附录一. 陈杏珍，标校. 上海：上海古籍出版社，2012：943.
③ 焦印亭. 文学评点的奠基人——刘辰翁 [J]. 古典文学知识. 2008（2）：60.

"普通读者"而非职业批评家立场，才使得钟、谭求古人"真精神"的诉求真正得以实现。钟、谭这种批评的普通读者立场，使得具有"文学经典意识"的主体从职业批评家扩展到众多普通读者，由此，中国古典诗学也出现了一些新的质素。

第五章

明代诗学论争与文学经典意识的明晰与深化

第一节　明代诗学论争概说

从高启、林鸿等人到高棅、李东阳到前七子再到唐宋派、后七子、公安派、竟陵派，明代诗学不断向前发展，并形成本时代的特色。这一诗学发展过程诚然是以诗学自身发展逻辑贯之，但是本时代的社会、文化因素及独特的文学活动也是促进明代诗学向前发展的重要推动力。各个诗学宗派在发展中取得的成就、明代诗学的总体特色、"文学经典意识"的明晰、深化与成熟都与明代最富特色的文学活动——诗学论争有着密切关系。从某种意义上来说，诗学论争调动起了绝大部分文人进入文学活动领域，积极探究诗文理论，从事诗歌批评，从而推动了明代诗学的发展与文学经典意识的明晰、成熟。明代文坛各宗派都是在诗学论争中崛起，并在论争中明确经典宗尚、确立师法典范的法则及发展本宗派的诗学理论的。

论争主要通过言语之辩，一方面是要表达个人的观点，更主要的是要批驳他人的观点以"使归于己"，使他人认同、服从自己的见解与主张。由此可见，论争难免会逞口舌之快，这就不为儒家所认同。在儒家教义中，有"君子避三端"的原则，《韩诗外传》云："鸟之美羽勾喙者，鸟畏之。鱼之侈口垂腴者，鱼畏之。人之利口赡辞者，人畏之。是以君子避三端：避文士之笔端，避武士之锋端，避辩士之舌端。"① 儒家将"避免逞口舌之辩"作为文人儒士处世及人际交往的一个原则。因为士是四民之首，在社会生活中起着文化表率的作用，如果在社会交往中"利口赡词"，好逞口舌之辩，就会导致人际关系紧张与不和谐，也往往会祸从口出，给自身带来不必要的麻烦。但是在思想观念、学术观点上，人们常常会有不同意见，如果不议论、不争辩，则不可能取得社会文化的进步，所以，如果要求人们完全做到不论、不争、不辩是不可能的，很多人也因此会为自己的争辩行为加以解释，比如孟子云："予岂好辩哉？予不得已也！"赵岐注曰："我不得已耳，欲救正道，惧为邪说所乱，故辩之也。"② 之后的刘勰、明代的许学夷都以此为口实为自己的学术之辩进行辩解。可见，在古人看来，论辩、争辩是不得已而为之的事情，一般情况下都是不争的，那明代文坛是个什么气氛呢？那就是好论争！甚至为论争而论争。

总体来说，明人诗学论争主要表现为好论辩、好争辩、好批评他人的观点。整个明代文坛是众声喧哗，热闹异常，历史上没有任何一个别的时代对"诗文"（主要是诗）产生如此之多的争议与论辩，也没有哪个时代的文人把"诗"的问题拿出来如此放大，成为大部分文人生活的重心，甚至全部。关于明代文坛热闹的论争现象，郭绍虞先生有段非常精辟的描述：

> 明代，学风是偏于文艺的，文艺理论又比较偏于纯艺术的，所以"空疏不学"又成为明代文人的通病。由于空疏不学，于是人无定见，容易为时风众势所左右。任何领袖主持文坛都足以号召群众，做他的羽翼；到后来，风会迁移，于是攻谪交加，又往往集中攻击这一两个领袖，造成此起彼仆的局面。这种流派互争的风气既已形成，于是即在同时也各立门庭，出主入奴，互相攻击，造成空前的热闹。所以一部明代文学批评史也就成为文人分门立户，标榜攻击的历史。这样，徒然增加了文坛的纠纷，然而文学批评中偏胜的理论、极端的主张，却因此而盛极一时。

明人的论争，有与古人、与今人之争，有个人之间的论争，也有宗派间、

① 许维遹. 韩诗外传集释［M］. 北京：中华书局1980：241—242.
② 孟轲. 孟子：卷六［M］. 赵岐，注. 四部丛刊景宋大字本.

宗派内的论争。文坛上七子派、唐宋派、公安派、竟陵派等诗学流派迭起，诗学主张也是各式各样，于是论争不断，纷争也不断，儒家所要求的"言忠信，行笃敬"的谦谦君子风范已被明代文人尤其是中晚期的明代文人所摒弃。

具体来说，明前期的诗学论争主要表现为个体式的议论与批评，包括学术辨疑及针对他人观点、主张的议论与批评，论争的出发点也与自己心目中的"经典"有关系，最典型的一个辨疑案例大概是朱谏的诗话作品《李诗辨疑》，此书专门辨别李白之诗的真伪问题。朱谏（1455—1541，弘治九年进士）是李白狂热的崇拜者，在他看来，李白是天才诗人，李白的作品是天才作品。他充满激情地赞美李白和李白之诗：

> 夫李白材由天授，气雄万夫，胆略疏阔，迥出尘表。故其见于文辞者，廓然如太清，皎然如皓月。若风云之变，若江河之流，触之即动，感之即应，不假思维而从容骏发。在当时，无不知有李白，而愿睹其眉宇者，虽杜子美、韩退之之贤且才者，亦相推而相逊焉。①

在朱谏看来，李白之诗的艺术成就，就连杜甫与韩愈都不可企及，李白实为千古第一诗人，李白之诗为千古第一。然而，由于李白的诗集散落人间，导致真伪淆混，有李益、李赤等人之诗混入李白诗中，亦曰"李诗"，其实，那些"铺叙堆叠格调卑劣者，必益之诗也；其鄙俚颠狂放肆而无伦者，赤之诗也"。② 它们混入李白集中，归于李白名下，毁太白诗"经典"之誉。关于李白之诗的真伪问题，自东坡以下，虽略有疑议，却不能一一校正，故朱谏认为"李白之名虽在，而李白之实未甚昭晰"。③ 这让他这个李白狂热的崇拜者如何能容忍，于是奋起辨疑。他从诗歌的语言风格、意象创造、诗人的生活经历、诗人的知识结构及时代文本的互文关系来辨析这些李白名下的诗是否真的是李白之作。虽然只是学术问题的辨疑，但朱谏还是有着"我对李白名下之诗的辨疑绝对正确，大家应该认同"的诉求。

---

① 周维德. 全明诗话 [M]. 济南：齐鲁书社，2005：529.
② 周维德. 全明诗话 [M]. 济南：齐鲁书社，2005：529.
③ 周维德. 全明诗话 [M]. 济南：齐鲁书社，2005：529.

又如弘正时期的文坛领袖李东阳。他继三杨（杨士奇、杨荣、杨缚）之后，掌天下文柄，较早提出"格调说"，爱以体制格调论诗，爱从诗歌的"音乐性"入手品诗之格第、优劣。有一同官对此不以为然，"辄为反唇曰：'莫太着意。人所见亦不能同，汝谓这般好，渠更说那般好耳。'谢方石闻之，谓予曰：'是恶可与口舌争耶?'"① 李东阳虽说接受谢方石的劝说不与同官争口舌，但这并不说明李东阳就是一个不爱争的人，他在《麓堂诗话》中就常有与前人、今人或明或隐的论争，比如有这样一则诗话：

> 宣德间，有晏铎者，选本朝诗，亦名《鸣盛诗集》。其第一首林子羽应制曰："堤柳欲眠莺唤起，宫花乍落鸟衔来。"盖非林最得意者，则其它所选可知。其选袁凯《白燕》诗曰："月明汉水初无影，雪满梁园尚未归。"曰："赵家姊妹多相忌，莫向昭阳殿里飞。"亦佳。若《苏李泣别图》曰："犹有交情两行泪，西风吹上汉臣衣。"而选不及，何也?

李东阳在这里主要是指出晏铎所选诗集的缺陷，表面上看并没有直接与人论争，只是表达自己的议论和疑惑而已，但从字里行间所表达出的语气来看，李东阳是有着文坛盟主品人藻文一言九鼎的气势的，他的疑问实际上是一种批评。晏铎的诗选没有将本朝最优秀的诗歌作品选出，当选的没选，不当选的却选了，明人是选诗论文是非常讲究"识"的，而晏铎不能选出好诗，是没有识见，没有文学经典意识的表现。

弘治时期，前七子登上文坛，对李东阳及其领导的馆阁文风进行了议论和批评。李东阳及其领导的馆阁，尽管没有完全摆脱三杨以来的"台阁文风"，但他从"格调"论诗，有着宗唐的倾向，对改变空疏的台阁文风还是起了一定作用，在当时已经算是相当不容易了。而李梦阳、何景明、徐桢卿、康海、边贡、王廷相、王九思等新进之人，结文社，相与訾议馆阁，李梦阳讥讽李东阳及李东阳领导的馆阁文风"萎弱"，康海批评曰"浮靡流丽"，提倡"文必先秦两汉，诗必汉魏盛唐"。前七子的批评惹得李东阳很不高兴，甚至不惜动用政治力量对前七子成员加以打击。万斯同《明史》这样记载：

---

① 李东阳. 麓堂诗话［M］//周维德. 全明诗话［M］. 济南：齐鲁书社，2005：494.

先是李东阳主盟文坛，九思初应馆试，效其诗体，遂得首选，东阳颇亲待之。既而李梦阳、康海辈倡为复古之说，相与訾謷馆阁，九思欣然从之，亦时时有所弹刺，东阳不能无憾，以故两遭抨击皆不为之地，九思既壮年放废，无可发愤，悉见之于诗。①

王九思在初应馆试的时候，仿效李东阳倡导的诗歌体制，得到李东阳的欣赏，将他视为本派之人，但后来王九思与李梦阳亲近，并成为"前七子"成员之一，相与议论、批评李东阳和他领导的馆阁，遭到李东阳的忌恨，以致后来王九思因受到刘瑾案的牵连，两度遭到弹劾，李东阳都不伸援手，而此前李东阳是营救了许多被刘瑾迫害的臣僚的。七子针对李东阳及李东阳领导的馆阁文风的议论和批评是对天下文权的一次挑战，此前，文权一直是掌握在馆阁手中的，"馆阁"是官方文艺的代表，然而通过论争，前七子以廊署之轻却从馆阁手中取得了文权之重。他们从汉魏盛唐诗中总结、抽绎出了许多诗法指导时人的创作，引来许多追随者，产生了很大影响，取得了文坛主盟权。

与前期个人的或针对个人的辨疑、议论与批评不一样，明中晚期、末期的诗学论争，主要表现为宗派之间相互激烈的批评。

文学宗派是文人结成的文学团体，文学宗派间的论争实际上是一个个持不同文学主张的文人团体之间的论争。明代文学宗派的产生源于元末比较兴盛的诗文"结社"，但是元末及明初的文社都是以相互切磋诗艺，提高创作水平为目的，自从前七子结社并挑战文权成功之后，"前七子"也由文社变成宗派，开门立户，之后，文人结社都往立宗派方向发展，积极参与到当时的诗文论争之中，争取成为文坛盟主。儒学倡导的士人交往原则中有一条就是"周而不比""群而不党"，因为士人一旦"合党连群"，则会失去"忠信""笃敬"的素养，会像小人一样"互相褒叹，以毁訾为罚戮，用党誉为爵赏，附己者则叹之盈言，不附者则为瑕衅。"② 而明代文学宗派之间的论争正是这样的。

---

① 万斯同．明史：卷三百八十八文苑传［M］．清钞本
② 陈寿．三国志：卷十四魏书十四"董昭传"［M］．裴松之，注．北京：中华书局 1982：442.

明代中晚期一大部分文人放弃政治作为，回归文化身份之后，文艺就成为他们栖身的精神家园，对于明代具有论争习气的文人来说，诗文既是一个文艺审美的国度，也是一个可以大施拳脚、收获名利的地方。就如在现实社会中人们会有不同政治观点、政治立场一样，在文学国度里，各个宗派自开门户，各持某种诗学主张，互不能相服，为了维护各自所宗尚的诗文"经典"及可师法的典范之则，相互之间产生了激烈的论争。明中晚期宗派之间的诗文论争主要有三次。一次是唐宋派与七子派论争，分两个阶段。论争的第一个焦点是：古文创作是宗唐宋八家之文还是宗秦汉之文。七子派认为秦汉之文是古文辞最优秀的创作，古文创作就应以秦汉之文为学习对象，唐宋派则认为古文一脉相承的是"道"，唐宋八家之文是六艺之道与六艺之文结合得最好的典范，应以之作为明人古文创作学习的对象。论争的第二个焦点是模拟问题。七子派从开宗之主李梦阳到"后七子"时代宗主李攀龙，都主张学习古文辞要尺寸古法，认为模拟得越似越好，结果后学产生了严重的流弊。唐宋派认为文章应表现"精神"，应写出"万物之至情"，而不是模拟古文辞。另一次是公安派与七子派之间的论争，论争焦点是"守法"与"蔑法"的问题。针对七子派主张创作严守古法，从而严重束缚了个人的性灵与才情之弊，性灵派高举"性灵"，主张创作"不拘格套，独抒性灵"，主张诗文创作要尽情直露地表现情感与本能的欲望，批评七子派表达情感郁而不尽。之后，竟陵派对公安派与七子派都有所批评，他们批评七子派师法不师心，从而泥于形式上的模拟，批评公安派师心而率性，造成诗风浅薄直露。钟、谭既不满意七子派论诗只重体制格调，也不满意公安派的率意诗风，他们选评《诗归》，以选诗、评诗的形式表达诗学观点，他们以"求古人之真精神"作为诗学活动的中心，潜在地批评了七子派的形式格调论。第三次影响比较大的宗派间的论争发生在明末，是以艾南英为代表的江西诸文社与以陈子龙六子为一派的"几社"之间产生的激烈论争，史称"艾陈之争"，论争的焦点是文师秦汉还是师唐宋的问题，实际是唐宋派与七子派文宗秦汉还是唐宋八家之争的延续。

明前期的朱谏还只是辨疑，李东阳批评宴铎选诗不当还比较委婉，中晚期的诗学论争不仅多，且程度十分激烈，火药味很浓，人人都爱利口赡辞、逞口舌之能，比如王世贞，他在《艺苑卮言》中记录了这样一件轶事：

有一贵人时名者，尝谓予："少陵俚语，不得胜摩诘。所喜摩诘也。"予答言："恐足下不喜摩诘耳，喜摩诘又焉能失少陵也。《少陵集》中不啻数摩诘，能洗眼静坐三年读之乎？"其人意不怿去。

在明人尤其是七子派看来，杜诗是集众人之大成的典范，创作风格多样且成就极高，而此人对杜甫诗的评价居然低于王维，这使得王世贞很生气，他反唇相讥，维护心目中杜诗的经典地位，并说"能洗眼静坐三年读之乎？"言辞很不客气。有些时候，他的言辞更带讥讽，不给人留面子。《艺苑卮言》中还记录了这样一件轶事：王世贞与杨慎在"对酒当歌"的"当"字的读音上及对曹操这句诗的理解上看法有所不同，杨慎认为此"当"该读"去声"，"应该"的意思，王世贞认为应读"平声"，认为这样才可以很好地表现曹操的慷慨之情与及时建功立业的豪迈气概，若读去声就没有什么趣味了。由此，王世贞讥讽杨慎"大聩聩可笑"。因为对一个字的读音、一句诗的理解有所不同王世贞就对杨慎冷嘲热讽，似乎不太厚道，其实王世贞这样讥讽杨慎，深层原因是二人的诗歌主张不合。杨慎对六朝诗比较推崇，与七子派宗汉魏古诗的思想大大相左，六朝诗非但不合乎七子派诗歌经典的理想，更是七子派的批评对象，所以，王世贞及七子派成员在他们的文集中有多处针对杨慎的批评。

这就是明代的文人，他们将文艺当作生命中最重要的事业，为维护自己的观点、主张，在论争中常常言辞过分。七子派如此，公安派亦如此。与王世贞相比，袁宏道的批评言辞更加尖刻，他与七子派的观点故意对作，曰："世人喜唐，仆则曰唐无诗；世人喜秦、汉，仆则曰秦、汉无文；世人卑宋黜元，仆则曰诗文在宋、元诸大家。"① 批评七子派追随者的模拟流弊，嘲讽他们是"粪里嚼查，顺口接屁，倚势欺良，如今苏州投靠家人一般。记得几个烂熟故事，便曰博识；用得几个见成字眼，亦曰骚人。计骗杜工部，囤扎李空同，一个八寸三分帽子，人人戴得。"② 而为了说服江南学子尊唐宋之文，艾南英曾几次跑到江浙之地，陈子龙与艾南英在为宗秦汉之文还是唐宋之文相争时，甚至大打出手。陈子龙还在其自撰《年谱》"崇祯元年戊辰"条中记录了此事：

---

① 袁宏道. 与张幼于 [M] //袁宏道. 袁中郎全集：卷二十二. 明崇祯刊本.
② 袁宏道. 与张幼于 [M] //袁宏道. 袁中郎全集：卷二十二. 明崇祯刊本.

秋，豫章孝廉艾千子有时名，甚矜诞，挟谖乍以恫喝时流，人多畏之。与予晤于娄江之弁园，妄谓秦、汉文不足学，而曹、刘、李、杜之诗，皆无可取。其詈北地、济南诸公尤甚，众皆唯唯。予年少在末坐，摄衣与争，颇折其角。彝仲辈稍稍助之，艾子诎矣。然犹作书往返，辩难不休。①

论争激烈，可见一斑。因为观点、主张的不同，明代文坛论争不断，从这个意义上来讲，一部明代诗学发展史可以说就是一部"文学经典意识"之下的论争史，清人张廷玉这样评价明代文坛：

明初文学之士，承元季虞、柳、黄、吴之后，师友讲贯，学有本原，宋濂、王祎、方孝孺以文雄高，杨、张、徐、刘基、袁凯以诗著，其它胜代遗逸，风流标映，不可指数，盖蔚然称盛已。永、宣以还，作者递兴，皆冲融演迤，不事钩棘，而气体渐弱。弘、正之间，李东阳出入宋、元，溯流唐代，擅声馆阁。而李梦阳、何景明，倡言复古，文自西京，诗自中唐而下，一切吐弃，操觚谈艺之士，翕然宗之，明之诗文于斯一变。迨嘉靖时，王慎中、唐顺之辈，文宗欧、曾，诗仿初唐；李攀龙、王世贞辈，文主秦汉，诗规盛唐。王、李之持论，大率与梦阳、景明相倡和也。归有光颇后出，以司马、欧阳自命，力排李、何、王、李，而徐渭、汤显祖、袁宏道、钟惺之属，亦各争鸣一时，于是宗李、何、王、李者稍衰。至启、祯时，钱谦益、艾南英准北宋之矩矱；张溥、陈子龙撷东汉之芳华，又一变矣。有明一代，文士卓卓表见者，其源流大抵如此。②

第二节　唐宋派与七子派之争

唐宋派与七子派的论争主要发生在"散文"领域。二派都主张学习古人之

---

① 陈子龙. 陈子龙全集 [M]. 王英志，辑校. 北京：人民文学出版社，2011：928.
② 张廷玉. 明史：卷二百八十五 [M]. 清乾隆武英殿刻本.

文，可是学习哪个时代哪些作家的作品，从何处着手学习，则有着严重分歧。七子派认为秦汉之文是古文辞创作的最佳典范，应当以秦汉之文作为学习对象；唐宋派不否认秦汉之文的经典性，但从自身的文章观念出发，他们认为唐宋八家之文是六艺之道与六艺之文结合得最好的创作，主张以唐宋八家之文为学习对象，于是二派产生了论争。又由于七子派主张学秦汉之文的一个重要方面是学习秦汉文之文辞，包括语言、句式、文法等，主张模拟得越似越好，造成了模拟流弊，引起唐宋派的批评。而针对唐宋派的批评，后七子又与之产生了论争。

一、辞道之争

（一）七子派：文在辞情，与道无涉

在散文方面，七子派是坚定的秦汉派。李梦阳是如此，"陋痿文之习，慨然奋复古之志，自唐而后无师焉"①；何景明亦如此，"首与北地李子一变而之古，三代而下，文取诸左、马，诗许曹、刘，赋赏屈、宋"。② 后七子更是将秦汉之文的经典地位推崇到无以复加的地步。张廷玉《明史》说李攀龙："其持论，文自西京，诗自天宝而下，俱无足观。于本朝独推李梦阳，诸子翕然和之，非是则诋为'宋学'。"③ 钱谦益《列朝诗集小传》中说李攀龙："高自夸许，诗自天宝以下，文自西京以下，誓不污吾毫素也。"王世贞也说："李于鳞文，无一语作汉以后，亦无一字不出汉以前。"（《艺苑卮言》卷七）王世贞与李攀龙定交后受到李攀龙的影响，"自是诗知大历以前，文知西京而上矣"。（《艺苑卮言》卷七）云："李献吉劝人勿读唐以后文，吾始甚狭之，今乃信其然耳。"（《艺苑卮言》卷一）在七子派看来，只有最优秀、最经典的散文创作——秦汉之文，才是明人创作最佳的师法典范。七子派之所以认为秦汉之文是最优秀的古文创作，与他们的文章观念有关，即"文在辞情，与道无涉"。

七子派"文在辞情，与道无涉"的文章观念与其诗歌格调理论是相辅相成

---

① 崔铣.江西按察司副使空同李君墓志铭［M］//崔铣.洹词：卷六.清文渊阁四库全书本.
② 樊鹏.中顺大夫陕西提学副使何大复先生行状［M］//何景明.大复集.明嘉靖刻本.
③ 张廷玉.明史：卷二百八十七［M］.清乾隆武英殿刻本.

的，但也与前七子们登上文坛后面临的散文创作的现实状况有关。明代初期，程朱理学被定为官方意识形态，要求文学以明道为务。文学侍臣宋濂作为明代开国第一文臣，他的文章观念代表了官方的要求，他在《徐教授文集序》中云：

> 文者，道之所寓也，道无形也，其能致不朽也。宜哉！是故天地未判，道在天地，天地既分，道在圣贤，圣贤之殁，道在六经。……皇极赖之以建，彝伦赖之以叙，人心赖之以正，此岂细故也哉！后之立言者，必期无背于经，始可以言文，不然不足以与此也。①

宋濂认为作文就要明道致用，无悖于经，而纯文艺之文在他看来是于"道"无益的，他在《赠梁建中序》中这样说道：

> 文非学者之所急，昔之圣贤初不暇于学文。措之于身心，见之于事业，秩然而不紊，粲然而可观者，即所谓文也。其文之明，由其德之立，其德之立，宏深而正大，则其见于言自然光明而俊伟。此上焉者之事也。优柔于艺文之场，餍饫于今古之家，搴英而咀华，溯本而探源，其近道者则而效之，其害教者辟而绝之，俟心与理涵，行与心一，然后笔之于书，无非以明道为务。②

宋濂以为"文非学者所急"，文之明在于德之立，在于"明道"，对在文辞上着力经营的文章给予否定，他以自己学文为文的亲身经历来加以强化这一观点，其云："余自十七八时，辄以古文辞为事，自以为有得也。至三十时，顿觉用心之殊，微悔之，及逾四十，辄大悔之。……五十以后，非惟悔之，辄大愧之，非惟愧之，辄大恨之。自以为七尺之躯，参于三才而与周公、仲尼同一恒性，乃溺于文辞，流荡忘返，不知老之将至，其可乎?"（《赠梁建中序》）他对自己年轻时候学为古文以文辞为事的行为由悔到大悔到大愧再到大恨，这不单是自悔，更是对以文辞为事的作者以强烈的暗示：文以明道才是正务。宋濂的

---

① 宋濂. 宋学士文集：卷五十一［M］. 四部丛刊景明正德本.
② 郭绍虞. 中国历代文论选：第三册［M］. 上海：上海古籍出版社，1990：8.

弟子方孝孺则完全继承了其师之衣钵：

> 凡文之为用，明道立政，二端而已。道以淑斯民，政以养斯民。民非养不能群居以生，非教不能别于众物。故圣人者出，作为礼乐教化刑罚以治之，修其五伦六纪天衷人极以正之，而一寓之于文。①

如果对散文持这种看法，则文章写作必然会陷于"文以载道""文以明道"的泥淖中，文学又将处于依附于"道"的不独立状态。

七子们非但不想做道学先生，更不想让文学成为道学的附庸，他们时刻保持着文学之士的文化身份，与士大夫的政治身份区分开来，他们主文辞，实际也是对文章成为"明道"工具的反拨。李梦阳在《论学》中对宋儒作文皆合道的弊病给予了批评：

> 宋儒兴而古之文为废矣。非宋儒废之也，文者自废之也。古之文，文其人如其人，便了如画焉，似而已矣。是故贤者不讳过，愚者不窃美。而今之文，文其人无美恶，皆欲合道，传志其甚矣。是故考实则无人，抽华则无文。故曰宋儒兴而古之文废。或问何谓？空同子曰：嗟，宋儒言理不烂然。②

他批评宋代文人受理学影响，作文皆欲合道，尤其是传志之文，不是像司马迁那样写一个活生生的人，而是将人也写成道学先生，严重扭曲了人物本来的性情面目，所以，他说宋儒兴而古文废除的重要原因就在于文因言理而文辞不灿烂。李梦阳在《缶音序》中对宋诗曾加以批评："诗至唐，古调亡矣，……宋人主理不主调，于是唐调亦亡。黄、陈师法杜甫，号大家，今其词艰涩不香色流动，如入神庙坐土木骸，即冠服与人等，谓之人可乎？"宋诗主理不主调，无色也无文，诗风呆滞而不流动、不生动，此话虽是针对主理之诗说的，也同样可

---

① 方孝孺. 答王秀才书［M］//郭绍虞. 中国历代文论选：第三册. 上海：上海古籍出版社，1990：11.
② 李梦阳. 空同集：卷六十六外篇［M］. 清文渊阁四库全书本.

以表明他对待散文的态度。在《答周子书》一文中，他对"文主理"的观点再次进行了批评："曰文主理已矣，何必法也？吁！'言之弗文，行而弗远。'兹非孔子言邪？且六经何者非理，乃其文何者非法也？"①

　　七子派认为文无关于道，无关于理，而关于辞情，在"情"成为文学的本质规定性后，散文更重要的是"文辞"创造。当然，散文与诗歌不一样，诗歌起自于民间，散文则是一种文人写作文体，在行文当中，虽不像诗那样具有较多的风人之情，更多时候是写儒家所说的"志"，即因政治遭遇而产生的情感，但是经过六朝骈文的发展，文艺性散文越来越与诗一样，成为文人表情达意、创造文辞之美的文学样式。秦汉古文，主要以文辞与情势表达一种气格，显示出语言的力量，骈文更多讲究的是文辞骈偶之美，韩愈所倡古文，则是二者的融合，既讲情意的自由传达，亦讲究文辞之美，是文人较为自由地表达情意以及进行艺术虚构，结撰有一定情节性的艺术创造的方式。在七子派看来，秦汉古文以文辞的结撰显示出个人的气格与自由人格，不受儒家之道的束缚，是最理想的散文创作，它是法、辞、情、意（这些都是个人性的）的完美结合，最终凝结成文辞表现出来。七子派"重情"，诗歌因情感而文、而华，文亦如此。李梦阳讲"以我之情，述今之事"，情为本，即使是叙事亦本乎人情；李攀龙云"司马迁叙事，不近人情乎？"② 情、意发于辞，必定有文，此"文"必定表现在语言与文法即文辞上。所以，七子派认为文辞是古文文本所显示出来的最重要的因素。在文主文辞上，李攀龙是李梦阳的知音，他在《送王元美序》中云："以余观于文章，国朝作者，无虑数十家称于世，即北地李献吉辈，其人也，视古修辞，宁失诸理。"③"视古修辞，宁失诸理"是七子派论文的核心。

　　在力修古文辞方面，后七子与前七子一脉相承，并且青出于蓝胜于蓝，尤其以李攀龙对这一主张实践得最为严格与彻底。在李攀龙还是少年时，就已倾心于古文辞，并以狂狷的表现显示着其未来七子派宗主的风范，王世贞对此有所描述：

---

① 李梦阳. 空同集：卷六十二［M］. 清文渊阁四库全书本.

② 李攀龙. 送王元美序［M］//李攀龙. 沧溟集：卷十六. 清文渊阁四库全书补配清文渊阁四库全书本.

③ 李攀龙. 沧溟集：卷十六［M］. 清文渊阁四库全书补配清文渊阁四库全书本.

晋江王慎中来督山东学，奇于鳞文，擢诸生冠。然于鳞益厌时师训诂，学间侧弁而哦若古文辞者，诸弟子不晓何语，咸相指于鳞"狂生、狂生"。于鳞夷然不屑也，曰："吾而不狂谁当狂者。"①

王慎中来山东督学时，乃被贬之后重新入仕，已经开始倡文宗唐宋了，他对李攀龙还有知遇之恩，李在进仕后并没有追随王慎中，而是另立门户，追继"前七子"，坚定地实践着前七子的论文主张："文必秦汉"。他作文是"无一字不出经典，极得古人联属裁剪法"②，还以近乎家长式的专断作风影响着其他人。王世贞就自称是在李攀龙的影响下而文宗秦汉的，而且他对秦汉之文的推崇更到了无以复加的地步，其云：

> 呜呼！子长不绝也，其书绝矣。千古而有子长也，亦不能成《史记》，何也？西京以还，封建、宫殿、官师、郡邑，其名不雅驯，不称书矣，一也；其诏令、辞命、奏书、赋颂，鲜古文，不称书矣，二也；其人有藉、信、荆、聂、原尝、无忌之流，足模写者乎？三也；其词有《尚书》《毛诗》、左氏、《战国策》、韩非、吕不韦之书，足荟蕞者乎？四也。呜呼！岂惟子长，即尼父亦然，六经无可着手矣。（《艺苑卮言》卷三）

在王世贞及七子派中人看来，秦汉之文之所以成其为秦汉之文，司马迁之所以可以成就为司马迁，孔子之所以可以成就为孔子，不在于其文中所传之道，而在于他们生活在秦汉时期，生活在那个古文辞时代。他们因为是以古辞写作，所以自然而然能写出古雅的作品来，否则，六经不成其为六经，《史记》不能成为《史记》，《战国策》不成为《战国策》。这真是一种极端的文辞逻辑。

在七子派看来，这些由法、辞、情、意结晶而成的古文辞有着高度丰富的意味，可以触动丰富的历史文化语境，再现这个语境中丰富的历史事件及事件中主体的情感，这些情感已经涵括了今人可能有的全部情感。李梦阳理直气壮

---

① 王世贞. 李于鳞先生传 [M] //王世贞. 弇州四部稿：卷八十三文部. 明万历刻本.
② 王世贞. 与海盐杨子书 [M] //王世贞. 弇州四部稿：卷一百二十八文部. 明万历刻本

地说："以我之情，述今之事，尺寸古法，罔袭其辞，犹班圆倕之圆，倕方班之方，而倕之木非班之木也。此奚不可也?""罔袭其辞"，即不抄袭古文辞，可以效古文之法则，但他又说"作文如作字"①，"文与字一也，今人模临古贴，即太似不嫌，反曰能书"。② 实际上，这暴露了他模拟古文辞，泥于古文辞的主张，离抄袭古文辞只有半步之遥。为什么呢? 其实，对于七子派来说，效法古文辞的一个主要目的在于获取其在古代历史语境所附着的意味，以古之文辞传达"我之情"，可以产生丰富的表现力，能更好地写出"我之情"，使"我之情"因有了历史意味的附着而更加完整丰富。他与何景明论争，似乎对何景明重俊语亮节有所不满，这并不是说他否定诗文之情、调，而是认为何景明因张扬个性没有尺寸古法，文辞缺少历史意味，不太合七子派"柔澹""沉着""含蓄""典厚"的美学追求。在七子派看来，不以秦汉之文为指导，不效法秦汉经典之文的文辞，就不可能创作出优秀的作品来。

（二）唐宋派：文道兼顾，重在承道

唐宋派③主张文章创作学唐宋八家，是针对七子派"文必秦汉"的主张提出的，他们以"前七子"一派批判者的面目出现，此时前七子几殆。他们认为七子派只得古文之辞，而没得古文之"道"，而"道"（主要是六艺之道）才是古文所表现出来的不灭精神，即"千古文章之脉"，唐宋八大家的文章，正是在文章之中传递着道统一脉，也是文统的延续。唐宋派在发展的前期与后期，对"道"的理解又不太一样，前期重六经中所体现出来的儒家之道，后期重由心而体认的天地之"道"及万物之情。

关于文（辞）、情、道的关系，大概是这样的：对于从周以来的风人之诗到

---

① 李梦阳. 驳何氏论文书［M］//郭绍虞. 中国历代文论选：第三册. 上海：上海古籍出版社，1990：47.
② 李梦阳. 驳何氏论文书［M］//郭绍虞. 中国历代文论选：第三册. 上海：上海古籍出版社，1990：47.
③ 唐宋派，兴起于明代嘉靖时期的诗学宗派。以王慎中、唐顺之、茅坤、归有光为代表，主张文章宗唐宋八家，尤尊曾巩。与七子派论文宗秦汉，主模拟古文辞不同，唐宋派主张文章要文道兼顾，重在承道。由于其成员思想是发展的，变化的，所以关于"道"的认识又有变化，前期指六艺之道，即儒家之道，主要是儒家所倡的社会责任感，后期，唐顺之受心学影响，将"道"的理解归于天地之精神，天地之道，而茅坤则在与唐顺之的书信往来中，提出了"万物至情论"，"道"指万物之情。

汉代的乐府来说，"辞"与"情"一开始就发生着最紧密的关系，文学的本质实际是文辞与情感的结合。东晋之后，情感与文辞渐渐相分，诗人们热衷的是作玄言诗、山水诗，南朝随着文学创作日趋宫廷化，情感变得越来越贫乏，但对艺术形式之"丽"的探究却达到了非常高的造诣。而"道"呢，汉末党人遭惨痛之祸，文人儒士对所信奉的儒家之道产生了疑问，曹操任人唯才，儒家之道已被贬抑，到晋玄言诗、山水诗及南朝的诗赋、骈文，更重文辞及声律形式，文学与"道"一直都在不相交集的方向各自存在与发展。重文辞形式的风气在初唐仍然很盛，盛唐诗则承风人一脉，将"辞"与"情"结合得出神入化。所以说：文学与道不相为谋久矣，秦汉古文、六朝骈文等文艺散文与道也无多大关联。文学再次与"道"发生联系，着力者是韩愈。

安史之乱打破了一个青春的美梦，一个略带忧郁又时怀中兴之梦的中唐拉开了历史序幕。中兴之路，以道担当。从歌唱的青春时代走来的青年，将责任与"道"加进了文中。然而，即使是将"道"与责任感加进了诗文，这些文士依然不是道学家，以道自任，续继道统的韩愈亦是如此。他在《原道》篇中云："尧以是传之舜，舜以是传之禹，禹以是传之汤，汤以是传之文、武、周公，文、武、周公传之孔子，孔子传之孟轲，轲之死，不得其传焉。"① 从而建立起一个儒家之道统，他高自期许，把自己放在孔孟之道继承者的位置上，并主张"文以明道"。但他也没有因此放弃文学自身的特点，"实际上，韩愈真正关心的倒是成为一流的古文作家，他从未打算做一名兢兢业业弘扬儒学的儒家学者，也不打算身体力行，成为儒家圣贤"。② 他喜欢赌博下棋，好为驳杂之说，言论文章似圣贤，而所作所为却与常人无异；"他对能文之士如司马相如等衷心向慕，并期望在文辞上与一流文章大家一较高下"。③ 所以，他的主张与创作都隐含着"道"与"文辞"两个方面，甚至对文辞有着难以割舍的情怀，这一点，明代的方孝孺看得很清楚。方孝孺说："汉儒之文，有益于世，得圣人之意者，惟董仲舒、贾谊。攻浮靡绮丽之辞，不根据于道理者，莫陋于司马相如。退之屡称古之圣贤文章之盛，相如必在其中，而董、贾不一与焉。……退之以知道

---

① 韩愈. 昌黎先生文集：卷第十一 [M]. 宋蜀本.
② 陈文新. 中国文学流派意识的发生和发展 [M]. 武汉：武汉大学出版社，2007：143.
③ 陈文新. 中国文学流派意识的发生和发展 [M]. 武汉：武汉大学出版社，2007：44.

自居，而于董、贾独抑之，相如独进之，则其所知，果何道乎?"① 对韩愈无法割舍的"文辞"情结提出了批评。韩愈的弟子也在"文辞"与"道"两个方面继承了他的衣钵，前者以皇浦湜为代表，后者以李翱为代表，二者之间，宋儒是褒扬李翱的，这是宋以降的主流价值取向，亦表明宋儒重道轻文的态度。然而有意味的是，韩愈是偏向皇甫湜的，皇甫湜《韩文公墓铭》引韩愈语曰："死能令我躬所以不随世磨灭者，惟子。"② 这些都说明韩愈古文写作中"文"与"道"的结合，是以文辞为重点的。他以建立道统的方式来建立文统，很大程度上也是策略性的，以道入文的目的不过是想彰显知识分子的道德感、责任感。在知识分子的情感不再炽烈时，韩愈希望文章不要像南朝骈文那样纯粹朝文辞方面倾斜，希望在新的时代背景下，在中兴理想的支持下，散文的写作能够显示出知识分子更多的社会责任感。这也是寄望文章能在新的时代散发新的旺盛的生命力。

所以，唐宋派标举学习唐宋之文，认为文章千古相承之"道"并非宋明理学之"道"，其前期所践之"道"，即韩愈所提倡的儒家知识分子的社会责任感，是儒家之道。唐、宋时的知识分子勇于担当社会责任，唐宋古文也就更多地表达了知识分子这方面的理念，从唐宋八大家之文来看，无论是韩愈、柳宗元、还是曾巩、三苏、王安石等人，他们的文章中大都体现出了作为一个知识分子所应具有的社会责任感。这就是唐宋派们所认同的"道"，此"道"与"六经之道"一脉相承。与七子派及社会上许多文化闲人渐渐偏离儒家认同感不同，唐宋派诸子人生中大部分时间都是积极入世的，不是入世求名求利，而是力所能及地尽自己的责任，实践着儒家"不谋禄利，不希荣进"之道。

也正因如此，唐宋派强调文要明道，并不意味着要以"道"代替"文"，而是强调六艺之道与六艺之文要很好地结合。茅坤在《唐宋八大家文钞总序》一文中对这个问题谈得很透彻：

　　孔子之系《易》，曰："其旨远，其辞文。"斯固所以教天下后世为文

---

① 方孝孺. 答王秀才书［M］//郭绍虞. 中国历代文论选：第三册. 上海：上海古籍出版社，1990：11.

② 皇甫湜. 皇甫持正集：卷第六［M］. 四部丛刊景宋本.

者之至也。然而及门之士，颜渊、子贡以下，并齐、鲁间之秀杰也，或云，身通六艺者七十余人，文学之科，并不得与，而所属者仅子游、子夏两人焉。何哉？盖天生贤哲，各有独禀，譬则泉之温，火之寒，石之结绿，金之指南，人于其间，以独禀之气，而又必为之专一，以致其至……①

　　如果专做道学之文，他们与道学家无异。唐宋派诸子并不是要做道学家，而是要求散文创作能够做到"文"与"道"完美统一，使古文这种文学文体散发出新的生命力。他们希望在古文的写作中，知识分子的文化身份与政治身份统一起来，毕竟古代士人自唐以后，不管自不自觉，愿意还是不愿意，都已被纳入到政治体系中去了，想做一个纯粹的文人是不太可能的。而一个人如果有双重身份，那么他的文学创作会不可避免地受到政治身份的影响，如果说要保持诗的独立性、文学性，唐宋派并无什么异议，但是对于文，他们认为可以表现士人一定的社会责任感，给士人在政治身份中所坚守的道统一个文学表达的样式。他们选中了"文"，是因为文章这种文类具有言说性，可以写很长篇幅，比诗更适合表达他们心中之志、意。这就是唐宋派不同于道学家的地方，与韩愈一样，他们本质上仍是文学之士。实际上，成为一个这样的古文家并不是一件非常容易的事，不是言"道"之文都可算得上古文，写出"道"的意旨的人并非都是古文家。在茅坤看来，古文是一门要求特别高的文学样式，对于创作主体来说，需有"独禀之气，而又必为之专一"，所以孔子弟子三千，通文学之科的仅子游、子夏两人，可见文学并不等于儒学，后世经生和道学家是不可能跻身于古文家的行列的。茅坤认为古文的标准是孔子所说的"其旨远，其辞文"，他认为"孔子之所谓'其旨远'，即不诡于道也；'其辞文'，即道之灿然，若象纬者之曲而布也。"② 以此为标准，茅坤说："西京之文，号为尔雅。崔蔡以下，非不矫然龙骧也，然六艺之旨渐流失。魏、晋、宋、齐、梁、陈、隋、唐之间，文日以靡，气日以弱，强弩之末，且不及鲁缟矣，而况于穿札

① 郭绍虞．中国历代文论选：第三册［M］．上海：上海古籍出版社，1990：77.
② 茅坤．唐宋八大家文钞总序［M］//郭绍虞．中国历代文论选：第三册．上海：上海古籍出版社，1990：78.

乎?"① 这种情况在中唐时得到了改观,韩愈首先上接孔孟道统,又保持住文学家的底线,做到了孔子所说的"旨远辞文"。韩愈首倡,柳宗元羽翼之,宋代欧阳修等人继之,于是"以八家为宗,以唐、宋为派,由八家而上窥西汉作者,由西汉而上窥孔门文学之科的文统说,就建立起来了"。② 唐宋派认为,唐宋八大家以自己的古文创作,创造了将六艺之道与六艺之文完美结合的古文经典,是后世作者学习的典范。六艺之道与六艺之文完美地结合成为唐宋派对古文体制的基本要求,以此为标准,"唐宋八家"之文被唐宋派奉为古文经典及明人古文创作学习的典范。

王慎中亦从古文发展史的角度,从文道兼顾,重在承道的立场确立唐宋八家古文的经典地位,并认为它们足堪为明人古文创作的学习典范,其云:

> 极盛之世,学术明于人人,风俗一出乎道德,而文行于其间。自铭器、赋物、聘好、赠处、答问、辩说之所撰述,……以为右神明、动民物之用,其小大虽殊,其本于学术,而足以发挥乎道德,其意未尝异也。……周衰学废,能言之士始出于才,由其言以考于道德,则有所不至,故或驳焉而不醇,或曲焉而不该,其背而违之者,又多有焉。……由三代以降,士之能为文,莫盛于西汉。徒取之于外而足以悦世之耳目者,枚乘、公孙宏、严助、朱买臣、谷永、司马相如之属,而相如为之尤。能道其中之所欲言而不能免于蔽者,贾谊、董仲舒、司马迁、刘向、扬雄之属,而雄其最也。……由西汉而下,莫盛于有宋庆历、嘉祐之间,而杰然自名其家者,南丰曾氏也。观其书,知其于为文良有意乎? 折衷诸子之同异,会通于圣人之旨,以反溺去蔽而思出于道德。信乎! 能道其中之所欲言,而不醇不该之蔽亦已少矣。……然至于今日,知好之者已鲜,是可慨也!③

在王慎中看来,无论是诗还是文,都出乎风俗,风俗出乎道德,此为诗文千古一脉,文章的理想状态是:"出乎道德,而文行于其间"。本来周时,"文之

---

① 茅坤. 唐宋八大家文钞总序 [M] //郭绍虞. 中国历代文论选:第三册. 上海:上海古籍出版社,1990:77.

② 郭绍虞. 中国历代文论选:第三册 [M]. 上海:上海古籍出版社,1990:81.

③ 王慎中. 曾南丰文粹序 [M] //王慎中. 遵岩集:卷九. 清文渊阁四库全书本.

行于其时，为通志成务，贤、不肖、愚、知共有之能，而不为专长一人，独名一家之具，何其盛也。"（王慎中《曾南丰文粹序》）然而这种情况在周衰之后就改变了，能言之士出于才而非出于道德。这些能言之士蔽于所尚，溺于所习，藻饰离本，"徒以其魁博诞纵之力攘窃于外，其文亦且怪奇瑰美，足以夸骇世之耳目，道德之意不能入焉"。（王慎中《曾南丰文粹序》）这就是先秦诸子之文的创作现实：逞才御藻，辞有余而道德之意不入，甚至违道害道。于是，王慎中将七子派推崇的先秦诸子之文否定了，只留下了六经。这种情况在王慎中看来到了西汉仍不能完全改观，虽然能文之士甚多，但一部分是悦世之耳目的辞赋之士，不能免于道蔽之病，以司马相如之流为代表；另一部分人文中虽表现了六艺之道，然此道却仍敝于文辞之中难以彰显，此以贾谊、扬雄之流为代表。从而将七子派所推崇的西京之文基本否定。王慎中认为，这种"文道相离"的情况在北宋庆历和嘉祐年间才真正发生了改变，而曾巩最合经典要求。王慎中言曾巩既能折中诸子文章之同异，又能会通圣人之旨，能反溺去蔽，思出于道德。其文既能承道，又文采烂然，声称"推其所行之远，宜与《诗》《书》之作者并天地无穷而与之俱久"。（王慎中《曾南丰文粹序》）唐顺之亦云："近来有一僻见，以为三代以下之文，未有如南丰。"[1] 可见唐宋派对曾巩的评价相当高。故而王慎中认为，如果学有所宗的话，则"学马迁莫如欧，学班莫如曾"。[2] 茅坤更是以选编《唐宋八大家文钞》的选本形式表达自己及本派的文学宗尚，他直接以"唐宋八大家"冠以书名，表达出非常明确的古文主张，与七子派的"文必先秦两汉"针锋相对，实际含有强烈的论争意味。随着《唐宋八大家文钞》刊行传播，"唐宋八大家"之名被广泛称道，唐宋派也有了众多追随者。在论争中，唐宋派也取得了文坛主盟权。

（三）唐宋派与七子派相互之间的批评

唐宋派从"文道兼顾，重在承道"的立场出发，对七子派（此时是"前七子"）"重文辞"的观念进行了批评。茅坤云：

　　孔孟没而诗书六艺之学不得其传，秦皇帝又从而燔之，于是文章之旨

---

① 唐顺之. 与王遵岩参政［M］//唐顺之. 荆川集：文集卷七. 四部丛刊景明本.
② 王慎中. 寄道原弟书八［M］//王慎中. 遵岩集：卷二十四. 清文渊阁四库全书本.

散逸残缺。汉兴，始诏求亡经，而海内学士稍得以沿六艺之遗，而转相授受。西京之文号为尔雅，其最著者贾谊、晁错、董仲舒、司马迁、刘向、杨雄、班固是也。魏、晋、宋、齐、梁、陈、隋之间，斯道几绝。唐韩愈氏出，始得上接孟轲，下按扬雄而折衷之。五代之间，寖微寖灭。欧阳修、曾巩及苏氏父子兄弟出，而天下之文复趋于古。数君子者，虽其才之所授小大不同，而于六艺之学可谓共涉其津而溯其波者也。由此观之，文章之或盛或衰，特于其道何如耳？秦以来操觚为文章者无虑数十百家……得其道而折衷于六艺者，汉、唐、宋是也。虽其衰且弱也，不得而废也。不得其道而外六艺，以兴甲兵割河山，项籍、王郎以下是也。虽其强且悍，不得而与也。本朝刘、宋尝拓门户，弘治、正德间，北地李梦阳攘袂而呼曰：文在是矣！倡者叱咤，听者辟易，于今学者犹剿而附焉。嗟乎！间以之按六艺之遗及西京以来作者之旨，然乎？否邪！①

又云："文必溯六艺之深，而折衷于道，斯则天下者之正统也。其间雄才侠气，姗韩、欧骂苏、曾而不能本之乎六艺者，草莽偏陲，项羽、曹操以下是也。"②

将文章创作的发展历史溯源一番，茅坤得出结论：溯六艺之深而折中于道，方为文之正统，而能做到这一点的是汉与唐宋之文。而李梦阳学汉之文，仅学文辞，并宣称"文在是矣！"所以李梦阳并未得古文之真谛，即"得其道而折中于文"，茅坤还认为李梦阳倡导文辞模拟之风，使得后学甚至以抄袭古文辞为能事，文风大坏。且李梦阳删韩欧骂苏曾，在茅坤看来李梦阳非但不得六艺之道，六艺之文也未有得。由此，他对李梦阳及其创作提出尖锐批评，其云：

我明弘治、正德间，李梦阳崛起北地，豪隽辐凑，已振诗声，复揭文轨，而曰：吾《左》吾《史》与《汉》矣，已而又曰，吾黄初、建安矣。以予观之，特所谓词林之雄耳，其于古六艺之遗，岂不湛淫涤滥，而互相

---

① 茅坤. 文旨赠许海岳沈虹台二内翰先生［M］//茅鹿门文集：卷十四. 明万历刻本.
② 茅坤. 与慎山泉侍御论文书［M］//茅鹿门文集：卷四. 明万历刻本.

剿裂已乎! ①

茅坤以正统的文道观来看待李梦阳等前七子及其追随者的作品，一针见血地指出所谓其文似《左传》《史记》、黄初、建安，只不过是文辞似而已，创作割裂句字之间，甚至抄袭剿窃，高处不过古人影子，于六艺之道无所得，于六艺富于"文"的表达方式也无所得。

王慎中则对七子派的追随者进行了批评，在《与林观颐》中云：

> 所为古文者，非取其文词不类于时，其道乃古之道也。古之道，不谋禄利，不希荣进，足下所谓梦寐古人，顾戚戚于既失，汲汲于后获，何其与古之道异也？足下之好古文，直好其词不类于时耳，如是，则其用意亦何以异于时？故仆愿足下姑置得失，而专力于道，苟于道有得，虽不吾问，足下将自得之。②

从这段话中可以看出，林观颐是七子古文辞理念的追随者与实践者，王慎中批评他好古文只是好古文辞，好古代不类于今时的语言与文法，而不是古文之中体现的"道"，即社会责任感，批评林观颐这样学古文，虽心梦寐古人，却仍"顾戚戚于既失，汲汲于后获"，不得古文之真谛，最后，他劝林氏古文创作应专力于"道"。

唐宋派前期主要对前七子的论文主张进行批驳与论争，王慎中、唐顺之、茅坤等人自身也有实践其主张的优秀创作，遂由此确立了唐宋八家之文的经典与师法典范的地位，获得了文坛的主盟权，产生了巨大影响。王世贞曾在《赠李于鳞序》中谈及当时唐宋派的影响力之大："其声方握柄，所褒诛足浮沉天下士"。③ 这段时间，前七子几殆，七子派中没有有影响力的人物，所以前七子所宗尚的秦汉之文的典范地位遭到黜落，当时秦汉之文竟不如唐宋之文盛行，王世贞说："由秦、汉而下二千年，事之变何可穷也，代不乏司马氏，当令人举遗

---

① 茅坤. 唐宋八大家文钞总序［M］//郭绍虞. 中国历代文论选：第三册. 上海：上海古籍出版社，1990：78.
② 王慎中. 与林观颐［M］//王慎中. 遵岩集：卷二十三. 清文渊阁四库全书本.
③ 王世贞. 赠李于鳞序［M］//弇州四部稿：卷五十七. 明万历刻本.

编而跃如，胡至今竟泯泯哉!"（王世贞《赠李于鳞序》）王世贞与李攀龙等后七子登第之后结盟，另立门户，追继前七子，他们论文主张"文必秦汉"，然而后七子刚登上文坛，影响力还不大，当时就遭到唐宋派追随者的侧目："其徒某某诸贵人，日相与尊，明其道，引绳批根，生平慕之后弃之者，而一旦睹于鳞所非是，宁不侧目怪且指訾哉!"（王世贞《赠李于鳞序》）李攀龙顺德任职时，一唐宋派同道经过顺德，与李攀龙论文，批评他说："吾李守文大小出司马氏，司马氏不六经隶人乎哉? 士于文当根极道理，亡所蹈，奈何屈曲逐事变模写相役也?"（王世贞《赠李于鳞序》）面对这种情况，李攀龙请求王世贞同仇敌忾，共谋文辞之大业，捍卫李梦阳以来的七子派主张。其《送王元美序》云：

> 又二三君子，家传户诵，则一人又何难焉? ……今之作者，论不与李献吉辈者，知其无能为已。且余结发而属辞比事，今乃得一当生，仆愿居前，先揭旗鼓，必得所欲与左氏、司马千载而比肩，生岂有意哉!①

李攀龙批评唐宋派说："持论太过，动伤气格，惮于修辞，理胜相掩。彼岂以左丘明所载为皆侏离之语，而司马迁叙事不近人情乎?"（李攀龙《送王元美序》）李梦阳与何景明相争时曾说"以我之情，述今之事，尺寸古法，罔袭其辞"，其论诗文所重都是情与辞。李攀龙认为司马迁叙事，文采固斐然，然亦近情理。从另一个角度来看，天地本有文，天地之文本身蕴含天地之道，显示着天地之道，故而从人之道的文本存在形式之一——文艺散文来看，文辞是最显在的。文章主要是叙事，叙事固然本乎人情，然而在文本化的过程中，重点落在了如何"述"上，这就是一个言辞表达的问题，所以七子派从师法的目的出发，最重视的是文辞表现，重视文法。故而七子派论文、为文很重视语词、篇章结构、叙事方法，重视如何去刻画人物形象及其性格特征。

王世贞也从此角度批评唐宋派，其云："古之为辞者，理苞塞不喻，假之辞; 今之为辞者，辞不胜，跳而匿诸理。"（王世贞《赠李于鳞序》）他认为："夫言，人心之声，而诗文乃其精者。韵而诗，匪韵而文，其用本不相远，而其

---

① 李攀龙. 送王元美序［M］//李攀龙. 沧溟集：卷十六. 清文渊阁四库全书补配清文津阁四库全书本.

究乃不能相通。"① 无论情、道，都根于人心，古人之文乃因情而文，自然而然显示出天地之理，因而文、理俱美，而唐宋派虽主"文道完美结合"，但这只是一种理想状态，在实际创作中，一旦强调"理""道"，则会文辞不胜，文辞不胜，自然也就不能很好地表现"道"，"理""道"反被遮蔽。所以在王世贞看来，文辞不仅是与情相随相生的，也是与"道"相生的，不讲究文辞表现，则"道"的内涵就不能完全诠释出来，这样的文章就是多到累车，于"道"又有什么价值，于文学又有什么价值呢？

在《与颜廷愉》中，王世贞更好地发挥了他的"文辞观"：

> 夫文有格调，有骨有肉，有篇法、有句法、有字法。今睹足下集，并集中诸君子语，非北地、济南，新都弗述。其格古矣，骨树矣，句字修矣，所少不备，幸相与勉之而已。文之所以为文者三：生气也，生机也，生趣也，此三者诸君子不必十全也。无但诸君子，即所称献吉诸公，亦不必十全也。愿足下多读《战国策》《史》《汉》、韩、欧诸大家文，意不必过抨王道思、唐应德、归熙甫，旗鼓在手，即败军之将，偾群之马，皆我役也。②

格、调、骨、肉、篇法、句法、字法，这些都是属于"文辞"范畴内的要素，王世贞认为只有在这些方面下功夫，文章才可能有生气、生机、生趣。秦汉文章正是做到了这些，所以格高、调古、骨肉均匀、生气灌注、生机盎然、生趣十足，同时又理、道在其间，这才是道与文最佳结合的典范。因为文辞是道的自然显现，道在文辞中，而唐宋派强调"道"，则会持论太过，以致伤害文章气格，骨肉不均以致格调难高；又因强调"道"，行文则会惮于修辞，既不能很好地诠释"道"，又缺少生气、生机与生趣，散文的文学性几殆。所以尽管唐宋派也强调文道要完美结合，不因道而废文，但是，一旦不是出于情，而是出于道，行文中很难能在修辞上得心应手地着力，最终造成理胜于文的情况。这种文字很容易变成道学先生的语录，而非"文章"了。而且唐宋派诸子所崇拜

---

① 王世贞.刘侍御集序［M］//弇州山人四部稿续稿：卷四十.清文渊阁四库全书本.
② 王世贞.弇州山人四部续稿：卷一百二十八［M］.清文渊阁四库全书本.

的唐宋八大家最优秀的文章也并不是以"道"胜，而是以"文辞"的艺术魅力而获得生命力的，这一点唐宋派其实也是有所认识的。茅坤已认识到唐宋八大家之文，其实亦相当重视情感与文辞的，比如他评柳宗元文："再览《钴鉧潭》诸记，杳然神游沅、湘之上，若将凌虚御风也已，奇矣哉!"① 评欧阳修文："其姿态横生，别为韵折，令人读之一唱三叹，余音不绝。"②。所以，王世贞认为自己的"文辞观"非常有道理，就像掌握了真理，在真理面前，唐宋派就是败军之将，皆其役也。

从二派之间来回往复的论争中，我们可以看出，无论是七子派论文主文辞，还是唐宋派论文主道，贯穿他们论争过程的始终是明人的"文学经典意识"。他们论争的目的无非都是想批倒对方宗尚的经典与师法的典范，树立起本派宗尚的权威性。本着此目的，他们在论争过程中，各自的经典宗尚越来越明确，经典的可师法性也被充分发掘，各自的"文学经典意识"变得更为明晰、深入，诗学主张也得到了深度探讨，变得完善与深刻起来。

二、文辞模拟之论争

唐宋派的主将王慎中、唐顺之及重要代表人物茅坤等人，一生中学文、论文都有几个不同时期，不同时期的学术思想不同，其论文也相应有所不同。当年几人都有追随前七子学习古文辞的经历，但王、唐二人在仕途受挫之后接触了王学，随着受"心学"的影响日益加深，他们对"道"又有了新的认识，并影响到他们关于"文"的看法。唐宋派对"道"的认识从六艺之道转变为天地之"精神"、万物之"神理""万物之至情"，并在新的时期与后七子为代表的七子派在"模拟"问题上展开了论争，在论争的过程中，二派的文学经典意识不断明晰与深化。

（一）七子派：学古人之文在于模拟古文辞

七子派推崇秦汉之文，主要是从文辞角度入手的。在他们眼里，秦汉之文有格有调，有骨有肉，有篇法、句法和字法，无论叙事还是刻画人物形象、表达情感，都有着高超的艺术表现力，整个文章显得有生气、生机、生趣，堪称

---

① 茅坤.柳柳州文钞引［M］//茅鹿门文集:卷三十一.明万历刻本.
② 茅坤.欧阳文忠公文钞引［M］//茅鹿门文集:卷三十一.明万历刻本.

文章中第一义，所以主张要以秦汉文为学习典范。而学习秦汉文的关键在于学习秦汉文的古文辞，即篇法、句法、字法以及语词。从七子派首位宗主李梦阳开始，"模拟古文辞"的思想就很突出，他批评何景明的创作没有尺尺寸寸模拟古文辞，希望何景明能加以改正，这就是他在《驳何氏论文书》中所说的"前屡览君作，颇疑有乖于先法，于是为书，敢再拜献足下，冀足下改玉趋也"。①但是何景明非但没有改趋，反而反戈一击，批评李梦阳的创作存在过度模拟的缺点："空同子刻意古范，铸形宿镆（模），而独守尺寸。"②"高处是古人影子耳，其下者已落近代之口。"（李梦阳《驳何氏论文书》）

何景明的批评使得李梦阳很恼火，他为自己的模拟行为进行了争辩：

　　古之工，如倕，如班，堂非不殊，户非同也，至其为方也，圆也，弗能舍规矩。何也？规矩者，法也。仆之尺尺而寸寸之者，固法也。假令仆窃古之意，盗古形，剪截古辞以为文，谓之影子诚可。若以我之情，述今之事，尺寸古法，罔袭其辞，犹班圆倕之圆，倕方班之方，而倕之木，非班之木也。此奚不可也？（李梦阳《驳何氏论文书》）

又云：

　　作文如作字，欧、虞、颜、柳，字不同而同笔。笔不同，非字矣。不同者何也？肥也、瘦也、长也、短也、疏也、密也。（李梦阳《驳何氏论文书》）

李梦阳认为自己所模拟的只是古文辞最重要的一个方面：作文之"规矩"，即"法"，是文之所以成为文的东西，它们又具体表现为篇法、句法、字法之类。如果尺寸古法的前提是"以我之情，述今之事，而不袭辞语"，那当然可以，因为文学创作本来就是要遵守一定规矩，借鉴某些好的创作方法，包括篇

---

①　郭绍虞. 中国历代文论选：第三册. 上海：上海古籍出版社，1990：46.
②　李梦阳. 与李空同论诗书［M］//郭绍虞. 中国历代文论选：第三册. 上海：上海古籍出版社，1990：37.

章、句子结构及一定的用字技巧等。李梦阳所说的模仿诸如"前疏者后必密，半阔者半必细。一实者必一虚，叠景者意必二"之类法则并无不妥，没有什么问题，而且这种模仿也是创作出好的文章的必经之途，文学创作就是在借鉴基础上的审美创造。话如果只说到这里，李梦阳模拟古文辞的做法非但不是模拟，而且还是一种"创新"，但在意愤难平的《再与何氏书》中，他又说道："夫文与字一也，今人模临古帖，即太似不嫌，反曰能书。"最终导出了其泥于文辞形迹的模拟观：对具体之法与古文言辞进行如模临古帖一般的模拟。李梦阳认为，只有模拟优秀的典范作品，创作法则与语辞都似之，才可能创造与典范作品大致相当的作品，但这最终会导致"字比句拟"的弊病。

在李何之争中，何景明似乎显得较为开脱，不过作为学习古人文辞的提倡者，他首先仍是强调"法"的不可易性，要求要学习古人之法："射者不为人易其彀，琴者不为人改其操，故师可易，而法不可易也。"① 与李梦阳所强调的"前疏者后必密，半阔者半必细。一实者必一虚，叠景者意必二"，"开阖照应，倒插顿挫"之类的具体句法、篇法相比，他所强调的法较为抽象一些："辞断而意属，联类而比物也。"（何景明《与李空同论诗书》）然而，他与李梦阳最不一样的是："欲富于材积，领会神情，临景构结，不仿形迹。"（何景明《与李空同论诗书》）主张在遵守法度的基础上富于变化，守法只求大体，学古不求太似，这样就可以不仿形迹，是一种"泯其拟议之迹，以成神圣之功"（何景明《与李空同论诗书》）的高明的模古。然而在宗主李梦阳的极力鼓吹与提倡之下，追随者以模拟为能事，尤其是一些后学，没有深厚的文学修养，流于简单模拟甚至抄袭，产生了很多流弊，李梦阳所说的"以我之情，述今之事，罔袭其辞"变成了直接抄袭其辞，为我所用。正如王慎中批评的那样："今人何尝学马、班，只是每篇中抄得三五句《史》《汉》全文，其余文句皆举子对策与写柬寒温之套。"②

后七子登上文坛之后，又重新坚持前七子的模古主张，尤其是李攀龙，在诗文领域全面继承了李梦阳的文辞模拟观，所以，后期唐宋派与后七子的论争中，反模拟不仅仅只限于文，亦包括诗，是诗文领域内的文辞模拟与反模拟

---

① 何景明. 述归赋序 [M] // 何景明. 大复集：卷一. 明嘉靖刻本.
② 王慎中. 寄道原弟书八 [M] // 王慎中. 遵岩集：卷二十四. 清文渊阁四库全书本.

论争。

李攀龙为模拟古文辞提供了新的理论支持："拟议成变，日新富有。能为献吉辈者，乃能不为献吉辈者。"① 他以"胡宽营新丰"的典故引出他的模拟观："拟议以成其变化"，其云：

> 胡宽营新丰，士女老幼相携路首，各知其室；放犬羊鸡鹜于通涂，亦竞识其家，此善用其拟者也。至伯乐论天下之马，则若灭若没，若亡若失，观天机也。得其精而忘其粗，在其内而忘其外，色物牝牡，一弗敢知，斯又当其无，有拟之用矣。古之为乐府者，无虑数百家，各与之争，片语之间，使虽复起，各厌其意，是故必有以当其无，有拟之用。有以当其无，有拟之用，则虽奇而有所不用也。《易》曰："拟议以成其变化，日新之谓盛德。"不可与言诗乎哉？②

"胡宽营新丰"是怎么回事呢？刘邦得天下之后，定都长安，而"太上皇思土，欲归丰，高祖乃更筑城寺市里如丰县，号曰'新丰'，徙丰民以充实之。"③ 能工巧匠胡宽，按照沛地丰县的模样在长安附近建造了一个与旧丰一模一样的新丰县。由于规格模样与旧丰不差分毫，所以从旧丰迁来的人，一到新丰，在路头停望一下就能知道哪室是其家，犬羊鸡鹜亦识其家。这样，太上皇又看到了熟悉的丰地，体会到了丰地的乡风民俗，如真在老家一样，也就不再思归，安心待在长安了。李攀龙称赞胡宽营新丰为"善用其拟者也"。然而由于地理、气候条件不一样，与旧丰外表一样的新丰，里面的建筑定会因地理与气候条件的不同而有新的改变，所以新丰并不等同于旧丰。这就是李攀龙所说的模拟而又有变化：拟议以成变化，是为善拟。他自己的拟古乐府就是这么做的，他模拟古乐府，有时只改几个字，有时只改几句，比如他模拟《翁离》，只改了五个字，其它照抄不变：

---

① 徐中行. 重刻李沧溟先生集序［M］//徐中行. 天目集：卷十三. 明刻本
② 李攀龙. 拟古乐府自序［M］//李攀龙. 沧溟集：卷一. 清文渊阁四库全书补配清文津阁四库全书本。
③ 班固. 汉书：卷一下［M］. 清乾隆武英殿刻本。

拥离趾中可筑室，何用茸之蕙用兰。拥离趾中。（古乐府）

拥离趾中可筑宫，兰用茸之艾尔蓬。拥离趾中。（李拟作）

拟《东门行》《战城南》也只改了几句。当年李梦阳号召模拟，尚不袭其辞，到李攀龙这里，不但主张袭法，亦不惮袭辞了，真正实践了李梦阳所说的"模临古帖，即太似不嫌，反曰能书"的模拟理论。

后七子中的其他成员如谢榛也是很赞成诗文模拟的，他所论主要在诗，但同样可以表明他论文的态度。他在《四溟诗话》中云："学诗者当如临字之法，若子美'日出东篱水'，则曰'月堕竹西峰'；若'云生舍北泥'，则曰'云起屋西山'。久而入悟，不假临矣。"（《四溟诗话》卷二）他所说学诗当如临字之法，主要是针对初学者而言的，对于初学者来说，一定要模拟经典作品，这是一个学习的必要过程，比如作近体诗，就当模拟盛唐名家大家，掌握其所用之法，以资己用。谢榛虽主张模拟，但强调模拟应能达到或超越所模拟作品的水平："作诗最忌蹈袭。若语工字简胜于古人，所谓'化陈腐为新奇'是也。"（《四溟诗话》卷二）比如他说：

苏子卿曰："明月照高楼，想见馀光辉。"子美曰："落月满屋梁，犹疑照颜色。"庾信曰："落花与芝盖齐飞，杨柳共春旗一色。"王勃曰："落霞与孤鹜齐飞，秋水共长天一色。"梁简文曰："湿花枝觉重，宿鸟羽飞迟。"韦苏州曰："漠漠帆来重，冥冥鸟去迟。"三者虽有所祖，然青愈于蓝矣。（《四溟诗话》卷一）

谢榛对这种"青出于蓝而胜于蓝"的模拟很欣赏，对不能变化、无有新意的模拟则不以为然，他本人就非常喜欢模拟名家名句，尤其喜欢改人诗句。

王世贞与前七子中的何景明观点相似。何景明主张模拟不必太泥于形迹，要领会神情，临景构结，王世贞则主张"妙拟"，不能陷于形迹之剽窃。王世贞曾说"剽窃模拟，诗之大病"，并不是说他否定模拟，七子派是提倡模拟的，在这点上，王世贞也不例外。在他看来，模拟有六种情况①，第六种是"模拟妙者"，"模拟妙者，分歧逞力，穷势尽态，不唯敌手，兼之无迹"。王世贞显然最看重妙拟。他对前七子的宗古大业给予肯定，对于模拟主张亦多肯定，但因为主张"妙拟"，在对待李梦阳与何景明拟古态度上，他是倾向于何景明的，其云："信阳之舍筏，不免良箴，北地之效颦，宁无私议？"（《艺苑卮言》卷五）

李攀龙的"拟议以成其变化"，王世贞的"妙拟"与谢榛的"青出于蓝胜于蓝"的模拟观都是较为开通的，但实际上李攀龙拟议有余变化不足，甚至不惮于抄袭，并且大力提倡。以李攀龙自身的才力，其创作尚能有可圈可点之处，但对于追随者来说，则很多陷于剽窃抄袭的泥淖之中，产生了很多弊病，所以引起批评。唐宋派就在诗文模拟古文辞这一问题上对七子派进行了批评。

（二）唐宋派：文章应表现天地精神、万物至情

唐宋派前期论文也是非常讲究法度的，讲究布局谋篇，起承转合，在重视文法上不逊于七子派，但他们却不是以拟古为目的。后期，唐顺之更是将"文法"与"精神"联系在了一起。随着受心学影响日益加深，王慎中、唐顺之所持之道，从六经之道渐变成天地之道、天地之精神，论文重"精神"。唐顺之在与茅坤书信往复中提出了"本色论"，而茅坤则在误读唐顺之的基础上，将"本色论"发展为创作上的"万物至情论"，这注定他们是会反对模拟的。他们的散文理论形成的过程，也是对七子派文辞模拟观念进行批评的过程。

唐顺之四十岁以后思想开始发生变化。他在《答蔡可泉书》中云："年近四十，觉身心之卤莽，而精力之日短，则慨然自悔，捐书烧笔，于静坐中求之。

---

① 王世贞所说的六种模拟情况来自其《艺苑卮言》卷四中的一则诗话：剽窃模拟，诗之大病。亦有神与境触，师心独造，偶合古语者，如"客从远方来"，"白杨多悲风"，"春水船如天上坐"，不妨俱美，定非窃也。其次衰览既富，机锋亦圆，古语口吻间，若不自觉。如鲍明远"客行有苦乐，但问客何行"之于王仲宣"从军有苦乐，但问所从谁"，陶渊明"鸡鸣桑树颠，狗吠深巷中"之于古乐府"鸡鸣高树颠，狗吠深宫中"，王摩诘"白鹭""黄鹂"，近世献吉、用修亦时失之，然尚可言。又有全取古文，小加裁剪，如黄鲁直《宜州》用白乐天诸绝句，王半山"山中十日雨，雨晴门始开。坐看苍苔色，欲上人衣来"，后二语全用辋川，已是下乘，然犹彼我趣合，未致足厌。乃至割缀古语，用文已漏，痕迹宛然，如"河分冈势""春入烧痕"之类，斯丑方极。模拟妙者，分歧逞力，穷势尽态，不唯敌手，兼之无迹，方为得耳。若陆机《辨亡》、傅玄《秋胡》，近日献吉"打鼓鸣锣何处船"语，令人一见匿笑，再见呕哕，皆不免为盗跖、优孟所訾。

稍稍见古人涂辙可循处，庶几补过。桑榆不尽，枉过此生。"① 唐顺之四十岁以前倾向学文，宗唐宋八家之文，犹是古文家；四十以后倾向学"道"，但并不是于文字一切抹杀，而是认为"学者先务，有源委本末之别耳"②，此本源，即是"道"，即精神，由此，其论文亦发生变化。此"道"先表现为"精神"，文章千古一脉，皆为精神，由此得出"唐之韩愈即汉之马迁，宋之欧曾即唐之韩愈"的结论。唐顺之的这个观点遭到了没有学道的茅坤的不理解与质疑，在茅坤看来，文章是应该本于"六经之道"的，虽然茅坤与王、唐前期论文一样，认为唐宋文将六经之道与六艺文结合得非常好，而且距离的时代较近，语言上的隔膜较小，是学习的最好典范，可是他在心里对秦汉之文与唐宋八家之文还是有一个等级之分的。因此，他对唐顺之的观点不能认同，遂作书质疑：

> 尝闻先生谓唐之韩愈即汉之马迁，宋之欧、曾即唐之韩愈。某初闻而疑之，又从而思之。其大较虽近，而其中之深入处，窃或以为稍有未尽然者。古来文章家，气轴所结，各自不同，譬如堪舆家所指"龙法"，均之荣折起伏，左回右顾，前拱后绕，不致冲射尖斜，斯合"龙法"。然其来龙之祖及其小大力量，当自有别。窃谓马迁譬之秦中也，韩愈譬之剑阁也，而欧、曾譬之金陵、吴会也。中间神授，迥自不同，有如古人所称百二十二之异。而至于六经，则昆仑也，所谓祖龙是已。故愚窃谓今之有志于为文者，当本之六经，以求其祖龙。而至于马迁，则龙之出游，所谓太行、华阴而之秦中者也，故其气尚雄厚，其规制尚自宏远；若遽因欧、曾以为眼界，是犹入金陵而览吴会，得其江山逶迤之丽，浅风乐土之便，不复思履殽、函以窥秦中者已。大抵先生诸作，其旨不悖于六经，而其风调则或不免限于江南之形胜者。故某不肖，妄自引断，为文不必马迁，不必韩愈，亦不必欧、曾，得其神理，而随吾所之。③

茅坤是主张文章本于六经的正统论代表，认为文章当以六经为祖龙，之后

① 唐顺之.荆川集：文集卷七［M］.四部丛刊景明本.
② 唐顺之.答茅鹿门知县二［M］//郭绍虞.中国历代文论选：第三册.上海：上海古籍出版社，1990：75.
③ 茅坤.复唐荆川司谏书［M］.茅鹿门文集：卷一.明万历刻本.

司马迁如龙之出游，为六经直接的后继者，其位好比秦中，气尚雄厚，规制宏远；唐之韩愈好比剑阁，宋之欧、曾好比金陵、吴会，它们神授迥自不同，得六经之道、六艺之文多寡不同，故不能等而同之。但接着就突然消弥了几者之间的界限，提出"为文不必马迁，不必韩愈，亦不必欧曾，得其神理，而随吾所之"，提出为文之"神理论"。但此时茅坤所说"神理"的具体内涵还不是十分清楚，但很明显已经不限于六经之道，倒是有些艺术精神的味道。

唐顺之在回应茅坤质疑的过程中，提出了"精神说"：

> 来书论文一段甚善，虽然秦中、剑阁、金陵、吴会之论，仆犹有疑于吾兄之尚以眉发相山川，而未以精神相山川也。若以眉发相，则谓剑阁之不如秦中，而金陵、吴会之不如剑阁可也；若以精神相，则宇宙间灵秀、清淑、环杰之气，固有秦中所不能尽而发之剑阁，剑阁所不能尽而发之金陵、吴会，金陵、吴会亦不能尽而发之遐陋僻绝之乡。至于举天下之形胜亦不能尽，而卒归之于造化者，有之矣。故曰：有肉眼，有法眼，有道眼。语山川者于秦中、剑阁、金陵、吴会，苟未尝探奇穷险，一一历过而得其逶迤曲折之详，则犹未有得于肉眼也，而况于法眼、道眼者乎！愿兄且试从金陵、吴会一一而涉历之，当有无限好处，无限好处耳。①

在唐顺之看来，以眉发相之，则六经、马迁、唐宋八家之文固然是有差别的，但是若以"精神"相之，尽管四者得宇宙间灵秀、清淑、环杰之精神有多有少，以道眼观之，都有一段精神贯注于其间，而此精神是不分等级的。唐顺之所说的"精神"不再是六经之道，不再是知识分子的责任感，而与天地之精神，天地之道相通了。他建议茅坤以将司马迁与唐宋八家之文以道眼一一历过，就可发现其中之天机，其中的无限好处。于是，"精神"就成为唐顺之"文章本色论"的核心。

在"精神说"的基础上，唐顺之在与茅坤往复的第二封信中提出了他的"文章本色论"，且"文章本色论"明显是针对七子派尤其是后七子的"文辞模拟论"而发的，其云：

---

① 唐顺之. 答茅鹿门知县［M］//唐顺之. 荆川集：文集卷七. 四部丛刊景明本.

虽其绳墨布置，奇正转折，自有专门师法，至于中一段精神命脉骨髓，则非洗涤心源，独立物表，具今古只眼者，不足以与此。今有两人，其一人心地超然，所谓具千古只眼人也，即使未尝操纸笔呻吟，学为文章，但直据胸臆，信手写出，如写家书，虽或疏卤，然绝无烟火酸馅习气，便是宇宙间一样绝好文字；其一人犹然尘中人也，虽其专专学为文章，其于所谓绳墨布置，则尽是矣，然番来覆去，不过是这几句婆子舌头语，索其所谓真精神与千古不可磨灭之见，绝无有也，则文虽工而不免为下格。此文章本色也。（唐顺之《答茅鹿门知县二》）

就文章而言，唐顺之固然不排斥文法，作为当时著名的时文家，他是颇讲起承转合之法的。其云："汉以前之文，未尝无法，而未尝有法，法寓于无法之中，故其为法也，密而不可窥。唐与近代之文，不能无法，而能毫厘不失乎法，以有法为法，故其为法也严而不可犯。……然而文之必有法，出乎自然而不可易者，则不容异也。"① 但在他看来，"法"并不是文章最重要的方面，文章主要是要贯注一段精神命脉骨髓，只有贯注了精神的文章才是真正的文章。他认为即使是"法"，也是出乎心源，而非模拟现成法则。不处处牵于绳墨，尺寸古人现成之法，即使是信手写出，毫无章法，也是天地间好文字，如果没有精神贯注，那么重"法"必定导致简单重复的文辞模拟，"番来覆去，不过是这几句婆子舌头语"而已。这明显是针对七子派的模拟论调的，批评七子派作诗文只会模拟古人，诗文虽工却不免为下格。

唐顺之在与茅坤的第二封书信中，很多言论基本上都是再次阐发其"文章本色论"与批评七子派倡导而兴的文辞模拟流弊的。如其云：

即如以诗为谕，陶彭泽未尝较声律，雕句文，但信手写出，便是宇宙间第一等好诗。何则？其本色高也。（唐顺之《答茅鹿门知县二》）

且夫两汉而下，文之不如古者，岂其所谓绳墨转折之精之不尽如哉？

---

① 唐顺之. 董中峰侍郎文集序［M］//郭绍虞. 中国历代文论选：第三册. 上海：上海古籍出版社，1990：71.

> 秦、汉以前，儒家者有儒家本色，至如老、庄家有老、庄本色，纵横家有纵横本色，名家、墨家、阴阳家皆有本色，虽其为术也驳，而莫不皆有一段千古不可磨灭之见。是以老家必不肯剿儒家之说，纵横必不肯借墨家之谈，各自其本色而鸣之为言。其所言者，其本色也。是以精光注焉，而其言遂不泯于世。（《答茅鹿门知县二》）

以诗为谕，以陶潜为例，再次说明精神贯注比牵合于文辞更重要。而且唐顺之与茅坤一样消弥了先秦诸子界限，认为诸子各家都有一段千古不灭之见，有各自的本色，不互相抄袭、剿窃。他讽刺作诗文抄袭剿窃是："如贫人借富人之衣，庄农作大贾之饰，极力装做，丑态尽露。是以精光枵焉，而其言遂不久湮废。"（《答茅鹿门知县二》）他说："吾之不语人以求工文字者，乃其语人以求工文字者也。"（《答茅鹿门知县二》）意思是不像七子派那样教人模拟古文辞而求文字之工，正是以教人作文要有不拾人牙慧的艺术精神才能获得文字之工。

　　然而，在给茅坤作了这封信之后，唐顺之就皈依于会通儒释道精神的王学之"道"，而茅坤则论文日进，但不再是与古人之"道"为伍，而是归于"神理"。经过三年的反复揣摩思考，茅坤终于在另一个层次上理解或者说误读了唐顺之的"精神"和"文章本色"之说，在"神理论"的基础上又提出了"万物之情，各有其至"的"万物至情论"。其《与蔡白石太守论文书》中云：

> 独怪荆川疾呼曰：唐之韩犹汉之马迁，宋之欧、曾、二苏犹唐之韩子。不得致其至，而何轻议为也？仆闻而疑之，疑而不得，又蓄之于心而徐求之，今且三年矣。近乃取百家之文之深者按覆之，卧且吟而餐且噎焉，然后徐得其所谓万物之情自各有其至。而因悟曩之所谓司马子长者，眉也、发也，而唐司谏及仆所自持，始两相印而无复同异。①

司马相如在唐宋派前期时是被否定的对象，刘向也是不被提及的，然而现在茅坤将他们与司马迁、班固相提并论，在"万物之情"层面消弥了秦汉、唐宋之文的界限，此"万物之情"在他看来等同于唐顺之所说的"精神"。于是，

---

① 茅坤. 茅鹿门文集：卷一［M］. 明万历刻本.

茅坤认为经过三年，将汉、唐、宋文一一历过，终于理解了唐顺之所说的"唐之韩犹汉之马迁，宋之欧曾二苏犹唐之韩子"的内涵。然而，茅坤真的理解了唐顺之了吗？他其实是误读了唐顺之。唐顺之接受了王畿为代表的会通派王学，变成了一个会通儒释道三教但以释道思想为主的道学先生，他所说的"精神"并不是指"情"，而是指"道"，是弥漫于天地之间的"道"，不再仅只是六经之道了，而茅坤所说的"万物之情"是什么呢？从下面这段话可以得知，其云：

> 今仆不暇博喻，姑取司马子长之大者论之：今人读《游侠传》即欲轻生，读《屈原贾谊传》即欲流涕，读《庄周鲁仲连传》即欲遗世，读《李广传》即欲力斗，读《石建传》即欲俯躬，读《信陵平原君传》即欲好士，若此者何哉？盖各得其物之情而肆于心故也，而固非区区句字之激射者。昔人尝谓善诗者画，善画者诗，仆谓其于文也亦然。①

由此可知，茅坤所说"万物之情"是人与物最本质最能打动人的东西，司马迁的人物传记，以高超的艺术表现力将各种各样的人物写得非常神妙，写出了各类人之至情，具有强烈的艺术感染力，比如人读《游侠》即欲轻生、读《屈原贾谊传》即欲流涕，读《庄周鲁仲连传》即欲遗世。由此也可看出，"万物之情"还需要传神的艺术表现才行，无论秦汉还是唐宋八家之文都是要传达万物之至情的，并且都有着高超的艺术表现力。而传神的表现力来自于一定的表现方法，故茅坤与唐顺之不一样，唐顺之强调诗文要有一段不灭之精神，这段精神最终归于"天地之道"，实际取消了诗文的文学性，而茅坤则是从万物之情的传神表现着手，回归了"文"本身，强调了表现方法的重要性。

司马迁、班固，及韩愈、柳宗元、欧阳修、曾巩、苏氏兄弟的作品，以前在茅坤的观念中是与六经之道一脉相承的，此时茅坤关注的中心却是作品中表现的"万物之情"以及"文辞"——表现方法，关注的是这些人的作品为何具有长久不衰的艺术魅力。从这个意义上来说，他与七子派已经很接近了，但他也正是从"法"的角度批评了七子派的文辞模拟论。七子派讲尺寸古人之法，这些古人之法都是一些现成的篇法、句法、字法，属于文辞范畴，七子派拿来

---

① 茅坤. 与蔡白石太守论文书［M］//茅鹿门文集：卷一. 明万历刻本.

模之拟之，以期做到毫厘不失，以为这样就可以创作出接近经典的作品来。茅坤则认为，创作不是靠模拟一些现成的句法、字法及一些言辞就可以做到的，而是要先"得其物之情，而肆于心"，然后加以艺术表现。艺术表现亦非"区区句字激射"地模拟前人语句、语字的功夫，而是需要传神的表现方法加以传达，这种传神的表现方法没有现成的可以模拟，它是作者把握住"万物之情"并用己心创造出的，一旦这些表现方法成为固定不变的法则被人模拟，则会因失去创造性而失去生命力。汉、唐、宋人之文正是作者以自我创造而非模拟古人的表现方法传神地写出了"万物之至情"才成为优秀作品的，靠模拟经典作品的文辞，包括篇法、句法、字法、语言，以为就可以创造出优秀作品的可能性是不大的。茅坤本人曾"少喜为文，每谓当跌宕激射，似司马子长，字而比之，句而亿之"①，但并没有创作出足以传世的文章来，此时，他认识到学习司马迁不应是模拟其作品的字句，而是要学习其以创造性的艺术表现力模写出万物之至情的艺术精神。所以，茅坤的"万物至情"论最终也是将矛头指向了七子派的"文辞模拟论"。

唐顺之以重"精神"的"文章本色论"针对七子派模拟之假，茅坤以"万物之至情"针对七子派因模拟而缺乏创造性的表现力，还是很有论争力度的。除此之外，唐顺之在其它场合也有对七子派流弊的尖锐批评。他在《答蔡可泉》中这样说道："遵岩以绝世之资，又用力专而且深，故其文雄浑雅奥，自北宋而后数百年间，特然杰出，以名其家，所谓能不朽者也。惟单刻此集，足为文章家指南，而一洗近世文妖之弊。"② 此处虽有明人一贯的谀人之嫌，但是此处对七子派及其后学冠之以"文妖"，批评不可谓不尖锐。唐顺之对本派追随者出现这种模拟情况也是毫不留情地批评，他批评洪方洲说："至《送鹿园》，文字虽傍理路，终似蹈袭，与自得处颇无交涉。"③ 这种不是自得，不是出于己之心源的模拟文字，在唐顺之看来算不得好文字。

王慎中后期虽然在理论上的建树不如唐、茅二人，但他早些时候对于七子派的模拟流弊亦有批评，如"今人何尝学马、班，只是每篇中抄得三五句《史》

---

① 茅坤．与蔡白石太守论文书［M］//茅鹿门文集：卷一．明万历刻本．
② 唐顺之．荆川集：文集卷七［M］．四部丛刊景明本．
③ 唐顺之．与洪方洲［M］//唐顺之．荆川集：文集卷七．四部丛刊景明本．

《汉》全文，其余文句皆举子对策与写柬寒温之套，如是而谓之学马、班，亦可笑也"。对七子后学的模拟流弊看得很清楚，批评得也很深刻。他曾对自己年少时从七子派学古文辞，为文作诗尺寸古法的模拟经历进行反省，最后认识到"人各有所受，不能相袭，勉而为之。卑气弩质，闲心缓性，震掉而排击之，非其所习，终不似也，故亦卒莫能攻之"。① 在《与纪郡博》一文中，他再次对文辞模拟之风进行了批评："今浮夸之习方盛，剽窃之工炽行，不但见此生之文未知何物，且将并诟不肖之评以为腐语矣。"② 当然，王慎中的这些批评还停留在一般的批评上，还不能从理论上对七子派进行有力的反击。这个任务是由唐顺之和茅坤完成的。

归有光早年亦曾模拟古诗文，他为少年精力耗于无用之地而深自追悔。他批评当时七子后学的模拟剽窃之风："天下之俗，其敝久矣。士大夫以婥婀雷同，无所可否，为识时达变，其间稍自激励，欲举其职事，世共訾笑之。"③，批评那些剽窃模拟古文辞者"不知其所为，敝一生以为之，徒为孔子之所放而已"。④ 称赞戴楚望为诗："不规摹世俗，而独出于胸臆。"⑤ 他还对提倡模拟的"后七子"领袖王世贞提出了尖锐的批评："盖今世之所谓文者难言矣，未始为古人之学，而苟得一二妄庸人为之巨子，争附和之，以诋排前人。"⑥ 指责王、李主盟的文坛以模拟相倡，将文坛搞得一团糟，造成"剽窃成风，万口一响"的创作局面。

（三）七子派文辞模拟观中所体现出的"文学经典意识"

从李梦阳等前七子以来直到后七子，一直贯彻"修古文辞"的主张，在修古文辞上，李梦阳、李攀龙主张字模句拟，越似越好。对于李梦阳、李攀龙等

---

① 王慎中. 陈少华诗集序［M］//王慎中. 遵岩集：卷九. 清文渊阁四库全书本.
② 王慎中. 遵岩集：卷二十四［M］. 清文渊阁四库全书本.
③ 归有光. 雍里先生文集序［M］//归有光. 震川集：卷二. 周本淳，校点. 上海：上海古籍出版社，2010：25—26.
④ 归有光. 沈次谷先生诗序［M］//归有光. 震川集：卷二. 周本淳，校点. 上海：上海古籍出版社，2010：30.
⑤ 归有光. 戴楚望后诗集序［M］//归有光. 震川集：卷二. 周本淳，校点. 上海：上海古籍出版社，2010：29.
⑥ 归有光. 项思尧文集序［M］//归有光. 震川集：卷二. 周本淳，校点. 上海：上海古籍出版社，2010：21.

前后七子来说，他们学力深厚，文学修养与鉴别能力都高人一筹，所以，他们的模拟之作往往能够实践他们的主张，在拟作中既可述己之情，又可以有所变化。但对于学力不够的追随者来说，就势必会产生误导，一些才力不够的人以此为借口，强一点的割裂古文辞，钉字饾句，更多的人是抄袭剽窃，自谓能文，产生了很多流弊。其实从文字上看，李梦阳的"以我之情、述今之事，尺寸古法、罔袭其辞"，何景明的"领会神情，不仿形迹"，王世贞的"妙拟"与谢榛的"青出于蓝胜于蓝"，李攀龙的"拟议以成变化"，前后七子关于模拟古文辞的主张并无绝对冲突，甚至是一致的，然而在实际的操作中却有两种不同情况：一种是拟古，以李梦阳、李攀龙为代表；一种是学古，以何景明、王世贞、谢榛等为代表，而在实际中产生重大影响的又是"拟古"一脉，所以产生了流弊。这些流弊，李梦阳、李攀龙并不是没有看到，但是他们为什么还是力主拟古呢？这仅从"复古"角度是无法解释清楚的。在明代，少有人反对复古、宗古，为什么还有那么多反对七子派泥古的声音呢？尽管批评声音不断，然而李梦阳、李攀龙还是以家长式的作风力主拟古。可见，我们需要换一个角度来看待此问题。

无论是前七子还是后七子，他们都主张修古文辞，而文辞是属于语言学方面的要素，我们不妨借用一下现代西方语言学研究的理论成果，从语言学角度对七子派的拟古倾向进行一番研究。让我们再回看一下李梦阳、李攀龙的模拟论：

> 以我之情，述今之事，尺寸古法，罔袭其辞，犹班圆倕之圆，倕方班之方，而倕之木，非班之木也。此奚不可也？（李梦阳）
>
> 夫文与字一也，今人模临古帖，即太似不嫌，反曰能书。（李梦阳）
>
> 胡宽营新丰，士女老幼相携路首，各知其室，放犬羊鸡鹜于通涂，亦竞识其家。此善用其拟者也。……《易》曰："拟议以成其变化，日新之谓盛德。"（李攀龙）

胡宽所营新丰，之所以"士女老幼相携路首，各知其室；放犬羊鸡鹜于通涂，亦竞识其家"，是因为"其阡陌衢路未改，故宽得而貌之也"。对于诗文模拟来说，可理解为结撰之法、句子结构、大部分的语词都未改变，改变的不过是个别词语，然而就如胡宽所营新丰，与汉高祖故土旧丰相比，看上去外貌没什么改变，但室内还是根据新的环境做了相应的调整与改变，所以，新丰与旧丰还是不同的。这就是李攀龙所说的"拟议以成其变化"，与李梦阳所说的"作文如作字，欧虞颜柳字不同而同笔，笔不同非字矣。不同者何也？肥也、瘦也、长也、短也、疏也、密也"及"夫文与字一也，今人模临古帖，即太似不嫌"是一个意思。相比之下，李攀龙的模拟程度更甚，其古乐府的创作基本上奉行的就是一种拿来主义，将原诗直接拿来，只改动几个字，就成了他的作品了，然而李攀龙对此却是振振有词，说是"拟议以成变化"，自信满满。难道他真的是一个理直气壮的盗窃者吗？并不是这样的。李梦阳、李攀龙的自信说明他们这样做自有他们的道理，以他们的人格也不可能去倡导一种盗窃行为，只不过他们的意思没有被人完全理解。二人主张拟古及以此进行的创作，实际是认为创作可以靠与经典文本之间的关系来生产新的意义。

米歇尔·福柯（michel foucault）论及福楼拜的作品时说："这篇作品从一开始就形成于知识的空间里：它本身就处于和其他书籍所保持的基本关系之中……它所从属的文学只能依靠现存作品所形成的网络而存在，也只能存在于其中……福楼拜之于书库类似马奈之于美术馆：他们的艺术往往屹立于洋洋典籍之间。"[①] 李梦阳与李攀龙的模拟作品，与福楼拜的作品一样，是形成于知识的空间中，它与原作品及原作品所处时代的其他作品之间都有着联系，即互文本及互文关系，这些模拟作品靠与原文本及原文本同时代其他文本之间的各种各样的关系而产生意义，再与本时代的语境交织，以此生产出更多的意义，作品的意义就在这些意义网络中衍生。下面试对李攀龙作品进行个案分析对此加以说明，以《战城南》为例：

战城南，死郭北，野死不葬乌可食。为我谓乌："且为客豪！野死谅不葬，腐肉安能去子逃？"水深激激，蒲苇冥冥；枭骑战斗死，驽马徘徊鸣。梁筑室，何以南？何以北？禾黍不获君何食？愿为忠臣安可得！思子良臣，良臣诚可思。朝行出攻，暮不夜归。（古《战城南》）

---

① ［法］蒂费纳·萨莫瓦约. 互文性研究［M］. 邵炜，译. 天津：天津人民出版社，2003：117.

战城南，走城北，转斗不利号路侧。谓我枭骑："且行出攻，宁为野乌食不逐。"驽马徘徊蒲苇中，水深黝黝，蒲苇鹜鹜。乌亦自不去，客亦自不豪。梁以集，乌子五，乌母六，禾黍不食撄腐肉。愿为忠臣何可覆？伤子良臣，良臣诚可伤。远道之人，枯骨何葬！（李攀龙拟作《战城南》）

乍一看，李作与古作几乎一模一样，从句数上来看，两作都有二十小句，每一小句的句式结构、字数基本相同。两作的意象与情节事件也基本相同：出征，战斗，战斗之惨烈，乌食腐肉，良臣之叹，兵士之惨；我、马、乌、水、蒲苇等实物皆有。只是李攀龙的拟作在第六句上是一个七言杂句"宁为野乌食不逐"，而古作是一个五言杂句"野死谅不葬"，其它句式完全相同。于是，我们就会有一个印象，认为李作字比句拟，全然为赝品，其实并非如此，李作在保证与原作的叙事情节、意象基本相同的情况下打破了古作的情节顺序与意象分布，对一些意象进行了融合改写再创造。

下面就对这两篇作品进行具体对比分析。

先看首二句（一句为一个完整意义单位），二作句式相同，但是李攀龙的拟作改变了一个情节，即改"乌食腐肉"为"士兵号路侧"，改变了一个动作，改"死"为"走"，这样，李作与古作就有了不同。古作先写战争之后静态的惨状，以上空盘旋鸣叫的乌鸦加以衬托，而李作先写动态的战斗及战斗失利，古作采用的是倒叙手法，李作则是顺叙手法。古作以奇特的想象接着刚才的死亡场景，写死去的士兵要求乌鸦代替远方的亲人为自己哭嚎，而李作则顺着写战斗失利后发起二次进攻，是以将领与兵士对自己的马匹所言来表明这一事件的。

接下去第三个情节，古作是回顾当时激烈的战斗，李作则写出征及战斗结果。在这第三个情节上，两作的本质区别显现了出来：古作对激烈的战斗进行了渲染："水深激激，蒲苇冥冥，枭骑战斗死，驽马裴回鸣"，突出战斗的激烈与艰苦，而对战争结果只一个"死"字交代之，显示出的是一种悲壮的英雄主义；李之拟作中，战斗这一情节多了一个出征事件，"且行出攻"，战斗失利后不得已要再次发起进攻。古作中也有出攻事件，但不是像李作一样与一次战斗联系在一起，古作中的出攻事件放在了诗的最后，说明战斗是非常平常的事件，战斗之后当然会有一部分兵士死亡，但这并不说明战斗失利了。从后面虚化的情节、议论、感叹来看，古作突出的是边关将士守卫国土做出了巨大牺牲，这些爱国将士的精神是应得到褒奖，他们也应被思念、怀想的；而李作却将战斗经过省略，直接写战斗结束后的结果："驽马徘徊蒲苇中，水深黝黝，蒲苇骛骛"，没有突出的英雄主义，诗句中突出的是"悲哀"之情。古乐府中的那种悲壮的战争英雄主义在李之拟作中被消解了，战争中悲壮的牺牲精神没有了，因为"乌亦不自去，客亦不自豪"，笼罩在人们心头与盘旋于头上的都是死亡的信息。李作再接着写伤亡之状，而古作是放在诗的开头写的。再后面的情节，两作基本相同：良臣之思、良臣之伤。

李作除了在第三个情节中消解了古作中的战斗英雄主义，又接着动态地渲染死亡的惨状："梁以集，乌子五，乌母六，禾黍不食攫腐肉。"古作中也有"乌食腐肉"的情节与意象："野死不葬乌可食"，是放在首句的，且并没有给予特别的渲染，在古作中，这种景象只是战争的正常结果罢了；李之拟作则对古作中较为简略的"乌鸦"的意象加以突出、重构，以实代虚，将此意象具体化、群体化，以突出战争之残酷，死亡之惨烈。古作中，乌鸦的形象并不突出，重点在于战斗的激烈，而拟诗重点不在战斗本身之激烈，而在战争中兵士死亡之惨，这重点是靠"乌鸦"这一意象来加以突出的。为此，李攀龙借用了古乐府《思悲翁》中"枭子五，枭母六"这一群"枭"的形象，加以嫁接改造，一方面重构了"乌鸦"这一表现战争伤亡之严重的群体意象："乌子五，乌母六，禾黍不食攫腐肉"；另一方面，又使其诗与《思悲翁》发生了联系。《思悲翁》是伤功臣之诗，于是李之拟作由古作《战城南》中的良将之思转换为功臣之伤。由此，李攀龙的拟作不单纯只与古作《战城南》发生联系，也与《思悲翁》产生了联系，与《思悲翁》中的意象、主题产生了联系，这些都使得李之拟作的意义再次生产，与原古作的意义也有了不同。古作之中所描写的战争毕竟是盛世的开疆拓土，在战争上占有主动位置，而明时，开疆拓土的能力已很有限，被动的卫土之战，却仍死亡无数，"远道之人，枯骨何葬"，个中滋味是何等不同，而忠臣良将在明时的结局又是多么可悲。"秦时明月汉时关"，"古来征战几人还"，汉高祖时，功臣得到的是"狡兔死，良狗烹"的下场，而明太祖时又何尝不是如此心狠手辣，嘉靖帝时，良臣忠臣又有几个得到好的结局，比如好友王世贞之父，因战事失利而被奸臣昏帝所害，崇祯帝时的忠臣武将袁崇焕亦被诬处死。历史、现实、未来，在明朝这样一个帝国中，在君臣失和的政治氛围中，良臣之伤这样的事情并非只是偶尔发生。这样，拟作不仅与古代的优秀作品，亦与作品背后及作者所处时代的语境产生着联系，从而生产出与古作有所联系但又不同的、更加丰富的意义。

再如，李攀龙为钱谦益所不齿的模拟之作《陌上桑》亦是如此。李攀龙拟作《陌上桑》，字句相同的比例更大，有的句子一字不改照抄，有的改动一两个不关痛痒的字，遭到了许多人的诟病。尤其是他在这篇拟作中凭空加进了《孔雀东南飞》中的人物，作为"西邻焦仲卿，兰芝对道隅"，被钱氏冠以"窃"的罪名。其实，李攀龙将秦罗敷与焦仲卿、兰芝扯上关系，也并非是凭空捏合，在《孔雀东南飞》一诗中，焦仲卿、兰芝、秦罗敷三人之间已经间接地产生了关系。诗中有言，焦母欲辞兰芝，对仲卿说："东家有贤女，自名秦罗敷。可怜体无比，阿母为汝求。便可速遣之，遣去慎莫留。"李攀龙说秦罗敷"西邻焦仲卿"并没有错，还给人造成一种真实感，似乎三人是历史上确有的人物，焦、兰的事情也确实发生过，如此，那么焦、兰之事便是真实之事，焦仲卿与兰芝有如磐石一般坚贞的爱情，也成为一个事实，那么罗敷对使君说起二人，就等于向使君说：我罗敷忠于爱情就如焦、兰二人忠于爱情一样，于是，罗敷与夫君爱情坚贞的意义便自动产生。读者在阅读李攀龙的拟《陌上桑》时，《孔雀东南飞中》中描写焦、兰爱情坚贞的诗句亦会在诗外呈现，映入读者的脑中。这样，李攀龙巧妙地利用互文本关系，使其拟作在与古代优秀作品的知识网络联系中自动生产出丰富的意义，且能比原作更好地表现主题。可见，李攀龙的《陌上桑》虽模拟严重，艺术美感也比不上古作，但仍然有着其独特之处，也就有了与古作并存的价值，这样，他的模拟之作也就成了有意义的创作。唐宋派一味地批评七子派模拟，却没有看到其中的奥妙，其实，正如米歇尔·布托所说："从某种程度上说，哪怕是原封不动地引文也已经是戏拟。只要把将某段文字单独提取出来，便已经改变了它的意义。"①

所以，在互文本与互文性关系中，李攀龙的模拟之作的意义极大地得以膨胀与延伸。福楼拜等大师们的作品，往往屹立于洋洋典籍之间，并与那些典籍一样也在文学史上获得了不朽的价值，李攀龙的作品徜徉于古代优秀作品之间，

---

① ［法］蒂费纳·萨莫瓦约. 互文性研究［M］. 邵炜，译. 天津：天津人民出版社，2003：116.

其拟作与古之经典作品发生联系之后，靠与经典作品互文本的关系生产出自己作品的意义，这样，也使得自己的作品获得了与经典作品一样存在的价值。

　　另外，七子派所说的文辞，属于文学的语言创造方面的问题，他们对古文辞的极端重视，强调对古文辞的模拟，其实也是对语言魔力的崇拜。他们认为语言可以创造出丰富的美的世界，有一种语言乌托邦的理想。海德格尔的存在主义美学曾深度探讨了语言与存在的关系，他说："语言是存在的寓所"，语言凭借给存在物的首次命名，第一次将存在物带入语词和显象。这样，在原初的意义上，"语言"就不是简单或低级的表达工具，而是"存在"的呈现途径。海德格尔将语言的本质规定为诗，诗在语言中产生，因为语言保存了诗意的原初本性。而文学的语言，不单保留了原初意义上的存在物的命名，承传着语言原初意义上的诗性，同时，诗性语言还给情感与思、意命名。比如秦汉之文中的语言，包括言辞与言辞的传达方式，记录着士人某些情感与意念的最初诗意，所以，从某种意义上来说，它们因了最初的诗性与历史意味的积淀，而显示出丰富的内涵与美来。当七子派在现实语境中的某种诉求、情感与秦汉时的诗文中某些由特殊结构、意味所凝结而成的文辞体现出来的情感与诉求相谋和时，他们认为那种原初创造的文辞是最好的、最有效的、最有表现力的，所以，无论是李梦阳还是李攀龙，七子派的宗主都对模拟古文辞都有着强烈的执着，他们认为古文辞意味的丰富性使之自然而然可以显示出某种"意"与"情"来。对于李梦阳所代表的"前七子"来说，古文辞中所体现的是符合其张扬士气要求的气格，比如秦汉之文，是文辞与气格结合得非常完美的典范，无论是先秦时期诸子散文中体现出来的那种自由风范，还是司马迁的叙事中显现出来的飘逸之美，都无不符合他们的人格诉求。对于李攀龙所代表的"后七子"来说，古文辞除了保存了最初的诗性与美，还有它的不可替代的创造性所体现出来的经典意义，并且可以成为其作品意义的起点，在因文辞的关系而与经典文本产生互文本及互文关系之后，其模拟之作亦有了独特的存在价值。因此，李攀龙、李梦阳的拟古理念仍然体现着七子派的"文学经典意识"，甚至使得其"文学经典意识"达到某种程度上的片面深刻。

第三节   公安派与七子派之争

　　除了体制之辨，重视经典所确立与体现出来的法则是"文学经典意识"的一个重要表现。七子派从经典作品中抽绎出大量法则，包括诗之根本大法及各个层面上的创作方法、表现原则等，用于指导时人的创作，本无可厚非，但过度强调以经典所确立的法则为准的，意味着创作会囿于法度，不能张扬个体的创造性。一些空疏不学的七子派后学，诗文创作仅以模拟为能事，于是产生了严重流弊，对此，时人已有所批评，但由于七子派的势力颇大，最辉煌的时候几乎"囊括无遗士"，只要得到李、王二人的片言褒奖，立刻名利双收，天下士子无不奔走于七子派门下，其重法守法的思想没有遭到撼动。在万历十八年王世贞去世之后，七子派的声势就大不如以前了，此时，"心学"在社会生活的方方面面已经产生了影响，加之晚明社会经济的发展，新的生产关系萌芽，城市繁荣，市民阶层出现，个性解放思潮渐成波涛汹涌之势。在这种思潮中，公安派崛起，开始对七子派囿于法则的观念与创作进行批评。

一、守法与蔑视之争
（一）七子派重法，主张"尺寸古法"

　　从古诗发展到近体诗，就是一个"诗法"不断突出的过程，也是诗歌自身规定与规律逐渐被认识与强调的过程，这是人们对文学自身认识不断深化的表现。周诗、汉魏古诗，自然发抒情感而文采斐然，毫无作意，王世贞云："《风》《雅》《三百》《古诗十九》，人谓无句法，非也。极自有法，无阶级可寻耳。"（《艺苑卮言》卷一）"诗三百"代表的周诗，《古诗十九首》代表的汉魏古诗，无具体的篇法、句法、字法，但却极有法，即无法之法，要靠"悟"才能得之。这种无法之法实际上是遵守以"风人情感"为诗立法的原则，是诗之大法。此后，从古诗向近体诗过渡的过程，就是一个人们自觉探索诗歌自身特性的过程。近体诗亦遵循"情感原则"这一大法，但这一文体最重要的因素——格律法则成为诗歌研究关注的中心，从此诗就有了可以现成套用的规则及回避的禁忌。因为格律之法仍是从最优秀的古诗中认识到和总结出来的，所以只有像古诗那样，以"情"作为最根本的原则，才能将这些格律规则化于无形无迹，才能将这些人工之法还原为自然之法，创作出浑涵无迹的作品来，这一点盛唐人做到了完美程度。汉魏古诗将情感与无法之法结合得最为完美，盛唐近体诗将情感与有法之法结合得最为完美，因此，在强调情感这一诗歌的本质规定性的同时，对"法"的研究与学习成为七子派最为重要的文学活动，也是其"文学经典意识"的一个重要表现。

对古人优秀作品中所体现出的法度的重视、研究与学习，并不自七子派始，这早在宋人甚至中唐人那里就已经开始了，七子派从李梦阳始一直到末期的胡应麟等，对盛唐诗法的研究与学习及勘悟汉魏古诗无法之法的热情持续高涨。李梦阳对"法"的重视程度相当高，视"法"为诗之生命，他既有对诗之为诗的大法的极端强调："古之工，如倕，如班，堂非不殊，户非同也，至其为方也，圆也，弗能舍规矩。何也？规矩者，法也。仆之尺尺而寸寸之者，固法也。"（李梦阳《驳何氏论文书》）"阿房之巨，灵光之岿，临春、结绮之侈丽，杨亭、葛庐之幽之寂，未必皆倕与班为之也，乃其为之也，大小鲜不中方圆也。何也？有必同者也。"（李梦阳《驳何氏论文书》）也有对具体诗法规律的总结："古人之作，其法虽多端，大抵前疏者后必密，半阔者半必细。一实者必一虚，叠景者意必二"① 及"开阖照应，倒插顿挫者"等。何景明也相当重视诗文之法，其云："诗也者，难言者也。体物而肆采，撰志而约情，慎宪而明则。是故比方属类，变异陈矣；揆虑绪思，幽微章矣；彻远以代蔽，律古以格俗，标准见矣。故单辞寡伦，无以究赜；指众不一，无以合方；利近遗法，无以纯体。"② 欲"格俗"、欲"究赜"、欲"合方"、欲"纯体"，就不能没有法则标准，他所说的"法"是"辞断而意属，联物而比类"这样较为抽象的创作方法。由于对"法"的认识有分歧，李何之间为此还进行了激烈的争论，现在的研究者很多认为何景明能够超越法度，富于创新，其实，何景明从来也没有反对过李梦阳所说的方圆之类的诗之大法，实际上这些法是诗的内在规定性，谁也不可能反对，他们的分歧只是作诗方法具体与抽象的程度有所不同。

---

① 李梦阳. 再与何氏书 ［M］//郭绍虞. 中国历代文论选：第三册. 上海：上海古籍出版社，1990：51.

② 何景明. 大复集：卷三十一 ［M］. 清文渊阁四库全书本.

七子派一脉都是十分重法的，前七子另一成员王廷相在《与郭价夫学士论诗书》一文中提出："工师之巧，不离规矩；画手迈伦，必先拟摹"①，"欲擅文囿之撰，须参极古之遗，调其步武，约其尺度，以为我则。"② 与李梦阳一样强调规矩、法度，主张模拟。后七子宗主李攀龙严格区分古诗与近诗的体制，认为各体诗应具有相应的规定性与法则。王世贞认为诗与文一样，也是非常讲究法度的，其云：

> 首尾开阖，繁简奇正，各极其度，篇法也；抑扬顿挫，长短节奏，各极其致，句法也。点掇关键，金石绮彩，各极其造，字法也。篇有百尺之锦，句有千钧之弩，字有百炼之金。文之与诗，固异象同则，孔门一唯，曹溪汗下后，信手拈来，无非妙境。（《艺苑卮言》卷一）

胡应麟更是将"法"之于诗的重要性抬高到无以复加的地步："汉、唐以后谈诗者，吾于宋严羽卿得一悟字，于明李献吉得一法字，皆千古词场大关键。"（《诗薮》内编卷五）

七子派由于特别强调诗法，强调创作要囿于法度，文坛上形成了一股严重模拟的诗风，从公安派对七子派模拟流弊的批评可以看到自弘正至隆万时期七子派及其追随者创作的状况：

> 苏郡文物，甲于一时。至弘、正间，才艺代出，斌斌称极盛，词林当天下之五。厥后昌穀少变吴歈，元美兄弟继作，高自标誉，务为大声壮语，吴中绮靡之习，因之一变。而剿窃成风，万口一响，诗道寝弱。至于今市贾佣儿，争为讴吟，递相临摹，见人有一语出格，或句法事实非所曾见者，则极诋之为野路诗。其实一字不观，双眼如漆，眼前几则烂熟故实，雷同翻复，殊可厌秽。③

> 其高者为格套所缚，如杀翮之鸟，欲飞不得；而其卑者，剿窃影响，

---

①　王廷相. 王氏家藏集：卷二十八 ［M］. 明嘉靖刻清顺治十二年修补本.
②　王廷相. 王氏家藏集：卷二十八 ［M］. 明嘉靖刻清顺治十二年修补本.
③　袁宏道. 叙姜陆二公同适稿 ［M］//袁宏道. 袁中郎全集：卷一. 明崇祯刊本.

若老妪之傅粉；其能独抒己见，信心而言，寄口于腕者，余所见盖无几也。①

公安派对七子派的模拟说与造成的剽窃抄袭之风给予了毫不客气的批评，袁宗道批评李攀龙的"拟议以成变化"云："抑不佞闻之，胡宽营新丰，至鸡犬各识其家，而终非真新丰也。优人效孙叔敖，抵掌惊楚王，而终非真叔敖也。岂非抱形似而失真境，泥皮相而遗神情者乎！"② 而七子派主张模拟，主要在于模拟古文辞，而文辞最重要的方面是"法"，模拟古文辞很大程度上也就是囿于诗文之法，要想对七子派的批评更有力度，公安派对七子派所囿之"法"采取了蔑视的态度。

（二）公安派蔑法，主张"不拘格套，独抒性灵"

公安派③论诗标举"性灵"，认为诗——从肺腑流出，乃为盖天盖地者，不应受到各种诗法的束缚，对七子派所囿之法极端蔑视。袁中道在《中郎先生全集序》中说："诸文人学子泥旧习者，或毛举先生少年时二三游戏之语，执为定案，遂谓蔑法自先生始。"④ 袁中道此言，是在放弃了早年于七子派的反对派立场，想要中和先前激进论调，在自我批判中向传统回归时说的，也是为了维护袁宗道，但从侧面也说明了一个无可否定的事实：蔑法实自三袁始。袁中道就曾对因受了袁宏道影响之后不守古法、蔑法的石头上人表示赞叹，称其为"不朽人"。

要反对七子派守法，首先要弄清楚七子派何以要守法。七子派所守之法抽

---

① 袁宏道. 叙梅子马王程稿［M］//袁宏道. 袁中郎全集：卷一. 明崇祯刊本.

② 袁宗道. 刻文章辨体序［M］. 袁宗道. 白苏斋类集：卷七. 明刻本.

③ 公安派以公安袁氏三兄弟袁宗道、袁宏道、袁中道为代表，形成发展于万历十九至二十七年间。袁宗道登第之时，王世贞尚在世，七子派势力依然很大，王、李之学依然盛行，而袁宗道与同馆黄辉力排其说，他的思想对袁宏道产生了一定的影响。袁宏道（1568—1610），万历二十年中进士，其少年时代亦曾依傍七子之学，模拟古文辞，上自汉魏，下及三唐，随体模拟，无不立肖。然而在及第前一年与后一年，袁宏道曾数次前往鹅湖拜望当时思想界的先锋李贽，受到他的影响，思想发生了巨大变化，文学思想亦随之变化。他在万历二十四年，写下了著名的《叙小修诗》，提出了"独抒性灵，不拘格套"的主张，正式开宗立派，开始对七子派展开猛烈的批评与论争，并取得了文坛的主盟权，吸引了大批的追随者。

④ 黄宗羲. 明文海：卷二百五十［M］. 清涵芬楼钞本.

绎于他们所师法的对象——汉魏古诗、盛唐近体诗，认同这些经典中所体现出来的"法"的权威性及对创作的指导性和借鉴意义。因此，公安派要反对七子所守之法，首先就要解构七子派的师法对象——汉魏古诗与盛唐近体。这种师法古人的思想又源自于"格以代降"的观念，所以，公安派首先要从这两个方面入手，最后解除外在"法"的束缚，以"心"为诗文立法，张扬"性灵"。

1. 师法对象去汉魏、盛唐化

自从明初以来，文坛就有着一种复古、宗古倾向，七子派提倡宗汉魏与盛唐之诗，产生了相当大的影响，后来的宗派无论是唐宋派还是公安派，无论愿意与否，在其初学诗文的阶段，都会受到七子派的影响。也正是因为他们曾经是七子派的追随者，所以能入其室而知其弊，对七子派的批评就比较有针对性。袁中道在《解脱集序》中说袁宏道少年时就可以作出七子派认同的诗歌："上自汉、魏，下及三唐，随体模拟，无不立肖"①，但这种以汉魏盛唐为师法对象的诗文必定是模拟的，袁宏道对自己早年追随七子派所作的诗文不满意，"自谓非其至者，不深好焉"。（袁中道《解脱集序》）不好这种模拟之作，也就是对所作只是师法对象的影子不满意，也就有对创作需有师法对象不满意的意思在里面。他们对无所宗法的诗人表示赞赏，袁宗道称赞丘长孺："其诗非汉、魏人诗，非六朝人诗，亦非唐初、盛、中、晚人诗，而丘长孺氏之诗也。"② 袁中道评价福井先生的诗："顾其所为歌诗，不唐不宋，直摅其意之所欲言。"③ 写诗时，如果有一个师法对象摆在面前，或还未作诗时，就有一个文本映在脑中，那么写作会时时受到牵制。

首先是去七子派的盛唐宗尚。袁宏道云："诗何必唐，又何必初与盛？要以出自性灵者为真诗耳。"④ 如果一定要有师法对象，也不能仅师盛唐，更不能仅师盛唐一两家，而应"取之初，以逸其气；取之盛，以老其格；取之中，以畅其情；取之晚，以刻其思"。⑤ 在袁宏道看来，唐之初、盛、中、晚诗都有其独特的价值，对七子派只尊盛唐诗的做法进行了反拨。袁中道在后期的自我批判

① 袁中道. 珂雪斋集：前集卷九［M］. 明万历四十六年刻本.
② 袁宗道. 北游稿小序［M］//袁宗道. 白苏斋类集：卷十一. 明刻本.
③ 袁中道. 福井先生集序［M］//袁中道. 珂雪斋集：前集卷十. 明万历四十六年刻本.
④ 江盈科. 敝箧集引［M］//黄宗羲. 明文海：卷二百七十. 清涵芬楼钞本.
⑤ 袁宏道. 郝公琰诗叙［M］//袁宏道. 袁中郎全集：卷一. 明崇祯刊本.

中，为弥补公安派"唐无诗"论的轻率，虽然认同唐诗，云："诗以三唐为的，舍唐人而别学诗，皆外道也。"① 但仍反对七子的盛唐论及盛唐一二家论，认为这是创作格套化的重要原因，其云："国初何、李变宋元之习，渐近唐矣。隆、万七子辈亦效唐者也，然倡始者不效唐诸家，而效盛唐一二家，若维若顾。外有狭不能收之景，内有郁不能畅之情，迫胁情境，使遏抑不得出，而仅仅矜其殼率，以为必不可逾越。其后浸成格套，真可厌恶。"② 袁中道后期以扩大师唐的范围来反对仅师盛唐，可见，公安派反对七子"诗必盛唐"的观念是一以贯之的。

其次是黜汉魏盛唐而扬宋元。七子派扬盛唐而黜宋元诗，尤其是宋诗，李梦阳与何景明甚至说"宋无诗"，他们对宋诗一贯持批评与否定态度，王世贞直到晚年作《选宋诗序》时，仍为其黜宋诗的观念与做法作辩解："予所以抑宋者，为惜格也。"③ 袁宏道不无意气地针对七子派说："世人喜唐，仆则曰唐无诗；世人喜秦、汉，仆则曰秦、汉无文；世人卑宋黜元，仆则曰诗文在宋、元诸大家。"④ 为反对七子派师法盛唐，为宋元诗张目，他将宋诗与老庄的境遇相提并论："昔老子欲死圣人，庄生讥毁孔子，然至今其书不废；荀卿言性恶，亦得与孟子同传。何者？见从已出，不曾依傍半个古人，所以他顶天立地。今人虽讥讪得，却是废他不得。"⑤ 他以为，虽然宋诗是以文为诗，以理为诗，却是见从己出，不模拟古人，所以顶天立地，七子派讥得宋诗却废不得宋诗。袁宏道甚至认为宋不但有诗，且宋诗中有超越秦汉盛唐者，他对陶石篑说："宋人诗，长于格而短于韵，而其为文，密于持论而疏于用裁。然其中实有超秦、汉而绝盛唐者。"⑥

宋人之中袁宏道又尤推崇苏轼、欧阳修，他将苏诗推到了"卓绝千古"和"入神"的高度。袁宏道在《答梅客生开府》中云：

---

① 袁中道. 蔡不瑕诗序［M］//袁中道. 珂雪斋集：前集卷十. 明万历四十六年刻本.
② 袁中道. 蔡不瑕诗序［M］//袁中道. 珂雪斋集：前集卷十. 明万历四十六年刻本.
③ 王世贞. 弇州山人四部稿续稿：卷四十一文部［M］. 清文渊阁四库全书本.
④ 袁宏道. 与张幼于［M］//郭绍虞. 中国历代文论选：第三册. 上海：上海古籍出版社，1990：210—211.
⑤ 袁宏道. 与张幼于［M］//郭绍虞. 中国历代文论选：第三册. 上海：上海古籍出版社，1990：211.
⑥ 袁宏道. 答陶石篑［M］//袁宏道. 袁中郎全集：卷二十三. 明崇祯刊本.

邸中无事，日与永叔、坡公作对。坡公诗文卓绝无论，即欧公诗，亦当与高、岑分昭穆，……苏公诗无一字不佳者。青莲能虚，工部能实。青莲唯一于虚，故目前每有遗景；工部唯一于实，故其诗能人而不能天，能大能化而不能神。苏公之诗，出世入世，粗言细语，总归玄奥，恍忽变怪，无非情实。盖其才力既高，而学问识见，又迥出二公之上，故宜卓绝千古。①

在《与李龙湖》中云：

近日最得意，无如批点欧、苏二公文集。欧公文之佳无论，其诗如倾江倒海，直欲伯仲少陵，宇宙间自有此一种奇观，但恨今人为先入恶诗所障难，不能虚心尽读耳。苏公诗高古不如老杜，而超脱变怪过之，有天地来，一人而已。

仆尝谓六朝无诗，陶公有诗趣，谢公有诗料，余子碌碌，无足观者。至李、杜而诗道始大。韩、柳、元、白、欧，诗之圣也；苏，诗之神也。彼谓宋不如唐者，观场之见耳，岂直真知诗何物哉！②

袁宏道认为被七子派尊为经典的李、杜之诗都有遗憾，李白一味于虚而每有遗景；杜甫一味于实而能大、能化却不能入神，而苏轼诗则既有出世言亦有入世言，有虚有实，字字皆佳，既能人、能天、能大、能化更能"入神"。而"入神"才算是达到了诗歌创作的最高成就，此观点自从严羽提出以来，为世人认同，七子派也认为"入神"乃诗之最高境界。所以，袁宏道认为七子派所推崇的盛唐诗的最高代表李、杜诗都比不上苏诗，而七子派却有眼不识金镶玉，以盛唐之见先入为主，"以诗不唐文不汉病之，何异责南威以脂粉，而唾西施之不能效颦乎？"③ 同样，那些"谓宋不如唐者，观场之见耳，岂直真知诗何物

---

① 袁宏道. 袁中郎全集：卷二十三［M］. 明崇祯刊本.
② 袁宏道. 袁中郎全集：卷二十三［M］. 明崇祯刻本.
③ 袁宏道. 与冯琢庵师［M］//袁宏道. 袁中郎全集：卷二十四. 明崇祯刻本.

哉？"所以，他以己之创作似唐诗而不喜，不似唐诗则暗自得意，他对张幼于说："幼于所取者，皆仆似唐之诗，非仆得意诗也。夫其似唐者见取，则其不取者，断断乎非唐诗，可知既非唐诗，安得不谓中郎自有之诗，又安得以幼于之不取系中郎之不自得意耶？仆求自得而已，他则何敢知。近日湖上诸作，尤觉秽杂，去唐愈远，然愈自得意。"①

第三是师森罗万象。虽然公安派主"独抒性灵"，不师汉魏盛唐作品，那写作的材料从何而来？袁宏道认为"善为诗者师森罗万象"，他在《叙竹林集》中云：

> 往与伯修过董玄宰。伯修曰："近代画苑诸名家如文征仲、唐伯虎、沈石田辈，颇有古人笔意不？"玄宰曰："近代高手，无一笔不肖古人者。夫无不肖，即无肖也，谓之无画可也。"余闻之悚然，曰："是见道语也。"故善画者，师物不师人；善学者，师心不师道；善为诗者，师森罗万像，不师先辈。②

"森罗万象"即自然与人世间的万事万物。诗歌师万事万物，这并非公安派的独创，它其实是一个非常古老的创作发生学命题，即"物感说"，《礼记·乐记》云："凡音之起，由人心生也。人心之动，物使之然也。感于物而动，故形于声。""物感说"一直是中国古典诗学中解释诗歌创作发生的重要理论。无论是《诗三百》、汉魏古诗、盛唐近体，无一不是遵循此创作原则。七子派以汉魏盛唐诗为师法对象，虽然七子派的宗主们并不否定诗应物而感，但是应物而感之后，并非自然吟咏，而是在汉魏盛唐之诗中找到相对应的表达方法，最好是以古诗中的物象与文辞来写自己的情感。不是用自己的语言去形容眼前动我情之景，不是师物，而师古之文辞，于是模拟之风便泛滥起来。袁宏道《雪涛阁集序》对此现象进行了批评："至以剿袭为复古，句比字拟，务为牵合，弃目前之景，摭腐烂之辞；有才者诎于法，而不敢自伸其才，无才者拾一二浮泛之语，

① 袁宏道. 与张幼于［M］//郭绍虞. 中国历代文论选：第三册. 上海：上海古籍出版社，1990：211.
② 袁宏道. 袁中郎全集：卷一［M］. 明崇祯刊本.

帮凑成诗。智者牵于习，而愚者乐其易。"①

公安派不师汉魏盛唐之诗，也并不是无所师，因为诗歌再抒性灵，但都要有感动"性灵"之物，所以，公安派亦有自己的所师对象——万事万物，这才是回到了诗歌创作发生的源头。从创作的角度来看，无疑公安派"师物不师辞"的观念更加合理，体现了创作之常道。

2. 反对以古贱今

李梦阳说"学不的古，苦心无益"，不认为今人能够在不学古人的情况下创作出优秀诗歌，这也是明人的一个基本共识。公安派要反对七子派师法汉魏盛唐诗，除了去盛唐化，还表宋诗而出之，尤其是拉出苏轼与盛唐诗仙、诗圣角斗，认为苏轼诗"入神"而胜李、杜，达到解构七子派师法盛唐的胜利。不过，这也有点一厢情愿的强为说辞，从"古今之辨"的角度上去盛唐化或许更为合理。公安派从此角度对七子派进行了批评与论争，进一步解构七子派的师法对象：汉魏古诗，盛唐近体。

袁宏道在《叙小修诗》中这样说道：

> 盖诗文至近代而卑极矣。文则必欲准于秦汉，诗则必欲准于盛唐。剿袭模拟，影响步趋，见人有一语不相肖者，则共指以为野狐外道。曾不知文准秦汉矣，秦汉人曷尝字字学六经欤？诗准盛唐矣，盛唐人曷尝字字学汉魏欤？秦汉而学六经，岂复有秦汉之文？盛唐而学汉魏，岂复有盛唐之诗？唯夫代有升降，而法不相沿，各极其变，各穷其趣，所以可贵。原不可以优劣论也。②

在袁宏道看来，如果后代的文学创作都学前代，并且以前代文学之法为准的，不敢越雷池半步，势必会造成抄袭模拟之弊。如果认为今人的创作越像古人越好，那么文学就会失去创造的活力，既不能创作出体现本时代特质的作品，也不能创作出体现个人才性的作品。所以袁宏道反问道："秦汉而学六经，岂复有秦汉之文？盛唐而学汉魏，岂复有盛唐之诗？"七子派推崇的秦汉之文是秦汉

---

① 郭绍虞. 中国历代文论选：第三册［M］上海：上海古籍出版社，1990：206.
② 袁宏道. 袁中郎全集：卷一［M］. 明崇祯刊本.

人自己的创造，具有秦汉时代的印迹；盛唐之诗产生于盛唐土壤之中，是盛唐充满才情的诗人们的热情歌唱。一个时代有一个时代的风气，一个时代有一个时代的文学之士，他们相互砥砺，共同创造出一代之文学。秦汉与盛唐"代有升降，而法不相沿"，然能"各极其变，各穷其趣"，后世如果置自己所处的时代不顾，视作者个人的才情不见，一味守古人法度，模拟古人之作，是创作不出好作品来的。为什么呢？

首先，古今语言不同。李梦阳主模拟古人之诗，只是说要模拟古法，而不袭其辞，但又主字模句拟之，李攀龙更不惮拟古之辞，所以，追随者不但拟法更多亦为袭其辞，袭辞本身变成了拟法。公安派反对七子派守法，也需要在这方面对七子派进行批评。袁宏道在《雪涛阁集序》中云：

> 古有古之时，今有今之时，袭古人语言之迹而冒以为古，是处严冬而袭夏之葛者也。
>
> 骚之不袭雅也，雅之体穷于怨，不骚不足以寄也。后之人有拟而为之者，终不肖也。何也？彼直求骚于骚之中也。至苏、李述别及《十九》等篇，骚之音节体致皆变矣，然不谓之真骚不可也。①

袁宏道认为，古有古之语，今有今之语，古之语不能写今之时，汉之《十九首》、苏李诗，未用"骚"语，却是真"骚"，今人文辞上拟古诗、唐诗，虽貌似之，终非古诗、唐诗。

公安派最早在古今语言问题上反对七子派的是袁宗道，并且谈论得比较透彻。他初入馆阁之时，就与黄辉一起力排七子派，并作《论文》予以批判。在这篇文章中，袁宗道从古今语言不同的角度批评了七子派厚古贱今的态度，其云：

> 夫时有古今，语言亦有古今。今人所诧谓奇字奥句，安知非古之街谈巷语耶？《方言》谓"楚人称知曰党"，……余生长楚国，未闻此言，今语异古，此亦一证。故《史记》五帝三王纪，改古语从今字者甚多："畴"

---

① 郭绍虞. 中国历代文论选：第三册［M］上海：上海古籍出版社，1990：205.

改为"谁","俾"为"使","格奸"为"至奸",

……至于今日，逆数前汉，不知几千年远矣。自司马不能同于左氏，而今日乃欲兼同左、马，不亦谬乎！①

　　袁宗道以楚方言的变化为例来说明古今语有异。古今楚方言变化十分大，"党""挺"等词听起来很古雅奇奥，其实它们在古楚时是街谈巷语，这些古语在明代发生了变化，被新的语词代替了，如果创作中非用古语以为古雅，不但没人听得懂，也是十分荒唐的，就是七子非常推崇的《史记》，为了方便时人阅读，司马迁也将很多先秦古语改从汉时之字了。古今隔了几千年了，七子派却要求诗文创作改今语以从古语，以为非此不足以古雅，十分可笑。不过，袁宗道也没有对现今诗文创作使用古语的做法一概否定，如果用少量古语，造成阅读上的"陌生感"，达到一定的艺术效果，不但可以，而且不失为一种文学创新的方式。就像韩愈偶一为作《毛颖传》，效果很是新奇，但如果像李梦阳那样篇篇都模拟古文辞，则不但不是创新，而且可以说是地地道道的抄袭。后七子变本加厉，比李梦阳有过之而无不及，袁宗道指出："今却嫌时制不文，取秦、汉名衔以文之，观者若不检《一统志》，几不识为何乡贯矣。"② 后七子的文如此，诗亦如此。

　　其次，时代是发展的，古不能优，今不能劣。不管其间有多少曲折，人类社会总是向前发展的，社会生产力、文化、文明都是向前发展的，这是事物发展的规律。时代的发展变化会表现在文化艺术创作的方方面面，从而影响着诗歌的创作。袁宏道在文学上就持"发展观""通变观"，其云：

　　夫物始繁者终必简，始晦者终必明，始乱者终必整，始艰者终必流丽痛快。其繁也晦也乱也艰也，文之始也。如衣之繁复，礼之周折，乐之古质，封建井田之纷纷扰扰是也。古之不能为今者也，势也。其简也明也整也流丽痛快也，文之变也。夫岂不能为繁为乱为艰为晦，然已简安用繁？

---

① 袁宗道. 论文上 [M] //郭绍虞. 中国历代文论选：第三册. 上海：上海古籍出版社，1990：196.
② 袁宗道. 论文上 [M] //郭绍虞. 中国历代文论选：第三册. 上海：上海古籍出版社，1990：197.

已整安用乱？已明安用晦？已流丽痛快安用赘牙之语、艰深之辞？譬如《周书》《大诰》《多方》等篇，古之告示也，今尚可作告示不？《毛诗》《郑》《卫》等风，古之淫词媟语也，今人所唱《银柳丝》《挂针儿》之类，可一字相袭不？世道既变，文亦因之，今之不必摹古者也，亦势也。①

袁宏道认为文学从内容、形式、情感、语言上的繁、晦、乱、艰向简、明、整、流丽痛快变化，是文学发展的必然趋势，因此，每一个时代都会有一个时代之文学，《三百篇》、汉魏诗、六朝诗、唐之初、盛、中、晚诗，它们都是那个时代优秀文化的代表，是人类历史上独一无二的文化创造，明人之诗也是明代文化的重要代表，因此不能贵古贱今。公安派从"古今之辨"的角度肯定了今人的诗歌创造，解构了七子派字模句拟的师法对象：汉魏、盛唐诗，也就为明人的诗歌创作解套了。

3. 主张"心"为诗立法

对于七子派来说，格套的束缚更主要来自七子派从师法对象中所总结出来的"诗法"的束缚，因此，要去格套，抒性灵，必须去除掉"诗法"的束缚。公安派在去"诗法"这一点上作了相当多的努力，费了相当多的口舌。袁宏道在《叙竹林集》中借董玄宰之口否定了绘画模拟守法的作风，之后提出自己关于诗的看法：

> 故善画者，师物不师人；善学者，师心不师道；善为诗者，师森罗万像，不师先辈。法李唐者，岂谓其机格与字句哉？法其不为汉，不为魏，不为六朝之心而已，是真法者也。……是迹其法，不迹其胜者也，败之道也。

七子派以汉魏盛唐诗为师法对象，舍眼前之景，舍眼前之森罗之万象，在故纸堆里找题材，找材料，找立意，在公安派看来是舍近求远，舍真求蔽。既然师法对象不是汉魏盛唐，而是大千世界中的万事万物，那么就无具体之法可依，

---

① 袁宏道. 与江进之 ［M］ //郭绍虞. 中国历代文论选：第三册. 上海：上海古籍出版社，1990：210.

古人作品的形迹——篇法、句法、字法统统无用。"文章新奇，无定格式，只要发人所不能发，句法、字法、调法——从自己胸中流出，此真新奇也。"① 批评七子派所热衷的"法"其实为束缚才情的"套子"，它似新实腐，一旦落入此套，则令人无比厌恶。

　　摆脱了"法"这一格套，诗就可以从自己胸中流出了，就可独抒性灵了。在他们看来，汉魏盛唐之人并没师法对象，也没"法"的束缚，只是抒其性灵罢了。袁宏道在《答张东阿》中云："仆窃谓王、李固不足法，法李唐犹王、李也。唐人妙处，正在无法耳。如六朝、汉、魏者，唐人既以为不必法，沈、宋、李、杜者，唐之人虽慕之，亦决不肯法，此李唐所以度越千古也。"② 在袁宏道看来，文坛宗主王世贞、李攀龙诗固不足为法，但如果法李唐人诗，犹如法王、李之诗，依然有法，有格套的束缚。唐人妙处正在于不法前人作品，而是师法自然万物，从己心出，所以，唐人也知道沈、宋、李、杜的作品好，足可为师法典范，慕之但却不肯法之，更不肯模之，这是唐代卓越诗人层出不穷最重要的原因。如果真要以唐人为法，不是简单模拟其文辞，而是"法其不为汉不为魏不为六朝之心而已"，这才是"真法"。而七子派则崇拜经典作品，只是以经典作品的形迹为法，并没学到它们的最本质之处——创造之心。诗不从己心而从唐人出，不是唐人的影子么？正因为唐人自己为诗立法，而七子派及其庞大的追随群体囿于古人之法，才造成了唐明两代诗歌创作上的两重天："唐人之诗，无论工不工，第取而读之，其色鲜妍，如旦晚脱笔研者。今人之诗即工乎，然句句字字拾人牙饢，才离笔研，已似旧诗矣。夫唐人千岁而新，今人脱手而旧。"③

　　故公安派大谈发抒"性灵"，不受"法"的约束，只是不受外在成法的束缚。他们蔑法，他们主张无法，目的都是要拒绝被格式化的外在律法钳制，拒绝汉魏盛唐诗这些已经创作出来几百年上千年的固态作品为不断发展着的新时代的诗歌创作作法。世上万世万物诚然皆有规则，诗亦如此，但规则不是固定不变的死法，它们也是不断被创造着、发展着的。在公安派看来，规则与法是

① 袁宏道. 答李元善［M］//袁宏道. 袁中郎全集：卷二十四. 明崇祯刊本.
② 袁宏道. 袁中郎全集：卷二十三［M］. 明崇祯刊本.
③ 江盈科. 敝箧集引［M］//黄宗羲. 明文海：卷二百七十. 清涵芬楼钞本.

由作者之心创造并发展着的，己心为诗歌立法是汉魏盛唐诗成为经典不朽作品的根本。这种另类的"经典观"为明人的诗歌创作指出一条不同于七子派所规定的道路，即"独抒性灵，不拘格套"，这就是公安派"心为诗立法"的内涵。

公安派的"心为诗立法"的观念是惊世骇俗的，但并不是横空出世的，它有着"心学"的渊源。阳明"心学"一个重要思想就是"心外无物"，万事万物因吾心而存在，《传习录》有一段师徒答问：

> 请问。
> 先生曰："你看这个天地中间，甚么是天地的心？"
> 对曰："尝闻人是天地的心。"
> 曰："人又甚么教做心？"对曰："只是一个灵明。"
> "可知充天塞地中间，只有这个灵明。人只为形体自间隔了。我的灵明，便是天地鬼神的主宰。天没有我的灵明，谁去仰他高？地没有我的灵明，谁去俯他深？鬼神没有我的灵明，谁去辩他吉凶灾祥？天地鬼神万物离却我的灵明，便没有天地鬼神万物了。"①

在这段问答中，王守仁对认识主体的作用作了充分肯定："我的灵明，便是天地鬼神的主宰"，所有的认识判断都是人作出的，离开了人的认识、人的感觉和思维，就不可能作出这个判断；没有我的灵明，天、地、鬼神、万物便皆不存在，从而把"人心"描绘成一种无所不包、主宰一切、绝对自由的先验的精神实体，它成了宇宙的最高本体，既是万物产生的根源，又是事物变化的归宿，天地间诸事万物，包括纲常伦理、言行举止、成败荣辱，等等，无一不是根于吾心而显在。这种"心外无物"的思想带来了明代中晚期思想的解放。

袁宏道与王学泰州学派传人李贽交往甚密，万历十九、二十一年间，袁宏道曾数度到龙潭拜访李贽，受到李贽的影响，从而为其不拘的思想找到理论的支持。江盈科曾记录袁宏道所说的一段话，充分表明袁宏道受了心学影响。其云：

---

① 王阳明. 传习录［M］. 李问渠，编译. 武汉：武汉出版社. 2014：343—344.

> 夫性灵窍于心，偶于境。境所偶触，心能摄之；心所欲吐，腕能运之。心能摄境，即蝼蚁蜂虿皆足寄兴，不必雎鸠、驺虞矣；腕能运心，即谐词谑语皆足观感，不必法言庄什矣。以心摄境，以腕运心，则性灵无不毕达，是之谓真诗，而何必唐，又何必初与盛之为沾沾！①

公安派"独抒性灵，不拘格套"，"一切从自己心底里流出"的主张都有着心学的影响。这不但表现为他们排斥有师法对象——"汉魏盛唐诗"，更表现为他们对"法度"的蔑视。他们的诗论中的潜台词就是：不能以外在的法度束缚性灵，法不在外而在内，法不在汉魏盛唐之诗而在于"吾心"，"吾心"为文学立法，为诗歌立法。公安派认为，汉魏盛唐之人为汉魏古诗及盛唐近体立法，他们不曾法任何外在法则，未曾法古代诗歌的文辞，他们所法的是自己的心灵，所以，汉魏盛唐诗是汉魏盛唐人之心的创造，是从其心中流出的，是发抒自己性灵的，它们不受任何约束，因而是天地之一段精华。

所以，公安派认为"创造之心"才是明人应向汉魏盛唐诗学习的精要所在，反对七子派所守的各个层面的法则。他们提倡"性灵说"，反对法则，最突出的是反对七子派所遵循的"三百篇"、汉魏盛唐诗一脉相承的情感表现原则："含蓄"，主张表现"性灵"要尽、要露。

二、情感表现原则与表现方法之争

（一）七子派的"情感"观及其表现原则与表现方法

从前面第三章对七子派格调理论的分析中，我们知道七子派论诗是很重"情"的，他们认为"情"是诗歌的本质规定性，并将主情与否作为评价作品是否有格调的重要标准。但七子派所主之情实际上是与《国风》一脉相承的"风人之情"，而"风人之情"是出乎"性情"之正的，即使是"变风""变雅"，发乎情，也是止乎礼仪的。所以，不管有意还是无意，自觉不自觉，"风人之情"总会一定程度受到道德的约束，但这种道德不是儒家外在的要求，而是人之"善"的本性的自觉体现，"风人之情"实际是一种由人性之"善"约束的"性情"。

---

① 江盈科. 敝箧集引［M］//黄宗羲. 明文海：卷二百七十. 清涵芬楼钞本.

强调情感的道德自律性，并不意味着七子派对情感、欲望进行压抑、抑制。七子派认为诗歌也是可以表现在儒家看来不正的、过头的情感，甚至欲望。一向以风节自标的李梦阳，其内心世界的情感也是相当丰富、强烈的，他在《结肠操谱序》中，坦承自己的内丧之痛，对出于己心的真实的极痛、极伤之情加以张扬。李梦阳娶妻左氏，在妻子生前与她沟通较少，给予的关心与情感抚慰也较少，左氏死后，李梦阳祭祀她，但是祭祀的羊肠起结了，他认为这是妻子怨情所致，顿感伤心悲痛，于是作了《结肠操》一诗，陈鳌为之作谱曲。曲音很好地表现了李梦阳诗中之哀、伤、痛、怨之情，以至于李在听琴时再次勾起内心百结愁肠，万千哀伤，不禁说："嗟！陈生，予何能听汝琴！予何能听汝琴！"从他因内丧而作《结肠操》，到与陈生讨论音乐与情感的关系，及听到陈生之谱《结肠操》曲后的强烈情感共鸣来看，表明李梦阳认为诗（音乐）应该表现内心的真实情感，这种情感可以是十分强烈的哀、伤、痛、怨，并不一定要符合儒家"正"的要求，最重要的是要"真"，如他所说："感于肠而起，音罔变是恤，固情之真也"。

不仅如此，李梦阳对道学家眼光看来俚俗不正、宣泄情欲的当代民歌也十分推崇，前面已经谈到。何景明亦酷爱民歌，并给予民歌很高评价，据李开先《词谑·论时调》载："有学诗文于李崆峒者，自旁郡而之汴省。崆峒教以：'若似得传唱《锁南枝》，则诗文无以加矣。'……何大复继至汴省，亦酷爱之，曰：'时调中状元也。如十五国风，出诸里巷妇女之口者。情词婉曲，自非后世诗人墨客操觚染翰刻骨流血所能及者，以其真也。'"① 他创作上非常重视个体情感，与李梦阳的论争说明他更强调个体情感的发抒，徐桢卿、李攀龙、王世贞、胡应麟也都极重视"情"。但正因为七子派认为真情与欲望最后要以善的力量将之归于正，所以他们又都无一例外地认为情感与欲望的表达都要"含蓄"，将情感与欲望升华为美的艺术力量，情与欲在向美升华的过程中，亦达到了"正"，因而可与《国风》、汉魏盛唐之诗等经典一脉相继的"风人之情"接续。他们认为"尽"与"露"的情欲表达是不美的，这样情与欲始终只能处于一种原始的生理状态，虽然如公安派所说的"性灵"一样是真实的，但是不美，亦非正的。对于七子派来说，以"含蓄"为审美创造的原则，即使是不合儒家要

---

① 郭绍虞. 中国历代文论选：第三册［M］. 上海：上海古籍出版社，1990：233.

求的、过头的情感，包括公安派力倡的极怒、极喜、极嗔，甚至是情爱欲望都可以在诗中加以美的表现得到升华。所以，"含蓄"是七子派情感表达最基本的表现原则。

在七子派看来，情感的含蓄表达又都是因"比兴托物"自然而达成的，这是"风人之诗"因情感而立的最基本的表现方法，写风人之情必会托物引类，比兴错杂。李梦阳云："言不直，遂比兴以彰。假物讽谕，诗之上也"①，"夫诗比兴错杂，假物以神变者也"。（李梦阳《缶音序》）王廷相云："《三百篇》比兴杂出，意在辞表；《离骚》引喻借论，不露本情。"② 何景明云："仆尝谓诗文有不可易之法者，辞断而意属，联类而比物也。"七子派同道许学夷云："汉、魏五言，源于《国风》，而本乎情，故多托物兴寄，体制玲珑，为千古五言之宗。"（《诗源辩体》卷三）而比物联类、托物兴寄，情感自然不会赤裸裸地、草率地冲口而出，而是含蓄而富于诗性之美，从而达到言有尽而意无穷的美学效果。胡应麟这样评价汉代五言古诗《青青河畔草》："此诗之妙，独绝千古。语断而意属，曲折有余而兴寄无尽。"（《诗数》内编卷二）

让我们看看七子派欣赏与喜拟的汉乐府，是如何以比兴含蓄达情而言有尽意无穷的，比如《古歌》：

> 秋风萧萧愁杀人，出亦愁，入亦愁，座中何人，谁不怀忧？令我白头。胡地多飙风，树木何修修。离家日趋远，衣带日趋缓。心思不能言，肠中车轮转。

此乐府古辞属《杂曲歌辞》，它抒写了兵士们驻守边关，长久羁留胡地不能归家，因而殷切地思念故乡的那种浓浓愁情。全诗紧扣一"愁"字，抒情突兀跌宕，"苍莽而来，飙风急雨，不可遏抑。"③ 其"愁情"的抒发是以托物比兴，以意象的创造加以突出的。此诗先以"秋风萧萧"起兴，萧萧秋风塑造了一个寒冷枯萎的世界，令人忧愁，自然引出兵士们的无限愁情："出亦愁，入亦愁，

---

① 李梦阳. 秦君饯送诗序 [M] //李梦阳. 空同集：卷五十二. 清文渊阁四库全书本.
② 王廷相. 与郭价夫学士论诗书 [M] //王廷相. 王氏家藏集：卷二十八. 明嘉靖刻清顺治十二年修补本.
③ 沈德潜. 古诗源：卷三 [M]. 何长文，点校. 吉林人民出版社，1999：69.

座中何人，谁不怀忧"；胡地凛冽的朔风，没有一片青翠绿叶的树木使人无比怀念明媚富饶的中土，但归期无有期，愁情便更加浓得化不开，以致为伊消得人憔悴，衣带日日渐趋缓，但这愁情不能以放肆滂沱的泪雨去洗刷，终以"肠中车轮转"之比含蓄地传达，诗已尽，但余愁余音缭绕不绝，在兵士们与读者心头盘桓。此诗情感的表达不可谓不含蓄，但又不可谓不强烈，诗中强烈的愁情都是经过比、兴创造的艺术形象加以表达的，极具艺术魅力，令人荡气回肠。"忧愁"也可成为"美"，所以，含蓄并非不能表达心中强烈真实的情感，不但可以，且能将极愁之情升华成为"美"，所谓"托物引类，则葩藻自生"，乃为不虚。

即使是儒家所不认同的情爱之欲，七子派也不反对，只要表现得含蓄而美，有何不可？汉乐府及六朝乐府中就有很多这样的艳曲民歌，描写爱情的如："上邪！我欲与君相知，长命无绝衰。山无陵，江水为竭，冬雷震震，夏雨雪，天地合，乃敢与君绝！"（《上邪》）写少女怀春之情的如："春林花多媚，春鸟意多哀。春风复多情，吹我罗裳开。"（《子夜四时歌·春林花多媚》）写世俗恋情的如："送欢板桥弯，相待三山头。遥见千幅帆，知是逐风流。"（《三洲歌》其一）"风流不暂停，三山隐行舟。愿作比目鱼，随欢千里游。"（《三洲歌》其二）"上邪！我欲与君相知，长命无绝衰"的直露表白因了"山无陵，江水为竭，冬雷震震，夏雨雪，天地合"等形象之比，将女子极度的痴情升华为极至的美。"春林花多媚"一诗不见怀春二字，春心却荡漾于字里行间，流淌在春花、春鸟、春风等美的意象之中，读此诗人们感受到的是扑面而来的青春气息与少女美好的情愫。"愿作比目鱼，随欢千里游"，将炽烈的情爱升华为缠绵动人的爱情。在这些诗中，"情"与"欲"通过比兴而创造的意象得以升华，既含蓄且美好，言有尽而意无穷。

以"比兴托物"来含蓄地表现情感，达到言有尽而意无穷的美学效果，是七子派论诗自始至终的立场。许学夷在《诗源辩体》中云："赵凡夫云：'诗主含蓄不露，言尽则文也，非诗也。'愚按：风人之诗，含蓄固其本体，若《谷风》与《氓》，恳款竭诚，委曲备至，则又无不佳。其所以与文异者，正在微婉优柔，反复动人也。"（《诗源辩体》卷一）"含蓄"正是"风人之诗"一脉的情感表现原则，因为表现含蓄，所以情感能恳款竭诚，委曲备至，微婉优柔，反复动人。而要含蓄地表现情感，就要坚持"比兴托物"的创作方法，不能直接喊叫。对"比兴托物"表现手法的强调与研究并不是一个新鲜的话题，《诗大序》中就已提出诗有"六义"，"比""兴"居其二，之后刘勰的《文心雕龙》中专设《比兴》篇，钟嵘的《诗品序》则把"兴"提到了最重要的位置。不管怎样，他们都认为"比""兴"的表现方法是与"情"相随相生的。

在七子派看来，诗是一门情感艺术，使用"比""兴"的表现方法在于将情感转化为艺术形象，使情感寓于这些形象之中，于是情感与欲念便脱离了原始的、非理性的本能状态，升华为一种艺术之美。这样的情感表现才是艺术创造，诗才成其为诗，汉魏及盛唐之诗正是如此，所以能成为经典与后人学习的典范。明末的陈子龙云："自三百篇以后，可以继《风》《雅》之旨，宣悼畅郁，适性情而寄志趣者，莫良于古诗。……夫深永之致，皆在比兴，感慨之衷，丽于物色。"① 陈子龙论诗与七子派一样：古诗必汉魏。他认为汉魏古诗之所以堪称经典与后世学习的典范，是因为汉魏古诗是《三百篇》之后将风雅之旨继承得最好的创作，它们之所以能深永之致又都在于"比兴"，"感慨之衷，丽于物色"，既宣情畅郁，又有言尽而意无穷之美。所以，七子派在情感与欲望的开放程度上确实不如公安派，但并不意味着他们的情感不真挚，不深沉，他们的欲望不在世俗层面解放，而是转化成为艺术审美。正是认为诗歌是情感艺术，讲究含蓄之美，七子派更欣赏含蓄而有余味的作品，批评露尽无余的创作，胡应麟云：

> 绝句最贵含蓄。青莲"相看两不厌，惟有敬亭山"，亦太分晓。钱起"始怜幽竹山窗下，不改清阴待我归"，面目尤觉可憎。宋人以为高作，何也？（《诗薮》内编卷六）
>
> 王作故极自在，李亦飘翔中闲雅，绝无叫噪之风；故难优劣。然李词或太露，王语或过流，亦不得护其短也。（《诗薮》内编卷六）
>
> 朱穆《绝交诗》，词旨躁露，汉四言最下者。（《诗薮》外编卷一）

① 陈子龙. 李舒章古诗序［M］//陈子龙. 安雅堂稿：卷二. 孙启治，校点. 沈阳：辽宁教育出版社，2003：24.

（二）公安派倡"性灵说"并鼓吹"尽""露"的表现原则

针对七子派主"性情"，公安派论诗标举"性灵"，既包括"情"，又包括各种"欲望"，在他们看来，这些"情"与"欲"在文学表达上是不应受到限制而应"尽"应"露"的。

嘉靖以来，随着城市发展，市民阶层崛起，市民阶层有着不同于文人士大夫的文化要求，他们需要的是能满足他们审美趣味的文学样式，于是戏剧、小说等以前被称为小道的世俗文艺样式逐渐繁荣起来。同时，经济发展，新的生产关系萌芽，海外贸易发达，人们的见识面越来越广，"心学"的影响日甚，个性解放的要求越来越强烈，要求挣脱理学束缚的呼声也越来越高。理学所要束缚的就是人的"情"与"欲"，阳明心学为这种情欲解放的要求提供了哲学思想上的支持，文学上，一批先知先觉者在创作中已奏响了"情欲解放"的先声，比如徐渭、汤显祖、李贽等，他们先知先觉的思想成为公安派"性灵说"的理论资源，公安派"性灵说"的直接来源则是李贽的思想。

公安派接受了李贽的"真心""真情""私心""私欲"几个方面观念的影响。"真心观"来自李贽的"童心说"：

> 夫童心者，真心也，若以童心为不可，是以真心为不可也。夫童心者，绝假纯真，最初一念之本心也。若失却童心，便失却真心；失却真心，便失却真人。人而非真，全不复有初矣。
>
> 童子者，人之初也；童心者，心之初也。夫心之初，曷可失也，然童心胡然而遽失也？盖方其始也，有闻见从耳目而入，而以为主于其内而童心失。其长也，有道理从闻见而入，而以为主于其内而童心失。①

李贽所说的"童心"有两个核心特点：一是绝假纯真，二是最初一念，都是强调本心之"真"。人最初之心、最初一念都是真的，可是人长大之后，童心渐失，那是因为有道理闻见从耳目入，人们有了美、丑、好、坏的判断，这种道理、这种判断皆非本心所有，而是"自多读书识义理而来"。而人所读之书

---

① 李贽. 童心说 ［M］//郭绍虞. 中国历代文论选：第三册. 上海：上海古籍出版社，1990：117.

都是理学思想意识渗透其中的书，故人们所明之理是理学之理，所见行为，都是理学规范下的行为，以这些道理闻见来进行价值判断，本心岂有不失真之理？而本心失真之后，人则变成了假人，于是"假人言假言，而事假事，文假文"。李贽追求"真"，追求自由的人生，所以，他反对文章不出于真心，认为如果文章出自于真心，则不管是什么时代的诗文，什么样式的文学，都是天下之至文。

　　李贽对公安派在文学上的第二个影响是"真情观"。由于李贽强调真心，那么"情"作为心灵深处的重要因素，自然也要以"真"为最高境界。李贽要求天下文章都出自真心，认为诗文不论古今格调，文学不论传奇、院本、杂剧、《西厢记》、《水浒传》等所谓的"小道"，还是八股时文，只要是出自真心，就会有真情，而有真情，则可以打动人，就是至文。其《杂说》云：

> 且夫世之真能文者，比其初皆非有意于为文也。其胸中有如许无状可怪之事，其喉间有如许欲吐而不敢吐之物，其口头又时时有许多欲语而莫可所以告语之处，蓄极积久，势不能遏。一旦见景生情，触目兴叹；夺他人之酒杯，浇自己之垒块；诉心中之不平，感数奇于千载。既已喷玉唾珠，昭回云汉，为章于天矣，遂亦自负，发狂大叫，流涕恸哭，不能自止。宁使见者闻者切齿咬牙，欲杀欲割，而终不忍藏于名山，投之水火。①

真情出自于真心，则不会因闻见理道所掩，虽然有时不能恣意倾吐，但是一旦见景生情，触目兴叹，就不再压抑内心真实的情感，不顾理学对人们人格与行为的规范与要求，"夺他人之酒杯，浇自己之垒块，诉心中之不平"，"发狂大叫，流涕恸哭，不能自止"。可见李贽也主张真情的表达不避狂叫、恸哭，不避尽、露的。

　　李贽思想的另一个表现是对个人私心、私欲的肯定与张扬，这个是对公安派产生影响很大的一个方面。李贽云：

> 所谓无心者，无私心耳，非真无心也。夫私者，人之心也。人必有私，

---

① 李贽．杂说［M］//郭绍虞．中国历代文论选：第三册．上海：上海古籍出版社，1990：121.

而后其心乃见，若无私，则无心矣。①

穿衣吃饭即是人伦物理，除却穿衣吃饭，无伦物矣。世间种种，皆衣与饭类耳。②

如好货，如好色，如勤学，如进取，如多积金玉，如多买田宅为子孙谋，博求风水为儿孙福荫，凡世间一切治生、产业等事，皆其所共好而共习、共知而共言者。③

针对宋明理学的"存天理，灭人欲"，李贽提出吃饭穿衣、好财、好色这些私欲本能都是人的正常要求，这不但对一般市民具有思想解放意义，对知识分子的思想也具有解放意义。以前儒家要求知识分子"安贫乐道"，"一箪食、一瓢饮"而不改其乐，不改其志，如今知识分子已不再如此迂腐，他们也开始治生。治生在王阳明那里已提倡，李贽把它提高到人之必需的本能层次，再次肯定各种欲望的合理性。

大的个性解放思潮以及徐渭、汤显祖、李贽等思想先驱们对公安派产生了重要影响，公安派的诗学主张就是在这些思想的影响下形成的，袁宏道的《叙小修诗》成为公安派"性灵说"的宣言。"性灵说"所想要张目的就是"情"与"欲"，"独抒性灵，不拘格套，非从自己胸臆流出，不肯下笔"是李贽真心、真情论在诗学上的表现。袁宏道对袁中道诗文之"疵处"的肯定，则是"性灵说"的一个具体阐释，其云："然予则极喜其疵处，而所谓佳者，尚不能不以粉饰蹈袭为恨，以为未能尽脱近代文人气习故也。"④ 袁宏道认为袁中道所谓的佳者，虽然也是出于本心，但它符合一个既定评价系统的价值评判，所以仍有着闻见道理的影响，有着迎合某种价值系统的内在诉求，尽管也为"佳"，但并不是最至其情的。而那些穷愁极露的疵处则不一样了，它们真正是出于真心真情，无所掩饰的，虽不合主流的价值判断，但袁宏道却极喜之，称其"多本色独造语"。

公安派是十分张扬欲望的，追求世俗欲望的放纵与满足，这是受了李贽"私欲说"的影响，尽管李贽本人并不放纵欲望。袁氏从不讳言自己的世俗欲

① 李贽. 无为说 [M] //李贽. 李温陵集：卷九. 明刻本.
② 李贽. 答邓石阳 [M] //李贽. 李温陵集：卷一. 明刻本.
③ 李贽. 答邓明府 [M] //李贽. 李温陵集：卷三. 明刻本.
④ 袁宏道. 叙小修诗 [M] //袁宏道. 袁中郎全集：卷一. 明崇祯刊本.

念，袁宏道的"快活说"将李贽的"私欲说"阐发到无以复加的程度，他在《与龚惟长先生》一文中如是云：

> 岁月如花，乐何可言，然真乐有五，不可不知。目极世间之色，耳极世间之声，身极世间之鲜，口极世间之谭，一快活也。堂前列鼎，堂后度曲，宾客满席，男女交舃，烛气熏天，珠翠委地，金钱不足，继以田土，二快活也。箧中藏万卷书，书皆珍异。宅畔置一馆，馆中约直正同心友十余人，人中立一识见极高，如司马迁、罗贯中、关汉卿者为主，分曹部署，各成一书，远文唐、宋酸儒之陋，近完一代未竟之篇，三快活也。千金买一舟，舟中置鼓吹一部，妓妾数人，游闲数人，泛家浮宅，不知老之将至，四快活也。然人生受用至此，不及十年，家资田地荡尽矣。然后一身狼狈，朝不谋夕，托钵歌妓之院，分餐孤老之盘，往来乡亲，恬不知耻，五快活也。士有此一者，生可无愧，死可不朽矣。若只幽闲无事，挨排度日，此最世间不紧要人，不可为训。古来圣贤，公孙朝穆，谢安、孙场辈，皆信得此一着，此所以他一生受用。不然，与东邻某子甲蒿目而死者，何异哉！①

活脱脱一副无耻嘴脸！以享乐为人生第一的理直气壮的宣言！人生在世的目的，就是要极尽耳目声色之娱，写些尽抒性灵之文字。诸种在儒家看来极端无耻的行为，在公安派看来却可以使人生富于意义，且死可不朽。他们极度张扬世俗欲望，以追求世俗欲望的满足作为人生意义所在，这就是性灵派所说的"性灵"，这注定他们所坚持的是以"尽""露"为主要特征的表现原则。

在公安派看来，七子派以"含蓄"作为情感表现原则，"情"不可能达到"至"的程度，情、欲也就因为有所克制而仍有伪。他们认为真实的情、欲应该怎样表达都不过分，都不可能完全达到尽的程度。七子派主张情感表现要"含蓄"，但是"含蓄"不仅是七子派的表现原则，也是一个传统的诗歌审美标准，公安派将批评的矛头指向七子派，他们批评的也是千百年来的一个公共认知，所以他们首先要力证自己提倡的"性灵"并非一种浅薄之"露"。袁宗道说：

---

① 袁宏道．袁中郎全集：卷二十［M］．明崇祯刻本．

举世皆为格套所拘，而一人极力摆脱，能免末俗之讥乎？大抵世间文字，有喜则有嗔，有极喜则有极嗔，此自然之理也。①

口舌代心者也，文章又代口舌者也。展转隔碍，虽写得畅显，已恐不如口舌矣；况能如心之所存乎？②

故大喜者必绝倒，大哀者必号痛，大怒者必叫吼动地，发上指冠。③

袁宏道更是为"露""尽"张目，他在《叙小修诗》中云：

大概情至之语，自能感人，是谓其诗可传也。而或者犹以太露病之，曾不知情随境变，字逐情生，但恐不达，何露之有？且《离骚》一经，忿怼之极，党人偷乐，众女谣诼，不揆中情，信谗赍怒，皆明示唾骂，安在所谓怨而不伤者乎？穷愁之时，痛哭流涕，颠倒反复，不暇择音，怨矣！宁有不伤者？且燥湿异地，刚柔异性，若夫劲质而多怼，峭急而多露，是之谓楚风，又何疑焉？④

我们读袁中道《珂雪斋集》中所收录的诗，有很大一部分诗的主题就是"愁"，贫病之愁，读之令人心情忧郁。比如《下第咏怀》其二："宿昔爱慷慨，恻然怜穷友。常云我富贵，子不忧百口。所以众友朋，青云常矫首。一旦蹶霜蹄，如失左右手。相视皆下泪，予可免愁否。"《过赤壁》其二："半生寥落暗悲伤，百病相侵守一床。事业于今那敢问，只祈年寿胜周郎。"《江行绝句同丘长孺并示无念》其四："一身痛苦不堪愁，屡仆哀呼夜未休。尔我相关如手足，五更听雨泪双流。"袁中道写自己的极愁之情，不是比兴托物，含蓄而达，而是若哭若骂若诉，在七子派人看来，有太露而少蕴藉之病，遭到袁宏道的反驳。

---

① 袁宗道. 大人书［M］//袁宗道. 白苏斋类集：卷十六. 明刻本.
② 袁宗道. 论文上［M］//郭绍虞. 中国历代文论选：第三册. 上海：上海古籍出版社，1990：196.
③ 袁宗道. 论文下［M］//郭绍虞. 中国历代文论选：第三册. 上海：上海古籍出版社，1990：197.
④ 袁宏道. 袁中郎全集：卷一［M］. 明崇祯刊本.

袁宏道认为，小修这些哭骂尽露之诗，都是其因贫病无聊之苦所生的极愁之情的尽情发抒，如江水东流，一泻千里，犹觉未能够完全将心中的愁情哭出、骂出，愁情还未尽，又何谈露呢？《离骚》又何尝不是些唾骂之辞：骂党人，骂众女、骂谗臣小人，而皆发于至情。小修的哭骂之语与《离骚》的怒骂之辞又有什么区别呢？都是些穷愁之时，痛哭流涕、颠倒反复、不暇择音之语，然都是至情之语。所以，他认为由人生境遇而生的不管是何样的情感，都是"但恐不达，何露之有？"不过，话虽如此，但袁宏道回避了一个事实，即《离骚》所发尽管有一些极过之情，有唾骂之辞，但《离骚》是采用了比兴托物的表现方法，委曲婉转而非信口直骂，因而有含蓄之美，而公安派认为真情、真心、真欲，真性灵，不需要掩饰，也不需要比兴加以文饰，而是越露越好。

公安派所标举的"性灵"，包括"情"与"欲"两个方面，袁宏道所说的"情"，多是一种类似小修袁中道那样的郁愤之情。其《陶孝若枕中呓引》云：

> 夫迫而呼者不择声，非不择也，郁与口相触，卒然而声，有加于择者也。古之为风者，多出于劳人思妇，夫非劳人思妇为藻于学士大夫，郁不至而文胜焉，故吐之者不诚，聽之者不跃也。余同门友陶孝若，工为诗，病中信口腕率成律度。夫郁莫甚于病者，其忽然而鸣，如瓶中之焦声，水与火暴相激也；忽而展转诘曲，如灌木之萦风，悲来吟往，不知其所受也，要以情真而语直。故劳人思妇，有时愈于学士大夫，而呻吟之所得，往往快于平时。夫非病之能为文，而病之情足以文；亦非病之情皆文，而病之文不假饰也，是故通人贵之。①

"迫而呼者不择声"，郁愤之情郁积于心，一旦触目，则脱口而发，不会想到如何文饰此情。在袁宏道看来，情不择声，比有加于择更真，更能动人，而那些学士大夫，内心郁愤之情不深而强作辞，因无真情，吐之则不诚，主要靠一些文辞加以文饰，玩些文字技巧。所以，他认为七子派所谓的"含蓄"不过是为虚情找借口而已，只要情真，"露情"就比"蓄情"更真、更能感动人，故而他欣赏陶孝若不假于饰的病中信口所为之诗。

① 袁宏道. 袁中郎全集：卷三［M］. 明崇祯刊本.

正因为认为"露情"比"蓄情"真，更能动人，公安派无比推崇徐渭的诗：

> 文长既已不得志于有司，遂乃放浪曲蘖，恣情山水，走齐、鲁、燕、赵之地，穷览朔漠。其所见山奔海立、沙起云行、风鸣树偃、幽谷大都、人物鱼鸟，一切可惊可愕之状，一一皆达之于诗。其胸中又有勃然不可磨灭之气，英雄失路、托足无门之悲，故其为诗，如嗔如笑，如水鸣峡，如种出土，如寡妇之夜哭、羁人之寒起，虽其体格时有卑者，然匠心独出，有王者气，非彼巾帼而事人者所敢望也。①

徐渭（1521—1593），天资聪颖，二十岁考取山阴秀才，后来却连应八次乡试都不中，终身不得志于功名，不得志于有司。青年时，徐渭有着积极用世的进取精神，并被胡宗宪欣赏，招入幕府，参与军事、政治和经济事务的筹划，并参与过东南沿海的抗倭斗争。后来胡宗宪被弹劾为严嵩同党，被逮自杀，徐渭深受刺激，精神失常，先后九次自杀，曾用利斧击破头颅，又曾用利锥锥入两耳，还怀疑继室不贞将其杀死，下狱七年，后好友张元忭将其营救出狱。出狱后徐渭四处游历，著书立说，写诗作画，晚年潦倒不堪，穷困交加。这样的经历与性情造就徐渭的诗风，其诗中所发之情是一种"英雄失路，托足无门之悲"的郁愤之情，他为诗跟袁中道一样："如嗔如笑、如水鸣峡、如种出土，如寡妇之夜哭、羁人之寒起"，匠心独运，字随情生，尽情发泄心中的不平与郁愤。徐渭的创作自然与当时七子派的宗旨不合，没有得到世人的关注，袁宏道到吴地时，偶然读到徐渭诗，竟为之癫狂：

> 读未数首，不觉惊跃，急呼周望："阙编何人作者？今邪？古邪？"周望曰："此余乡徐文长先生书也。"两人跃起，灯影下读复叫，叫复读，僮仆睡者皆惊起。盖不佞生三十年，而始知海内有文长先生，噫！是何相识之晚也！②

---

① 袁宏道. 徐文长传［M］//袁宏道. 袁中郎全集：卷四. 明崇祯刊本.
② 袁宏道. 徐文长传［M］//袁宏道. 袁中郎全集：卷四. 明崇祯刊本.

"读复叫，叫复读"，如痴如醉，疯疯癫癫，捶胸顿足，相见恨晚，徐渭诗中尽情抒泄的"性灵"震撼了袁氏的心灵，徐渭的创作也与他们的诗学主张不谋而合。此后袁宏道着力表出徐渭之诗，推为当代第一，徐渭的作品也正是因为袁宏道的推崇而在身后得到了世人的关注。

袁宏道自己的创作也是追求真情表达，不避尽、露，其云：

> 不肖才不能文，而自有所蓄，间一发之于文，如雨后之蛙，狂呼暴噪，闻者或谓之阁阁，或谓之鼓吹，然而蛙无是也。兄丈读而赏之，大约如古人听蛙爱驴鸣之类，声情所触，偶尔相关，岂真下俚之语，足以畅幽怀而发奥心哉?①

袁宏道称自己的创作如"雨后之蛙，狂呼暴噪"，即无所顾忌地狂呼怪叫，尽露无遗。即使如此，他还嫌自己俚得不够，露得不够，不知能否真的畅幽怀，发奥心。他认为自己这种狂呼暴噪的蛙鸣像当代民歌那样，不去顾忌道学家之理，不顾忌七子派的文辞法度，触机而动，尽情地、自由自在地宣泄，自然而然，乐趣无穷。其云："弟以《打草竿》《劈破玉》为诗，故足乐也。"② 而七子派以《诗》为诗，讲究比兴含蓄，所以真情常常受到限制，不能完全表达出来，这样作诗未免辛苦。袁宏道还认为，因为情真，所以所为之诗尽管"尽""露"，而自有一番境界：

> 行世者必真，悦俗者必媚，真久必见，媚久必厌，自然之理也。……一变而去辞，再变而去理，三变而吾为文之意忽尽。如水之极于澹，而芭蕉之极于空，机境偶触，文忽生焉。③

袁中道说袁宏道这样"口能如心，笔又如口"的创作，常常是令人"吟咏

---

① 袁宏道. 答刘光州 [M] //袁宏道. 袁中郎全集：卷二十四. 明崇祯刊本.
② 袁宏道. 与伯修 [M] //袁宏道. 袁中郎全集：卷二十二. 明崇祯刊本.
③ 袁宏道. 行素园存稿引 [M] //袁宏道. 袁中郎全集：卷三. 明崇祯刊本.

捧读，未竟大叫欲舞"①，非常畅快。

袁中道之文爱尽、爱露，袁宏道在《叙小修诗》中已表而出之，他本人亦极力主张诗文不避尽、露，力证"性灵之露"比"性情之蓄"要好，对七子派进行了批评，这在其《淡成集序》中表现得非常充分。其云：

> 天下之文，莫妙于言有尽而意无穷，其次则能言其意之所欲言。……举业文字，在成弘间，犹有含蓄，有蕴藉，至于今而才子慧人，蜚英吐华，穷其变化，其去言有余而意不尽者远矣。虽然，由含裹而披敷，时也，势也。惟能言其意之所欲言，斯亦足贵巳。楚人之文，发挥有余，蕴藉不足，然直摅胸臆处，奇奇怪怪，几与潇湘九派同其吞吐。大丈夫意所欲言，尚患口门狭、手腕迟，而不能尽抒其胸中之奇，安能嗫嗫嚅嚅，如三日新妇为也。不为中行则为狂狷，效颦学步，是为乡愿耳。……近日楚人之诗，不字字效盛唐；楚人之文，不言言法秦汉，而颇能言其意之所欲言。以为拣择大过，迫胁情景，而使之不得舒，真不如倒囷倾囊之为快也。本无言外之意，而又不能达意中之言，又何贵于言？楚人之文，不能为文中之中行，而亦必不为文中之乡愿，以真人而为真文。观于宗文氏之所集，可以知楚风矣。②

在袁中道看来，天下诗文分为三等：第一等是"言有尽而意无穷"，其次是"能言其意之所欲言"，最末等是"囿于格套，郁而不发"。在袁中道看来，能做到"言有尽而意无穷"是很不容易的，文只有《左传》《檀弓》《史记》，诗只有《三百篇》及苏李诗、《古诗十九首》做到这一点了，后来的曹植、谢灵运及李白等人诗，都还不能完全做到言有尽而意无穷，可见此第一等之创作不易达到。袁中道还认为明人前中期成、弘之时的创作还能有些蕴藉，彼时李梦阳等前七子论诗主含蓄表达还有可说之处，而时至中晚明，"才子慧人，蜚英吐华，穷其变化，其去言有余而意不尽者远矣。"此时再谈"含蓄"表情，则不合时宜。诗文由含蓄而尽、露，是时势之必然。在当时的时代，他认为能做到尽

---

① 袁中道. 解脱集序 [M] // 袁中道. 珂雪斋集：前集卷九. 明万历四十六年刻本.

② 袁中道. 珂雪斋集：前集卷十 [M]. 明万历四十六年刻本.

所欲言，就已经很可贵了，而像李攀龙、王世贞等再以"含蓄"要求、限制诗文之情，则是诗文之不幸。他宣称：直抒胸臆，刻露尽言，就算被目为中行之狂狷，也比七子派囿于格套、郁情郁心不能发之的效颦之乡愿高明。因为讲"蓄"，必会为各种诗法限制，情不能尽抒，与其这样，还不如倒囷倾囊，尽露之为快，因此，他认为公安派在新的历史条件下倡导"尽发性灵"比七子派"蓄而郁情"高明。这种观点直到袁中道在后期反思公安派诗学得失，调和与七子派的关系时亦不改口，尽管语气稍稍平和一点。他在《吴表海先生集序》中云："才人致士，情有所必宣，景有所必写，倒囷而出之，若决河放溜，犹恨口窄腕迟而不能尽吾意也。而彳亍，而嗫嚅，以效先人之颦步，而博目前庸流之誉，果何为者？"① 再次为公安派写情写欲倒囷而出的尽、露表现原则辩护，批评七子派效先人"蓄情"之颦。在《阮集之诗序》中又云：

> 国朝有功于风雅者，莫如历下。其意以气格高华为主，力塞大历后之窦，于时宋、元、近代之习为之一洗。及其后也，学之者浸成格套，以浮响虚声相高，凡胸中所欲言者，皆郁而不能言，而诗道病矣。先兄中郎矫之，其意以发抒性灵为主，始大畅其意所欲言，极其韵致，穷其变化，谢华启秀，耳目为之一新。②

此处虽然没有直接批评七子派后七子时期的李攀龙，相反还破天荒地肯定了李攀龙的功绩，但他不客气地批评了七子派后学之弊：受格套束缚，胸所欲言而郁不能言，因此导致诗道大病，认为公安派主张尽情发抒性灵，大畅情意，不避尽、露且能变化而有韵致，开创了诗歌创造的新天地。说到底，还是为公安派大尽性灵张目，为公安派尽、露的表现原则张目。

在公安派与七子派蔑法与守法的论争中，七子派文学经典意识的一个重要方面——重视法度被公安派认识到，在公安派针对七子派的批评中，七子派的文学经典意识的这个侧面被公安派明晰化和深度阐发。从这个意义上来说，七子派的文学经典意识是在论争中，在公安派的观照视野中进一步得到了明晰与深化。

---

① 袁中道. 珂雪斋集：前集卷十 ［M］. 明万历四十六年刻本.
② 袁中道. 珂雪斋集：前集卷十 ［M］. 明万历四十六年刻本.

结　语

　　明代诗学是在寻求师法典范这一初步文学经典意识之下开始的,《唐诗品汇》和李东阳的"格调说"初步确立了盛唐宗尚,之后在此基础上,以及南宋严羽的诗学思想影响下,论诗者围绕着"诗歌作品",在阅读、分析的批评实践中发展出了新的诗歌理论。七子派发展出重诗歌形式审美意义的"格调理论",并以之作为其批评实践的理论根据;竟陵派则转向对作品中所蕴涵的主体精神的关注,发展出"真精神说",并以选诗、评诗的方式对该理论加以实践,在他们的诗学理论形成与发展过程中,明人的文学经典意识也逐步深化与发展成熟。在唐宋派与公安派针对七子派的诗学论争中,各派的文学经典意识更加明晰与深化,诗学研究也更深入。

　　本书以两条线索展开该课题的研究,其中一条是论争线索。论争是明人经典意识明晰化、深化的一个重要文学活动,这一文学活动与明人文学经典意识的关系在前文未完全展开来谈,在此权作一个简要延伸。

　　首先谈一下"法则"之争与文权及明人文学经典意识的关系。从前面的分析中可以知道,自弘治时期以来,明代文人其实已联结成一个公共的文化共同体,存在于公共的文化场域,对于明代中期以来具有论争习气的文人来说,诗文既是一个文艺审美的国度,也是一个可以大施拳脚、收获名利的地方。哈贝马斯曾说,由于咖啡馆的兴盛,以至于一份报纸就可以将上千人的圈子联系起来,同样,在明代文人公共文化场域中,一个文学观点,一个文学口号随即就可引发文坛上的种种风云,将多数文人都牵动起来,所以就会有很多宗派揭竿而起,分疆裂土,争取成为文坛盟主。从前面的介绍中我们也知道明代文人创作面临困境,众多初学诗文的学子需要有效的指导,谁能以强有力的姿态给予他们可以效法的范式,谁就能取得文坛盟主的地位,这是文坛论争的一个主要方面，这也注定明人会具有文学经典意识，因为文学经典意识一个重要特征就是重视"法则"。

前七子就是这样以廊署之轻从馆阁手中取得了文权之重。此前，明代文权向来都是由馆阁之臣操握的，成、弘之时，文坛上占绝对优势的是台阁体，李东阳继三杨之后主天下文柄，天下文人翕然宗之，而李梦阳独笑其萎弱，他与何景明等人共倡宗古。具有文学经典意识的七子派，通过体制之辨、格调之析，建构了一个具有美学价值取向的诗歌史，在他们所建构的这个诗歌史中，汉、魏、晋与盛唐诗的经典地位被明确标出。在他们看来，汉、魏晋与盛唐诗之所以能成为经典，就是因为它们遵循了"诗"这一文类的基本法则及各体式诗的体制格调要求，因此，七子派积极地从汉魏盛唐优秀作品中总结成功"经验"，抽绎出各种各样的"法则"。对优秀作品及对优秀作品所体现出来的法度加以重视，宋人已是如此，江西诗派之所以能够产生重大影响，就在于他们为众人的诗歌创作提供了具体方法。如果为这些庞大的文人群体指明了应该"学习什么"，就可以为其师了，进而告诉他们"怎样学习"，为他们提供从前人的优秀诗作中总结出来的一些具体经验、法则，易学而且有效，就会引来众多的追随者，就会产生重大影响，七子派就是这么做的。李梦阳总结的是"前疏者后必密，半阔者半必细。一实者必一虚，叠景者意必二"，"开阖照应，倒插顿挫"之法；何景明总结的法是"辞断而意属，联物而比类"之法；王世贞总结出了"篇法""句法""字法"。对于近体诗，他们总结抽绎的"法"更多了。谢榛是前七子中最好谈法的，他特别喜欢总结出一些具体的作诗之法，冠之以"某某法"，如"蜜蜂采百花酿蜜法""野蔬借味之法""缩银法""小而大之之法""提魂摄魄法"，等等。

因为对"法"的重视、强调，前七子确立了师法对象，抽绎总结出一些创作方法、技法，为不知诗为何物的初学者提供了可资学习的范式，所以追随者众多，从而取得了文坛主盟权。由此可见，"法"是掌握文权的关键。唐宋派在文法上宗唐宋文法，并倾注了大量精力，逐渐取得了人们的认同，代替"前七子"取得了文权。"后七子"崛起，重新高扬先秦文法、汉魏盛唐诗法，声势浩大，再次取得了文权，李攀龙还以选诗的形式，将七子派的"法度"观念深入到每个文人学子心中。后来公安派想要取得文权上的主动地位，推行他们的文学观念，也是拿七子派最重视的"法"开刀，主张"不拘格套，独抒性灵"，主张师心不师法。公安派标举"性灵"，以七子派最重视的"法"为突破口，在一段时间内争得了文权，可见"法"在取得文权中的重要性，而在文权之争中，"法则"也成为各个宗派攻守的中心，成为诗学的核心所在，在法则之争、文权之争的过程中，明人的文学经典意识不断明晰与深入。

攻守"法则"是各派争夺文权的重要诗学活动，而争夺文权的最终目的又是为了推行本宗派的诗学主张、审美理想，表出本宗派的经典宗尚，唐宋派、公安派与七子派之间的论争莫不如此。审美范式之争亦是如此。

审美范式之争其实仍是二者之间重法、守法与蔑法之争的一个方面。七子派遵"格调理论"，他们所守的法则，包括声、调、情、色等本质规定性，也包括"比物联类"的表现原则，也包括"倒插法"之类的具体创作方法，但它们不是如唐人所言的那样的普通技法，而是具有美学意义的形式规律，代表了某种审美范式。比如王世贞就说："诗旨有极含蓄者，隐恻者，紧切者；法有极婉曲者，清畅者，峻洁者，奇诡者，玄妙者"（《艺苑卮言》卷二），婉曲、清畅、峻洁、奇诡及玄妙，与其说是创作方法，不如说是几种美学风格。七子派认为他们所认同的审美范式代表了诗歌最高审美境界，其审美理想是他们文学经典意识成熟的一个表现。公安派与七子派关于守法与蔑法的论争过程中，已经涉及到审美范式之争。总体来说，七子派推崇的是知识分子适情而"雅"的审美范式，包括两类美学风格，一类是"自然浑涵"，是指作品因诗人风人式情感自然地发抒而产生的美；另一类是"高华圆畅"，这种美主要体现在盛唐诗中，包括很多种具体风格。七子派推崇王、李、高、岑、孟等所代表的盛唐之美，具体来说又各有侧重。李梦阳重雄浑，何景明重和畅俊亮，李攀龙重高华、精丽、悲壮，王世贞重博大，胡应麟推尊老杜的雄伟神奇，谢榛推崇明净、高远、秀拔、芳润之美等等。七子派对汉魏古诗及盛唐近体的美学范式及具体的美学风格的推崇，体现了在无法实现政治抱负的社会中，尽管思想与行为上都有着背离儒家传统的表现，但是在思想上依然没有转向世俗的知识分子，在新的真正可以消释内心焦虑的价值观还没有建立起来的时候，转而从文学的审美中寻找灵魂的抚慰，在某种审美范式中寄托精神诉求。在文学审美活动中，他们也树立了能最好体现这种审美范式的创作典范，但这种审美范式的创造是遵循含蓄的表现原则的，遭到公安派的批评。公安派标举"性灵"，以王学左派的思想为指导，彻底背离儒家对文人人格的要求及行为的规范，全身心地融入新时代的生活中，将自己的精神境界与审美要求与普通市民等同。他们为情欲之丑恶正名，他们欣赏情欲，放纵情欲，在审美趣味上与世俗趋同。他们提倡"性灵说"，反对"法"的束缚，解构七子派的师法对象——汉魏盛唐之诗，张扬"俗"的审美范式，主要表现为"真"，以"俗"抗"雅"。然而这种"真"，停留在本能的情欲之真上，故而他们又提倡"尽"、露的表现原则。在公安派针对七子派的审美范式的论争中，七子派的文学经典意识进一步被拓展，更加明晰化。

另一方面，具有文学经典意识的明人，建构了具有美学价值取向的诗歌史，并成为清人对诗歌发展历史的一个基本看法，明代所确立的诗学格局也成为清代诗学发展的一个新起点。明代各派诗学在清代似乎都有回应：七子派论诗有"格调理论"，沈德潜论诗亦主"格调"；胡应麟的"格调说"、竟陵派的"真精神说"中有王士祯"神韵说"的因子；公安派提倡"性灵"之说，袁枚论诗也讲"性灵"；唐宋派开启了桐城派；等等。总之，明代诗学对清代诗学的发展产生了重要影响。

七子派重视诗法及法则的美学意义，唐宋派重视文法，王慎中、唐顺之二人思想发生改变之后，也重视法则中所蕴含的"精神"，亦认为法则承载着美学创造的功能。他们的这种诗学思想被清人继承。清代的桐城派论文也十分重法，他们也认为"文法"是作品获得美的艺术效果的重要手段。比如桐城派的刘大櫆说："古人文字最不可攀处，只是文法高妙"，他这样分析文法：

> 神气者，文之最精处也；音节者，文之稍粗处也；字句者，文之最粗处也。然论文而至于字句，则文之能事尽矣。盖音节者，神气之迹也；字句者，音节之矩也。神气不可见，于音节见之，音节无可准，以字句准之。
>
> 音节高则神气必高，音节下则神气必下。故音节为神气之迹。①

以"音节"作为古文创作所遵循的法则（属于声、调范畴）来论文之神气高下，分明是七子派格调理论的翻版。音节——"声""调"成为文章格调——"神气"的重要规定，是使得作品有神气的重要手段，是文章"神气"的外在

---

① 钱基博. 国学必读：上［M］. 北京：北京联合出版公司，2014：42.

显现形式。犹如七子派认为声、调决定作品有无格调一样，文章亦因声——音节而有"神气"，因而是美的。明人的"诗法""文法"观念对清代的小说理论也产生了影响。"文法"成为金圣叹小说叙事理论的重要方面，他甚至认为，对于小说而言，文法实际比小说中所讲述的故事内容更重要，成为小说的"文心"。他说《水浒传》是"因文生事"，即说这部小说的中心是为"文"而不是为"事"，他所说的"文"首先指文法。他的小说评点，更多是从文法着手，看文法之妙，着力挖掘文法对于故事的创造、故事情节的推动、对人物形象塑造的传神作用。"《水浒传》中所讲述的故事内容在他看来不过是'形迹'，而文法才是'神理'"①。

高启曾将文学作品分为三个层次，"格以辨其体，意以达其情，趣以臻其妙"。形式层面的格调是诗歌内在意趣的外在显现，它是评价作品的最直观层面，而作品还须通过形式层面进入作品中的情感意蕴层及挖掘作品中含蕴的作者的主体精神，包括作者的艺术独创性，作者的才性、才思、艺术趣味及人格精神等。当然，高启并没有解释得这么清楚，但对作品形式之后的"意""趣"已经开始关注。之后的七子派对作品的"格"即形式层面倾注的精力较大，而至胡应麟时，作品内在的艺术魅力成为其审美的一个对象，即"风神"。当然，作品的"风神"是由体制、格调、兴象等内容及形式层面要素共同作用而产生的，胡应麟在重视作品"声""情"的同时，突出了"色"——"兴象"对于作品"风神"的作用，同时也注意到作者的才思、艺术趣味对作品"风神"的影响。至竟陵派提出"真精神说"，作者的主体精神得到了前所未有的突出，作者的主体精神决定了作品的美学风貌。从重形式，到关注作者的才思，再到强调主体精神，明代诗学对作品形式之后的内在意蕴，包括作品的情感意蕴及主体的艺术精神，即作品的内在风神越来越重视，这对清代王士祯的"神韵说"有一定启示。

首先是"神韵说"所重之"神"，即作品的内在风神。作品内在风神的外在表现是某种美学风格，王士祯所重之神的美学表现是"清远"，他在《池北偶谈》卷十八"谈艺"中"神韵"一条中说道：

①　高小康．古典艺术精神的自觉［M］//敏泽．中国文学思想史：下册．长沙：湖南教育出版社，2004：338．

汾阳孔文谷云："诗以达性，然须清远为尚。"薛西原论诗，独取谢康乐、王摩诘、孟浩然、韦应物，言："'白云抱幽石，绿篠媚清涟'，清也；'表灵物莫赏，蕴真谁为传'，远也；'何必丝与竹，山水有清音。''景昃鸣禽集，水木湛清华。'清远兼之也。总其妙在神韵矣。""神韵"二字，予向论诗，首为学人拈出，不知先见于此。

"清远"固然是王士禛"清真雅正"的意识观念在诗学主张上的表现，但从他所举关于"清远"美学风格的诗例来看，王维、孟浩然、韦应物的诗无论高棅还是七子派都是把它们划归盛唐的。这一美学风格是一种盛唐美学风格，这是毋庸置疑的，然而王士禛却更着力挖掘这种美学风格中蕴含的"主体之精神"，因而与竟陵派所主张的"清厚"的美学风格在某种程度上有着相似之处，都注重作者主体精神对作品格调生成的作用。他最推崇王维、韦应物冲和淡远的田园山水诗，它们蕴含着主体超脱世俗、寄情山水的幽情单绪。

其次，作品的"清远"之美是如何创造的？王士禛说得很玄："不着一字，尽得风流"，与宋代严羽所云"羚羊挂角，无迹可求"一脉相承。从他所欣赏的诗例来看，如"白云抱幽石，绿条媚清涟"；"何必丝与竹，山水有清音"；"景昃鸣禽集，水木湛清华"，及从他自己所写的又颇为自得的诗句来看，每句之内，物象相当丰富：白云、幽石、绿条、清涟、丝竹、禽、木等等，这些物象就是七子派所主之"色"，是胡应麟所说之"兴象"，作者之幽情、作品清远之美，诚然未着一字，但这些有这种意蕴的"象"可兴起读者的审美想象，兴起某种幽情，兴起某种美之境界。因此把握一则作品的神韵，要靠阅读，以"象"兴起审美想象，从而触摸到作品的内在之意趣。

在中国古典诗学最初的发展过程中，能够作为中国诗学核心范畴的大概要数"风骨"，但刘勰自己也没有将其内涵与外延确定清楚，于是在以后的诗学活动中，"风骨"被无数次使用而渐渐失去了它作为一个批评范畴的有效性。究其原因，明代以前中国古典诗学的核心范畴较少，大部分都是从哲学范畴中直接取用。受传统诗性的直觉思维方式影响，论诗者在使用这些从哲学中借用来的范畴时，是随物赋形、随己意而引发，因此传统诗学范畴多呈现出模糊性与多义性的特点；加之传统言说方式的私人性，一是重个人感悟，交流性不强，二是受老庄"言意观"的影响，重得意忘言，所以传统诗学言说方式是自说自话，大家能够理解彼此所言，是因为有着共同的思维方式及文化背景，这种意会的可靠性到底有多少，恐怕谁也没有底，但并不妨碍大家都谈论同一个话题。在转向阅读、研究前代文本的基础上，明人真正转向了诗歌文本的研究与批评，从而建构了一系列有效的批评范畴：如格、调、格调、韵、趣、本色、清厚、性灵等。而且这些范畴本身是建构明代诗学的基础，诗文理论是它们理论形态的存在方式，其内涵相对来说比较明晰。为什么呢？因为明代文人处于共同的文化场域中，文学活动是一种公共的群体性活动，所以诗学的言说不能是个人的，而必是公共的。论诗者必须将自己的感受与体验明晰化，才能达到说服别人及与人交流的效果，于是个人感悟转向公共言说。言说由私人性转向公共性，也意味着言说的工具——范畴的内涵要确定，如此才具有可交流性，而正是如此，明代的诗学范畴的内涵较以前来说相对清晰而确定。而且，同处于共同文化场域中的明人好辩、好论争，各宗派的诗文理论多是在辩难中发展、深化的。要表达自己的观点、证明自己观点的正确性、批评对方观点的错误性，就要有清晰的言说，而不能再靠悟与直觉式的片言只语的点评，所以，代表本派理论核心的范畴，其理论内涵必须要明确。同时，在相互间的论争辩难中，诗学思路也变得明晰化、系统化，言说与分析能力增强。明代无论是七子派、唐宋派、公安派、竟陵派，其都有核心理论、范畴，论诗思路清晰、系统并具有公共交流性，这些都对清人产生了影响。

清人将明人诗学范畴内涵的明确性特征、清晰的言说方式以及辩难思维继承下来，当然与明人相比少了些门户之见。叶燮论文与汪琬不合，两家门生常相互争执，各不相让，叶燮曾取汪琬之文十篇，进行品评，指谪其瑕疵，并表明他本人的不少文学之见。而翁方纲在《复初斋文集》中有《格调论》三篇和《神韵论》三篇，对沈德潜代表的"格调说"与王世祯代表的"神韵说"进行了分析与批评，从而提出："诗必研诸肌理，而文必求其实际，夫非仅为空谈格韵者言也"的"肌理说"。而且在辩难中，也促使他们努力对别人及自己提出的概念与范畴的内涵明确化，翁方纲写了《格调论》《神韵论》各三篇，试图对"神韵""格调"概念给以更加清晰的界说，并将自己所提出的"肌理"范畴的理论内涵明确化。

诗学转向后，明人要判断作品的优劣，必须先要阅读、体验作品，然后在此基础上从格调或真精神的角度对作品加以分析，在这个过程中，明人的诗学活动很大一部分是在阅读作品，使得感受、体验作品的能力不断增强，这对清人也有所影响。清人阅读感受作品的能力也日益突出，审美想象力变得丰富，并能以细腻的审美感受开拓出阔大的审美境界，这种审美感受也不再是一"悟"了之。在诗文研究与批评实践上，清人则普遍采用了清晰言说的方式和条分缕析的理论分析方法。叶燮批评明人诗文纷争云："既不能知诗之源流本末正变盛衰，互为循环；并不能辨古今作者之心思才力深浅高下长短，孰为沿为革，孰为创为因，孰为流弊而衰，孰为救衰而盛，一一剖析而缕分之，兼综而条贯之。"① 而"一一剖析而缕分，兼综而条贯"正是清人在具体的批评实践中主要使用的批评方法，叶燮甚至以此方法建构了诗学史，他在批评实践中也使用此法。如他分析杜甫《冬日洛城北谒玄元皇帝庙》一诗中"碧瓦初寒外"这句诗，逐字论之云：

> 言乎"外"，与内为界也。"初寒"何物，可以内外界乎？将"碧瓦"之外，无"初寒"乎？"寒"者，天地之气也。是气也，尽宇宙之内，无处不充塞；而"碧瓦"独居其"外"，"寒"气独盘踞于"碧瓦"之内乎？"寒"而曰"初"，将严寒或不如是乎？"初寒"无象无形，"碧瓦"有物有质，合虚实而分内外，吾不知其写"碧瓦"乎？写"初寒"乎？写近乎？写远乎？使必以理而实诸事以解之，虽稷下谈天之辨，恐至此亦穷矣！然设身而处当时之境会，觉此五字之情景，恍如天造地设，呈于象、感于目、会于心。意中之言，而口不能言；口能言之，而意又不可解。划然示我以默会想象之表，竟若有内、有外，有寒、有初寒，特借"碧瓦"一实相发之，有中间，有边际，虚实相成，有无互立，取之当前而自得，其理昭然，其事的然也。②

尽管叶燮认为"呈于象，感于目，会于心"这种审美经验过程是直觉的，

---

① 叶燮.原诗：内篇上［M］//霍松林，校注.原诗——一瓢诗话—说诗晬语校注.北京：人民文学出版社，2006：3.
② 叶燮.原诗：内篇下［M］//霍松林，校注.原诗——一瓢诗话—说诗晬语校注.北京：人民文学出版社，2006：30—31.

是不可言说的，但"他毕竟说话了，他用疑问句的方式分析这句诗在我们直觉里所发射出来的多义性的层次，而使我们（读者）的直觉得来的浑然的灵感经验有了眉目更清的印证"。① 另外一位清代重要的批评家金圣叹的批评取得了斐然的成就，而他在我国文学批评史上的重要地位也主要是由他对作品透彻的艺术见解和精辟入微的艺术分析确立起来的。金圣叹在《水浒传序一》中说自己过对古人优秀作品的研究方法是"条分而节解之"，他的评点多通过从字法、句法、章法入手，寻绎作品结构脉络、分析人物形象，以此来揭示作品的含义、情蕴。而且在他那里，"为什么"和"怎样写"作为一个有机整体被纳入批评研究的视野，思路非常清晰。

总之，明代诗学成为清代诗学发展的一个新起点，明代各派诗学在清代似乎都有回应。明代诗学中的某些命题在清代获得到了发展，比如"文法理论""神韵说"等。明人所创立的诗学范畴也成为清代诗学的主要批评范畴，明代诗学发展中所形成的思维方式、言说方法也对清代诗文理论家产生了重要影响，进而也影响着清代诗学的样态。另外，明代文人几乎将诗文的研究与批评作为人生的全部，将文学批评当作一项非常有意义的事业，这在清代的一些知识分子那里也得到响应。

---

① 叶维廉. 中国诗学［M］. 北京：人民文学出版社，2006：7.

参考文献

一、古典文献部分：

史志经传类

[1]［汉］王符．潜夫论［M］．汪继培笺，上海：上海古籍出版社，1978.

[2]［汉］许慎．说文解字［M］．四部丛刊景北宋本．

[3]［汉］韩婴．韩诗外传集释［M］．许维遹校释，北京：中华书局，1980.

[4]［晋］杜预．春秋经传集解［M］．上海：上海古籍出版社，1986.

[5]［汉］班固．汉书［M］．北京：中华书局，1975.

[6]［唐］孔颖达．礼记注疏［M］．阮元刻十三经注疏本．

[7]［晋］陈寿．三国志［M］．北京：中华书局，1982.

[8]［南北朝］崔鸿．十六国春秋［M］．清文渊阁四库全书本．

[9]［明］傅维麟．明书［M］．清畿辅丛书本．

[10]［清］张廷玉．明史［M］．四库全书本．

[11]［清］万斯同．明史［M］．清钞本．

[12]［清］永瑢．四库全书总目［M］．清乾隆武英殿刻本．

诗话、评论、杂记类

[13]［唐］孔颖达．毛诗正义［M］．阮元刻十三经注疏本．

[14]［南朝梁］钟嵘．诗品［M］．古直笺，曹旭导读．上海：上海世纪出版集团，2007.

[15]［宋］欧阳修．六一诗话［M］．郑文，校点．六一诗话．白石诗话．滹南诗话．北京：人民文学出版社，1983.

［16］［宋］周紫之．竹坡诗话［M］//何文焕，辑．历代诗话．北京：中华书局，1981.

［17］［宋］许顗．彦周诗话［M］//何文焕，辑．历代诗话．北京：中华书局，1981.

［宋］陈师道．后山诗话［M］//何文焕，辑．历代诗话．北京：中华书局，1981.

［18］［宋］司马光．温公续诗话［M］//何文焕，辑．历代诗话．北京：中华书局，1981.

［19］［宋］葛立方．韵语阳秋［M］//何文焕，辑．历代诗话．北京：中华书局，1981.

［20］［宋］陈师道撰．后山诗话［M］//何文焕，辑．历代诗话．北京：中华书局，1981.

［21］［宋］叶梦得．石林诗话［M］//何文焕，辑．历代诗话．北京：中华书局，1981.

［22］［宋］吴可．藏海诗话［M］//丁福保，辑．历代诗话续编．北京：中华书局，1983.

［23］［宋］韦居安．梅磵诗话［M］//丁福保，辑．历代诗话续编．北京：中华书局，1983.

［24］［宋］黄庭坚．山谷老人刀笔［M］．元刻本．

［25］［宋］洪迈．容斋随笔［M］．孔凡礼，点校．上海：上海古籍出版社，1996.

［26］［宋］蔡正孙．诗林广记［M］．北京：中华书局，1982.

［27］［宋］陈善．扪虱新话［M］．明崇祯毛氏汲古阁刻津逮秘书本．

［28］［宋］蔡梦弼．草堂诗话［M］．宋刻本．

［29］［明］瞿佑撰．归田诗话［M］//周维德，集校．全明诗话．济南：齐鲁书社，2005.

［30］［明］周叙．诗学梯航［M］//周维德，集校．全明诗话．济南：齐鲁书社，2005.

［31］［明］都穆．南濠诗话［M］//周维德，集校．全明诗话．济南：齐鲁书社，2005.

[32][明]朱谏.李诗辨疑[M]//周维德,集校.全明诗话.济南:齐鲁书社,2005.

[33][明]李东阳.麓堂诗话[M]//周维德,集校.全明诗话.济南:齐鲁书社,2005.

[34][明]徐祯卿.谈艺录[M]//周维德,集校.全明诗话.济南:齐鲁书社,2005.

[35][明]杨慎.升庵诗话[M]//周维德,集校.全明诗话.济南:齐鲁书社,2005.

[36][明]杨慎.闲书杜律[M]//周维德,集校.全明诗话.济南:齐鲁书社,2005.

[37][明]谢榛.四溟诗话[M]//周维德,集校.全明诗话.济南:齐鲁书社,2005.

[38][明]俞升撰.逸老堂诗话[M]//周维德,集校.全明诗话.济南:齐鲁书社,2005.

[39][明]何良俊.元朗诗话[M]//周维德,集校.全明诗话.济南:齐鲁书社,2005.

[40][明]何良俊.四友斋丛说[M].明万历七年张仲颐刻本.

[41][明]徐师曾.诗体明辨[M]//周维德,集校.全明诗话.济南:齐鲁书社,2005.

[42][明]王世贞.艺苑卮言[M]//周维德,集校.全明诗话.济南:齐鲁书社,2005.

[43][明]王世贞.国朝诗评[M]//周维德,集校.全明诗话.济南:齐鲁书社,2005.

[44][明]王世贞.明诗评[M]//周维德,集校.全明诗话.济南:齐鲁书社,2005.

[45][明]王世贞.全唐诗说[M]//周维德,集校.全明诗话.济南:齐鲁书社,2005.

[46][明]王世贞.读书后[M].清文渊阁四库全书本.

[47][明]王世懋.艺圃撷余[M]//周维德,集校.全明诗话.济南:齐鲁书社,2005.

［48］［明］胡应麟．诗薮［M］．上海：上海古籍出版社，1979.

［49］［明］江盈科．雪涛诗评［M］//周维德，集校．全明诗话．济南：齐鲁书社，2005.

［50］［明］江盈科．雪涛小书诗评［M］//周维德，集校．全明诗话．济南：齐鲁书社，2005.

［51］［明］江盈科．闲秀诗评［M］//周维德，集校．全明诗话．济南：齐鲁书社，2005.

［52］［明］陈继儒．畬山诗话［M］//周维德，集校．全明诗话．济南：齐鲁书社，2005.

［53］［明］郝敬．读诗［M］//周维德，集校．全明诗话．济南：齐鲁书社，2005.

［54］［明］许学夷．诗源辩体［M］//周维德，集校．全明诗话．济南：齐鲁书社，2005.

［55］［明］邓云霄．冷邸小言［M］//周维德，集校．全明诗话．济南：齐鲁书社，2005.

［56］［明］谢肇淛．小草斋诗话［M］//周维德，集校．全明诗话．济南：齐鲁书社，2005.

［57］［明］胡震亨．唐音癸签［M］//周维德，集校．全明诗话．济南：齐鲁书社，2005.

［58］［明］费经虞．雅伦［M］//周维德，集校．全明诗话．济南：齐鲁书社，2005.

［59］［明］陆时雍．诗镜总论［M］//周维德，集校．全明诗话．济南：齐鲁书社，2005.

［60］［明］谢榛．谢榛全集校笺［M］．李庆立，校笺．南京：江苏古籍出版社，2003.

［61］郭绍虞．清诗话续编［M］．富寿荪，校点．上海：上海古籍出版社，1983.

［62］叶燮．原诗［M］．霍松林，校注．北京：人民文学出版社，2006.

［63］郭绍虞．沧浪诗话校释［M］．北京：人民文学出版社，2005.

［64］周振甫．文心雕龙今译［M］．北京：中华书局：2011.

[65] 杨伯峻. 论语译注 [M]. 北京：中华书局，1980.

总集类

[66] [唐] 殷璠. 河岳英灵集 [M]. 成都：巴蜀书社，2006.

[67] [明] 高棅. 唐诗品汇 [M]. 上海：上海古籍出版社，1982.

[68] [明] 李攀龙. 古今诗删 [M]. 清文渊阁四库全书本.

[69] [明] 李攀龙. 唐诗选 [M]. 明闵氏刻朱墨套印本.

[70] [明] 钟惺，谭元春. 唐诗归 [M]. 明刻本.

[71] [明] 钟惺，谭元春. 古诗归 [M]. 明闵振业三色本.

[72] [清] 朱彝尊. 明诗综 [M]. 清文渊阁四库全书本.

[73] [清] 沈德潜. 古诗源 [M]. 何长文，点校. 长春：吉林人民出版社，1999.

[74] [清] 黄宗羲. 明文海 [M]. 清文渊阁四库全书本.

[75] [清] 顾有孝. 明文英华 [M]. 清康熙传万堂刻本.

[76] [清] 钱谦益. 列朝诗集 [M]. 上海：上海古籍出版社，1983.

别集类

[77] [元] 杨维桢. 东维子文集 [M]. 四部丛刊景旧钞本.

[78] [元] 徐一夔. 始丰稿 [M]. 文渊阁四库全书本.

[79] [元] 张以宁. 翠屏集 [M]. 钞明成化刻本.

[80] [明] 贝琼. 清江文集 [M]. 四部丛刊景清本.

[81] [明] 宋濂. 宋学士文集 [M]. 四部丛刊景明正德本.

[82] [明] 高启. 扣舷集 [M]. 明正统九年刻本.

[83] [明] 高启. 凫藻集 [M]. 清文渊阁四库全书本.

[84] [明] 贝琼. 清江文集 [M]. 清文渊阁四库全书本.

[85] [明] 方孝孺. 逊志斋集 [M]. 四部丛刊景明本.

[86] [明] 杨士奇. 东里文集 [M]. 清文渊阁四库全书本.

[87] [明] 杨士奇. 东里续集 [M]. 清文渊阁四库全书本.

[88] [明] 王直. 抑庵文集 [M]. 清文渊阁四库全书本.

[89] [明] 李东阳. 怀麓堂集 [M]. 清文渊阁四库全书本.

［90］［明］李梦阳. 空同集［M］. 清文渊阁四库全书本.

［91］［明］何景明. 大复集［M］. 清文渊阁四库全书本.

［92］［明］康海. 对山集［M］. 明万历十年潘允哲刻本.

［93］［明］王九思. 渼陂集［M］. 明嘉靖刻崇祯修补本.

［94］［明］王廷相. 王氏家藏集［M］. 明嘉靖刻清顺治十二年修补本.

［95］［明］陈确. 乾初先生遗集［M］. 清餐霞轩钞本.

［96］［明］王慎中. 遵严集［M］. 清文渊阁四库全书本.

［97］［明］唐顺之. 荆川集［M］. 四部丛刊景明本.

［98］［明］茅坤. 茅鹿门文集［M］. 明万历刻本.

［99］［明］归有光. 震川先生集［M］. 清文渊阁四库全书本.

［100］［明］李攀龙. 沧溟集［M］. 明万历刻本.

［101］［明］王世贞. 弇州四部稿［M］. 清文渊阁四库全书本.

［102］［明］王世贞. 弇州四部稿续稿［M］. 清文渊阁四库全书本.

［103］［明］徐中行. 天目集［M］. 明刻本.

［104］［明］宗臣. 宗子相集［M］. 清文渊阁四库全书本.

［105］［明］屠隆. 白榆集［M］. 明万历龚尧惠刻本.

［106］［明］屠隆. 鸿苞集［M］. 明万历刻本.

［107］［明］徐渭. 徐文长文集［M］. 明刻本.

［108］［明］汤显祖. 玉茗堂全集［M］. 明启刻本.

［109］［明］李贽. 李温陵集［M］. 明刻本.

［110］［明］袁宗道. 白苏斋类集［M］. 明刻本.

［111］［明］袁宏道. 袁中郎全集［M］. 明崇祯刻本.

［112］［明］袁中道. 珂雪斋集［M］. 明万历四十六年刻本.

［113］［明］钟惺. 隐秀轩集［M］. 明天启二年沈春泽刻本.

［114］［明］谭元春. 谭友夏合集［M］. 明崇祯六年刻本.

［115］［明］高叔嗣. 苏门集［M］. 清文渊阁四库全书本.

［116］［清］顾炎武. 亭林文集［M］. 四部丛刊景清康熙本.

［117］［清］储大文. 存砚楼二集［M］. 清乾隆京江张氏刻本。

［118］［明］高启. 高青丘集［M］. 上海：上海古籍出版社，1985.

［119］［明］钱伯城. 袁宏道集笺校［M］. 上海：上海古籍出版社，1981.

［120］［明］谭元春.谭元春集［M］.陈杏珍,点校.上海:上海古籍出版社,1998.

［121］［明］陈子龙.安雅堂稿［M］.孙启治,校点.沈阳:辽宁教育出版社,2003.

现代文献部分:

［122］冯友兰.中国哲学史新编［M］.北京:人民出版社,2001.

［123］侯外庐.宋明理学史（下）［M］.北京:北京人民出版社,1984.

［124］张显清,林金树.明代政治史［M］.桂林:广西师范大学出版社,2003.

［125］黄仁宇.万历十五年［M］.生活·读书·新知三联书店,2006.

［126］罗冬阳.明太祖礼法之治研究［M］.北京:高等教育出版社,1998.

［127］邓志峰.王学与晚明的师道复兴运动［M］.北京:社会科学文献出版社,2004.

［128］陈宝良.明代儒学生员与地方社会［M］.北京:中国社会科学出版,2005.

［129］徐林.明代中晚期江南士人社会交往研究［M］.上海:上海古籍出版社,2006.

［130］龚鹏程.晚明思潮［M］.商务印书馆,2005.

［131］罗宗强.明代后期士人心态研究［M］.天津:南开大学出版社,2006.

［132］周明初.晚明士人心态及文学个案［M］.北京:东方出版社,1997.

［133］尹继佐,周山.中国学术思潮兴衰论［M］.上海:上海社会科学院出版,2001.

［135］汪晖,陈燕谷.文化与公共性［M］.北京:生活·读书·新知三联书店,2005.

［136］蒋孔阳,朱立元.西方美学通史［M］.上海:上海文艺出版社,1999.

［137］［法］蒂费纳·萨莫瓦约. 互文性研究［M］. 邵炜，译. 天津：天津人民出版社，2003.

［138］宇文所安著. 中国文论：英译与评论［M］. 王柏华，陶庆梅，译. 上海：上海社会科学院出版社，2003.

［139］郭绍虞. 中国历代文论选［M］. 上海：上海古籍出版社，1990.

［140］郭绍虞. 中国文学批评史［M］. 上海：上海古籍出版社，1979.

［141］汪涌豪. 中国文学批评范畴及体系［M］. 上海：复旦大学出版社，2007.

［142］王一川. 语言乌托邦［M］. 昆明：云南人民出版社，1999.

［143］敏泽. 中国文学思想史［M］. 长沙：湖南教育出版社，2004.

［144］张少康. 中国文学理论批评史教程［M］. 北京：北京大学出版社，2000.

［145］李建中. 中国古代文论［M］. 武汉：华中师范大学出版社，2002.

［146］袁震宇，刘明今. 明代文学批评史［M］. 上海：上海古籍出版社，1991.

［147］萧国荣. 中国诗学思想史［M］. 上海：华东师范大学出版社，1996.

［148］蒋凡，顾易生，刘明今. 宋金元文学批评史［M］. 上海：上海古籍出版社，1996.

［149］邬国平，王镇元. 中国文学批评史：清代卷［M］. 上海：上海古籍出版社，1996.

［150］朱易安. 中国诗学史：明代卷［M］. 陈伯海，蒋哲伦，主编. 厦门：鹭江出版社，2002.

［151］汪涌豪，骆玉明. 中国诗学［M］. 北京：东方出版社，1999.

［152］陆耀东. 中国诗学［M］. 湖南人民出版社，2000.

［153］陈书录. 明代诗文的演变［M］. 南京：江苏教育出版社，1996.

［154］詹福瑞. 中古文学理论范畴［M］. 保定：河北大学出版社，1997.

［155］陈良运. 中国诗学体系论［M］. 北京：中国社会科学出版社，1998.

［156］余虹. 中国文论与西方诗学［M］. 北京：生活·读书·新知三联书

店，1999.

[157] 陈文新. 明代诗学 [M]. 长沙：湖南人民出版，2000.

[158] 张伯伟. 中国诗学研究 [M]. 沈阳：辽海出版社，2000.

[159] 蒋寅着. 中国诗学的思路与实践 [M]. 桂林：广西师范大学出版社，2001.

[160] 黄卓越. 明永乐至嘉靖初诗文观研究 [M]. 北京：北京师范大学出版社，2001.

[161] 郑利华. 王世贞研究 [M]. 上海：学林出版社，2002.

[162] 邹云湖. 中国选本批评 [M]. 上海：上海三联书店，2002.

[163] 孙学堂. 崇古理念的淡退 [M]. 天津：天津古籍出版社，2004.

[164] 邬国平. 竟陵派与明代文学批评 [M]. 上海：上海古籍出版社，2004.

[165] 黄仁生. 杨维桢与元末明初文学思潮 [M]. 北京：中国出版集团东方出版中心，2005.

[166] 黄卓越. 明中后期文学思想研究 [M]. 北京：北京大学出版社，2005.

[167] 张建德. 明代山人文学研究 [M]. 长沙：湖南人民出版社，2005.

[168] 冯小禄. 明代诗文论争研究 [M]. 昆明：云南人民出版社，2006.

[169] 叶维廉. 中国诗学 [M]. 北京：人民文学出版社，2006.

[170] 孙春青. 明代唐诗学 [M]. 上海：上海古籍出版社，2006.

[171] 查清华. 明代唐诗接受史 [M]. 上海：古籍出版社，2006.

[172] 陈广宏. 竟陵派研究 [M]. 上海：复旦大学出版社，2006.

[173] 陈国球. 明代复古派唐诗论研究 [M]. 北京：北京大学出版社，2007.

[174] 陈文新. 中国文学流派意识的发生和发展 [M]. 武汉：武汉大学出版社，2007.

[175] 邓新跃. 明代前中期诗学辨体理论研究 [M]. 上海：上海古籍出版社，2007.

[176] 陆德海. 明清文法理论研究 [M]. 上海：上海古籍出版社，2007.

[177] 廖可斌. 明代文学复古运动研究 [M]. 北京：商务印书馆，2008.